KB094423

사—

상아

밀밭 장편소설

위즈덤하우스

차례

序章

눈을 떴다.

낯설기 그지없는 새하얀 공간. 간신히 일어나자 온몸에서 우두
둑 소리가 났다. 이상하다. 왜 이러지. 전날 무리라도 한 걸까. 고개
를 갸웃거리는데 전날이 기억나지 않았다. 기억나지 않는 건 전날
만이 아니었다. 이틀 전도, 사흘 전도, 훨씬 전도 칠흑 같은 암흑일
뿐이다.

더 무서운 사실은 자신이 누구인지조차 모른다는 것이었다.

냉기가 맨발을 타고 올라와 온몸으로 번져 나갔다. 여긴 어디야.
난 대체 누구지. 문이 열리고 연홍색 옷을 입은 여자 두 명이 들어
오더니 부드러운 미소를 지었다.

"사야 아가씨, 기침하셨습니까."

다정한 그들에게는 미안하지만 이렇게 되물을 수밖에 없었다.

"여긴 어디죠?"

두 여자가 전혀 놀랍지 않다는 표정으로 대답해 주었다.

"아가씨의 집, 황궁입니다."

황궁? 왜 황궁이 내 집이지?

"그럼 난⋯⋯."

"일단 소세와 단장부터 하겠습니다."

뭐라 반박할 틈도 주지 않고 따뜻한 물과 수건, 그윽한 향이 나는 비누를 들여온 두 여자는 익숙한 손놀림으로 사야를 씻기고 긴 머리를 빗어 한 갈래로 묶었다. 그들의 기세에 눌려 섣불리 입을 열 수가 없었다.

앉으라면 앉고 서라면 서고 팔을 들라면 들었다. 마치 인형이 된 기분이 과히 좋지만은 않았다. 그러던 사야가 여자의 행동을 저지한 건 한참이 지나서였다.

"그대로."

"예?"

"면경, 그대로 두세요."

"예."

손자국 하나 없이 반질반질하게 닦은 면경 너머로 낯선 이가 비쳤다. 자신의 이름만큼이나 낯선 모습이었다. 사야는 살짝 떨리는 손가락으로 면경 속 자신을 따라 그렸다. 이 아름다운 여인이 인간 일 리 없었다.

"고우시지요."

여러 입술연지의 색을 비교해 보던 여자가 미소를 지으며 말했다.

"제가 이래 봬도 황궁 생활을 한 지 10년이 넘었습니다. 조나라가 예로부터 미인으로 유명하고 그중에서도 황궁이 제일이라지만 아가씨처럼 아름다운 분은 없으십니다."

여자의 말은 입에 발린 소리가 아니었다. 검고 윤이 나는 머릿결, 큰 눈망울은 각도에 따라 사슴처럼 순해 보이기도, 고양이처럼 요염해 보이기도 했다. 끝이 살짝 들린 코와 꽃잎 같은 입술, 섬세한 골격과 부드러운 살결은 사야 스스로도 당혹스러울 정도였다.

"사야가 내 이름인가요?"

"예. 모래 사(沙)에 밤 야(夜)를 쓰십니다."

"성(姓)은요? 이곳에 사는 걸 보면 천민은 아니겠죠?"

이제까지 예의 바르게 대답하던 여자가 말 꺼내길 망설였다. 그러더니 침구 정리를 하던 여자와 눈짓을 주고받았다. 기억이 없다고 해서 바보가 된 것은 아니다. 사야는 공기 중에 흐르는 기묘한 분위기를 읽어낼 수 있었다.

한참을 주저하던 여자가 고개를 숙였다.

"죄송합니다, 아가씨. 아가씨에겐 분명 성이 있고 고귀한 분이십니다. 다만 아가씨의 성은 이제 사사로이 입에 담을 수 없게 되어 알려 드리지 못합니다."

"내가 기억을 잃은 건 알고 있나요?"

"예, 그렇습니다. 계단에서 발을 헛디뎌 머리를 다치셨고 그 때문에 기억을 잃으셨습니다."

계단에서 발을 헛디뎠다고? 그래서 머리를 다쳤다고?

다시 한번 말하지만 기억을 잃었다고 해서 영 바보가 된 것은 아니다. 기억을 잃기 전 자신은 계단 하나 제대로 오르내리지 못하는 멍청이였단 말인가. 거짓말을 둘러대도 어쩜 저렇게 진부한 거짓말을 하나 싶어 사야는 상대를 가만히 쳐다보았다.

나를 시중드는 척하지만 실제로는 은근히 감시하고 있어. 말도 필요 이상으로 고르고 입가는 꾸며낸 미소로 경직되어 있지. 무슨 사정인진 모르겠지만 내가 너희와 흉금을 터놓는 사이가 아니란 것만은 똑똑히 알겠다.

사야가 말없이 오래도록 쳐다보자 여자의 얼굴에 살짝 불안한 기색이 비쳤다.

"심기를 불편하게 해드렸다면 송구하옵니다. 부디 용서를."

"그런 건 아니에요."

"하오면 조반을 드시겠습니까?"

"내가 제일 좋아하는 걸로 주세요."

사야가 여전히 여자에게서 눈을 떼지 않은 채 물었다.

"뭘 먹으면 발진이 일어나고, 뭘 먹으면 호흡이 가빠지는지는 이미 숙지하고 있죠?"

아무렇지 않게 상대를 떠보면서도 사야는 스스로에게 조금 놀랐다. 기억을 잃기 전 자신이 어땠는지는 모르지만, 상당히 총명하고 눈치가 빨랐던 것 같다. 불안한 상황에서도 이성을 잃지 않고 주위를 살피는 데서 대담함도 느껴졌다. 사야는 그런 자신이 마음에 들었다.

"저, 실은 아가씨를 모신 지 얼마 되지 않아 많이 미흡합니다."

"그리고 조반은 담백한 쌀죽과 탕, 익힌 채소가 대부분으로 누구에게든 부담스럽지 않은 구성이니 크게 염려하지 않으셔도 됩니다."

"그런가요."

얼른 침구 정리를 마친 여자가 다가와 말을 거들었다. 그들은 황궁 생활만 10년이 넘는다고 하였다. 높은 분들을 모시며 온갖 일을 처리해 왔으니 기억 잃은 아가씨 한 명 속이는 것쯤은 아주 쉬울 거라 생각하는 걸까.

입을 꼭 다물고 사야의 심기를 살피는 두 사람을 보며 그녀는 천진한 얼굴로 고개를 갸우뚱 하였다.

"쌀죽과 채소가 전부? 나, 황궁에 산다고 하지 않았나요? 고귀한 신분이라면서."

"아아."

두 사람의 표정이 즉시 밝아졌다.

"방금 기침하신 터라 속에 부담이 될 것을 염려하여 그리하였습니다. 물론 아가씨께선 누구보다 귀하신 분입니다. 드시고 싶은 게 있으면 바로 말씀하십시오. 무엇이든 구할 수 있습니다."

성씨조차 말해주지 않으면서 그 어떤 귀한 요리도 요구할 수 있다고 한다. 대체 이건 무슨 조화일까. 사야가 차분하게 머리를 굴렸다.

"폐하만 드실 수 있는 게 있나요?"

"예?"

두 여자가 눈을 동그랗게 뜨며 반문했다.

"점심으론 그걸 먹고 싶어요. 폐하만 드실 수 있는 요리."

"한번 알아보겠습니다."

사야는 놀란 기색을 감추고 문가로 다가갔다. 도무지 그녀의 지위를 종잡을 수가 없었다. 이렇게 된 김에 밖을 둘러봐야겠다고 생각하며 문을 열려는데 두 여자가 조용하지만 민첩하게 다가와 그녀를 잡았다.

"아가씨, 원하시는 게 있으면 분부만 내리세요."

"산책을 하고 싶어요. 안 되나요?"

두 여자가 난색을 표했다.

"아가씨께선 꼬박 보름을 누워 계셨습니다. 갑자기 찬바람을 쐬는 것은 좋지 않습니다."

"찬바람이라."

사야가 쓴웃음을 지었다.

"가을이나 겨울인가 보네요. 난 계절조차 모르는데."

그러고는 시녀들이 말릴 틈도 없이 문을 힘껏 열어젖혔다. 얼음장 같은 공기가 확 들어왔다. 눈앞에 펼쳐진 것은 방 안과 마찬가지로 새하얀 벽과 검은 기와지붕, 몇 바퀴 돌면 운동이 될 만큼 널찍한 정원, 그리고 그 모든 것을 살포시 덮고 있는 하얀 눈이었다.

사야는 조금이라도 익숙한 데가 있는지 찬찬히 살펴보았다. 하지만 그 어느 것도 그녀의 마음에 들어오지 않았다. 낯설어도 너무 낯설었다. 아무리 기억을 잃었다고는 하지만 이렇게 위화감이 드는 곳이 정말 자신의 집이란 말인가.

"곧 삼월입니다. 어제는 간만에 눈이 내렸지요."

낯선 세상. 사야는 조심스레 걸음을 옮겼다. 주인의 고집을 꺾지 못하고 두 시녀가 하얀 모피 외투를 입혀 주었다. 몸에 걸치자마자 포근해지는 것이 고급품 중에서도 최고급품이었다.

이곳저곳 둘러보는 데 꽤 오랜 시간이 걸렸다. 사야가 모든 방에 들어가 보고 모든 물건을 만지는 동안 시녀들은 아무 말도 하지 않은 채 뒤를 따라다녔다.

시녀들을 제외한 다른 사람들은 극히 적었다. 나이가 제법 든 시녀 한 명과 아직 앳된 내관 한 명이 전부였다. 심지어 나이 든 시녀는 머리만 조아릴 뿐 말 한마디 하지 않아서 두 시녀에게 물어보니, 사고로 목소리를 내지 못한다는 대답이 돌아왔다. 그냥 할멈이라 부르면 된다고 했다.

위화감이 드는 새하얀 처소에 감시자 둘, 농인 하나, 눈도 못 마주치고 벌벌 떠는 어린애 하나라. 점점 우습게 돌아가는군. 사야의 눈빛이 일순간 냉정하게 변했다.

안과 밖을 차단하는 기능에 충실한 담. 아무리 황궁이라지만 저렇게 높을 필요까지 있을까 싶었다. 높고 견고한 담을 쳐다보던 사야가 걸음을 빨리하여 대문으로 향했다. 문이다. 문이야. 바깥으로 나갈 수 있는 문. 사야를 따르는 두 시녀의 걸음도 빨라졌다.

"아가씨, 그러다 넘어지십니다."

"아가씨, 제발 천천히."

문. 문. 문. 자유. 자유. 자유.

시녀들의 애원을 뒤로한 채 날듯이 달려간 그곳엔 굳건한 철문이 있었다. 그런데 자물쇠가 걸려 있다. 엄청난 굵기의 쇠사슬과 튼튼한 자물쇠. 두 손에 들기도 힘들만큼 무거웠다. 그것을 내려다보던 사야가 시녀들에게 말했다.

"나가고 싶어요."

대답이 없다.

"열어주세요."

"아가씨."

"방범을 위한 자물쇠치고는 굉장하네요. 말해보시죠. 바깥을 경계해서 잠근 건가요, 아니면 안의 사람을 가두기 위해서?"

두 시녀가 난처한 듯 입을 다물었다. 사야의 표정이 언제 그랬냐는 듯 바뀌었다. 순진무구한 기색이 사라지고 차가움이 그 자리를 대신했다.

"말해. 너희들의 주인이 누구지?"

"당연히 사야 아가씨이십니다."

"성도 가르쳐 주지 않으면서 황제만 먹을 수 있는 음식을 갖다 준다고. 그래 놓고 이 시허연 담장 밖으로 나갈 순 없다? 대체 뭐 하자는 수작이야. 말해."

두 시녀가 무릎을 꿇고 머리를 조아렸다. 대답 대신 머리를 조아리는 건 이제 지긋지긋했다. 아무도 속 시원히 가르쳐 주질 않는다. 사야의 인내심이 빠른 속도로 바닥을 드러내기 시작했다.

"이곳, 황궁이긴 한 거야?"

"그렇습니다."

"황제나 다른 사람들은 당연히 바깥에 있겠지?"

"그러합니다."

"난 황족이야?"

"아, 아닙니다."

"그러리라 생각했어. 작위 없이 아가씨라고만 부르고 있으니."

의문형으로 묻지 않으면 굳이 대답하지 않는다. 참으로 피곤한 상대라고 생각하며 사야가 깊은 한숨을 참았다.

"다시 묻겠다. 너희들의 주인이 누구지?"

"사야 아가씨……."

"헛소린 집어치워. 난 죄인이잖아. 너흰 감시자고. 지금 난 진짜 주인을 묻는 거야. 너흴 고용하고 날 이곳에 가둔 바로 그 인간."

대답이 나오지 않는다. 그럴 줄 알았다. 사야가 방향을 바꾸어 정원으로 뛰어갔다. 산봉우리처럼 모서리를 드러낸 바위 앞에 선 그녀는 입술을 깨물었다. 아픔은 잠깐이다. 지금은 상황 파악이 우선이다.

"악! 아가씨!"

"어서 수건을! 물을!"

뾰족한 모서리에 손목을 찢자 연한 피부가 찢어지며 피가 흐르기 시작했다. 화들짝 놀라 달려온 어린 내관이 수건과 뜨거운 물 따위를 가지러 내달렸다.

"누구야? 너흴 사주한 자가 누구지?"

"아가씨, 제발 진정하세요! 이러시면 큰일 납니다!"

"제발! 제발!"

"말해!"

시녀들이 발을 동동 굴렀다. 사야의 눈에 독기가 어렸다.

"아가씨! 안됩니다!"

"할멈, 어의를! 아, 아니, 시위들이라도!"

"말해! 말하라고!"

"아가씨, 제발!"

"내가 죽어야 정신을 차리겠어?"

방금 전까지만 해도 순진한 얼굴로 반찬 투정을 하고 신기한 듯 면경을 들여다보던 사야다. 그런 그녀가 한순간에 이렇게 변할 줄은 꿈에도 몰랐을 것이다. 두 시녀는 차마 가까이 다가오지도 못하고 비명만 지르고 있었다. 사야가 다시 한번 윽박질렀다.

"이것만 말하면 그만두지. 날 가둔 사람이 누구야!"

"그, 그것은……."

한 명이 함락의 여지를 보이자마자 다른 쪽이 매섭게 뺨을 쳤다. 손가락에 낀 장신구 때문에 뺨이 긁혀 피가 나는데도 연이어 두 번을 더 친 뒤 무릎을 꿇었다.

"송구합니다, 아가씨. 차라리 저흴 벌하십시오. 부디 자해는 그만두시고……."

"말하지 않으면 다음엔 머리를 박을 테다."

두 시녀가 새파랗게 질린 얼굴로 두리번거렸다. 도움 청할 데를 찾고 있으나 이곳은 철저히 봉쇄된 곳. 이대로 협박을 계속한다면 통할 가능성이…….

쾅!

그 순간 철문이 열리면서 누군가 들이닥쳤다. 할멈이 불러온 시위인 듯했다. 검은 관모에 짙푸른 정복을 입고 허리 왼쪽에 검을 찼다. 고만고만한 사람들을 보다가 그를 대하니 키가 압도적으로 커 보였다.

큰 것은 키뿐이 아니었다. 넓은 어깨와 근육으로 꽉 잡힌 체격은 한눈에 무관임을 알아볼 수 있게 했다. 모두가 놀라 대문 쪽을 쳐다 보았다. 시위가 정황 파악을 하고 성큼성큼 다가올 무렵, 사야는 다른 곳으로 시선을 돌렸다.

철문이 열려 있다.

열흘간 앓아누웠던 것치고 사야의 몸놀림은 굉장히 날렸다. 시녀들이 아직 시위에게서 눈을 떼지도 못했는데 이미 그를 지나쳐 철문 쪽으로 달려가고 있었다.

"아가씨, 안됩니다!"

뒤늦게 사야를 발견한 시녀들이 다시 비명을 지르며 따라 나왔다. 사야는 아랑곳하지 않고 문턱을 넘었다. 일단 무조건 달리자. 사람이 많은 곳으로 가자. 여기만 아니면 된다.

꽤 달렸다고 생각했는데 시위의 손이 하얀 옷자락을 잡아챘다. 멀리 화려하게 입고 지나가는 무리가 눈에 들어왔다.

"안 돼! 싫어! 이거 놔! 놓으란 말이야! 싫어! 싫어!"

시위의 탄탄한 팔이 사야의 허리를 조였다. 냉정하고 가차 없는 태도에 사야는 덜컥 겁이 났다. 힘으로는 그를 이길 수가 없다. 시녀들에게 먹혀들었던 자해 협박도 그에겐 무용지물일 것이다. 이 대로 끌려 들어가면 방법이 없다. 알려야 한다. 저 사람들에게 내가 잡혀가는 걸 알려야 해!

"살려주세요! 저 좀 살려주세요! 이거 놔! 놓으라고!"

화려한 무리가 고개를 두리번거리기 시작했다. 사야의 희망이 싹텄다.

"여기예요! 여기라고요! 사람 살려요!"

사야는 힘껏 비명을 질렀다. 화려한 무리는 더욱 웅성거리며 주위를 둘러봤다. 다음 순간 한 여자와 눈이 마주쳤다.

"살려주세요! 이 남자가 폐하를 죽이려 해요!"

강수를 뒀다. 무리의 술렁거림이 커지더니 처음 눈이 마주친 여자가 한 걸음 나섰다. 다른 사람을 부르는 것도 같았다. 그래, 그렇게 사람들을 좀 더!

"입 다무시고."

시위가 입을 열었다. 낮고 차분한 목소리를 듣는 순간 사야는 어째서인지 바람이 스치고 지나가는 대나무 숲이 떠올랐다.

"상처는 곧 나을 겁니다."

"이거…… 놔요…….'"

"당신 이름은 단목사야. 멸문지화 당한 가문의 외동딸입니다. 상처가 낫는 대로 시녀들에게 태후를 만나게 해달라고 하십시오. 그게 출발점이니까."

그제야 사야가 저항을 멈추고 시위를 쳐다보았다. 낯설었다. 낯선 사람인데 이상하게도 그를 바라보고 있자 가슴 한 편이 찌르르 아파왔다. 왜지? 왜 나를 돕는 거지?

"당신은 누구야? 어째서 날 아는 거야?"

하지만 시위는 그것을 끝으로 입을 열지 않았다. 철문을 넘기 전

사야는 필사적으로 그에게 매달렸다. 그를 놓칠 수 없다. 처음이자 마지막 기회일지도 모르는데.

"이름이 뭔가요?"

시위는 그저 앞만 보고 걸었다. 사야가 절박한 목소리로 애원했다.

"제발, 제발, 제발 이름만 말해줘요. 부탁이니까 제발 이름이라도."

눈물이 뺨을 타고 흘러내렸다. 이대로 날 가둬두고 가지 마. 제발.

"부탁이에요."

철문을 넘었다. 사야는 목숨을 걸고 달아나고자 했던 곳으로 다시 돌아왔다. 시녀들이 그녀에게 달려왔다. 울음이 치밀었다.

"제천(齊泉)."

시위가 나지막하게 말했다.

"제 이름은 제천입니다."

그리고 그는 문을 닫으며 나갔다.

一章
비밀의 황녀

"다음부터 화나는 일이 있으시면 저흴 벌하십시오. 자해는 안 됩니다."

시녀가 시원한 향이 나는 연고를 상처에 바른 뒤 깨끗한 붕대로 감았다. 그렇게 고귀한 몸이라는데도 어의를 부르지 않는다. 얼마나 큰 상처를 입어야 외부 사람을 불러올까. 사야는 조치를 끝낸 손목을 내려다보며 생각에 잠겼다.

"그럼 쉬세요, 아가씨."

"태후를 뵙겠어요."

시녀가 일어나려던 자세 그대로 굳었다. 화로를 뒤적이던 또 다른 시녀도 화들짝 놀라 이쪽을 쳐다보았다.

"아가씨, 그건 곤란합니다."

"그대들의 직급이 뭐죠? 궁녀 아닌가요?"

두 시녀가 머리를 조아렸다.

"예, 그렇습니다."

"그대들이 내 아랫사람이란 건 확실하고요?"

"물론입니다."

사야가 잘라내듯이 말했다.

"그렇다면 그대들에겐 내 행동을 제지할 권한이 없어요. 판단은 윗사람이 하는 것. 그대들은 그냥 태후에게 가서 전해요. 내가 뵙고 싶어 한다고. 답을 받기 전엔 돌아올 생각은 하지도 마세요."

구구절절 옳은 소리지만 시녀들은 여전히 입을 달싹거리고 있을 뿐 움직이질 않았다. 사야가 쏘아붙였다.

"다음엔 머리를 박겠다고 했을 텐데."

시녀들의 안색이 싹 바뀌더니 이내 방을 나갔다. 하얗고 빈 방에 홀로 남자 사야는 그제야 깊은 한숨을 내쉬었다. 보름간 앓아누웠다 했다. 다른 건 몰라도 그 말은 사실이었나 보다. 오랫동안 누워 있던 사람이 눈밭을 뛰고 자해를 했으니 기진맥진하는 게 당연했다.

내 이름은 단목사야. 멸문지화 당한 가문의 외동딸. 얼굴도 제대로 보지 못한 황궁의 시위. 그는 제천이고 내 과거를 알고 있다. 그리고 모든 일의 출발점은 태후……

시녀들이 돌아오길 기다려야 하는데 자꾸만 눈이 감겼다. 포근한 담요에 몸을 파묻으며 사야는 하품을 했다. 이상하다. 갑자기 너무나 졸리다. 수마(睡魔)가 몸을 집어삼키는 것만 같았다.

가물가물한 사야의 시선 끝에 화로가 와 닿았다. 그리고 그 옆에 놓여 있는 자그만 향로(香爐)도. 섬세하게 조각한 향로에선 한줄기 향이 피어오르고 있었다. 졸음을 부르는 부드럽고 은은한 향이었다.

너희가 감당할 수 있는 선을 넘으면 저걸로 날 재우는구나. 그래, 오늘은 넘어가 줄게. 이번만은 순순히 잠들어줄게. 사야가 눈을 감았다.

하지만 다음번은 어림없어.

사야가 작고 좁은 가마를 타고 밖으로 나가게 된 것은 한밤중이었다. 창문 하나 없이 밀폐된 가마 안에서 사야는 마음을 다잡았다. 시녀들은 꼬박 하루를 자고 일어났다고 말했지만 그녀는 믿지 않았다.

증거는 왼쪽 손목에 있었다. 살이 패이고 피가 철철 나는 큰 상처였다. 그런데 지금은 언제 그랬냐는 듯 깨끗하게 아물어 있다. 아무리 어의가 만든 최상품 연고를 발랐다 해도 이렇게 빠른 시간 내에 아물 순 없다. 아마 향을 계속 피워 일주일은 더 재웠을 거라고 사야는 생각했다.

"곧 영수궁(永守宮), 태후마마의 처소입니다."

시녀의 목소리가 들렸다. 할멈과 어린 내관까지는 분간하겠다.

하지만 두 시녀는 끝까지 자신들의 이름을 내놓지 않았다. 사야가 편의를 위해 아무렇게나 지어 불러도 괜찮겠느냐 묻자 그거야말로 자신들의 복이라고 대답했다.

"이제 가마를 세울 것입니다."

청(靑)과 홍(紅)이라고, 세 살 어린아이도 알 법한 자(字)를 내려줬다. 둘은 무릎까지 꿇으며 감사 인사를 했다.

가마가 멈추고 문이 들렸다. 조심스레 내린 사야는 홍이 이끄는 대로 따라가지 않고 주변을 둘러보았다. 자신의 새하얀 처소와는 완전히 다른 세상이다. 유난히 달빛이 환하여 모든 것을 눈에 담을 수 있었다.

황금빛 장식으로 마무리 된 검은 기와지붕, 짙붉은 기둥, 호수라고 해도 좋을 만큼 커다란 연못이 있고 그 위로 아치교가 놓인 우아한 정원, 다채로운 색감의 옷을 입은 사람들. 이 모든 광경을 집어삼킬 듯이 눈에 담던 사야는 기시감을 느꼈다.

어린 내관이 보인 태도. 어쩔 줄 모르고 그저 고개만 숙인 채 눈도 못 맞추던 그 태도. 영수궁 사람들은 자신이 머무는 냉궁의 어린 내관보다 더하면 더했지 절대 덜하진 않았다. 어느 누구도 사야를 쳐다보지 않았다.

도톰한 안감을 댄 흰 비단옷에 같은 색의 모피 외투를 걸친 사야는 홀로 이방인이 된 기분이었다. 영수궁 안의 모두가 그녀를 혼백처럼 대하고 있었다.

"태후마마께서 기다리십니다. 드시지요."

홍의 은근한 재촉에 걸음을 옮겼다. 제천은 출발점이 태후라고만 말했지 그다음에 어떻게 해야 될지는 말해주지 않았다. 영수궁의 태후. 길 영(永)에 지킬 수(守). 이곳의 주인인 그녀는 오래도록 무얼 지킨다는 것일까? 날 가둔 건 그녀일까? 그녀는 과연 누구의 편일까?

"홍."

"예, 아가씨."

"태후를 뵈면 어떻게 인사해야 하죠? 황궁의 예법까지 잊었는데."

홍이 고개를 저었다.

"그냥 편히 하시면 됩니다."

황제의 요리를 요구할 수 있고 태후에게 편히 대할 수 있는 멸문지화 가문의 딸이 대체 어디 있단 말인가. 사야가 미간을 찌푸렸다. 이 모든 의문에 대한 답을 태후에게서 얻어낼 수 있을까.

"태후마마, 아가씨를 모셔 왔습니다."

"수고했다."

눈을 내려 깐 사야의 귀에 기품 있는 목소리가 들렸다. 편안하고 자애로운 목소리. 오도카니 서 있던 사야가 입을 열었다. 설마 홍이 이런 것에 대해 거짓말을 하진 않았겠지.

"사야, 태후마마를 뵙습니다."

"가까이 오거라."

여전히 눈을 내려 깐 채 목소리가 들리는 쪽으로 좀 더 움직였다.

"더 가까이."

태후의 말이 떨어지자 사야는 고개를 숙이고 더 움직였다. 태후가 소리 죽여 웃었다.

"네가 정말 기억을 잃은 게 분명하구나. 아님 그 말괄량이가 이렇게 온순할 리 없지."

사야가 차마 고개를 들어 태후를 마주 보지 못하고 입술만 깨물었다.

"고개를 들라."

금박 문양이 수놓인 담청색 옷자락이 먼저 눈에 들어왔다. 그 안에 겹쳐 입은 자색 비단치마가 유난히 고왔고 검은색 허리띠 중앙에는 이름도 모를 화려한 보석이 박혀 있었다.

얇고 정교한 황금 사슬에 피보다 붉은 홍옥과 녹옥이 번갈아 달려 있는 목걸이만도 대단한데 손가락마다 끼고 있는 오묘한 빛깔의 마노 반지와 구름머리를 장식한 황금관은 태후의 위세를 보여 주는 것 같아 저도 모르게 숨이 멎었다.

누구보다 화려하게 꾸미고 있어도 전혀 어색하지 않은 여인. 막연히 나이 지긋한 노인일 거라 생각했던 사야는 태후의 미모를 대하고 잠깐 혼란스러워졌다. 사야가 자신을 찬찬히 관찰하고 있다는 걸 깨닫고 태후가 살짝 눈을 흘겼다.

"무슨 생각을 하는 게냐."

"마마께서 상당한 미인이셔서 감탄하고 있었습니다."

"흐음, 기억을 잃었다 해서 걱정했는데 네 녀석 입에서 고런 예쁜 말도 나오고. 썩 나쁘진 않구나."

스스럼없이 귀여워하는 태도다. 사야의 혼란이 가중되었다.

"이리 와서 앉으렴. 내 다 이야기해 줄 테니."

멈칫멈칫 다가갔다. 태후가 권하는 대로 작은 탁자를 사이에 두고 그녀와 나란히 앉았다. 사야는 도무지 긴장을 풀 수가 없었다.

"시녀들에게 들었다. 자해를 했다면서? 그 괄괄한 성격이 아주 사라진 것은 아니구나."

태후가 애정이 듬뿍 담긴 눈으로 바라보며 혀를 찼다. 어디 상처 좀 보자는 말에 사야는 여전히 쭈뼛거리며 왼쪽 손목을 보여주었다. 그곳엔 갓 쪄낸 백설기처럼 뽀얀 피부만 있을 따름이었다.

태후가 손목을 뚫어지게 살피더니 살며시 상처가 났던 부분을 만져 보았다. 분위기 파악에 민감한 사야는 그녀의 입가가 떨리는 걸 발견했다.

"황 어의가 만든 자생지혈고(自生止血膏)의 효능은 언제 봐도 놀랍구나. 하루 만에 이리 깨끗이 아물다니. 진정한 신의로다, 신의야."

사야는 황 어의도 모르고 자생지혈고도 모른다. 그렇지만 황 어의가 화타(華陀)나 편작(扁鵲)에 버금가는 의원이라 하더라도 단 하루 만에 그 심한 상처를 아물게 할 수 없다는 것 정도는 알았다. 모두가 모른 척 시치미를 떼고 있다. 대체 어떻게 되어가는 일인지 그녀는 좀 더 지켜보기로 했다.

"기억을 잃은 데다 갇혀 있는 게 무섭기도 해서 그랬나 봅니다."

사야가 슬쩍 말머리를 돌렸다. 손목을 한참 들여다보던 태후가 고개를 끄덕였다.

"그랬겠지. 당연한 일이겠지. 하지만 사야야, 어쩔 수가 없단다."

태후의 얼굴에 수심이 어렸다.

"모든 걸 처음부터 이야기해 주어야겠구나. 네 이름은 단목사야. 올해로 스물하나. 조나라 개국공신 가문이자 황실과도 인연이 깊은 단목가의 금지옥엽이었다."

이어진 태후의 설명은 이러했다. 단목가의 가주는 수십 년 전 낙향할 당시, 선황에게 가문의 흔적을 지워줄 것을 부탁하였다. 더는 세속에 얽매이지 않고 자유로이 살고 싶다는 간절한 청원이었다. 선황은 친우의 간청을 받아들여 모든 기록에서 단목 성씨를 지웠다.

그로부터 얼마 후, 조정에 단목가에 대한 고발이 올라왔다. 뇌물 수수를 필두로 온갖 더러운 죄목이 줄줄이 엮여졌는데 다른 건 다 차치하고서라도 제일 문제가 되었던 것은 군자금 횡령이었다.

군(軍)과 관련된 죄는 무조건 사형으로 이어지는 중죄다. 개국공신 가문인 만큼 더욱 엄벌해야 한다는 상소문이 날마다 올라왔다. 선황은 친우를 구하기 위해 백방으로 애썼지만 상대편의 증거가 너무나 철저했다.

결국 그는 눈물을 머금고 삼족을 멸하는 데 동의했다. 지금의 태후 란(蘭)도 한 달을 꼬박 울었다고 했다.

그리고 십수 년이 지났다. 태후에게 멸문지화로부터 살아남은 외동딸 사야의 소식이 들려왔다. 시골에 숨어 지낸 지 오래라는 소리에 태후는 속죄의 마음으로 그녀를 몰래 입궁시켰다고 말했다. 냉궁을 새로 단장하여 그곳에 머물게 한 뒤 자신의 먼 친척 아가씨로 알려두었다.

눈만 마주쳐도 발작을 일으킬 수 있는 심약한 소녀이니 허리 위로는 눈길도 주지 말라고 하였단다. 그래서 다들 날 쳐다보지도 않은 걸까. 사야는 작은 의문을 속으로 삼켰다.

"넌 내게 또 다른 딸과도 같단다. 마음 같아선 단목가에 대한 재조사를 명한 뒤 널 황녀로 삼고 싶지만 주위의 눈이 두렵구나. 태후라고 해서 법 위에 설 순 없으니 말이다."

태후가 안타까운 눈으로 사야를 바라보았다. 마주 잡은 두 손이 따뜻했다.

"하지만 이것만은 약조하마. 네가 이곳에 사는 동안만큼은 널 지켜주겠다고. 먹는 것 입는 것 자는 것 어느 하나 불편함이 없을 게야. 넌 비공식적인 황녀나 다름없으니 말이다."

"황녀라……."

"이런, 몸이 아직 다 회복되지 않았을 텐데 너무 오래 붙잡아 놓왔구나."

태후가 문득 정신을 차린 듯 궁녀를 불렀다. 다시 그 작고 좁은 가마를 타고 돌아갈 생각을 하니 숨이 콱 막혔다. 사야가 머리를 굴렸다. 개국공신 가문의 금지옥엽, 비공식적인 황녀, 겉치레는 그 럴싸하다. 그럼 정말 내 권한이 어디까지인지 확인해 볼까. 사야가 천진한 표정을 지었다.

"싫어요, 태후마마. 오랜만의 외출인데 마마와 좀 더 놀고 싶어 요. 여쭤보고 싶은 것도 많고, 아직 시간이 얼마 되지도 않은 것 같 은데."

태후가 어쩔 수 없다는 듯 웃었다.

"네 맘 다 알지. 하지만 어쩌겠니. 나도 널 내 옆에 계속 두고 싶다 만, 간신히 밤에나 이렇게 부를 수 있는 것을."

"저 바깥 공기 좀 쐬고 싶어요. 돌아갈 땐 걸어서 갈게요. 가마는 숨 막힐 것 같아 싫어요. 네, 마마?"

태후가 눈을 흘기며 짐짓 엄한 표정을 지어 보였다.

"어허, 기억을 잃어도 떼쓰는 건 여전하구나. 아니 된다. 어서 돌 아가거라."

"주위 눈이 걱정이라면…… 얼굴을 가리면 되죠."

사야가 품속에서 손수건을 꺼내 눈 아래를 가렸다.

"어차피 밤이고 이렇게 복면처럼 쓰면 아무도 못 알아볼 거예요."

"이 황궁에서 백의를 입은 게 너 하나뿐인데도?"

태후가 반문했다. 사야가 손수건을 나풀거리며 아양을 떨다가 멈칫했다. 그러게 말이다. 몰래 입궁시킨 사람이라면서 왜 눈에 띄게 백의를 입혔단 말인가. 그러고 보니 지금까지 봐온 황궁 안 사람들 중 그 누구도 사야처럼 순백의 옷을 입은 사람이 없었다.

외모로도 충분히 눈에 띌 것 같은데 왜 옷까지 특이하게 입었단 말인가. 이건 마치…… 표식과도 같았다. 누구나 쉽게 그녀를 판별할 수 있는 낙인이랄까.

"마마께서 옷 한 벌 빌려주시면 그거 입고 갈게요. 아무에게도 안 들키게 갈 자신 있어요. 네, 마마? 빌려주세요, 제발요."

"가마가 준비되었다는구나."

태후가 떼쓰는 아이를 부드럽지만 단호하게 떼어냈다. 이럼 곤란하다. 사야는 얼른 천진한 표정을 지우고 의혹 어린 눈빛을 보냈다. 스스로도 놀랄 만한 기교였다.

"뭐가 그리 두려우세요?"

태후가 사야를 쳐다보았다.

"다른 사람이 볼까 봐서요?"

태후는 여전히 아무 말도 하지 못했다.

"다른 사람 누가?"

아슬아슬하지만 조금만 더 몰아붙일까.

"모두에게 입단속을 시키셨다면서요. 황궁 안에서 감히 제 얼굴을 올려다 볼 사람이 없다는 말인데 이토록 두려워하시는 이유가 있나요? 혹시…… 특별히 제가 눈에 띄어선 안 되는 사람이라도?"

또다. 또다시 태후의 입가가 살짝 떨렸다. 하지만 이내 자애로운 미소가 번져나갔다. 분명 협박을 받는데도 사야의 코끝을 톡 건드릴 정도의 여유로움을 보였다. 만만치 않은 상대라고 사야는 생각했다.

"제법이구나, 단목사야."

태후가 궁녀를 불러 밤하늘처럼 검은 옷을 내오라 일렀다. 소매와 깃 부분에 은사(銀絲) 장식이 박힌 아름다운 비단옷은 까마귀의 깃털보다 더 검고 윤이 났다. 사야가 다시 순진한 웃음을 띠고 태후에게 감사를 표했다.

"옷은 돌아가는 대로 바로 보내 드리겠습니다."

"되었다. 내게 옷이 그것 하나뿐인 줄 아느냐. 그냥 가져라."

"감사합니다, 마마."

검은 옷에 검은 복면을 하고 어둠을 틈타 처소로 돌아가는 길. 사야는 영수궁을 벗어나고도 한참을 걸었다. 거리가 확보된 듯하자 청과 홍에게 잠시만 달구경을 하겠다고 말했다. 태후와 달리 두 시녀에겐 사야의 자해 위협을 이겨낼 도리가 없었다.

민첩한 몸놀림으로 둘을 따돌리고 높은 담을 돌았다. 환한 달빛이 조금도 스며들지 않는 구석에서 찾던 걸 발견한 사야는 아이처럼 웃었다.

"당신도 달구경 중인가요?"

어둠 속 인영이 흠칫 놀라 그녀를 보았다.

"아님 다른 구경거리라도 있는 건가요?"

그녀의 과거를 알고 있는 황궁 시위가 달빛 아래 모습을 드러냈다.

제천. 정갈한 샘.

검을 쓰는 무사에게 어울리지 않는 이름이라 생각했다.

하지만 사야가 틀렸다. 그가 달빛 아래로 걸어 나오고 비로소 그의 얼굴을 제대로 마주했을 때 사야는 첫 만남의 기시감을 다시 느꼈다.

이번엔 조금 더 다른 형태였다. 끝없이 펼쳐진 밤하늘과 그 위를 수놓은 별들. 청아한 바람이 대숲을 스치고 지나가고 졸졸 흐르는 샘물 소리를 들으며 누군가 웃었다.

그 누구도 사야에게 이런 느낌을 주지 않았다. 그를 놓칠 수 없었다. 입을 철저히 봉한 감시자들과 지나친 호의를 보이는 태후가 전부인 이곳에서 제천만이 유일한 실마리였다. 사야가 그에게 한 걸음 다가갔다. 탄탄한 어깨에 힘이 들어가는 게 보였다. 두 걸음. 세 걸음. 제천이 황급히 부복(俯伏)했다.

"금의위 1연대……"

낮고 조용한 목소리였지만 감시자들로부터 몰래 빠져나온 사야의 가슴을 철렁하게 만들기엔 충분했다. 소속을 보고하려나본데 사야는 그런 것 따위 궁금하지 않았다. 두 번 생각할 틈도 없이 얼른 달려가 입을 막았다. 사야의 행동에 놀란 제천이 그녀와 눈을 마주쳤다.

짙은 눈썹과 높은 콧날, 꾹 다문 입술, 단정한 턱선. 가까이서 본 제천은 미남이었다. 이상한 건 무심한 눈빛에서 자꾸만 아련함이 배어 나온다는 것이었다. 단순히 사야의 착각일 수도 있지만, 제천은 그녀를 기묘한 기분에 휩싸이게 만들었다.

"나 몰래 나왔단 말이에요. 조용히 해요."

제천이 눈을 내리깔았다. 사내치고는 유별나게 긴 속눈썹이 눈에 들어왔다. 그는 실로 이상했다. 외모는 빙옥을 깎아 만든 것 같은데 무예로 다져진 몸에선 야생의 거친 분위기가 묻어 나왔다. 첫 만남에선 거칠기 짝이 없더니 지금은 마치 황제를 대하듯 깍듯하다. 도저히 갈피를 잡을 수가 없었다.

"당신 말대로 태후를 만났어요. 내가 멸문 당한 개국공신 가문의 금지옥엽이래요. 날 아껴서 몰래 입궁시켰다고, 비공식적인 황녀라고. 그런데 누가 봐도 모두가 날 감시한단 말이죠. 이상하지 않아요?"

제천이 말없이 그녀를 바라보았다. 멍하니 그를 마주 보던 사야는 뒤늦게 그의 입에서 손을 뗐다.

"그다음은 어떻게 해야 되죠? 알려줘요. 당신은 알고 있죠?"

묵묵부답. 사야의 속이 타들어갔다. 언제 시녀들이 찾아낼지 모르는데 이렇게 시간을 보낼 순 없다. 어쩐지 그의 존재를 다른 이들에게 들켜선 안 될 것 같았다.

"말해줘요, 제발."

자꾸 고개를 숙이려는 그의 뺨을 두 손으로 감싸 잡았다.

"당신이 내 유일한 희망이에요."

그의 눈동자에 또 다른 빛이 스치고 지나갔다. 아련함이 아니다. 쓸쓸함인가, 저건.

"절 몇 번 봤다고 그리 믿으시는 겁니까?"

다시 마주한 시선. 제천은 그녀를 비웃고 있었다. 뜻밖의 차가운 면모에 사야가 움찔했다.

"날…… 도와줬잖아요. 방향도 알려줬고."

"고작 그 정도에?"

제천의 냉소가 더 깊어졌다.

"두 번 도와드렸다간 무슨 일이라도 날까 겁나는군요."

이번에야말로 분명히 날 선 말투였으나 사야는 말속의 가시를 무시하고 물었다.

"두 번째도 도와줄 건가요?"

"제가 시키면 뭐든 할 겁니까?"

사야가 고개를 끄덕였다.

"정말 무엇이든? 진심으로?"

묘한 불안감에 사야의 답이 느려졌다.

"황제."

"황제······?"

제천이 고개를 끄덕였다.

"당금 황제 조윤명을 유혹해서 철저히 당신의 것으로 만드십시오. 현군이라 칭송받는 그가 나라와 핏줄을 등지도록 완벽하게 당신의 노예로 만드셔야 합니다. 그것만이······."

그가 한 자 한 자 씹듯이 내뱉었다.

"그것만이 자유로워질 수 있는 유일한 방법입니다."

강하고 융성한 나라 조(朝). 5백 년 역사의 대국은 동쪽으로 큰 바다를 두고 위로는 용맹한 전사와 천리마로 유명한 북번(北繁), 아래로는 풍부한 물자와 온화한 기후를 자랑하는 비파(緋芭), 그리고 서쪽으로는 희귀 광물과 황금으로 무역을 주도하는 창랑(昌朗)과 국경을 마주하고 있다.

각국이 저마다의 특색을 지니고 번영하여 개국한 이래 큰 전쟁이 일어나지 않았는데, 그럼 조나라의 자랑은 뭐고 하니 바로 연이은 성군의 등극이었다.

건국 태조 조승천은 이름 그대로 하늘이 낳은 걸출한 인재였다. 문무예기 어느 것 하나 능하지 않은 분야가 없었고, 아랫사람을 통솔하는 능력도 탁월하여 그가 천자의 자리에 올랐을 때 모두가 기쁜 마음으로 추앙했다.

그의 아들이자 2대 황제인 조남현은 개국 당시 아버지의 책사 역할을 도맡았던 인물로, 지략이 뛰어난 자들에게 부족하기 쉬운 인품까지 갖추고 있어 수성(守成)에 제격이었다.

그가 잡은 나라의 기틀을 3대 황제 조태화가 받아 단단히 하였다. 남현의 아들이 이른 나이로 병사하여 조카를 양자로 들인 것이 태화인데, 자칫 큰 싸움이 일어나기 쉬운 사건임에도 순조롭게 양위가 이루어졌다.

이렇듯 보기 드문 성군들의 연이은 등극에 조나라는 더욱 번성하였고 천만다행으로 암군 내지 폭군이 등장하는 일은 없었다. 아무리 모자라다 해도 현상 유지는 하는 정도이니 조나라의 앞날은 밝디밝았다.

상황이 바뀐 것은 9대 황제 조강개부터였다. 무병장수하던 황제들이 한창 때인 마흔을 넘기지 못하고 붕어하기 시작했다. 죽음 앞에선 성군도 소용없었다.

훌륭한 통치가 빛을 발하기도 전에 줄줄이 알 수 없는 병으로 쓰러졌다. 빠른 속도로 제위가 넘어갔고 민간에서는 황제들이 하나같이 고목나무처럼 바싹 마른 몰골로 숨을 거둔다는 흉문이 떠돌았다.

그리고 현재, 란 태후의 수렴청정이 끝나고 21대 황제 조윤명이 정식으로 통치한 지 십여 년이 되어갔다. 특히 이번 황제는 태조의 재림이란 말이 돌 정도로 모든 분야에 능통한 데다 통솔력이 있어 만인이 기대를 걸었다.

"이번 폐하께선 오래 사셔야 할 텐데, 부디 이번만은 장수하셔야 할 텐데."

전국 각지에서 보양에 좋다는 특산물이 진상되었다. 젊은 나이에 시아버지와 남편의 죽음을 목격한 란 태후가 친히 나서서 약재와 음식을 살폈다.

사정이 사정인지라 열다섯에 황후를 책봉하고 후궁을 스무 명이나 들였는데도 얻은 것은 후궁 소생의 황녀 둘, 황자 하나뿐인 점도 큰 걱정거리였다. 심지어 황자는 벌써부터 심신이 유약하여 걸핏하면 죽을 고비를 넘기를 예사로 항상 어의를 대동하고 다녔다.

이렇듯 황실 분위기가 침울한 가운데 윤명이 올해 스물아홉이란 사실은 모두가 쉬쉬하는 비밀이었다. 황제들의 발병 시기가 점점 빨라진 까닭에 선황만 해도 서른하나에 발작을 시작하여 그 해를 넘기지 못하고 죽었으니 말이다.

까다로운 시험을 일곱 개나 통과하고 선발된 금의위와의 대련(對鍊)에서도 일당백의 실력을 보이는 윤명. 낮에는 천하를 당당히 호령하는 주인의 모습이나, 수족과도 같은 태감마저 물린 잠자리에서 격한 기침 끝에 피를 토한 게 올해 들어 다섯 번째다.

검붉은 피가 묻은 손수건을 화로에 쑤셔 넣으며 윤명은 어쩔 수 없는 불안감에 떨었다. 그는 이제 겨우 스물아홉. 아직 이루고 싶은 것이 많은 사내이자 황제였다.

❀ ❀ ❀

요 며칠 동안 사야는 얌전히 굴었다. 처음엔 긴가민가하던 청과 홍도 평온한 나날이 일주일이나 이어지자 마음을 놓았다. 항상 주위를 살피던 할멈의 눈초리도 무뎌졌고 어린 내관도 이제 정원에서 그녀와 단둘이 마주친다고 해서 벌벌 떨지 않았다.

깊은 밤, 이부자리 살피는 시녀들 몰래 사야는 꿀과자 하나를 입에 쏙 넣었다.

"그럼 편히 쉬십시오."

홍이 기름등을 끄고 나갔다. 훈훈한 화로와 그 옆의 향로. 향로에선 예의 은은한 연기 한 줄기가 피어오르고 있었다. 그로부터 반 시진 뒤 침실의 문이 열렸다. 시녀는 사야가 곤히 잠들었음을 확인하고 다시 나갔다. 주위가 완전한 침묵에 빠져들었을 때 사야가 반짝 눈을 떴다.

"이 당의정 정말 효과가 좋네."

제천에게 향을 건넨 지 이틀 뒤, 그가 작은 상자를 돌려주었다. 열어보니 어린아이들이 즐겨먹는 꿀과자가 수북이 들어 있었다.

"선물이에요?"

"아가씨 침실의 향은 짐작하신대로 아주 강력한 수면 효과가 있었습니다. 이 당의정을 드시면 잠드는 걸 막을 수 있을 겁니다."

미처 고맙다는 인사를 하기도 전에 가버렸다. 과거에 무슨 사이였는지는 모르겠지만 정말이지 알면 알수록 딱딱한 사내였다. 그가 다시 나타난 것은 사흘 뒤였다. 이번엔 폭이 좁고 가벼우면서도 견고한 대나무 사다리를 가져왔다.

"이거면 담장을 넘으실 수 있을 겁니다. 담벼락 밑 수풀에 숨겨두시면 될 거고."

미덥지 못한 아이를 대하듯 그녀를 슥 훑어보는 태도가 거슬렸다. 사야의 얼굴이 뾰로통해졌다. 이젠 고맙다는 인사를 하기도 싫어졌다. 그러거나 말거나 제천은 황궁 지도가 그려진 양피지까지 건네주고는 사라졌다.

"이상한 사람이야."

검은 비단옷을 입고 검은 복면을 했다. 이대로 사다리가 부러지는 건 아닌지 불안했지만 어쨌든 무사히 담도 넘었다. 양피지를 펼쳐든 사야는 자신의 처소가 황궁에서도 제일 북쪽 구석에 있음을 파악했다. 그다음은 황제의 침전 위치. 이유는 모르겠지만 제천이 일단 황제를 유혹하라고 했으니 그의 말에 따를 참이었다.

"사 리(里)?"

아무리 황궁이라지만 너무 큰 게 아닌가 싶었다. 침전은 일단 보류다. 사다리를 수풀 사이에 숨기고 좀 더 고민하던 사야의 눈에 온갖 장서와 기록이 보관되어 있는 보전각이 들어왔다. 하지만 내궁에 있는 황제의 침전과 달리 보전각은 외궁에 속해 거리로 따지자면 침전보다 훨씬 멀었다.

그의 언행을 담은 기록을 보면 황제가 어떤 사람인지 짐작할 수도 있을 것 같았는데 이거 원 이렇게 멀어서야.

"아니지. 쇠뿔도 단김에 빼랬다고 오늘 더 먼 데를 다녀오는 게 낫겠어."

사야가 생각 정리를 마친 뒤 고개를 끄덕였다. 아무리 생각해 봐도 이 방법이 좋을 것 같았다.

그렇게 씩씩하게 걷기를 한 시진. 사야는 넋이 나가 버렸다. 지도로 봤을 땐 그저 큰 바둑판 같았던 황궁이다. 큰 건물들을 기준 삼아 동남쪽으로 이동하면 되겠다고 생각했는데 실상은 그리 만만치가 않았다.

어둑어둑한 밤인 데다가 낯선 곳. 황궁을 경비하는 금의위와 항상 무리지어 다니는 궁인들을 피해 다녀야 한다. 긴장한 채 오래도록 걷자 온몸이 쑤셔왔다. 사실 이젠 될 대로 되라는 심정이어서 사야는 이리저리 구경이나 하다가 늦기 전에 돌아가기로 마음먹었다.

"여긴 문단속도 안 하고…… 버려진 곳인가?"

유독 낡은 문이 열려 있는 것이 눈에 띄었다. 어쩐지 으스스한 기분이 드는 구역이었다. 금림(禁林)으로 들어섰다는 사실도 알지 못한 채, 사야는 화려한 황궁에 이런 곳도 있나 싶어 점점 더 깊숙이

들어갔다.

이끼 앉은 석등과 조각, 발치에 굴러다니는 썩은 이파리.

사람은 물론 쥐새끼 하나 살지 않을 것 같은 전각을 통과한 사야는 순간 인기척을 느끼고 어둠 속에 몸을 묻었다. 후원으로 짐작되는 곳에서 소리가 났다.

들켰나? 혹시 내 소릴 들었을까? 금의위면 어쩌지?

심호흡을 하고 고개를 빠끔 내밀었다. 찰방, 물소리가 나는 것 같았다. 후원에 연못이라도 있나 본데 전각 앞을 가로막고 있는 큰 나무 때문에 제대로 보이지가 않았다.

좀 더 다가가도 어두운 옷 색깔 덕분에 들키지 않을 것 같았다. 살금살금 큰 나무 뒤로 이동했다. 지면까지 축 늘어진 나뭇가지 사이로 한 사내가 보였다.

귀신이라도 나올 것 같은 이곳 분위기와 대조적으로 연못물은 수정처럼 맑고 고요했다. 짙은 녹색 장포를 걸친 사내가 멍하니 이를 내려다보고 있었다. 아직 추운 날씨에 가슴께를 풀어 헤친 것이 병자가 아니면 취객일 터다. 사야가 여전히 들킬 것을 걱정하며 지켜보고 있는데 그가 갑자기 연못으로 휘청휘청 걸어 들어갔다.

사야의 눈이 왕방울만 해졌다.

어떡해? 어떡해? 저, 저, 저사람 자, 자살하려나 봐!

참으로 난감한 순간이었다. 소리 질러 도움을 청하면 냉궁을 빠져나온 사실이 발각될 테고 이대로 두고 보자니 마음이 불편했다.

눈앞에서 사람이 죽는데 가만 두고 보는 게 말이 되냔 말이다.

이러지도 저러지도 못하고 전전긍긍하던 사야가 결국 개미만 한 목소리로 사내를 불렀다. 나무 뒤에 숨은 채로 어떻게든 말려보잔 심산이었다.

"저기요."

자살을 결심한 사람에게 요만한 목소리가 들릴 리 없다.

"저기 이봐요."

이번에도 듣지 못한 듯 사내는 걸음을 멈추지 않았다. 사야의 눈이 휘둥그레졌다. 제천에 견줄 만큼 키가 컸던 사내다. 그런 그가 이미 가슴까지 물에 들어갔다. 사야의 목소리가 커졌다.

"그만둬요!"

사내가 우뚝 걸음을 멈췄다. 일단 멈추게 했으니 이대로 달아날까? 고민하던 사야는 최소한 물 밖으로 나오게 해야지 않겠느냐고 자신을 설득했다. 자신이 돌아가고 난 뒤 사내가 다시 마음을 바꾸면 곤란하니까.

"나쁜 생각 하면 안 되죠. 젊은 사람이."

나무 뒤에 숨은 채 말을 이었다. 사내가 소리가 들리는 쪽으로 고개를 돌리더니 마치 나무를 뚫고 볼 수 있다는 듯 한참을 쳐다보았다. 사야가 떨리는 목소리로 말했다.

"일단 밖으로 나와요. 그러다 감기 걸리겠어요."

사내가 픽 웃었다. 누군가와는 또 다르게 비웃는 것 같아서 사야가 발끈했다.

"그만하고 나오죠?"

"어차피 죽을 목숨, 조금 빨리 당긴다고 해서 뭐가 달라지나?"

근데 그걸 왜 하필 내가 보는 앞에서 하는 거냐고요. 말대꾸하고 싶은 맘이 굴뚝같았지만 꾹 눌러 참은 사야가 대답했다.

"여든 노인이 그런 말을 하면 그러려니 하겠어요. 그런데 아직 새파랗게 젊은 당신이? 더 살아보지도 않고 포기하는 거예요? 물러 터졌네요."

관심을 끄는 데는 역시 독설이 최고다. 쏟아지는 비난에 어안이 벙벙하던 사내가 기가 차다는 듯 웃음을 터뜨렸다. 그나마 다행은 웃다가 뒤로 두어 걸음 물러났다는 것이다. 사족이지만 사내의 웃음소리는 꽤 듣기 좋았다.

"충고는 고맙다만 언제나 예외는 있는 법이라서. 그건 그렇고 그쪽도 그런 말을 하기엔 연륜이 부족한 것 같은데?"

"말 돌리지 말고, 트집 잡지 마시죠. 나와서 차 한잔 마시고 푹 자요. 살아 있어야 뭘 하든지 말든지 할 것 아니에요."

죽으면 뭐 다 해결되는 줄 아나? 힘든 상황으로부터 자유로워진다고? 웃기는 소리야. 아주 펄펄 끓는 유황불에 떨어져서 내가 조금만 더 버텨볼걸 내가 미쳤지 굴러다니기나 해라. 조그만 목소리로 저주를 퍼부었다.

한 번 귀 기울이니 이제 작은 소리도 다 들리는지 사내가 쿡쿡 소리 죽여 웃었다. 미친놈. 취객이 아니라 병자가 분명했다. 기세 좋게 시작한 일이 첫날부터 꼬이자 분통이 터진 사야는 쌓인 화를 사내에게 풀었다.

"살아 있어야 뭘 하든지 말든지…… 맞는 말이지. 맞는 말이야."

그러고는 기껏 돌려놓은 두어 걸음을 더 들어갔다. 놀란 사야가 나무 뒤에서 뛰쳐나왔다.

"귀가 먹었어요? 이제껏 내 말을 어디로 들은 거예요?"

사내가 멈칫하더니 아직 절반쯤 어둠 속에 잠겨 있는 사야를 쳐다봤다. 사내는 사야의 허리 아래로만 보이겠지만, 사야는 그를 온전히 눈에 담을 수 있었다.

날카로운 눈매에서 포식자의 분위기가 묻어 나왔다. 풀어 헤친 가슴팍이 물기로 번들거렸고 턱에서도 물방울이 뚝뚝 떨어지고 있었다. 관능과 매혹, 오만, 지배욕이란 말이 연이어 떠올랐다. 더 가까이 가면 잡아먹힐 것 같다고 사야는 생각했다.

"무늬 없는 칠흑의 비단에 은사 자수라. 내 기억하기로 그런 옷은 황궁에 하나뿐인데."

이번엔 사야가 뒷걸음질할 차례였다. 사내가 웃음을 띤 채 위협했다.

"도둑이냐. 아니면, 자객이냐."

자살을 말리려다가 몰래 감행한 외출이 들통 나게 생겼다. 사야가 뒤로 더 물러나려는 순간 사내가 연못으로 걸어 들어갔다. 순식간에 목까지 잠겼다.

"모습을 드러내지 않으면 이대로 죽겠다."

무슨 저런 위협이 있담? 사야가 당황하는 새 사내가 머리를 풍덩 담갔다. 어, 어, 어, 안 돼! 기껏 구해놨는데 도로 죽으면 안 되지! 사야가 연못가로 달려갔다.

"알았어요! 여기 왔어요, 왔다고! 그러니까 미친 짓 그만둬요!"

다급한 마음에 복면도 확 끌렀다. 설마 벌써 죽었나? 두리번거리는 사야의 바로 앞에서 사내의 상체가 솟구쳤다. 아직 허리까지 잠긴 채 그녀를 쳐다본 사내가 곧 숨을 멈췄다.

교교한 달빛을 등지고 선 자태는 지상의 것이 아니었다. 눈부신 아름다움에 감탄하기가 무섭게 진한 색향(色香)이 풍겨왔다.

참으로 기묘한 일이었다. 얼핏 보기엔 순진한 여인이나 자꾸 보고 있으니 저절로 음욕이 치밀었다. 당장 비단옷을 찢듯이 벗긴 다음 빳빳하게 일어선 제 것을 박아 넣고 싶었다.

윤명, 네가 제대로 미친 게로구나. 스스로의 생각에 놀란 그가 황급히 고개를 돌렸다. 하지만 무언가에 홀린 듯 다시 천녀(天女)에게로 눈길을 돌릴 수밖에 없었다.

"괜찮아요?"

천녀가 걱정스레 묻더니 허리를 굽혀 앉았다. 아직 연못에 있는 그와 눈높이가 같아졌음에도 윤명은 실감이 나지 않았다. 눈앞의 이 여인이 진정 살아 있는 사람인가? 그가 대꾸를 않자 천녀의 미간이 찌푸려졌다. 걱정 어린 모습마저 심장이 멎게 아름다웠다.

"말 좀 해봐요."

그의 얼굴 앞에다 대고 손을 흔들던 그녀가 이마에 손바닥을 대었다. 온기가 느껴졌다. 윤명은 저도 모르게 그녀의 손을 꽉 잡아챘다.

"누구냐."

천녀의 눈이 커졌다.

"누군데 이 시간에 금림에 있는 것이냐."

천녀가 손을 빼려고 애썼지만 어차피 그 가녀린 팔로는 그를 이길 수 없었다. 그녀가 바르작거릴 때마다 윤명의 호흡이 거칠어졌다. 가지고 싶었다. 철저히 유린하고픈 욕구가 치밀었다.

"아프니까 이거 놔요!"

"그대가 누군지 말하라, 당장."

"몰라요. 이거 놔!"

"말하라!"

"모른다고!"

천녀가 그의 어깨를 내려쳤다. 손목의 아픔 때문인지 그의 위협 때문인지는 모르겠지만, 어느새 커다란 눈망울에 물기가 어렸다. 그녀가 울먹였다.

"나도 잘 모른다고…… 내가 누군지……. 그러니까 제발 좀 놔줘요."

윤명이 손아귀 힘을 풀었다. 그가 땅 위로 올라올 때까지 그녀는 주저앉은 채 손목을 문지르고 있었다. 여린 피부가 쓸려 자국이 남았다. 그런 상처를 남긴 건 자신인데도 혹시 함부로 건드리면 날아갈까 싶어 주저하며 윤명이 물었다.

"이름은 있을 게 아니냐."

혹여 기억을 잃기라도 한 건가. 묻고 싶은 건 많은데 죄다 입안에서만 맴돌았다. 눈물이 그렁그렁한 채 손목을 만지던 그녀가 답했다.

"사야(沙夜)."

"사야……."

사막의 밤. 신비롭고 매혹적인 이름은 그녀에게 잘 어울렸다. 태후의 주선으로 비밀리에 입궁했고, 냉궁에 갇혀 살며 자유를 얻기 위해 황제를 유혹해야 한다는 사실까지 그녀에게서 끌어냈을 때 윤명은 한동안 자신의 정체를 감추기로 마음먹었다.

"선황의 후궁의 아들이면…… 왕 아니에요? 엄청 높은 사람인데?"

전각 난간에 걸터앉아 이런저런 이야길 하던 중이었다. 사야가 혼자 너무 많은 말을 했다며 그에 대해 물었고 이에 윤명은 눈 하나 깜짝 않고 황제의 이복형제라 둘러댔다. 황궁에 황제를 제외하고 이 시간까지 남아 있을 수 있는 사내는 금의위와 내관뿐인데 그 어느 것을 말해도 의심을 살 게 분명하니 차라리 납득할 만한 예외를 들이미는 게 나았다.

"높기는 무슨. 선황의 후궁이 몇인 줄 아느냐?"

사야가 고개를 도리도리 저었다.

"비가 여덟, 빈이 열다섯, 세부(世婦)가 스물, 승은궁녀가 아홉이다."

"쉬, 쉰둘?"

"사비구빈(四妃九嬪)이 적법이나 천자는 무치(無恥)라지 않더냐. 셈이 끝났으면 이번엔 어디 자녀 수를 헤아려 봐라. 한 여인이 둘만 낳아도 대체 몇 명인지."

일백이 넘는 수에 사야의 입이 벌어졌다. 이를 본 윤명이 웃었다.

"다행인지 불행인지 이 황실은 후손이 귀해. 가히 노력하였으되 결실은 고작 열 명. 그중 살아남은 자식은 넷뿐이고, 나와 형님들은 이렇듯 꼼짝도 못하고 지내지. 작위는 그럴듯하다만 왕부도 없이 여기 갇혀 있는 건 네 신세와 비슷하다."

사야가 무슨 생각을 하는지 한참 말이 없다가 윤명을 빤히 보았다.

"어쨌거나 황제와 형제지긴이란 거 아니에요. 그럼 혹시 날 좀 도와줄 수 있어요?"

"아깐 선황의 후궁 수였지. 그럼 혹시 현 황제의 후궁 수는 아느냐?"

"……그런 거 내가 알 게 뭐야."

사야의 불만이 얼굴에 고스란히 다 드러났다. 천진하고 꾸밈없는 태도에 윤명은 점점 빠져들었다. 친동기간에도 살수를 쓰는 곳이 그의 집이다. 음모와 계략이 난무하는 황궁 안에서 그녀는 신선한 존재였다.

"스무 명이다. 이미 황자와 황녀도 있다던데."

"왜 놀랍지가 않을까요. 그래도 쉰둘을 상대하느니 그 절반과 싸우는 게 낫지. 참, 황제와 형제지간이면 그…… 폐하의 연치가…… 그쪽과 비슷하겠죠? 그렇죠?"

사야의 눈에 걱정이 가득했다. 유혹해야 하는 사내가 백발노인이 아닐까 염려하는 것일 터다. 윤명은 자조했다. 과연 내가 백발노인이 될 때까지 살 수 있을까. 다음 신년을 무사히 넘길 수 있을지도 불확실한데.

한편 상대에 관한 최소한의 정보도 없이 무턱대고 유혹하려드는 사야가 우스웠다.

자신이 혼잣말로라도 요즘 푸른색이 보기 좋다고 하면 사흘이 지나기도 전에 궁 안의 모든 여인이 푸른색으로 전신을 감싸고 다녔다. 그런데 황제에 대해서는 이름자밖에 모르는 여인이라.

"네겐 다행이겠군. 나와 같은 스물아홉이니."

"그럼 폐하께선 외로움을 어떻게 이겨 내시나요?"

뜻밖의 질문에 윤명이 처음으로 아무 사심 없이 사야를 쳐다보았다. 뻔한 질문이 이어질 줄 알았다. 정숙한 여인을 좋아하는지 요염한 여인이 좋아하는지 도도한 여인이 좋아하는지 같은 질문. 다들 그런 것을 궁금해했다. 그런데 사야는 달랐다.

"어째서 그런 걸 궁금해하는 거냐."

그녀에게 있어선 윤명의 반문이 의외였는지 고개를 갸우뚱했다.

"제가 말씀드렸을 텐데요, 폐하를 유혹해야 한다고."

"그랬지."

"몸으로 현혹한 뒤 마음을 얻는 건 힘들다고요. 하지만 그 반대는 훨씬 쉬워요. 처음에 시간이 더 걸린다 뿐이지."

윤명이 아무 대꾸도 하지 않자 사야의 표정이 살짝 일그러졌다. 자신의 설명이 부족했나 싶은지 말을 이어갔다.

"사람은 외로울 때 가장 약해지잖아요. 한낱 백성도 그런데 천하를 다스리는 막중한 책임의 폐하께선 어떠시겠어요. 그것도 스물아홉의 젊은 분이. 안 그래요?"

윤명이 잠시 할 말을 잃었다. 계략 같은 것과는 동떨어진 순수라고 생각했다. 그런데 아니었다. 그렇다고 교활한 존재도 아니다. 이거 상황이 묘하게 흘러가는군. 그가 생각했다.

색에 매혹되어 가지고자 하였는데 의외의 부분에서 빛을 발했다. 내 호기심을 제대로 자극하는구나, 단목사야. 모후께선 무슨 뜻으로 널 데려오셨을까. 그녀의 아름다움에 도취되어 있던 윤명이 서서히 깨어나기 시작했다.

모함 때문에 멸문당했다고 했다. 그것도 선황의 통치시기에. 윤명이 기억하건대 선황은 멸문 성지를 내린 적이 단 한 번도 없었다. 아무리 친우가 기록을 없애줄 것을 간청했다 하더라도 성지에 관한 일은 별개의 문제였다.

황제가 내린 성지는 사소한 사항까지 모두 기록하여 아무도 건드릴 수 없는 금고에 보관한다. 이는 황제가 억지를 부린다 해도 불가능한 일이다. 참으로 기이한 일이었다.

더 믿기 힘든 사실은 따로 있었다. 단목가의 멸문에 란이 꼬박 한 달을 울었다는 부분. 그거야말로 있을 수 없는 일이다. 윤명이 기억하기로 어머니는 살면서 단 한 번도 눈물을 보인 적이 없으니까. 심지어 그녀의 남편이 죽을 때조차 말이다.

황후의 아침 단장에 여념 없는 강녕궁(康寧宮)은 늘 그렇듯 조용하고 군더더기가 없었다. 아무도 소리 내어 말하지 않는 가운데 의복 단장이 끝나면 황후는 가마에 올라 영수궁으로 향했다.

올해 스물다섯인 교(皎) 황후는 부드러운 성품과 깍듯함, 남편을 향한 순정으로 유명했다. 혼인한 지 열네 해가 되었는데도 윤명이 강녕궁을 찾을 때면 여전히 수줍음과 반가움으로 웃음꽃이 피었다.

고관대작의 여식도 아닌 그녀가 몸이 안 좋은 언니 대신 간택에 참가해 황후에 책봉된 것이 열한 살 때 일이다.

머리와 어깨를 짓누르는 무거운 장식에 힘들어하며 맞은 초례일. 한 손에 책을 말아 쥐고 나타난 소년 황제는 태어나 처음 보는 미소년이었다.

"황후는 올해 연치가 어찌 되시나?"

교는 간신히 열한 살이라 대답했고 답을 들은 윤명은 웃었다.

"아아, 그댄 아직 너무 어리군."

그때라고 생각한다. 윤명이 교의 마음에 들어온 때가. 이후로 그녀는 순종적이고 현명한 황후, 즉 윤명에게 어울리는 여인이 되기 위해 노력했다. 태후의 은근한 권고에 새 후궁을 맞을 때면 마음이 아팠지만 인내와 덕을 새기며 견뎠다.

어쨌거나 윤명은 초례부터 지금까지 쭉 그녀를 존중하고 배려해 주었다. 공사다망한 중에도 그녀의 생일을 잊지 않은 게 그 증거였다. 그는 직접 고른 선물을 수족인 이 태감에게 들려 보냈고, 그럴 때면 이 태감은 칠보와 황금으로 장식된 함을 들고 내궁을 한 바퀴 돌아 강녕궁으로 왔다.

열여섯이 되어 그와 진정한 첫 밤을 보내고 난 이후로 윤명은 생일 때마다 다른 종류의 반지를 보내왔다. 교는 아침마다 공들여 그날의 반지를 골랐다. 오늘은 맑은 빛깔의 호박반지가 왼손 엄지에 자리 잡았다.

"황후마마 드십니다."

인자한 미소를 띠고 계시지만 언제 뵈어도 어려운 태후시다. 교가 흠 잡을 데 없는 태도로 인사를 올렸다. 태후가 아주 흡족한 미소를 지었다. 요즘 들어 태후가 환히 웃는 횟수가 늘었다. 무던한 교조차도 눈치챌 수 있었다.

"오늘은 호박이구려?"

"그렇습니다."

"기품 있는 보석이라 보통 젊은 사람보다는 노부인에게 어울리지요. 하지만 우리 황후께선 나이가 무색하도록 점잖으시니 그만하면 황상의 안목도 꽤 쓸 만합니다."

교가 웃었다. 많은 후궁들이 태후의 비위를 맞추다가 끝 모르는 아들 칭찬에 질렸다지만 교는 항상 진심으로 동의했다. 그녀에게 윤명은 절대적인 존재였다. 태후의 아들 자랑에 동조하여 몇 시간도 보낼 수 있었다. 태후 역시 교의 순정을 알고 있는지 비빈들과는 확연히 다른 총애를 주었다.

"친정에서 사람이 다녀갔다고요."

"예, 오랜만에 소식이 와서 반가웠습니다."

"안락후(安樂侯)도 참. 황도에 머물며 종종 따님을 뵈면 얼마나 좋습니까. 그렇다고 낙향한 이를 끌어올 수도 없고 말입니다."

교가 친정 생각에 젖어들었다. 세상 사람들은 안락후가 있는지조차 몰랐다. 딸이 태후와 황제의 총애를 받는다는 확신이 서자 아버지는 일가를 끌고 고향으로 내려갔다. 아버지의 그런 처신 덕분에 윤명이 집권하는 동안 외척에 관한 군소리는 한마디도 나오지 않았다.

"그래, 가족들은 모두 무탈하답니까?"

"예, 언니가 지난달 해산하여 몸조리 중이랍니다. 아들딸 쌍둥이라네요."

"경사네요. 겹경사예요. 내 어의에게 일러 산모에게 좋은 약재를 내려 보내야겠어요. 안락후 성정에 패물을 받을 리도 없고 그런 거나 보내야지요."

"황송하옵니다."

자리에서 일어나 무릎을 살짝 굽히며 예를 차리자 태후가 손을 내저었다.

"인사는 됐고 황후도 심신을 편히 하세요. 조나라 황실이 손이 귀하긴 하나 꼬박꼬박 태자를 세웠습니다. 황후도 곧 좋은 소식이 올 겁니다."

"명심하겠습니다, 마마."

"후궁을 계속 보게 해서 은근히 내가 미웠지요?"

교아 그게 놀라 고개를 내저었다.

"절대 그렇지 않습니다. 조나라의 운명이 달린 일인걸요. 제가 어찌 감히……."

"우리 황후 이렇게 생각 깊으신 것 내 다 압니다. 하지만 부처님도 시앗을 보면 돌아앉으신다지 않습니까. 황상을 극진히 연모하시는데 후궁을 스무 명이나 들였으니 많이 속상했을 겁니다. 나도 겪었던 일이지요. 고생이 많았습니다."

"망극하옵니다."

"내가 조급해서 그랬던 거였어요. 조급해서 말이에요."

무슨 생각을 하는지 갑자기 태후의 얼굴에 은은한 미소가 어렸다. 또 그 표정이다. 만족스러움이 가득 배어 나오는 표정. 태후의 심중을 파악하지 못하고 교가 그저 고개를 숙였다. 아직까지 회임하지 못한 며느리는 입을 다물고 있어야 한다.

"그런데 이제는 아닙니다. 걱정할 것이 없어요. 내 약조하지요. 후궁을 더 들이는 일은 앞으로 없을 겁니다. 그러니 황후도 마음 편히 가지고 황상을 보필하세요."

평소와는 다른 아침 문안을 마치고 나오면서 교가 고개를 갸웃하였다. 더는 조급할 일이 없다? 후궁을 들이지 않을 것이다? 태후의 뜻이 짐작되지가 않았다. 대체 무엇이 태후로 하여금 그런 말을 하도록 만들었을까.

한동안 교의 귓가에서 태후의 말이 떠나질 않았다.

二章

단목사야의 정체

"흐음, 이게 사실이라는 전제하에 말이죠."

사야가 담벼락 너머의 제천에게 말했다. 그가 담 너머 던진 두루마리 종이에는 조나라 황실 계보가 적혀 있었다. 무슨 수를 썼는지 몰라도 제천이 보전각 기록을 베껴온 것이다. 사야의 말이 끝나기가 무섭게 차가운 대꾸가 날아왔다.

"제가 왜 아가씨께 거짓 정보를 드리겠습니까."

어조만 바꾸면 다정하게 들릴 수도 있을 말을 꼭 저런 식으로 던져야 할까. 사야가 담벼락을 향해 눈을 흘겼다. 본인은 내가 이렇게 노려보는 걸 모르겠지. 사야의 눈초리가 더욱 매서워졌다.

"헌데 그런 진제하에, 뭡니까?"

"황제를 만난 것 같아요."

대꾸가 없다. 제천으로부터 유혹하란 지시를 들은 지 얼마 지나지 않아 벌써 성과를 거둔 것이다. 이번에야말로 조금 놀랐겠지 싶은 마음에 사야가 으쓱하여 말을 이었다.

"본인은 현 황제의 이복형제라던데 이 기록에 따르면 스물아홉 살인 왕의 형제는 없거든요."

여전히 대꾸가 없다. 사야의 입가에 뿌듯한 미소가 걸렸다.

"운이 좋은 것 같아. 안 그래요? 길을 헤매다 들어간 곳이 금림인데 우연히 자살 시도를 말린 사람이 황제였을 줄이야. 고관대작 이상의 느낌은 왔지만 설마 황제 본인일 줄은 몰랐거든요. 진짜 이복형제이기만 해도 감지덕진데 황제라니. 참, 내가 말했던가요? 그가 내게 반한 것 같아요."

생글생글 웃으며 성과를 말해주는데 벽 너머에서 비웃는 소리가 들렸다.

"운이라. 지도가 잘못된 게 운이라면 운이겠습니다만."

"뭐요?"

"마침 헤매다 들어간 곳이 금림. 그것도 문이 열린 금림. 이상하지 않습니까? 황제가 요 며칠 마음이 답답할 때면 야음을 틈타 금림을 거닌다는 정보. 수족과도 같은 태감도 모르는 눈치던데."

사야가 눈처럼 새하얀 벽을 뚫어지게 쳐다보았다. 그러면 담 너머의 제천이 보이기라도 할 듯이.

"그럼 당신이 일부러 지도를 틀리게 그렸단 소리예요? 내가 어떻게 금림으로 갈 줄 알고?"

"토끼 몰아넣기…… 모르십니까?"

제천이 담담히 말을 이어갔다.

"토끼는 인기척을 피해 도망가죠. 그 인기척의 진가를 확인할 새
도 없게 몰아가다 보면…… 애초에 몰이꾼이 생각해 둔 곳으로 들
어가게 마련."

"날…… 미행했어요?"

"덕분에 황제를 만났잖습니까. 그럼, 황궁 경비가 얼마나 삼엄한
데 무공도 모르는 여인이 한 시진이나 들키지 않고 돌아다닐 수 있
었겠습니까?"

연이은 충격에 사야의 말문이 막혔다. 이럴 바에야 그냥 제천이
황제를 납치해 오면 그녀가 유혹하는 편이 낫지 않겠나, 차라리 그
러는 편이 쉽고 빠르지 않겠나 하는 원망스러운 생각이 들었다.

자신이 지난밤 했던 모든 일들은 다 제천의 손바닥 안에서 일어
났던 것이다.

한편 사야의 내면에서 조그만 의혹이 싹텄다. 혼란스러운 와중
에 제천만이 길을 제시해 주었고 그녀는 일단 군말 없이 따라왔다.
그런데 제천은 저와 무슨 관계이기에 이러는 걸까. 더군다나 일개
금의위 한 명이 벌이는 일이라기엔 규모가 너무 크지 않나.

또 하나, 자유를 찾을 수 있는 유일한 방법이 왜 황제를 유혹하는
것일까? 황제의 총애를 받으면 후궁이 되어 복잡한 암투에 휘말릴
테고, 이 높은 황궁 성벽 안에서 생을 마치게 될 것이다. 아무리 생

각해 봐도 자유롭고 편안한 삶과는 관계가 없었다.

의혹은 좀 더 근원적인 데로 옮아갔다. 계단에서 발을 헛디뎌 뇌진탕 때문에 기억을 잃었다는 헛소린 애초에 믿지 않았다. 사야 자신은 왜 기억을 잃은 것인가. 대체 무슨 연유로.

"이제 어떻게 하면 되죠?"

모든 의혹을 가슴 속에 담아둔 채 사야가 물었다.

"별거 없습니다. 황제를 만났지 않습니까. 그는 이미 당신께 매료되었다고 아가씨 입으로 말하지 않으셨습니까. 남은 건 자주 만나며 정을 쌓는 것뿐. 아가씨의 사정과 처소를 알려주었으니 이제 그가 찾아올 겁니다."

그리 말하는 제천은 왠지 금방이라도 떠날 사람 같았다. 마치 사야 혼자 아찔한 무대 위에 올려두고 객석으로 내려가려는 것 같아 불안감이 와락 솟구쳤다.

"제천."

사야의 부름에 다급함이 실렸다. 담벼락을 투시할 순 없지만 그 역시 이쪽을 바라보는 게 느껴졌다.

"혹시 내가 도움이 필요하면……."

무슨 말을 해야 이런 불안감을 누르고 그를 잡을 수 있을지 몰라 말끝을 흐렸다. 제천이 한참 조용하더니 나직한 목소리로 답했다.

"전 항상 아가씨 뒤에 있습니다."

사야가 그 말의 여운을 곱씹고 있을 때 제천이 멀어지는 소리가 들렸다. 그는 누구일까. 그는 왜 날 도와주며 왜 나로 하여금 이렇게 슬픈 감정을 느끼게 하는 걸까. 사야가 담벼락에 등을 기댄 채 주저앉았다. 모든 의문은 잃어버린 기억으로 귀결되었다. 그리고 그 새하얗게 닫힌 기억 너머에 제천이 있을 거라는 사실은 분명했다.

"기상!"

제천이 눈을 떴다. 그의 소속은 황궁을 지키는 금의위 1연대 제1조. 지난밤부터 새벽까지 야간 순시를 한 4조와 교대해야 한다. 연대장이 친히 숙소를 방문해 잠에 빠진 이들을 깨웠다.

전국에서 난다 긴다 하는 무골들이 금의위가 되기 위해 몰려들지만 천자와 황궁, 도성을 지키는 중요 직책이니만큼 일곱 단계나 되는 시험은 실로 만만치 않았다. 엄격한 신체검사를 거쳐 검, 활, 창, 격투, 승마, 병법 시험을 치르는 동안 숱한 인재들이 탈락의 고배를 마셨다.

그중에서도 최정예라 일컫는 1연대 지망자들은 더 했다. 평균치보다 훨씬 우수한 성적을 내야 간신히 배정받을 수 있었다.

그런 최정예 병사들을 모아놓은 연대이니 평소 훈련이 얼마나 고될지는 안 봐도 빤하다. 평생 무도를 걸어온 장정들이 잠자리에 누우면 신음소릴 낼 정도로 혹독하게 굴렸다.

하지만 특채로 뽑혀 들어온 제천에게 있어 이 정도 훈련은 할 만한 수준이었다. 다른 이들의 시기 때문에 힘든 척을 할 뿐, 그는 이미 16년 전에 이보다 고된 훈련을 했다.

"식사가 끝나는 즉시 외궁을 구보(驅步)한다. 구보가 끝나는 대로 수련장에 모여라. 오늘은 폐하와의 대련이 있다."

여기저기서 앓는 소리가 나왔다. 윤명은 태조의 재림이란 말이 돌 정도로 문무 다방면에 뛰어났다. 특히 그의 무술실력은 금의위 최정예들조차 혀를 내두를 정도였다. 황제라서 봐주는 게 아니라 진짜 살기 위해서 싸워야 했다. 윤명과 대련하고 나면 온몸에 멍이 들고 삭신이 쑤시니 다들 죽을상을 하는 게 당연했다.

"황제 폐하 납시오."

"황제 폐하 만세 만만세!"

넓은 수련장에 장정 백 명이 부복했다. 그 우렁찬 소리가 맑은 하늘을 찌를 정도라 보고만 있어도 절로 든든한 기분이었다. 무복 차림의 윤명이 수련장에 들어서자 나지막한 한숨 소리가 깊어졌다.

6척이 훌쩍 넘는 장신에 탄탄한 어깨, 물 흐르듯 잡힌 근육, 긴 팔과 다리. 그 어떤 무술에도 최적화된 몸이었다. 제발 격투는 아니기를. 격투는 하지 마시길. 제천의 옆에 부복한 시위가 중얼거렸다.

금의위들이 가장 난감해하는 격투는 그야말로 윤명의 독무대인데 근육으로 뭉친 팔과 다리에 한 번 맞으면 그 여파가 열흘은

갔다.

"평신(平身)."

"황공합니다, 폐하!"

백 명의 시위가 일어났다. 뿌듯한 눈으로 그들을 내려다보던 윤명이 말했다.

"오늘은 격투가 어떨까 한데."

차마 황제 앞에서 앓는 소리를 낼 순 없으니 다들 그저 눈만 질끈 감았다.

"오늘도 스무 명을 선발하여 대련하실 건지요."

연대장이 여쭈었다. 시위들 사이에서 미약하나마 희망의 불씨가 일어났다. 스무 명만 지옥에 떨어지면 된다. 나머지 여든 명은 자기들끼리 대련하거나 동료가 무간지옥에서 고통받는 장면을 관전할 수 있다. 부디 자신이 걸리지 않기를. 시위들은 한 마음 한 뜻으로 간절히 빌었다.

"자네가 추천해 보게."

이에 모두가 황급히 눈을 내리깔았다. 자신이 저 아래에 서 있지 않은 게 얼마나 다행인지! 연대장은 다시 한번 안심하며 쓸 만한 녀석들을 고르기 시작했다.

"너, 너, 너, 그리고 뒤에 너도."

이를 악문 시위들이 앞으로 나왔다. 다섯 명씩 네 조를 이루어 순서대로 붙었다. 눈에 띄길 원치 않는 제천은 다른 이들이 조를 짤

때 가만히 물러나 있다가 마지막 조에 들어갔다.

"……시작!"

이미 윤명을 겪을 만큼 겪어본 이들이다. 섣불리 나서지 않고 수련장을 둥글게 돌며 분위기를 살폈다. 윤명은 무술은 물론 병법과 임기응변에도 강해서 함부로 덤벼들었다간 그대로 나가떨어지기 십상이었다. 그와 싸우려면 머리를 써야 했다.

"하!"

건장한 두 명이 동시에 나서 공격했다. 왼쪽은 주먹을 내지르고 오른쪽은 다리를 걸었다. 가뿐하게 피한 윤명이 왼팔로 공격을 막는 한편 오른팔로 복부를 강타했다. 두 명이 연달아 비명을 질렀다.

다른 이가 빈자리를 채우며 들어왔다. 동시에 둘을 상대하는 윤명의 뒤로 다른 이가 가세했다. 세 명과 싸우면서 남은 두 명이 언제 어느 방향으로 치고 들어올지 견제한다. 제천의 눈에는 윤명의 그런 여유가 보였다.

저 정도 실력이라면 스무 명과 붙어도 할 만할 텐데. 냉정하게 윤명의 수를 읽는 그였다. 그러는 동안 첫 번째, 두 번째 조가 내려가고 세 번째 조가 수련장에 들어섰다. 제천과 같은 조를 이룬 시위가 입맛을 다셨다.

"다른 녀석들은 끔찍해하지만 난 왠지 모르게 폐하와의 대련이 즐겁단 말이야."

그것을 들은 다른 시위가 한마디 하며 지나갔다.

"싸움광인 네놈이나 그렇겠지."

"저 정도는 되어야 맞붙을 맛이 나는 거 아니냐? 안 그래, 신병?"

그러더니 제천의 팔꿈치를 툭 친다. 자신을 가리킨 말임을 깨닫고 제천이 고개를 슬쩍 끄덕였다. 무덤덤한 동의다. 누가 봐도 관심 없다는 티가 나는데 먼저 말을 건 시위는 아랑곳하지 않고 대화를 시도했다.

"넌 폐하와의 대련이 처음이지?"

"예."

"사내자식이 다 같은 동료끼리 존댓말은. 그건 그렇고 너, 얼마 전에 특채로 들어왔다면서?"

"예."

"어느 줄 타고 들어왔는지는 모르겠지만 너도 고생이다. 온 지 한 달도 안 됐는데 격투 대련에 동원될 게 뭐냐. 참, 너 어느 문파랬지? 신병이 만만찮다는 소문이 돌던데."

"전 독학입니다. 실력은 뭐 그럭저럭."

시위가 또 한 번 옆구리를 툭 찌르면서 웃었다.

"애초에 그럭저럭한 놈은 여기 못 들어와. 지나친 겸양도 예의가 아니라잖아. 곧 실력 한번 볼 수 있겠다?"

"예."

"자식 딱딱하기는."

시위가 비식비식 웃더니 몸을 풀었다. 우두둑 소리가 나는 몸은 입이 떡 벌어지게 우람하고 건장했다. 연대 내에서도 유명한 실력자라 다른 시위들도 은근히 그를 응원하는 눈치였다.

"다음!"

연대장이 마지막 조를 불렀다. 황제와의 첫 대면. 제천이 조원 사이에 끼어 수련장으로 올라갔다. 호흡을 고르고 땀을 닦을 뿐 크게 힘겨워 보이지 않는 윤명. 그리고 담담한 눈으로 황제의 가슴께에 시선을 고정한 제천.

연대장이 시작을 외쳤다. 제천이 드디어 눈을 들어 윤명을 바라보았다. 특채를 우수한 성적으로 통과한 신참과 평소 장수감으로 유명한 왕표(王彪)가 동시에 오르자 각자 훈련을 하던 시위들도 모두 수련장으로 눈을 돌렸다.

"핫!"

한 시위가 용감하게 홀로 나섰다.

"이얏!"

나머지 둘도 얼른 가세했다. 앞서 열다섯을 상대했으니 어느 정도 진이 빠졌지 않겠냐는 판단 하에 열심히 몰아붙였다. 의외로 왕표가 아직 나서지 않았다. 제천의 시선을 느낀 그가 씩 웃었다.

"머릴 쓰지 않는 싸움광은 전쟁터에서 일등으로 목이 날아가게 마련이지."

제천이 수긍한 듯 고개를 끄덕였다. 왕표는 황제와 재미를 볼 생각인지 모르겠지만 제천은 눈치껏 떨어져 나갈 요량이었다.

튀어선 안 된다. 황궁에 오래도록 남으려면 금의위의 방패 안에서 조용히 숨죽이고 있어야 한다. 으악! 악! 헉! 제각기 다른 비명을 내지르며 시위들이 휘청거릴 때, 제천이 나섰다.

한편 윤명은 상대의 이상한 태도에 미간을 찡그렸다. 치고 들어온 것까진 좋았는데 그 뒤로는 계속 자신의 공격을 막아내기만 할 뿐 제대로 된 공격을 하지 않았다. 한다 해도 진부하게 주먹을 몇 번 내지를 뿐이었다.

이 녀석은 누구지……? 일각 가까이 나와 붙으면서도 한 번도 맞지 않았다. 이 정도 실력이라면 충분히 치명적인 공격이 가능할 텐데 어째서 받아주기만 하는 건가? 설마, 황제라고 봐주란 눈치가 있었나?

윤명의 눈이 번득였다. 오랜만에 접하는 실력자다. 이 기회를 놓칠까 싶어 다른 수를 썼다. 본 실력을 내보이지 않는 이유는 모르겠다만 심리전에도 밀리지 않는지 시험해 보고 싶었다. 팔과 팔이 맞부딪히고 두 사람이 마주 보게 되었을 때 그가 입을 열었다.

"새로 보는 얼굴인데 제법이구나."

"과찬이십니다."

"날 이기면 원하는 상을 내려주겠다, 그게 무엇이든."

제천이 윤명과 눈을 마주쳤다. 싶고 메마른 눈빛이 인상적이었다. 그 어떤 것에도 흔들리지 않을 무사의 눈. 윤명은 덜컥 욕심이 났다. 고결하면서도 담담하고 흔들리지 않는 상대의 성정이 느껴졌다.

가끔 그런 인재들이 있었다. 성군이 되고자하는 윤명이 꿈에서라도 얻고 싶어 하는 인물들. 지금 자신과 대련하는 이가 바로 그런 자였다.

"말만 하라."

"주실 수 없으니 이기지 않겠습니다."

"내가 주지 못할 것은 없다."

줄 수 없을 테니 이기지 않겠다 말하는 패기라니? 윤명의 입가에 흡족한 미소가 걸렸다. 다시 몇 합이 오가고 제천이 잠긴 목소리로 물었다.

"무엇이든?"

갑자기 이제껏 한 번도 보지 못한 화려한 식이 펼쳐졌다. 제천의 빠르기는 어마어마했다. 오른쪽 옆구리를 파고든다 싶으면 어느새 뒤쪽에서 5연타를 날리고 있었다. 그 기세에 놀라 윤명이 휘청했다. 전례 없는 일이었다.

그러나 그것은 시작에 불과했다. 대체 어떻게 저런 실력을 숨기고 있었을까 싶을 정도로 제천의 위력은 대단했다.

거친 호흡을 고르는 윤명의 눈이 빛났다. 이런 자라면 당장 대장군에 앉혀 백만 대군을 이끌게 함이 마땅했다. 게다가 황제의 위용에도 굴하지 않는 기개. 그 때문에 더욱 욕심이 나는 걸지도 몰랐다.

"좋구나. 다시 한번 제대로 해보자."

"정 그러시다면 이번 합으로."

단번에 끝내겠다는 뜻인가. 모두가 넋이 나가 수련장만 쳐다보고 있는 가운데 윤명과 제천이 자세를 바로 잡았다.

다른 시위들처럼 기합을 넣지도 않고 제천이 흐르듯이 나아갔다. 공격에는 공격으로. 윤명이 상대의 무릎을 노렸으나 제천은 눈 깜짝 않고 이를 걷어냈다. 흐트러짐 없이 공수(攻守)를 주고받은 둘은 약 일각 뒤 가쁜 호흡을 골랐다.

이번엔 윤명이 먼저 출격하려는 순간, 제천의 자세가 기울었다. 이상하다고 생각했지만 일단 윤명은 본능적으로 허점을 노렸고 제천이 뒤로 나가떨어졌다.

"와아아아아!"

연대장이 직접 수건을 들고 올라왔다. 누구랄 것도 없이 환호하고 탄성을 내지르는 사이 제천이 왕표의 부축을 받으며 내려갔다.

"내가 끼어들 틈도 없더라. 하긴 안 끼어든 게 다행이었지."

제천이 쓸쓸한 미소로 응수했다. 하마터면 큰일 날 뻔했다. 그 무엇이든 상으로 주겠다는 윤명의 말에 그만 울컥한 것이다. 아버지가 보셨으면 혀를 찼을 일이었다.

가장 우선 순위여야 할 평정심이 흐트러졌다. 그래서 조용히 엎드려 지낸다는 결심도 뒤로한 채 실력을 내보였다. 마지막에 간신히 이성이 돌아온 건 불행 중 다행이었다.

당신은 절대 내가 원하는 걸 줄 수 없어.

제천이 지그시 이를 악물었다. 턱에 힘이 들어가는 걸 본 왕표가 너스레를 떨었다.

"어이, 아프냐? 아프면 딴 놈들처럼 골골 앓는 소리라도 내봐. 나도 금의위 되고 열흘 뒤에 토했는데 넌 어째 스무 날이 넘도록 멀쩡하단 말이야."

한편 수건으로 땀을 닦고 물을 마신 윤명이 둘러봤을 때 제천은 이미 저만치 멀어진 뒤였다. 어째서 일부러 허점을 내보인 거지? 역시 내 지위 때문인가. 개운치 못한 뒷맛과 호적수를 만났다는 기쁨이 뒤섞였다. 연신 윤명을 추어올리는 연대장에게 하문했다.

"방금 전 시위는 누군가?"

"예, 스물 사흘 전 특채로 들어온 제천입니다."

"제천이라. 헌데 특채로 들어왔다고. 누가 힘을 써줬나?"

이 대목에서 연대장의 고개가 갸웃했다.

"모르셨습니까? 순우공(順優公)의 추천을 받았습니다만."

"순우공? 외숙의 사람이란 말이냐?"

"들어온 지 얼마 안 돼서 확실히 기억합니다."

윤명의 눈빛이 묘해졌다. 순우공은 태후의 남동생으로 윤명에겐 외숙부가 된다. 여제의 기질을 지닌 누이와 달리 무난하고 평범한 인물이었다. 정치에도 딱히 관심이 없고 문인들을 초청해 도락을 즐기는 것이 전부였다.

그런 외숙이 금의위에 추천을 넣었다? 대체 저런 실력자를 어디서 알고? 윤명의 눈치를 살피던 연대장이 그래도 부하를 감싸 줘야겠다고 생각했는지 좋은 말을 둘러댔다.

"특채라지만 모든 시험에서 우수한 성적을 보였습니다. 말수도 적고 듬직하니 쓸 만한 놈입니다."

아니, 틀렸다. 그는 쓸 만한 수준을 넘어선 고수다. 그가 제대로 마음먹고 살수를 펼친다면 윤명 역시 크게 흔들릴 것이다. 어쩌면 패배할지도 모른다. 그런 자가 어떻게 외숙과 관련…….

윤명이 숨을 들이쉬었다. 외숙은 방패막이에 불과하다. 언제나 그 너머엔 대단한 누이 태후가 있지 않았나. 그런가. 모후의 사람인가.

윤명이 생각에 잠겼다. 시위들을 치하하고 처소로 돌아가는 내내 제천과 태후가 머릿속을 떠나지 않았다. 그건 그렇고 수련장에서 내려가기 전 제천은 왜 그런 눈으로 날 보았을까. 왜 그토록 원망에 사무친 눈으로.

"물은 반아둔 게 있는데 불은 어떻게 피운담?"

사야가 투덜대며 부엌을 헤집고 돌아다녔다. 원래는 홍이 불 담당이었다. 윤명이 대체 그 시녀를 어디에 보내버린 건지 몰라도 얼굴을 못 본 지 한참 되었다.

감시인을 떼어놓은 것까진 좋다 이거다. 네 사람이 저마다의 이유를 대며 냉궁을 나갔을 때 사야는 이런 게 권력을 휘두르는 맛인가 싶어 제법 우쭐했었다.

하지만 통쾌함도 잠시뿐이었다. 식사를 가져다주는 사람 말고는 냉궁에 아무도 없으니까 불편이 이만저만이 아니었다. 한참 만에 부싯돌을 찾아낸 사야는 장작에 불을 붙였다.

"차 한 잔 마시려는 게 이렇게나 힘들어서야."

한데 잠깐 딴생각에 빠진 것이 문제였는지 손에서 주전자가 빠져나갔다.

"앗!"

뜨거운 물이 손등으로 쏟아졌다. 비명조차 나오지 않는 통증에 사야는 입술을 깨물었다. 왼손 전체가 쓰라리고 화끈거렸다. 물기가 그렁그렁한 눈으로 본 왼손은 벌겋게 달아올라 있었다.

"바보 같아."

여기에 화상약이 있을까? 있다면 어디에 있을까? 윤명이 언제 올지 모른다. 제천이 정말 근처에 있는지도 모른다. 정말이지 제대로 아는 게 하나도 없었다. 냉궁의 문은 이제 밖에서 잠긴 상태. 아무리 황제라도 그까지 건드릴 순 없는 모양이다.

설상가상으로 제천이 구해준 대나무 사다리는 야무지게 숨긴다고 숨겨놓았는데 어제 오후에 가보니 사라져 있었다.

말 그대로 사야는 이 새하얀 냉궁에 갇혀 버린 것이다. 다시 첫날로 돌아간 것이나 다름없었다. 이렇게나 무력한 자신이 기억을 찾을 순 있긴 한 걸까.

"아야……."

어깨의 뻐근함을 호소하며 일어난 사야는 잠시 상황 판단이 되지 않아 주위를 둘러보았다. 아픈 나머지 울다 지쳐 잠이 들었나 보다. 밖은 여전히 훤하고 잠들기 전과 크게 다를 바 없어 보였다.

문득 목이 말라 탁자로 다가갔다. 주전자가 여전히 따뜻했다.

그 순간, 이유 모를 위화감이 느껴졌다. 뭔가 이상하긴 한데 딱히 그 이유를 모르겠다. 뭐지? 뭐가 이상한 거지? 별생각 없이 아래를 내려다본 그녀는 비로소 원인을 깨닫고 그대로 얼어붙었다.

상처가 없다.

펄펄 끓는 물이 왼손에 쏟아졌었다. 거의 피부가 벗겨진 것 같았다. 너무 쓰라려서 눈물이 절로 터져 나왔는데. 그랬는데.

손이 씻은 듯이 나아 있었다.

아니다. '나아 있다'라는 표현은 적절하지 않을지도 모른다. 왜냐면 그녀의 왼손은 끓는 물에 덴 적도 없다는 듯 백옥피부 그 자체였으니까. 상처를 입지 않은 오른손과 전혀 다를 게 없었다.

시간이 많이 지났나. 혹시 수련향이 방에 남아 있나. 잠든 동안 누가 약을 발라주고 나갔나. 온갖 생각이 떠올랐지만 그 어떤 것도 해답이 될 순 없었다. 여전히 주전자는 따뜻하고 해는 중천에 걸려 있다.

그렇다면 단 한 가지. 화상이 한 식경 만에 저절로 나았다는 말이다. 과연 그게 가능한 일인가.

"확인할 길은 하나뿐이지."

사야가 방 안을 둘러보았다. 자해를 우려하여 흉기가 될 만한 물건은 모두 치워져 있었다. 그녀는 떨리는 손으로 찻잔을 바닥에 떨어뜨렸다.

쨍그랑!

날카로운 소리와 함께 고운 백자 찻잔이 깨졌다. 그중 가장 큰 조각을 들어 손에 쥐자 따끔함이 느껴졌다. 사야는 아픔을 꾹 참고 더욱 힘을 주어 그러쥐었다. 피 묻은 조각을 내려놓고 품 안의 손수건을 꺼내 손을 감쌌다.

얼마나 기다려야 할까. 일각? 한 식경? 반 시진? 그러고 보니 이런 일은 이번이 처음이 아니다. 냉궁에서 처음 눈 뜬 날만 해도 그랬다. 시녀들을 위협하기 위해 뾰족한 바위에 손목을 내리쳤을 때도 단시간에 깨끗이 나았던 것이다.

영문을 몰랐던 사야는 그저 수면향 때문에 며칠 잔 것이라 여겼으나 주변 사람들은 바로 그다음 날인 것처럼 굴었다.

그땐 다들 자신을 속인다고 생각했는데 만약 그게 사실이었다면…… 사야 자신은 대체 누구란 말인가. 어째서 상처가 이토록 빨리 나아버린단 말인가.

이런저런 상념에 빠진 사이 시간이 지났다. 사야는 두려운 마음으로 천천히 손수건을 풀었다. 얼룩진 손을 물로 씻어내자 깨끗한 손바닥이 눈에 들어왔다.

두려워했던 대로 상처는 남아 있지 않았다. 아주 작은 흔적조차 없었다. 그렇게나 깊이 베었는데 벌써.

사야의 머릿속에 수많은 잔상이 스쳐 지나갔다. 서둘러 붕대를 감던 시녀들, 뽀얗게 물오른 손목을 홀린 듯 쳐다보던 태후, 잃어버린 기억, 높은 담장 안에 감시자들과 갇힌 자신, 파고들수록 이상한 과거.

그리고 지금 이 순간 깨달은 새로운 사실. 단목사야의 엄청난 회복력. 망상은 나쁜 쪽으로만 뻗어나가게 마련이라 상상의 끝에는 하나같이 끔찍한 결말이 기다리고 있었다.

"다들 나에 대해 알고 있어. 그런데 모두 쉬쉬하며 입을 다물어. 그들이 정말 날 아낀다면 어째서 내 비밀에 대해 가르쳐 주지 않았지? 그들은 날 마치…… 흠집나면 안 되는, 그래, 흠집이 나면 안 되는 물건처럼 다뤄."

이까지 여기까지 말한 사야가 돌연 입을 다물었다. 얼떨결에 내뱉은 비유가 소름끼칠 정도로 자신의 상황에 들어맞았기 때문이다.

설마, 아닐 거야. 그럴 리가 없잖아. 저도 모르는 새 온몸이 덜덜 떨렸다. 다리에 힘이 풀려 주저앉은 지 오래다.

사야는 다시 한번 찻잔 조각을 그러쥐었다. 따끔한 감각과 함께 붉은 피가 뚝뚝 떨어지기 시작했다. 자신의 눈이 잘못되었길 바라며 일각 뒤 펴본 손바닥은 무정하리만치 깨끗했다. 한참을 내려다보던 사야는 또 한 번 손바닥을 내리그었다.

✤ ✤ ✤

아직 소년티가 가시지 않은 내관은 조심스럽게 소반을 내려놓은 뒤 창가를 기웃거렸다.

"저, 아가씨?"

소년내관의 목소리가 조금 떨렸다.

"아가씨? 저녁을 가져왔사온데……."

방에 있는 게 확실하고 인기척도 느껴지는데 대답이 없다. 내관의 마음이 조급해졌다. 폐하께서 성심껏 보살피길 분부한 사람이다. 혹시 탈이라도 났다면 경을 치게 된다.

창가를 서성이던 그는 결국 큰마음을 먹고 문고리를 잡았다. 덜컥. 덜컥. 안 좋은 징조다. 문이 잠겨 있었다.

"아가씨? 소인이옵니다. 문을 열어주시옵소서."

애타는 마음에 창문에도 손을 댔지만 잠겨 있기는 마찬가지. 내관은 팽팽히 발라진 창호지를 뚫어 안을 들여다보았다. 구석에 웅크린 여린 형체가 시야에 잡혔다.

"아가씨, 무얼 하고 계시는 것⋯⋯."

내관의 얼굴이 사색으로 질렸다. 더 생각할 것도 없이 냉궁을 뛰쳐나가 도와줄 사람을 찾았다. 어의를 모셔와야 하지 않나? 그런데 일개 내관인 내가 어의를 모셔올 자격이 있을까? 아니면 폐하께 먼저 고해야 하나?

"도, 도, 도와주십시오! 여기 좀!"

허둥지둥하던 내관의 눈에 마침 근처를 지나가던 금의위가 들어왔다. 내관은 숨도 쉬지 않고 달려가 짙푸른 정복의 사내를 덥석 잡았다.

"나리, 제발 좀 도와주십시오!"

"⋯⋯무슨 일인가?"

"전 냉궁에 식사를 가져다주는 내관이온데 지금 냉궁에 계신 아가씨께서 문을 잠그시고 그 안에서 자, 자, 자해를! 피, 피, 피 웅덩이가⋯⋯ 구석에 웅크리시고⋯⋯."

말이 미처 끝나기도 전에 금의위가 몸을 날렸다. 얼마나 빠른 속도로 달리는지 내관이 간신히 냉궁에 다다랐을 때는 벌써 문을 부수고 들어갔을 정도였다. 일단 문이 열린 것을 확인한 내관은 숨 돌릴 틈도 없이 다른 곳으로 내달렸다.

"아가씨?"

제천이 조심스레 걸음을 옮겼다. 바닥에 나동그라진 다기와 깨진 찻잔, 피로 얼룩진 손수건, 구석에서 바들바들 떨고 있는 사야가 눈에 들어왔다. 가까이 다가가자 그녀의 흐느낌이 들렸다.

"사야 아가씨. 접니다, 제천."

"……죽이려고, 날 죽이려고……. 속지 않아. 무서워. 싫어……."

"아가씨, 정신 차리십시오."

"피가, 피가, 상처가……."

"사야."

억지로 고개를 들어 자신을 보게 만들었다. 눈물로 얼룩진 얼굴이 초췌했다. 시선은 제천에게 고정되어 있되 혼이 나간 듯 눈동자가 공허했다. 제천은 옷자락으로 살살 눈물자국을 닦아주었다.

"당신을 해칠 이는 아무도 없습니다. 여기엔 우리 둘뿐. 안심해도 됩니다."

"몸이 이상해."

"알고 있습니다."

"몸이, 상처가 너무…… 빨리 사라져. 왜 이렇죠? 정상이 아니잖아요."

"당신이 이상한 게 아닙니다."

사야의 울먹임이 서서히 가라앉았다. 점차 눈동자에 힘이 돌아오는 것이 보였다. 안쓰러운 마음에 제천이 그녀의 뺨을 쓸었다. 꽃잎 같이 보드라운 피부결이 손바닥으로 느껴졌다.

그리운 감촉이었다. 결코 드러내선 안 되지만. 그녀가 이렇게나 힘들어하는데.

"제천."

"예."

"난…… 누군가요?"

제천이 가만히 그녀를 바라보자 답해주지 않을 거란 사실을 깨달았는지 그녀가 허물어졌다. 간신히 찾아든 이성이 흐트러졌다.

"악! 싫어! 싫어어어!"

압박과 불안이 한계치를 넘었음이 분명했다. 거의 발악에 가까운 사야의 흐느낌을, 제천은 꽉 끌어안는 것으로 막아냈다. 사야는 그의 품 안에서 울부짖고 몸부림치고 옷을 쥐어뜯었다. 이내 제천의 턱과 목덜미, 손등에 붉은 손톱자국이 생겼지만 그는 개의치 않았다.

그리고 사야의 흐느낌이 잦아들 무렵 타인의 목소리가 방을 울렸다. 몹시도 낮게 가라앉은 목소리였다.

"지금 무슨 짓이냐."

돌아본 그곳에는 용포를 입은 윤명이 눈을 번득이고 있었다. 그의 시선이 흐트러진 방과 사야에게 머물렀다가 제천에게 이르렀다.

"너는."

그가 제천을 알아보았다.

"폐하를 뵙습니다."

무엄하게도 만세를 외치지 않는 금의위를 노려보며 윤명이 물었다.

"여기서 무얼 하고 있는 거냐?"

제천은 아무런 해명을 하지 않았다.

"내 여인에게 무슨 짓을 하고 있느냐고 물었다!"

제천의 내리깐 눈이 순간 위험하게 빛났다가 다시 원래의 차분함으로 가라앉았다. 담담히 내뱉는 어조가 윤명의 격노를 부채질했다.

"보시는 바와 같이."

그가 사야를 더 가까이 끌어안았다.

"위로해 드리는 중입니다만."

작은 방 안의 분위기가 순식간에 쩽 하고 얼어붙었다.

❋三章❋
낙신

5년 전.

사야는 하늘빛 치맛자락이 곱게 퍼지도록 앉았다. 따로 정리하지 않고도 이런 모양이 나오게 얼마나 연습에 연습을 거듭했는지. 이제 사야의 몸가짐은 까다로운 고모도 인정할 만큼 우아해졌다.

이번엔 교재와 과제물을 꺼내기 위해 보자기를 풀었다. 차분히 교재를 꺼내고 필기구를 정렬하고 과제물을…… 사야가 멈칫했다.

"어, 그럴 리가 없는데?"

보자기 안을 마구 헤집던 손이 멈췄다. 그제야 생각난 것이다. 과제물을 놓고 왔다. 제 책상 정중앙에 떡하니 놓여 있다는 데에 아끼는 팔찌를 걸 수도 있었다. 평온했던 인상이 구겨지면서 열여섯 소녀디오 짜증이 배어 나왔다.

사야는 반년 전부터 일주일에 한 번 하산하여 수업을 받았다. 젊은 시절 관리 노릇도 했다는 노선생은 자애로운 얼굴과 달리 깐깐

하기 이를 데 없었다.

첫 시간, 제자의 수준을 시험해 본 노선생은 사(邪)가 넘치고 정
(正)이 부족하니 10년을 들여서라도 네 성정을 바꿔놓아야겠다 엄
포를 놓았었다.

오늘 과제물을 놓고 온 것도 스승님 눈엔 사(邪)의 폭주로 보이시
겠지. 그놈의 사, 사, 사! 아니, 이득을 생각하고 제 앞가림 하는 게
어째서 삿되단 말이야? 사야의 짜증이 괜한 곳으로 옮겨갔다.

그래, 넌 자나 깨나 올곧아서 좋겠어. 뒷자리에 정자세로 앉아 있
는 제천이 그녀의 시선을 느끼고는 마주 보았다. 고요하고 흔들림
이 없는 눈빛. 노선생이 흡족해 마지않는 눈빛이자 사야의 복장을
터지게 만드는 눈빛이었다.

"오늘은 문답을 하기로 했었다만…… 무얼 그리 보는고?"

"네? 아, 아, 스승님."

"제천이 무슨 잘못이라도 하였느냐?"

"아, 그럴 리가요."

생긋 웃으며 위기를 모면하고자 하였으나 역시 잘 먹혀들지 않
는 눈치다. 조용히 교재를 펴고 부디 과제물 확인을 건너뛰시길 바
라는데 노선생 왈,

"왕도(王道)의 시작에 대해 어찌 생각하느뇨."

사야의 눈이 반짝였다.

과제물 내용이 바로 그것이었다. 오늘은 과제물 확인도 문답으

로 하시려나? 만약 그렇다면 그녀에게 유리했다. 총명하기로 가문 제일인 단목사야다. 첫 번째 문장부터 마지막 문장까지 토씨 하나 틀리지 않고 답안을 줄줄 욀 수 있었다.

"백성에겐 세 가지 근심이 있는데 배고픈 사람이 밥을 먹지 못하고, 추위에 떠는 사람이 옷을 얻지 못하고, 피곤한 사람이 쉬지 못하는 것이 그것입니다. 백성이 먹고사는 데 부족하지 않게 해주는 것이 왕도의 시작이라 하였습니다."

부녀자의 지위가 이웃 나라에 비해 높은 조(朝)라지만 황녀도 아닌 일개 시골 여아에게 가르치기엔 과한 내용이다. 앞으로는 독선생에게 수준 높은 수업을 들으라는 어머니 백향의 말에 들떴던 사야도 정치까지 배우는 것에 고개를 갸웃했다.

자기가 생각하기에도 이건 좀 이상하다 싶었던 거다. 이참에 사야는 어릴 적부터 속에 품고만 있던 질문을 꺼내놓았다.

어째서 산속에 묻혀 살 자신에게 이토록 높은 수준의 학문을 익히게 하는지.

딸의 질문에 백향이 희미한 웃음을 띠었다. 이제껏 그녀에게서 한 번도 보지 못한, 왠지 모르게 애잔한 미소였다. 그녀는 이렇게 말했다.

"장랑(長郞)이 '그날'을 대비한다면 난 '그날'을 준비하는 거란다."

더욱 아리송해진 사야가 두 '그날'의 차이점에 대해 물었지만 백향은 그 말을 끝으로 입을 다물었다.

사야의 대답이 끝나고도 노선생은 한참을 침묵했다. 혹시 내가 말을 더듬었나? 앞뒤를 바꿔 말했나?

괜히 불안해졌지만 이 침묵의 시간을 사야는 잘 견뎌냈다. 제천 덕분이라고도 할 수 있겠다. 그 역시 종종 침묵의 기술을 쓰곤 했으니 말이다. 오랜 시간이 지난 뒤 노선생이 입을 열었다.

"기다렸다는 듯 답하는구나, 단목사야."

느릿느릿 수염을 쓸더니 조용히 되뇌었다.

"분명 네 과제물과 한 글자도 다르지 않을 테지. 볼수록…… 희한한 재주다만."

혹 너무 과한 재주는 아닐는지. 불쑥 드는 생각이 있었으나 노선생은 말을 아꼈다. 대신 칭찬을 받고 생글생글 웃고 있는 사야를 일깨웠다.

"그래, 그럼 이제 과제물을 내거라."

사야의 미소가 그대로 굳었다. 노선생의 눈썹이 또 한 번 치켜 올라갔다.

"가져오지 않았더냐."

"저…… 죄송합니다. 두고 왔습니다."

노선생이 지그시 사야를 쳐다보았다. 평소 스승조차 흔들릴 만한 언변으로 이런저런 변명을 늘어놓곤 하던 사야가 오늘은 다른 말을 덧붙이지 않았다.

사람이라면 실수할 수 있으나 오직 소인만이 구차한 변명을 늘어놓는다는 게 노선생의 지론이었다. 염려될 정도로 명석한 두뇌를 지닌 사야는 매번 실수할 때마다 소인의 길을 걸었다. 그런데 오늘은 다른 것이다.

"다른 할 말이 없다면 벌을 내릴 터."

"무슨 말을 해도 결과는 바뀌지 않으니. 죄송합니다, 스승님."

호오, 요 녀석 보게. 노선생이 회초리를 꺼내들었다. 제대로 길이 든 회초리는 반질반질 윤이 나면서도 아주 견고해 보였다. 한 대 맞을 때마다 살갗에 붉은 줄이 좍좍 그어질 게 분명했다.

이제껏 체벌을 받은 적이 없는 사야가 회초리를 보고 숨을 들이켰다. 그 모습에 노선생은 딸의 가르침을 청하러 왔던 단목장을 떠올렸다. 그가 꽃 같은 딸에게 매 한 번 대지 않고 키웠음을 단언할 수 있었다.

"과제물을 잊은 것이 이번으로 세 번째. 평소와는 다른 주의가 필요하리라."

노선생이 몸을 일으켜 단상 아래로 내려갔다.

"실수 한 번에 열 대씩. 총 서른 대를 맞을 것이다. 제천, 등을 대어라."

"스승님!"

깜짝 놀란 사야가 몸을 반쯤 일으킨 채 노선생을 불렀다. 노선생은 아랑곳 않고 팔을 걷었고 그새 제천이 묵묵히 맞을 자세를 취했다.

"앞으로 네 실수 때문에 다른 이까지 피해를 입는 경우가 생길 수도 있을 터. 오늘을 교훈 삼아 더욱 조심하여라. 한 대!"

좍! 노선생의 마른 체구에서 나왔다고는 믿기지 않을 힘과 속도였다. 단단한 회초리가 제천의 등을 내려치고 지나갔다. 무릎을 꿇고 앉아 있던 제천이 이를 악물었다.

두 대! 사야가 두 손으로 제 입을 틀어막았다. 아무리 제천이 타고난 무골이라지만 노선생의 매타작 역시 만만치 않아 보였다. 순전히 자신의 잘못으로 그가 벌을 받는 것이다. 사야는 미안함에 어쩔 줄을 몰랐다.

세 대, 네 대, 다섯 대. 회초리가 허공을 가르는 횟수는 점점 늘어만 갔고 노선생은 처음과 다를 바 없는 세기로 제천의 등을 내려쳤다. 열아홉, 스물, 스물 하나. 사야는 몇 번이나 말을 꺼내려 했으나 노선생이 그마저 변명이라 여기고 횟수를 더 늘릴까 걱정되었다.

안절부절못하던 그녀는 꿇어앉아 있는 제천과 눈이 마주쳤다.

신음 한 번 내지 않고 맞던 그가 사야를 제법 매서운 눈초리로 쳐다보았다. 분을 참으며 노려보는 거라고도 할 수 있었다.

사람의 마음이란 게 얄궂게도, 분명 방금 전까지 미안해서 어쩔 줄 모르던 심정이 서서히 괘씸함으로 바뀌었다. 그녀가 잘못한 것은 맞지만 고의도 아니었고 벌을 내리는 이는 노선생이 아닌가.

그런데 저런 눈으로, 마치 그녀가 일부러 과제를 놓고 온 게 분명하다는 눈으로 노려볼 것까진 없지 않나.

스물여덟, 스물아홉. 사야가 고개를 휙 돌렸다. 이번 오해는 그가 먼저 시작한 것이다. 서른.

수업이 끝나고 중심가라 부르기에도 민망한 거리를 지나 다시 산에 오를 때까지 사야는 그에게 한마디도 하지 않았다. 그건 제천 또한 마찬가지였다.

❀ ❀ ❀

서랍 정리를 하던 사야의 눈에 구급함이 들어왔다. 열기와 붓기를 가라앉히는 약을 보자 제천이 떠올랐다. 굵다란 회초리로 서른 대를 맞았으니 등이 많이 욱신거릴 것이다.

그의 방에도 구급함이 있었던가?

사야는 기억을 더듬어 보았지만 그의 방에 들른 적이 없어 가물가물할 뿐이었다. 확실한 것은, 제천이 약 바르는 모습을 본 적이 없다는 점이다. 제법 큰 상처도 자연 치유력에 맡긴 채 더는 손을 쓰지 않았다. 이제껏 미련하다고만 생각했는데 참 이상하게도 이번은 달랐다.

"그래도 애초에 내 잘못이었으니까……. 직접 갖다 주면 바르긴 하겠지?"

손안에 쏙 들어오는 통을 쥐고 방을 나섰다. 괜히 가슴이 두근거렸다. 왜 이러는 거야, 단목사야. 그를 찾아 나선 적이 한두 번은 아니잖아. 어째서 오늘따라 봄 타는 소녀처럼 유난스러운 거냐고.

그 순간 사야가 우뚝 멈춰 섰다. 방금 아주 말도 안 되는 생각을 한 것 같은데. 저도 모르게 헛웃음이 픽 나왔다. 아무리 정신없다지만 비유도 참.

"제천과 알고 지낸 지 6년, 자그마치 6년이야. 강산이 절반은 바뀔 동안 그 꽉 막힌 성질은 변하질 않았지. 그런데 이제 와서 새삼스럽게 무슨."

누가 듣지도 않는데 변명을 늘어놓으며 걸음을 재촉했다. 그의 방으로 직행하려다가 끼익끼익 물 긷는 소리가 들려 그곳으로 발길을 돌렸다.

약도 바르지 않고 바로 집안일을 하나? 하여간 미련하기는!

모퉁이를 돌아서며 이름을 부를 생각이었다. 별말 하지 않고 약이나 바르라며 통을 건네고는 방으로 돌아갈 계획이었다. 그러려고 했다, 원래는.

맹세코 그가 상의를 벗을 줄 몰랐다. 예상 밖의 전개에 당황하던 사야는 얼른 모퉁이 뒤로 몸을 숨겼다. 그의 맨몸을 보는 게 이번이 처음은 아니었다. 3년 전이었던가. 그때도 한 번 보았지만 오늘처럼 당혹스럽진 않았다.

총명한 단목사야는 시간의 흐름을 간과하고 말았다.

제천이 조심스럽게 상의에서 팔을 빼내자 등의 근육이 물결쳤다. 시뻘건 줄 수십 개가 등을 가로지르고 있는 장면은 눈살을 찌푸릴 만했으나, 다른 각도에서 보자면 두근거리기도 했다. 저도 모르게 손이 올라가 붉어진 상처를 더듬고 싶다고나 할까.

정말 이해할 수 없는 일이었다. 여태까지 단 한 번도 이런 적이 없었다. 일그러진 인상의 그에게 매료되다니. 심장이 묵직하면서도 빠르게 뛰기 시작했다. 사야가 입술을 살짝 깨물었다.

그녀의 인기척을 느끼지 못한 제천이 물이 든 나무통을 들어 올리더니 그대로 등에 끼얹었다. 으으, 산에서 바로 내려오는 물이라 한여름에도 얼음장처럼 차디찬데 그걸 상처에 들이붓다니!

사야가 입을 틀어막았지만 소리가 새어 나갔다. 두 번째 물통을 들어 올리던 제천이 그대로 멈춰 이쪽을 뚫어지게 쳐다보았다. 어쩔 수 없게 된 사야는 최대한 시선을 피한 채 우물가로 다가갔다. 얄밉게도 그는 먼저 용건을 묻지 않았다.

"상처가…… 심해 보이던데……."

차마 눈을 마주칠 수가 없었다. 제천의 키가 이토록 컸던가? 벌어진 어깨며 꽉 잡힌 근육과 툭툭 불거진 핏줄, 덜 아문 상처가 눈을 어지럽혔다. 더욱이 방금 전 끼얹은 물이 몸을 타고 흘러내려 하의까지 적셨다. 짙은 자색의 무복이라 크게 티가 나진 않았지만 열여섯 소녀를 뒤흔들기엔 충분하고도 남을 모습이었다.

"빌라요."

노선생의 외압에 쓰기 시작한 존댓말이 오늘따라 더욱 어색했다. 대뜸 연고를 내밀자 제천은 바로 받지 않고 한동안 사야와 연고를 번갈아 쳐다보더니 잠긴 목소리로 말했다.

"보시는 것보다 훨씬 쓰라립니다만."

사야의 얼굴이 붉어졌다.

"미안해요."

"갑자기 잘해주시는 연유, 여쭤도 될는지."

경계와 의혹이 가득한 말투에 사야가 조금 발끈했다. 나는 뭐 매일 당신 골려줄 궁리만 하고 사는 줄 아느냐 반박하려다가 이제까지의 제 전적을 떠올리고는 입만 오물거렸다. 자기가 심하게 굴긴했다.

"미안해서요. 그냥 미안하다고요."

평소의 달변은 온데간데없었다. 그저 미안하다고만 중얼거린 사야가 억지로 연고통을 떠넘겼다. 제천의 손에 쥐어주는 과정에서 물기가 옮겨와 사야의 소매에 흔적을 남겼다. 물이 스며든 소매를 만지작대면서 그녀는 황급히 자리를 떠났다.

그리고 그날 밤, 사야의 꿈에 제천이 등장했다.

여전히 우물가였고, 여전히 상의를 벗은 채였고, 그녀는 여전히 부끄러워 눈도 제대로 못 마주치는 상황이었다. 달라진 건 그다음부터였다.

갑자기 더운 열기가 그녀를 덮치면서 꿈속의 사야가 바닥으로 넘어졌다. 마침 흩날리던 벚꽃이 사야의 입술 위로 내려앉았고 제천이 꽃잎의 자취를 따라왔다. 부드럽고 아련하고 달콤한 기분에 사야는 서서히 젖어들었다.

❋ ❋ ❋

"앉아도 되죠?"

애초에 허락을 구하는 물음이 아니었다. 단목가에서 조금 떨어진 대나무 숲. 사야는 평평한 바위를 골라 앉은 뒤 책을 펴들었다.

검법 수련을 하던 제천이 물끄러미 쳐다보는 게 느껴졌지만 상대에게 다가갈 때는 모름지기 첫째도 뻔뻔함이요 둘째도 뻔뻔함이라고 되새기며 그저 모르는 척을 하였다.

제천이 사야의 공부를 감독한 적은 많았지만 그 반대의 경우는 처음이었다. 이쪽을 빤히 쳐다보던 제천은 다시 호흡을 고르더니 검을 뺐었다.

시원한 발검(拔劍)이었다.

책에 빠진 척하던 사야는 슬쩍 눈길을 돌렸다. 흔한 기합 소리 하나 내지 않고 대나무 사이로 움직이는 제천은 마치 태어날 때부터 검과 한 몸이었던 사람 같았다. 뻗고 베고 휘어 감고 당기는 동작이 유려하게 이어졌다.

아무리 봐도 일개 열여섯 소녀의 호위무사로 눌러앉기 아까운 실력이었다. 그가 무과에 응시하기만 하면 장원은 따 놓은 당상이나 다름없단 사실을 사야도 알고 있었다.

제천도 같은 생각일까? 저 골려먹기나 좋아하는 계집애를 대신해 매 맞고 살기보단 장군이 되어 부귀영화를 누리고 싶진 않을까.

그 역시 인간일진대 조금이라도 그런 마음이 없진 않을지. 제천을 바라보는 사야의 머릿속에 여러 가지 생각이 스치고 지나갔다.

휘이이. 순간 바람이 불었다. 상쾌한 산바람이 대숲을 쓸자 댓잎 스치는 소리가 잔잔히 울려 퍼졌다. 풀과 흙냄새, 듣기 좋은 바람 소리, 수련에 열중한 제천. 사야는 이제 그냥 책을 내려놓고 주변을 즐겼다.

댓잎이 우수수 바람 따라 날리자 제천의 눈빛이 가라앉더니 아까 전보다 훨씬 빠르게 움직였다. 워낙 빽빽한 대숲이라 검을 들고 움직이는 자체가 힘든 곳에서 그는 바람의 흐름을 탔다. 대나무 사이로 떨어지던 댓잎들이 순식간에 두 동강이 났다. 그런 모습을 한참 지켜보던 사야가 물었다.

"시원하게 트인 수련장이 있는데 왜 여기서 연습하는 거예요?"

바람의 방향이 바뀌고 잠깐 멈춰 선 제천이 대답했다.

"실제 전투는 그런 준비된 장소에서 일어나지 않기 때문입니다."

평소대로라면 그쯤에서 말이 끝났어야 했다. 그런데 제천이 말을 이었다. 절대 친절한 말투는 아니었지만 문외한인 사야의 이해를 돕기엔 충분한 설명이었다.

"지켜야 하는 사람들 사이로 적을 공격해야 합니다. 대나무는 아군으로 제 행동반경을 제약하죠. 반면 적들의 움직임은 자유롭습니다. 대나무 사이로 가볍게 날아다니는 댓잎이 적입니다. 실전에 대비하기 위해 일부러 움직이기 힘든 곳에서 수련하는 겁니다."

"실전에 임할 일이 있을까요, 이 두메산골에서?"

사야가 떠보듯 던진 질문에 제천이 답했다.

"그럴 일이 없는 게 가장 좋겠죠. 그렇다고 연습을 게을리 하면 그날이 되었을 때 반드시 대가를 치르게 될 겁니다. 이래 봬도 전, 별로 일찍 죽고 싶지 않아서."

이 정도로 설명이 되었다 싶었는지 소매로 땀을 훔치고는 다시 검을 빼들었다. 이후로도 수련은 반 시진 가량 이어졌다. 비로소 수련이 끝나고 제천이 검을 갈무리했을 때 사야가 바위에서 내려와 다가갔다.

그가 소매로 땀을 닦기 전에 곱게 접은 손수건을 들이밀자 제천이 놀란 눈으로 바라보았다. 여전히 남아 있는 의구심과 경계. 사야가 뭘 그리 놀라느냔 투로 말했다.

"약은 발랐어요?"

대답이 없다.

"그저께 내가 줬잖아요. 연고 발랐냐고요."

"예."

한동안 사야의 본심을 가늠하는 표정을 짓더니 제천이 대꾸했다.

"등에 입은 상처라 온몸을 뒤틀어야 했습니다. 그러던 중 예전 상처까지 벌어지고 말았죠.”

피가 어쩌나 콸콸 나던지. 혼잣말이긴 한데 사야의 귀에도 들렸다. 무시무시한 내용을 실로 아무렇지 않게 내뱉는 제천. 놀라서 어찌할 바를 모르는 그녀를 뒤로하고 걸음을 옮겼다.

“농담입니다.”

그러고는 픽 웃었다. 자박자박 걸어가는 그의 뒷모습을 어처구니없는 표정으로 쳐다보며 사야는 입을 다물지 못했다.

농담이라고 했나, 지금 설마? 저 답답하고 꽉 막힌 제천이 방금 자신에게 농담을 한 건가? 그리고 그에겐 아까 같은 말이 농담인가? 의외의 성과에 기뻐할 법도 한데 도무지 당혹스러움을 지우지 못하는 사야였다.

요즘 단목가에서는 사야의 변화가 종종 화제로 올랐다. 어른 무서운 줄 모르고 생긋생긋 요령 피우던 그녀는 자주 실수를 저질렀고 엉뚱한 말을 하기도 했으며 한두 번은 볼썽사납게 넘어지기도 했다.

그리고 이 모든 사건의 중심에는 제천이 있었다.

사야 본인은 속내를 잘 숨기고 있다고 착각하고 있지만, 그녀를 제외한 모두가 이런 변화를 흥미진진하게 지켜보고 있었다. 심지어 세속적인 감정과 거리를 두는 제천조차도 그녀가 자신을 의식

한다는 사실을 알 정도였다.

조금 어색하고 이상하긴 했다. 그래도 평소처럼 대하자고 마음먹었다. 열여섯 소녀의 새로운 놀이랄까. 그가 별 반응을 보이지 않으면 이번 놀이도 예전처럼 시들해지려니 싶었다.

그런데 문제는 이번엔 좀 오래간다는 거다. 사야는 맑고 큰 눈으로 언제나 그의 뒤를 좇았고 입는 것, 말하는 것 하나하나 조심했다. 귀찮은 건 아니었다. 어차피 그는 타인의 시선에 연연하지 않는 사람이니까.

하지만 신경 쓰이지 않는다면 거짓말이었다.

어린아이가 너무 교활한 게 아닌가 하고 염려했던 지난날이 우스울 만큼 요즘 사야는 서툴면서도 해맑았다. 이쯤 되자 제천은 다른 의미에서 걱정이 되었다.

행여 그가 나쁜 마음을 먹기라도 한다면 사야는 그대로 넘어갈 것이다. 물론 스스로의 마음 단속에 자신이 있는 그였기에 불상사가 일어날 일은 없지만 혹시 사야가 다른 사내에게 빠진다면?

제천의 표정이 슬며시 굳었다. 그녀처럼 예쁘고 어린 소녀를 탐내는 이는 널리고 널렸다. 갑자기 마음 한 구석이 불편해졌다.

그때, 계절과 어울리지 않는 투박한 외투를 걸친 사야가 눈에 들어왔다. 모자가 달린 어두운 갈색 외투는 1년에 몇 번 안 입는 옷으로 흙 묻을 일이 있을 때나 걸치는 것이다.

그 말인 즉 사야가 지금 수풀이 우거진 곳으로 간다는 뜻이다. 외출을 하려는 모양이다. 그녀가 모퉁이를 돌아 모습을 감출 때까지 제천은 그 자리에서 움직이지 않았다.

'왜 날 찾지 않지?'

됐다고, 그녀도 이제 열여섯이니 알리고 싶지 않을 일도 있을 거라고 생각하며 넘기려 했다. 그러나 제천은 생각과 달리 그녀의 뒤를 밟고 말았다. 옷차림도 그렇고 자꾸 남에게 들킬까 눈치를 살피는 모습이 탐탁지 않았다.

아무런 낌새도 알아채지 못하고 걸음을 재촉하는 그녀를 보며, 제천은 호위무사로서 할 일을 하는 것뿐이라고 저를 설득했다.

한참을 걸었다.

제천은 이제 슬슬 걱정이 들었다. 수풀로 향할 줄 알았던 사야는 산 아래로 내려가고 있었다. 조금만 더 가면 마을 어귀로 접어든다. 답답함을 견디지 못한 사야가 드디어 마을을 탈출하는 게 아닌가 하는 생각이 들 정도로 그녀의 걸음엔 확신이 있었다.

말려야 하는가 아니면 좀 더 지켜봐야 할까 고민하고 있는데 그녀가 우뚝 멈춰 섰다. 제천은 물 흐르는 듯한 움직임으로 나무 뒤에 몸을 숨겼다. 됐겠다 싶어 슬쩍 내다보니 사야가 누군가에게 손짓을 했다. 다가오는 쪽도 사야와 안면이 있는 것 같았다. 제천의 경계심이 증폭되었다.

사내였다.

사야보다 두어 살 많아 보이는 사내는 머리를 긁적이며 인사했다. 몇 마디 말을 나누는 중에도 사야에게서 눈을 떼지 못하고 홀린 듯 고개를 끄덕였다. 사내가 그녀에게 손을 뻗었다.

검을 잡은 제천의 손아귀에 자연히 힘이 들어갔다. 그러다 평생 날붙이라곤 만져 보지도 않았을 시골 청년에게, 그것도 비무장 상태의 사람에게 손을 쓰려한 자신에게 놀라 그대로 굳었다.

"어머!"

사야의 목소리가 들렸다. 그녀가 반가운 기색을 띤 채 사내로부터 무언가를 건네받았다. 사내는 그녀를 만지려 한 게 아니라 물건을 전해주려 했나보다.

사내가 물건에 대해 설명을 늘어놓는 듯했고 사야는 사내의 말을 하나하나 귀담아들었다. 이어서 하하호호 웃는 소리가 터져 나왔다. 더할 나위 없이 풋풋한 청춘남녀의 분위기다. 그쯤 되자 제천은 스스로에게 회의감이 들었다.

"……우습게 됐군."

이럴 줄 알았다. 아까 단목가를 나설 때만 해도 짐작하지 않았나. 저에 대한 사야의 호감이 곧 수그러들 것이란 사실을. 이 또한 아가씨의 변덕이자 새로운 놀이에 불과하다는 사실을. 똑똑히 알고 있었음에도 제천은 마음 한 구석이 이상했다.

허전함이라고 해야 할까. 가진 적도 없는데 왜 '빼앗겼다'는 기분이 드는 건지. 그는 쓰디쓴 뒷맛을 남긴 채 단목가로 돌아가기 위해 몸을 틀었다.

"제천?"

사야의 놀란 목소리가 들려왔다. 이미 사내를 보낸 그녀가 모자를 벗고 이쪽으로 왔다. 제천은 가만히 서서 그녀가 제 앞에 오길 기다렸다가 고개를 살짝 숙였다.

"어쩐 일이에요? 마을에 볼 일이 있어요?"

말을 뱉자마자 고개를 갸우뚱했다.

"아닌데, 지나가는 걸 못 봤는데."

"……전 올라가는 길입니다. 아가씨께선?"

"아, 나도 올라가요."

제천은 별 다른 반응을 보이지 않고 앞서 걸었다. 사야는 아무래도 이상한 듯 졸졸 따라오며 이 우연한 마주침에 대해 캐물었다. 제천이 그녀에게 해줄 수 있는 말은 별로 없었다. 저 스스로도 오늘의 행동을 이해할 수 없었기에.

"설마 날 따라온 건 아니죠?"

사야의 물음에 그는 침묵을 고수했다.

"그런 거예요? 그럼 혹시…… 봤어요?"

"보다니, 무엇을 말입니까?"

"못 봤어요?"

사야가 긴가민가한 눈으로 그를 살폈다. 사내와의 만남을 들킨 게 아닐까 떠보는 중일 터다. 제천은 점점 제대로 된 답을 하기가 싫어졌다. 한 번도 경험해 보지 않은 감정이었다. 사야를 가르치는 노선생이 '못된 심보'나 '심술'이라 부르는 것과 비슷해서 그는 적잖이 당황했다.

"수상하네."

사야가 혼잣말을 웅얼거리더니 품속에 넣어둔 물건을 고치는 시늉을 했다. 휘말리지 말아야 한다고 생각하면서도 눈이 저절로 그리 향했다.

"봤죠?"

"……위험한 자만 아니라면 됐습니다."

"위험한 자? 아아, 제천이 봤다는 게 사람이었어요? 난 또."

사야가 안도의 웃음을 터뜨렸다. 그에 반해 제천의 표정은 더더욱 차갑게 가라앉았다.

"그 사람은 그냥 방물가게 아들이에요. 손톱만큼도 위험하지 않아요. 오히려 은밀한 부탁도 들어줘서 마을 아가씨들에게 인기가 좋다고 알고 있는 걸요."

"은밀한 부탁?"

목소리가 절로 올라가지 않을 수 없다. 제천의 반응에 사야가 신이 나 말을 이었다.

"응, 은밀한 부탁. 그러니까 좀…… 남들에게 알리기 부끄러운."

어느새 제천이 멈춰 섰다.

"그런 물건을 몰래 구해다 줘요. 수고비도 아주 저렴하고요. 정말 좋은 사람 아닌가요?"

"······물건을 구해준다고요."

"네."

왠지 맥이 빠졌다. 동시에 사야에게 휘둘리고 있다는 생각이 들어 기분이 썩 좋지 않았다. 이제 그녀에게 익숙해질 때도 되었지 않나. 어째 날이 갈수록 평정을 잃는 빈도가 늘어나느냔 말이다. 그가 엷은 한숨을 흘어냈다.

"혹시 날 걱정한 거예요? 위험한 자와 엮일까 봐?"

사야가 눈을 빛냈다. 잠깐 주저하다가 곧 설렘과 기쁨을 담아 물었다.

"아니면······ 질투?"

생각지도 못한 지적에 제천의 얼굴이 확 달아올랐다. 순식간에 열이 머리끝까지 뻗쳐 그저 겉으로 보기엔 멀쩡하기만을 바랄 수밖에 없었다.

질투라니, 말도 안 된다. 둘은 서로 질투를 할 사이도 아니거니와 일단 제천 본인에게 있어 너무도 생소한 감정이었다.

그의 발걸음이 빨라졌다. 사야는 반쯤 장난으로 던진 말에 그가 이런 반응을 보이자 감격한 듯 숨을 들이켰다가 황급히 그의 뒤를 따라왔다.

"정말이에요? 제천, 방금 질투한 거예요? 내가 다른 사내와 단둘이 만나서?"

사야의 뺨이 소녀다운 수줍음으로 발그레 물들었다.

"그렇구나. 제천도 내가 싫지 않은 거였어, 그렇죠?"

"제 할 일을 했을 뿐입니다."

"정말 그런 거라면 애초에 이런 도발에 넘어갈 필요도 없죠."

"무슨 말씀을 하시는지 모르겠군요."

발뺌해 봤자 이미 엎질러진 물. 사야가 기뻐하며 그의 옆에 따라 붙었다.

"제천, 나 지금 너무 기뻐요."

"예."

"내가 얼마나 기쁜지 제천은 상상도 못할 거예요."

"예."

"사실은요, 아까 몰래 건네받은 물건은 말이죠. 여인들 사이에서 유행하는 향낭이에요. 몸에 지니고 다니면 달콤하고 은은한 향기가 나서 연모하는 사람의 마음을 끌 수 있대요."

제천은 사야에게 필요 없는 물건이라 생각했다. 일부러 향낭을 달지 않아도 그녀에게선 특유의 청량한 향취가 느껴지니까. 아주 엷지만 일부러 꾸며낸 향기와는 비교할 수 없을 만큼 좋은 느낌이었다.

"그런데 필요 없게 되었네요. 제천은 벌써 나랑 만나는 사내를 질투하니까."

그런 게 아니라고 말해봤지 무슨 소용이 있으랴. 그가 부인할수록 사야는 신이 날 게 분명했다. 그래서 제천은 입을 닫고 묵묵히 걸었다. 옆에서 제천, 하고 부르는 소리가 났다.

"예."

짤막한 답이 끝나기 무섭게 부드럽고 말랑한 것이 제 뺨에 닿았다.

그가 제자리에 우뚝 섰다. 한 번도 쉬지 않고 오갈 수 있는 산길을 오늘 들어 몇 번이나 섰다 가는지 모르겠다. 그냥, 아무것도 모르겠다. 마치 나비처럼 가볍게 앉았다 떨어진 입술의 감촉에 그는 몸이 굳었다.

"날 기쁘게 한 상이에요."

사야가 차마 눈을 마주치지 못하고 수줍게 고백하더니 얼른 걸음을 재촉했다. 제천은 사야가 한참 멀어질 때까지 손 하나 까딱 못하고 있다가 헛웃음을 흩어냈다. 마음 단속에 자신 있다고 생각한 게 불과 오늘 아침이었다. 그런데 지금 이 모습은 뭐란 말인가.

그는 주문을 외듯 속으로 되뇌었다. 흔들리지 않는다, 넘어가지 않는다. 뺨에 입을 맞출 때 그녀에게서 나던 찻잎과 풀꽃 향기가 떠올랐다. 느닷없이 가슴이 욱신거렸다. 제천이 다시 한번 되뇌었다. 흔들리지 않는다, 휩쓸리지 않는다.

봄바람에 흔들리는 풀 한 포기조차 그를 비웃는 것 같았다.

❀ ❀ ❀

제천이 단목가의 비밀에 대해 들은 것은 3년 전, 사야가 몸이 이상하다며 팔다리에 자해 소동을 벌인 다음 날이었다. 방에 틀어박힌 사야는 하루 종일 나오지 않았고, 이를 이상하게 여긴 제천이 강제로 들어갔을 땐 온 사방에 피 묻은 천이 널려 있었다.

그러나 사야의 몸 어디에도 상처는 없었다. 손바닥에 붉은 새살이 오돌토돌 올라온 상흔이 한두 개 있을 뿐이었다. 천에 묻은 피의 양으로 추측해 보면 팔 하나가 잘려 나간 것에 맞먹는데도.

일단 사야에게 수면제를 먹여 재운 뒤 엉망이 된 방을 정리했다. 나무통에 물을 떠와 바닥의 핏자국을 지우고 있는데 단목장이 조용히 다가와 문가에 섰다. 두 사람의 눈이 마주쳤고 무언가를 직감한 제천은 하던 일을 멈췄다.

단목장은 아무 말도 하지 않고 방에 들어와 잠든 사야를 쳐다보았다. 마치 죄인 같은 모습으로 잠든 딸의 발치에 서 있었다. 왠지 그 모습을 지켜보기가 힘들어 제천은 하던 일을 계속 했다. 아무 말없이 방을 나간 단목장은 다음 날 제천을 불러들였다.

"기묘한 얘길 하나 해줄까 하네."

황당하게 들릴 수도 있겠네만, 하고 운을 뗐다.

"죄를 짓고 인간계로 떨어진 여신이 있었네. 정신을 잃은 그녀를 발견한 이는 변방 순찰을 나온 황제의 측근. 한눈에 그녀가 범상치 않음을 알아챈 그는 평소 신임하는 무녀를 물렀고 무녀는 그녀가 낙신(落神)임을 선언했지. 여신은 바로 황제에게 헌상되었다네."

황제의 한 보좌관은 예부터 낙신의 간을 취하면 무병장수한다는 말이 있다며, 황제의 말년 건강 운이 좋지 않으니 신년마다 간을 취하라 고했다. 그리하여 황제는 눈이 멀 듯한 미색의 유혹을 이겨내고 매년 여신의 생간을 빼어 먹었다. 순결을 잃는 즉시 간의 효능이 다한다고 들었기에 냉궁에 여신을 가두고 맹인들로 하여금 시중을 들게 했다.

피는 금세 멎지만 고통은 여느 인간과 다를 바 없었다. 새해가 돌아올 때마다 황소 같은 장정들이 흐느끼는 그녀의 사지를 잡고 생살을 찢어 간을 잘라냈다.

모두가 황제의 만세(萬歲)를 기원할 때 여신은 피로 물든 침상에 누워 밭은 숨을 뱉어냈다. 매 순간이 고통의 연속이었다. 새 간이 돋아날 때까지 걸리는 시간은 석 달. 여신은 일 년 중 백 일을 끔찍한 고통 속에 보내야 했다.

"그렇게 삼백 년이 지났네."

제천의 표정이 굳었다. 일 년에 한 번. 그렇게 삼백 년. 제천의 생각을 알아차린 듯 단목장이 고개를 끄덕였다.

"무병장수의 비밀은 대를 이으며 전해졌지. 그러던 어느 날 여신은 마음을 굳게 먹었네. 감시가 가장 소홀한 신년제 다음 날 밤, 이를 악물고 탈출을 감행한 게야. 오장육부가 찢어지는 고통에도 불구하고 삼백 년 만에 황궁 밖으로 나온 기쁨은 이루 말할 수 없었네."

여신은 온몸을 가린 채 환자 행세를 하며 멀리 더 멀리 이동했고 겨우 한숨 돌렸을 때쯤 한 사내에게 얼굴을 들키고 말았다. 누가 봐도 예사롭지 않은 미색. 신비함마저 느껴지는 분위기. 이미 사방에 수배가 내려졌기에 여신은 낙담하였다.

차라리 목을 베라는 그녀에게 사내는 말했다. 안색이 안 좋은데 탕약을 지어주겠다고. 그는 작은 현(縣)의 젊은 의원으로 여신이 땅에 떨어진 이래 처음 접한 인간이었다. 처음으로 그녀의 아픔을 들여다보는 인간.

"그렇게 연이 닿아 여신과 젊은 의원은 부부가 되었네. 깊은 산속에 들어가 작은 집도 짓고 아이도 낳으며 평범하게 살았지. 여신에게 내려진 저주가 자손에게도 전해진다는 것만 제외하면 행복한 시간이었네. 세월이 흘러 남편이 죽고 자식이 죽고 손자가 죽는 것을 보면서도 여신은 살아 있었어. 물론 소중한 이가 죽을 때마다 가슴 아팠지만 한 가지, 단 한 가지 사실이 그녀를 지탱해 주었지. 바로 귀천(歸天)의 날이라네."

"귀천?"

처음으로 제천이 끼어들었다. 예사롭지 않은 이야기에 그 또한 이미 빠져들었다. 이에 단목장이 말했다.

"지금으로부터 3년 뒤가 바로 그날이네. 형벌의 시간이 끝나고 선조 할머님께서 귀천하시는 그날 말일세. 그날이 되면 우리 단목가 사람들 모두가 비로소 평범해지는 게지. 자식을 낳아도 더 이상 재생의 저주가 대물림되지 않는 그날이 오기만을 고대하고 있네."

단목장이 채 말을 잇지 못하고 침묵을 지켰다. 제천은 본능적으로 그가 차마 꺼내지 못한 말을 알아챘다. 이 말을 믿을 수 있겠나? 물론 그뿐이 아닐 것이다. 결국 묻고 싶은 것은 다음과 같을 터.

이런데도 우리 곁을 떠나지 않겠나? 무슨 일이 일어나도 사야를 지켜주겠는가?

"네 당숙은 어딜 갔더냐?"

"회(恢) 오라버니 생일이라고 가족끼리 아랫마을에 내려갔어요. 별실 잡아서 고급 요리 잔뜩 먹을 거라던데. 아, 맛나겠다."

"밥 먹으면서도 남 먹는 게 부럽니? 그러다 살찌면 제천이 싫어할 텐데."

"고모!"

생각에 빠져 있던 제천이 다시 현실로 돌아왔다.

가족이 모여 저녁 식사를 하는 자리. 어머니 백향 옆에 앉아 조잘조잘 떠들던 사야가 맞은편의 고모를 향해 눈을 흘겼다. 그러더니 부끄러운 건지 토라진 건지 모를 얼굴로 작은 입에 쌀밥을 우겨 넣기 시작했다.

제천은 그저 아무 말도 하지 않고 묵묵히 탕을 마셨다. 둘의 묘한 분위기를 눈치챈 단목장이 눈썹을 치켜떴다.

"내가 모르는 새 무슨 일이 있었나?"

"사실 나도 잘 몰라요. 둘이 같이 나갔다 온 이후로 영 분위기가 수상한데 아무도 입을 열진 않고."

"아무 일도 없었거든요?"

사야가 볼이 미어터져라 고기볶음을 집어넣었다. 오늘따라 고모는 말꼬투리를 잡고 놀리길 멈추지 않았다.

"아, 그러니? 난 또 둘이 마음 확인이라도 한 줄 알고. 왜 한창 좋을 때잖니."

"아니에요, 그런 거!"

입안에 든 것을 물로 삼킨 뒤 사야가 반박했다. 하지만 정말 아무 일도 없었던 것치고는 목소리가 높았기에 다른 사람이 안 끼어들수가 없었다.

"그렇게 화낼 것까진 없잖니."

언제나 차분한 어머니가 그렇게 달래듯이 말하자 오히려 사야의 동요가 더욱 부각되어 보였다. 딸의 잔에 물을 채워주면서 백향이 넌지시 말했다.

"제천 정도면 괜찮지. 안 그래요, 장랑?"

처음 만난 순간부터 아이가 열여섯이 된 지금까지 백향은 남편을 다정한 호칭으로 불렀다. 두 사람의 연정은 이미 단목가 안에서도 유명한 것이었다. 여동생의 놀림과 아내의 은근한 부추김, 딸아이의 동요를 찬찬히 눈에 담은 단목징이 크흠, 하고 목청을 가다듬었다.

"그만 놀리고 식사나 듭시다."

"네, 맞아요. 우리 밥이나 먹어요."

"그리고 단목사야."

"네?"

화제 전환에 안심하고 젓가락을 놀리던 사야가 눈을 동그랗게 떴다.

"아비가 빤히 보는 자리에서 다른 사내 때문에 뺨 붉히는 것 아니다."

단목장이 짐짓 엄포를 놓았다.

"아직은 안 돼. 제천이라도 안 돼."

두 여인이 웃고 한 소녀가 울상을 지었다. 그러면서도 설마 진짜 안 되는가 싶어 아버지의 눈치를 살펴 단목장의 속을 뒤집어놓았다.

이 잔잔한 소동 안에서 제천은 미소 한 번 짓지 않고 묵묵히 밥을 먹었다. 흔들리지 않는다, 넘어가지 않는다, 주문을 되뇌기도 바빴다. 조금만 긴장을 풀면 이 소소하고 행복한 풍경 속에 영원히 머무르고 싶을 것 같았기에, 할 수 있는 거라곤 주문을 되풀이하는 수밖에 없었다.

이른 아침부터 단목가에 묘한 긴장감이 돌았다. 제천 또한 평소보다 신경을 곤두세웠다. 이 모든 데엔 이유가 있었다. 바로 오늘이 여신의 귀천일이기 때문이었다.

언제, 어떤 식으로 귀천이 일어날지 아무도 몰랐다. 그저 아침부터 목욕물을 받아 심신을 정결히 하고 바깥출입을 삼갔다. 사야도 노선생과의 수업을 미룬 채 방 안에 틀어박혀 책을 읽었다. 하지만 자꾸 다른 생각이 머릿속을 어지럽혔다.

오늘만 지나면 평범한 인간이 된다는 말이지. 상처가 나도 대번에 피가 멎고 벌어진 살갗이 아무는 일이 일어나지 않는다는 거지.

의자를 끌어다 창가 앞에 앉고는 창문을 활짝 열었다. 신록의 냄새가 공기 중에 물씬 느껴졌다. 턱을 괸 사야의 눈이 꿈꾸듯 흐려졌다. 벌써부터 마음이 붕 떴다. 여행을 떠나면 꼭 가볼 곳을 머릿속으로 헤아리고 있는데 마침 눈앞으로 제천이 지나갔다.

"제천!"

제천이 이쪽을 쳐다보자 사야는 까딱까딱 손짓을 하여 그를 불렀다.

"와 봐요."

말없이 다가와 창가 앞에 섰다. 잔뜩 들뜬 사야가 앞뒤 잘라먹고 대뜸 물었다.

"어딜 가고 싶어요?"

제천이 대꾸하지 않고 살짝 미간을 찌푸렸다.

"그러니까 여행을 간다면 어딜 가고 싶냐, 이 말이죠."

"딱히 생각해 본 적이 없습니다만."

"없어요? 정말 없어요? 6년 동안 여기랑 아랫마을만 오가며 지냈잖아요."

"불편한 것이 없으니."

이까지 말한 제천이 사야의 얼굴을 잠시 쳐다본 뒤 말을 골랐다.

"아가씨께선 가고 싶은 곳이라도."

상당한 발전에 사야는 감복했다. 이건 진심이었다. 그저 꽉 틀어막힌 줄만 알았거늘 물어주길 바라는 내심을 짚어 내다니.

참, 그렇다. 제천은 이제 질투도 할 줄 알지. 사야는 떠올리기만 해도 흐뭇한 기억을 끄집어내 곱씹었다. 그날 이후로 두 번 다시 질투 비슷한 모습조차 보여주지 않은 제천이기에 소중한 기억을 머릿속에서 되풀이하는 수밖에 없었다. 그리고 잠시 후, 사야는 제천의 물음에 대한 답을 줄줄 늘어놓았다.

"음, 음, 난 우선 명소란 곳은 다 가보고 싶어요. 유명한 술과 요리도 다 먹어보고 싶고 축제도 꼭 가야 해요! 유유자적 시장 구경도 할 거야. 아, 그리고 연극! 연극도 봐야 돼. 또 뭐가 있더라."

몸은 이곳에 있되 혼은 이미 세상을 누비고 있는 그녀다. 이야기가 길어질 듯하자 제천은 아예 벽에 몸을 기댄 채 그녀의 말을 경청했다. 무슨 책에 나온 어디와 누가 말한 무엇을 하염없이 나열하던 사야가 문득 눈을 빛내며 말했다.

"그리고 사막. 그곳에 꼭 가보고 싶어요."

"사막…… 말입니까?"

다소 특이한 취향에 제천이 반문했다.

"응, 사막. 내 이름이 유래한 그곳에 말이에요. 내 이름 뜻이 사막의 밤인 것 정도는 알고 있죠?"

제천이 슬쩍 고개를 끄덕였다.

"엄만 이웃마을에서 태어나 어린 시절을 그곳에서 살았어요. 그동네 모든 아이들이 그랬듯이 엄마도 열다섯만 넘으면 지긋지긋한 시골 마을을 뜨고 싶었대요. 가보고 싶은 곳이 정말 많았는데 그중에서도 제일 간절했던 건 사막의 밤. 어느 책에서 봤는데 차게 식은 모래언덕 위에 누워 바라본 사막의 밤하늘은 당장에라도 별이 쏟아질 듯 숨 막히게 아름다웠다며. 작은 시골 소녀로서는 꿈도 꾸지 못할 이국적인 광경이었겠죠. 그래서 다짐하고 또 다짐했대요. 백향 살아생전에 반드시, 사막의 밤하늘을 보겠다고."

사야가 엷게 웃었다.

"그러다 열여덟에 아버질 만났죠."

하필 아랫마을로 심부름 왔을 게 뭐냐며 사야가 혀를 찼다. 혼인 적령기에 들어설 무렵이면 남녀 구별 없이 아름다워져 초야를 치를 때까지 나날이 미모가 더해가는 일족의 특성상, 막 스물을 넘겼을 단목장 역시 근사한 미청년이었을 게 분명했다.

따분한 동네에서 더 따분한 동네로 심부름을 왔던 백향은 태어나 처음 보는 미청년에게 마음이 뺏겼다. 하지만 초면에 말을 붙이지 못하고 주변만 서성이다 집으로 되돌아오고 말았다.

보름을 앓다 다시 찾은 아랫마을. 등에 약초를 한 짐 지고 가는 단목장을 본 순간 홀린 듯이 따라갔다. 성큼성큼 산에 오르는 그를 잡으려면 달리 수가 없었다. 우연도 한두 번이지, 다음번 마을을 찾았을 때 또 그를 만나리라는 보장이 없었기에 백향은 태어나 처음으로 앙큼한 술수를 부렸다.

나지막한 비명과 함께 발목을 접질린 척 주저앉은 것이다. 그 소리에 단목장이 뒤를 돌아봤다. 그리고 그녀의 바람대로 서둘러 달려와 발목을 살폈다. 2년 뒤 그들은 혼례를 올렸다.

"언제나 차분하고 단아한 엄마가 그랬다니 믿기지 않죠? 직접 들은 이야기예요. 나도 처음엔 믿기지가 않아서 몇 번이나 물었다니깐."

사야가 큰 눈을 도르르 굴리며 말했다.

"혼인 후 엄마는 단목가에 들어와 비밀을 지키며 살았어요. 가끔 기분 전환 삼아 아랫마을에 내려가고, 이삼 년에 한 번씩 친정을 가는 게 다였죠. 그런 엄마가 내 이름을 사야(沙夜)로 지은 거예요. 혹시 가지 못한 아쉬움을 담은 것이냐 물었더니 엄마가 말했어요. 내게 있어 네가 바로 새로운 사막의 밤이라고."

사야가 미소 지었다. 눈을 내리깐 채 살포시 짓는 그 미소에 따뜻함, 수줍음, 뿌듯함과 같은 온갖 소중한 느낌이 다 담겨 있어 제천은 저도 모르게 비슷한 표정을 하고 말았다. 사랑을 듬뿍 받으며 곧게 자란 사야는, 그가 지켜온 그녀는 참으로 어여뻤다.

"그러니 제천, 난 꼭 사막에 가고 싶어요. 엄마를 꿈꾸게 만든 그곳을 내 눈에 담고 내 가슴에 새기고 올래요. 아…… 정말이지 생각만으로도 벅차지 않아요?"

사야가 한숨을 쉬며 동의를 구했다가 뒤늦게야 저만 감상에 빠진 게 아닌가 하고 눈치를 살폈다. 막 무안해지려는 참에 제천이 입을 열었다.

"괜찮을 것 같군요, 사막도."

"같이…… 갈 건가요?"

제천과 눈이 마주치자 사야의 자신감이 눈에 띄게 줄었다. 예전 같으면 불구덩이에라도 뛰어들어라 당당히 명할 텐데 지금은 말끝을 흐리며 간절한 눈빛으로 바라볼 뿐. 제천이 답했다.

"착각이라도 하고 계시나 본데 오늘이 지나고 아가씨가 평범한 인간이 되어도 제가 호위무사란 사실은 변함없습니다. 아가씨가 가시는 곳에 제가 갑니다. 사막이라고 예외는 아니죠."

그제야 사야의 경직된 표정이 풀렸다. 단목 일가는 여신의 귀천에 큰 기대를 하고 있는 탓에 오늘만 지나면 모든 것이 바뀔 줄 알고 있다. 물론 그들에게 있어서 세상이 바뀔 일이긴 하지만 사야가 평범한 몸이 된다고 해서 제천은 이곳을 떠날 생각이 없었다.

그나저나 사막이라. 참신하군. 서쪽으로 얼마나 멀리 가야 할지.

제천의 주의가 낮이면 뜨겁게 달아오르고 밤이면 차디차게 식는 모래언덕으로 옮겨갔을 무렵, 그에 대해선 완전히 안심한 사야가 조바심을 냈다.

"벌써 미시(未時)도 절반이 지났는데 왜 별채에선 아무 소식이 없을까요?"

별채는 선조 할머니, 그러니까 여신이 머무는 곳이다. 여간해선 단목가를 벗어나는 일이 없는 그녀는 어젯밤부터 몸을 깨끗이 하고 방 한가운데에 앉아 부르심을 기다리고 있었다. 어릴 적부터 영특하여 여신의 귀여움을 받아온 사야는 초조한 눈으로 별채 쪽을 바라보았다.

다른 사람들처럼 새벽부터 일어나 기다렸으니 이제 어지간히 지친 것이리라. 제천도 처음엔 경계를 늦추지 않다가 아침을 먹고 점심까지 먹은 이 시점에선 정말 귀천이 오늘이던가, 날을 착각한 것은 아닌가하고 슬그머니 의심이 들었다.

"아직 오늘 하루는 꽤 남았으니까."

대충 그런 말로 사야를 달랬으나 한 번 시작된 의문은 쉬이 수그러들지 않는 모양이었다.

"다른 사람들은 뭐 해요?"

"모두 방에 있습니다."

"아까 어디 가던 중이었어요?"

"그냥 여기저기."

"그럼 제천, 잠깐 별채 좀 들여다보고 올래요?"

또 시작됐다. 단목사야의 호기심. 제천이 딱 잘라 선을 그었다.

"모두가 방에 있기로 하지 않았습니까. 특히 어르신께서 신신당부 하셨습니다."

"누가 나가겠대요? 제천이 살짝 보고 오면 되죠."

"사양하겠습니다."

서른여 명이 애타게 기다려온 날이라는데 자신이 조금의 실수라도 했다간 어쩌려고. 제천이 꿈쩍도 하지 않자 사야의 목소리가 더욱 간절해졌다.

"소리만이라도 듣고 와요. 별채에 들어가지도 말고 그냥 밖에서 소리만."

"쉬십시오."

제천이 창가를 떠나려는데 저쪽에서 회(恢)가 소반을 들고 다가왔다. 이쪽과 눈이 마주쳤고 서로 반가운 눈치가 오갔다. 좀 먹겠니, 하고 창문으로 들이민 소반에는 유밀과가 담겨 있었다. 입이 심심해서라는 건 핑계이고 회 역시 슬슬 지친 것이다. 유밀과를 서너 개 집으며 사야가 말을 걸었다.

"오면서 별채 쪽 봤어요?"

"멀리서만 봤다. 별다른 기색이 없더구나."

"오늘이 맞긴 한가……."

"그건 틀림없을 게다. 이미 십수 년 전에 오늘을 콕 집으셨다 하던데."

"흐음."

사야가 불만 어린 표정으로 별채 쪽을 쳐다보더니 자리에서 일어났다. 방문을 열고 나와 기지개를 켜자 나이가 무색하게 우두둑 소리가 났다. 한나절 방 안에만 갇혀 있었던 탓이다. 좀이 쑤셔서 더 이상은 견딜 수가 없어진 사야는 두 남자를 살살 회유하기 시작했다.

"산책도 할 겸 잠깐만 가볼까요?"

"별채에 가려고?"

회가 뜨악한 표정을 지었다. 제천은 어림도 없다는 눈치다.

"그냥 멀리서 좀 보기만 할 거예요. 무슨 소리라도 들리나 귀 기울여 보고. 에이, 그 정도도 안 될 리 없잖아요. 잠깐 지켜보다 방에 올 건데."

"들어가시죠, 아가씨."

"싫네요, 무사님. 못 봤어요? 나 동 트고 나서 처음으로 방 밖에 나온 거예요. 산책 좀 하겠다는데 정색하긴."

"들어가……."

"산책 정도도 안 되겠나?"

회가 슬쩍 도와주었다. 제천의 마뜩잖은 표정에 그가 덧붙였다.

"다 같이 가면 되지 않을까. 멀리서 잠깐일 텐데. 이 녀석 계속 조바심 내게 가둬두는 것보다는 차라리 두 눈으로 아무 일 없음을 확인시켜 주는 게 나을 게야."

"맞아요, 맞아. 회 오라버니 말이 백 번 맞아요. 같이 가요, 제천?"

사야가 제천의 팔에 매달리며 애원했다. 이런 순간에도 그녀의 체취나 달라붙는 느낌을 의식하는 자신에 진저리가 났다. 요즘 들어 점점 물러지는 스스로를 책망하면서 제천이 앞장섰다.

"정말 아무 일도 없네."

어차피 오밀조밀 모여 있는 단목가 안이다. 별채는 멀지 않았고 그 어떤 상서로운 기색도 비치질 않았다. 세 사람은 최대한 거리를 유지하면서 무언가 다른 낌새를 찾아보려 했지만, 고요한 와중에 산새 지저귀는 소리만 이따금 들릴 뿐 아무것도 느낄 수가 없었다.

이쯤 되자 누이에게 장담했던 회조차 진짜 오늘이 맞던가 하고 고개를 갸웃거리며 돌아갔다. 회가 모퉁이를 도는 것까지 보고도 쉽사리 자리를 뜨지 못하던 사야가 입술을 깨물었다.

"이상해."

"확인했으니 됐죠. 이제 방으로."

"그게 아니라 무슨 냄새 나지 않아요?"

제천이 작은 한숨을 내쉬었다.

"주의를 끄시는 거라면 이제 지겹습니다."

"그런 게 아니에요. 정말 안 나요? 이거, 그건데, 그, 그 냄새."

"아가씨."

"그…… 불타는 냄새!"

사야가 고개를 번쩍 들어 별채를 쳐다보았다. 그 기세에 제천도 눈을 돌렸다. 분명 방금 전까지 아무 기척도 없던 별채가 활활 불타고 있었다. 매캐한 냄새가 코를 찔렀다. 시뻘건 불길이 일렁이는 그곳으로 사야가 뛰어갔다.

본능적으로 뒤따르던 제천이 뭔가 이상함을 깨달은 것은 그다음이었다. 불이 다른 곳으로 옮겨 붙지 않았다. 그리고 조금도 뜨겁지가 않았다. 저만한 화염이라면 살갗이 녹을 듯이 뜨거워야 하는데 별채 바로 앞까지 온 지금도 전혀 열기를 느낄 수 없었다.

뭔가 잘못됐다.

"선조 할머니!"

"아가씨!"

사야가 문을 연 것과 제천이 소리쳐 부른 것이 거의 동시에 일어났다. 바로 다음 순간, 시뻘건 불길이 단목가를 휩쓸고 지나가더니 눈 뜨기가 힘들 정도로 밝은 빛이 번쩍했다. 그 와중에 제천은 검을 땅에 박고 버텼다.

간신히 뜬 두 눈에 족히 삼 장(丈)은 넘게 날아가는 사야가 들어왔다.

나뭇잎처럼 날아간 그녀는 별채 맞은편 대숲에 크게 한 번 부딪힌 뒤 풀썩 쓰러졌다. 눈이 멀어버릴 듯한 빛의 파문이 사라지고 겨우 몸을 움직일 수 있게 된 제천이 황급히 그녀에게 달려갔다. 사야가 선혈을 한 움큼 토해내더니 이윽고 정신을 잃었다.

"어쩌면 좋을꼬. 어찌할꼬. 이 아이가 일족의 업을 다 지게 생겼으니……."

청아한 소리에 제천이 고개를 돌렸다. 불길의 흔적조차 찾아볼 수 없는 별채에는 육신의 형체가 투명해져 가는 여신이 있었다. 제천이 봐온 노파가 아니었다. 아마 그녀의 원래 형상일 것이다. 풍성한 흑발을 늘어뜨린 그녀는 섬세한 이목구비가 아름다운 절세가인이었다. 그녀의 시선은 쓰러진 사아에게서 떠날 줄을 몰랐다.

"두 번째 시련에 들게 생겼구나. 이를 어쩌면 좋누……."

"그게 무슨."

여신의 안타까운 눈길이 제천에게 옮겨 왔다.

"부디 이 아이를 지켜주게나. 부디 행복할 수 있도록, 무사히, 자네가……."

여신의 목소리는 그까지였다. 육신의 형체가 투명해지면서 목소리까지 끊어진 것이다. 이것이 아마 귀천인 모양이었다.

제천의 시선이 사아에게 박혔다. 안 그래도 흰 얼굴이 창백해졌다. 입술은 기이하리만치 붉었다. 일단 방으로 옮겨야겠다고 생각하며 그녀를 안아 드는데 이 방 저 방에서 단목 일가 사람들이 휘청거리며 나왔다.

다들 어안이 벙벙한 모습으로 얼굴을 만져 보고 서로의 모습을 살폈다. 이미 혼인을 한 사들은 딱히 달라진 점을 찾을 수 없었다. 확연히 달라진 것은 아직 미혼의 회였다.

스물둘로 백향의 친정 마을에 정혼녀를 두고 있는 그는 가만히 있어도 상대를 끌어당기는 외모의 미청년이었는데, 밖으로 걸어 나온 그는 훨씬 평범한 사내로 변해 있었다. 다들 회의 얼굴을 만져 보며 신기함에 웃음을 터뜨렸다.

백향의 부축을 받으며 나온 단목장 또한 회를 보면서 기뻐하다가 뒤늦게야 자신의 딸이 보이지 않음을 깨닫고 두리번거렸다. 그의 시선 끝에 사야를 안고 별채 쪽에서 달려오는 제천이 들어왔다.

단목장이 둘을 향해 서둘러 걸어갔다. 백향의 안색이 어두워졌다. 대를 이어 내려오는 저주에서 해방된 기쁨을 만끽하는 것도 잠시, 단목가가 분주해졌다. 자리를 펴고 물을 끓이고 약재가 보관된 서랍을 뒤졌다.

자리에 누운 사흘 동안 사야의 외모가 몰라보게 변했다는 건 다들 쉬쉬하는 비밀이었다. 딱 그 나이에서 과하지 않을 정도로만 피어났던 소담한 봄꽃 같던 미모가 깊어지고 그윽해졌다.

기묘한 일이었다. 기본 틀은 그대로인데 장점이 부각되고 분위기가 확연히 바뀐 것이다. 누워 있는 열여섯 소녀에게서 여인의 요염한 태가 물씬 느껴졌다. 단목장과 백향, 제천의 헌신 끝에 눈을 뜬 사야는 묵묵히 설명을 들었다.

"제가 너무 성급했어요. 제천의 말을 들을걸."

기운 없이 웃는 목소리마저 부드럽고 달콤해서 세 사람은 저도 모르게 몸을 움찔할 수밖에 없었다. 단목사야는 유혹 그 자체가 되었다.

그로부터 한 달 뒤, 회의 정혼녀가 소소한 선물을 들고 단목가로 인사를 왔다가 사야와 마주쳤다. 최대한 바깥출입을 자제하던 사야도 그때만큼은 어쩔 수 없었다.

회의 정혼녀는 모든 내막을 알고 있었지만 실제로 사야와 마주하게 되자 충격을 감추기 힘든 모양이었다.

실제로 사야의 미모는 날이 갈수록 더 자리를 잡아 어릴 때부터 붙어 지내온 회는 물론이요, 다른 일족 사람들도 넋을 놓고 보게 만들었다. 며칠 뒤 회는 조심스레 혼인 후 분가를 거론했다.

평범해진 자신의 외양과 정혼녀가 무남독녀라는 점을 들었지만 눈치 빠른 사야는 자신 때문임을 알아차렸다.

보름 뒤, 회가 혼례를 올렸다. 신부 집에서 열린 혼례식에 모두가 참석했다. 큰일을 치른 뒤 처음으로 겪는 행사라 다들 조금 들뜬 기분으로 먼 길을 갔다. 사야는 맨 얼굴로 참석하기도 뭣하고, 그렇다고 얼굴을 가렸다간 신부와 착오를 일으킬 수 있어 고민 끝에 식장으로 들어가지 않았다.

쓸쓸해 보이는 그녀 곁을 지킨 이는 제천이었다. 남들 눈에 띄지 않고 식장을 내려다볼 수 있는 명당을 찾아준 이도 제천이었다. 그 덕분에 사야는 가장 좋아하던 육촌 오라버니의 혼례를 지켜볼 수 있었다.

귀천으로부터 두 달쯤 지난 어느 날, 사야가 미색 면사(面紗)를 구해 얼굴을 가리기 시작했다. 부모님과 제천 앞에서만 민낯을 보일 뿐 단목가 안에서도 반드시 면사를 썼다. 눈 아래를 완벽히 차단하는 면사의 등장에 괜히 미안해하던 이들은 점점 그쪽이 편하다는 걸 깨달았다.

그리고 묘악산에 울긋불긋 단풍이 들 무렵, 단목장이 늦은 오후 딸의 방을 찾았다. 저녁쯤엔 제천을 따로 불러 밀담을 나눴다. 두 사람의 혼인에 관한 이야기였다. 상당히 갑작스러운 제안에 사야와 제천 모두 당혹스러워했다.

오랜 고민 끝에 두 사람의 대답이 일치했다.

❀ ❀ ❀

사야가 어색한 손길로 혼례복을 쓸었다. 본래 회 부부가 쓰기로 했던 방은 이제 사야와 제천의 신방으로 꾸며져 있었다. 단기간에 준비한 것치고는 꼼꼼한 꾸밈이 돋보였다.

모두에게 갑작스러운 결정이었으나 단목장이 혼인 이야길 꺼낸 데는 이유가 있었다.

시아버지와 남편을 차례로 잃고 하나뿐인 아들의 목숨을 살리고자 안광이 형형해진 태후 란(鸞). 온갖 주술사며 법사며 고명한 의원을 황궁으로 모셨지만 그 누구도 발병 시기를 예언하거나 속 시원한 해결책을 내놓지 못했다.

태후의 조급증은 심해져 갔다. 수렴청정을 마치고 아들 윤명이 정사를 주관한 이래 태후는 보전각의 모든 문서를 뒤졌다. 황궁 밖으론 자신의 눈과 귀를 대신하는 스무 명의 정예 '비설조(飛雪組)'를 풀어 조그만 실마리라도 모두 모으게 했다.

하늘도 무심하지 않았는지 이백 년 전만 해도 조의 황제는 무병장수했다는 대목을 발견했다. 태후가 벌렁거리는 가슴을 가라앉히기 무섭게 비설조가 소식을 물고 왔다. 태조의 보좌관이었던 이의 후손을 찾아냈다는 것이었다.

그들이 건네준 다 낡은 일기장에는 당시 낙신의 간에 대한 언급이 적혀 있었고, 태후는 그 효능을 두 눈으로 똑똑히 읽었다. 그리고 또 다른 소식도 들었다. 도망친 여신이 동남쪽으로 이동했다는 것을.

그 즉시 명이 떨어졌다. 모든 수단과 방법을 가리지 말고 여신을 찾아내라고. 반드시 찾아내어 산 채로 자신 앞에 데려오라고.

그 소식을 알음알음 들은 게 1년 전. 설상가상으로 가문의 막내 사야가 모든 업을 뒤집어쓰게 되어 여신의 원형(原型)에 가까울 정도로 신령해졌다.

단목장의 마음이 조급해질 차례였다.

그는 초야를 치르면 본인에 한해 재생의 저주가 멈춘다는 사실을 기억해 내고는 아내에게 어린 딸과 제천의 혼인을 넌지시 꺼냈다. 다른 이들 눈에는 농염한 가인이라지만 부모에겐 아직 앳되기만 한 열여섯이다.

당연하게도 백향이 반발했다.

이런 식으로 무언가에 쫓겨 외동딸의 혼례를 해치워버리고 싶지 않다고 했다. 부부가 된 후 거의 처음으로 눈물 비치는 아내 앞에서 단목장은 또 한 번 죄인이 되었다. 다 자기 탓이라며 무릎 꿇는 남편을 보고 백향은 재차 울음을 터뜨렸다.

이런 전말을 들은 뒤 동의한 혼인이다. 아무리 서로에게 호감이 있었다곤 하나 제대로 정분 한 번 나눠보지 않은 상태에서 혼례라니. 그것도 바로 나흘 뒤 초야라니. 사야와 제천 둘 다 그날 이후로 서로 눈을 제대로 마주치지 못한 채 슬그머니 자리를 피하곤 했다.

"안 주무십니까."

어느새 그녀를 찾아낸 제천이 문가에 기대어 넌지시 물었다.

"잠이 잘 안 오네요."

사야가 곱게 옻칠한 함을 열어봤다. 오색찬란한 패물들이 가지런히 정돈되어 있었다. 백향의 마음 씀씀이가 느껴져 사야는 엷은 미소를 지으며 그중 하나를 들어 올렸다.

맑은 빛깔의 홍보석이 마치 산수유 열매처럼 달린 정교한 은제 머리꽂이였다. 그 수고로운 어여쁨을 감상하던 사야가 조심스레 머리채에 꽂아보았다. 손거울을 들어 이리저리 비춰보다가 영 자신 없는 표정으로 제천에게 물었다.

"잘 어울리나요?"

미모가 깊어질수록 사야의 기운이 빠지는 것 같았다. 분칠 한 번

하지 않은 말간 민낯을 쳐다본 제천이 말했다.

"예쁩니다."

사야가 살포시 웃었다.

"은을 그렇게 정교하게 만질 수 있다니. 공예가의 실력이 대단하군요."

칭찬의 대상은 머리꽂이였던 모양이다. 사야가 잠시 며칠간의 어색함을 잊고 제천을 흘겨보았다. 자신이 무슨 잘못을 하였느냔 얼굴로 제천이 마주했다. 누가 먼저랄 것도 없이 웃음이 픽 나왔다.

그 와중에 사야의 머릿속을 스치고 지나가는 생각이 있었다. 귀천의 날이 지나고 그녀가 눈에 뜨이게 웃음을 잃은 후로 오히려 제천의 웃음이 늘어났다는 것이다.

웃음이라 봤자 입가에 미소 비슷한 게 잠깐 머무는 정도지만 확실히 밝은 표정을 자주 짓는다고 할 수 있었다. 기다란 풀잎을 꼬아 이상한 모양을 만들어 던지는, 시답지 않은 장난을 친 적도 몇 번 됐다.

좋은 사람이야. 잔잔한 울림이 사야의 가슴 안에 파문을 일으켰다. 비록 시작은 열여섯 소녀의 풋정이었을지 몰라도 그 사람이 제천이어서 다행이었다.

"잠시 걸을까요."

뜻밖에도 제천이 먼저 그런 제의를 했다. 품에서 면사를 꺼내 쓰고 호롱불을 끄는 과정이 제법 분주했다. 문을 닫고 제천이 이끄는 대로 몇 걸음 옮겼을 때야 사야는 여전히 머리에 달고 있는 장식이 생각났다.

한편 제천은 아무래도 혼례 전에 진지한 대화를 나누어야 할 것 같은 마음에 밤 산책을 제의했다가 정처없이 단목가를 한 바퀴 돌았다. 늦은 시각이나 몇몇 방의 불이 꺼지지 않았다. 밀담을 나누기엔 신경이 쓰이는 자리다.

제천은 묵묵히 방향을 틀어 검을 수련하곤 하는 대숲으로 향했다. 일정한 간격을 유지하며 사야가 뒤를 따랐다. 예전 같으면 방을 나서기가 무섭게 어딜 가느냐 물었을 텐데 이 또한 귀천 이후 바뀐 것 중 하나다.

사야의 웃음도 말수도 확연히 줄어들었다.

"곤하진 않으신지."

"괜찮아요."

사철 푸른 대숲을 거닐며 두 사람은 달밤의 정취에 젖어들었다. 걸음을 옮길 때마다 자박자박 나뭇잎 밟는 소리가 났다. 이끌고 오긴 했는데 어디서부터 무슨 말을 꺼내야 할지 제천이 망설이는 중에 사야가 먼저 조용히 물었다.

"혼례를 어떻게 치르는지 알고 있어요?"

질문을 하되 눈길은 반대편 대나무를 향하고 있다. 제천 또한 다른 곳에 시선을 둔 채 답했다. 항상 감정에 흔들리지 않고 속내를 비치지 않는 생활을 해온 그에게 이런 자리는 참으로 어색했다.

"대강은 알고 있습니다. 무엇보다 그날은 주례가 이끄는 대로 하면 되니."

혼인이나 가정을 생각해 본 적도 없었다. 더더구나 사야를 신부로 맞을 줄은 꿈에도 몰랐다. 위험한 상황에 말리면 그녀를 지키기 위해 피를 보는 것도 불사할 테지만 그녀를 여인으로 의식한 적은 없었다. 정말이지 단 한 번도.

둘의 관계에 묘한 바람이 분 것은 한창 봄꽃이 만개했을 무렵이었다. 시작은 사야였고 제천도 조금씩 그녀를 달리 보기 시작했다. 그러다가 맞은 귀천의 날. 그날 이후 사야는 친족도 홀리는 절세가인이 되었지만 반대로 웃음과 말수를 잃었다.

그게 참 이상했다.

제천의 눈에는 사야의 미모보다 그녀가 잃은 웃음이 더 신경 쓰였다. 든 자리는 몰라도 난 자리는 안다더니 언제나 곁에 머물던 환한 미소가 사라지자 마음 한 구석이 휑했다.

불과 열흘 전, 단목장의 간절한 청원을 승낙했다. 그녀를 지키는 행위의 연장이라 스스로를 납득시켰지만 혼례일이 다가올수록 제천은 자신을 잃었다. 애정이라기엔 아직 품고 있는 감정이 옅고 의무감이라기엔 가슴이 설레었다.

이렇게나 혼란스러운 마음가짐으로 인륜대사를 치러도 되는 것인지. 아무리 다급하다곤 하나 미처 감정이 그만큼 깊어지지 않았는데 덜컥 사야의 순정을 취해도 되는 것인지. 제천이 복잡한 심경에 나지막한 한숨을 토해냈다.

"주례가…… 물러난 다음은요?"

사야의 물음에 제천이 제법 당황했다. 그녀는 초야를 보내는 법에 대해 묻고 있는 것이다. 수련의 길만 걸어온 그가 합방에 대해 알 리 만무했다. 저도 모르게 헛기침이 나왔다.

"그건 아가씨께서 염려할 일이 아닌 듯합니다."

"그럼 제천이 잘 안다는 건가요?"

"어느 정도는."

거짓말이 술술 나왔다.

"정말이죠? 그거, 많이 아프다던데."

"아픈 겁니까?"

방금 전에 안다고 해놓고 터무니없이 쉬운 질문을 되돌리고 말았다. 달빛을 받은 사야의 얼굴이 불안하게 바뀌었다.

"다 안다고 해놓고."

"전부라고 하지는 않았습니다."

"책에서는 초가 녹고 동이 터올 때까지 한다던데 제천도 그럴 건가요?"

밤이어서 다행이다. 천만다행이다. 제천의 고개가 반대편으로 더 돌아갔다. 여기 변치 않은 게 하나 있군. 이 아가씨는 예나 지금이나 그의 열을 확 끌어올리는 것에 굉장한 소질이 있었다.

128

무슨 초가 녹고 동이 터올 때까지? 대체 뭘 어떻게 한다는 건지? 감조차 잡을 수 없는데 황당하게도 단전 부근에서 응어리가 뭉쳤다.

"무슨 책을 보신 건지 여쭤도 되겠습니까?"

"자세를 바꿔가며 진이 다할 때까지 한다던데."

수련과 비슷한 건가. 자세를 바꿀 수도 있어?

"그러니까 아가씨."

"절정에 달하면 극락이 부럽지 않다고. 그래서 운우지정이라며."

꼭꼭 닫혔던 입이 오늘 밤에야 트일 모양인 듯 사야의 혼잣말은 이후로도 이어졌다.

"한 번 맛보면 밤낮 가리지 않고 빠져들게 된다던데."

맛을 보다니 대체 무엇을. 제천이 도저히 참지 못하고 덜컥 멈춰 섰다. 서너 걸음 뒤에서 따라오던 사야도 그 기세에 놀라 걸음을 멈췄다.

"앉았다 갈까요."

제천이 평평한 땅을 골라 그대로 앉았다. 잠시 머뭇거리던 사야가 조금 떨어진 곳에 자리했다. 서늘한 밤바람이 대숲을 스치고 지나가자 나뭇잎 부딪히는 소리가 사방에 은은히 울려 퍼졌다. 적당한 시점에 부는 석당한 바람이었다. 두 사람 모두 어둠에 얼굴을 묻고 달아오른 뺨을 식혔다.

"잘 모르지만 나흘 동안 노력해 보겠습니다."

제천이 그렇게 운을 떼었다.

"최대한, 아프시지 않도록. 어떻게든."

사야가 조용히 말을 받았다.

"그럼 미리 조금이라도 연습해 볼까요?"

"연습이라시면."

"아니, 걱정이 되니까……. 저녁에 고모가 초야에 대해 일러주러 오셨는데 그냥 책에서 다 봤다고 둘러댔거든요. 그래서 아무것도 듣지 못해서."

"아."

제천이 딱히 다른 말을 찾지 못하다가 슬쩍 사야를 쳐다보았다. 마침 눈이 마주쳐 애써 식힌 두 사람의 뺨이 다시 붉어졌다. 어색한 시간이 흐르고 사야가 주섬주섬 면사를 풀었다. 미색의 면사를 머리 위로 뒤집어쓰자 길이가 좀 짧긴 하지만 얼추 신부가 쓰는 비단 가리개와 비슷한 태가 났다.

사야가 그대로 미소 지었다. 긴장과 어색함, 기대가 묻어나는 웃음이었다.

"해봐요, 제천."

과연 이래도 되나 싶었으나 제천 역시 초야가 염려스럽긴 마찬가지. 그날 반드시 합방을 하여야 다음날 몸을 추스르며 정리를 하고, 이튿날 단목 일가가 세 무리로 나뉘어 길을 떠날 수 있다 들었다. 태후의 세력이 점점 조여오고 있다고. 그래서 한동안 다른 곳으로 피해 있을 거라고 하였다.

실제로 신방을 제외한 다른 방은 이미 언제라도 여행을 떠날 수 있게 정리된 뒤였다. 제천이 움직이자 깔고 앉은 나뭇잎이 바스락거렸다. 사야는 흠칫 놀라지 않으려 애썼다.

"그럼."

천천히, 아주 천천히 몸을 기울였다. 근처에 졸졸 흐르는 시냇물 소리가 어느새 들리지 않았다. 마치 시간이 멈춘 듯한 순간이었다. 미색의 면사 아래 드러난 도톰한 입술에 제천은 살며시 제 입술을 가져다 댔다.

희한하게도 머릿속에 이에 대한 지식이 전혀 없는데 자연스레 몸이 따라왔다. 부드럽고 촉촉한 입술에서는 사야가 즐겨 마시는 수국차의 향이 났다. 사야의 입술이 살짝 벌어지며 달콤한 한숨이 새어 나왔다.

여기서 더 깊이 들어가면 수국차의 단맛도 느껴지지 않을까.

애절하리만큼 천천히 입술을 탐하던 제천이 시험 삼아 혀를 조금 들이밀었다. 제천이 하는 양을 따라 비슷하게 움직이던 사야가 순간 놀라 눈을 크게 떴다.

입술과 입술이 빚어내는 느낌도 충분히 매혹적인데 혀끝이 맞닿은 기분에는 비할 바가 못 되었다. 두 사람은 새로운 충격에 놀라 잠깐 입술을 떼었다가 흐트러진 호흡을 고르고 이내 입맞춤을 나눴다.

조금씩, 아주 조금씩 혀를 더 밀어 넣을 때마다 바짝 예민해진 돌기가 자극되었다. 그 오싹한 기분에 완전히 매료되어 둘은 상대의 것을 깨물었다가 결을 반대로 핥았다가 비비길 반복했다.

자연히 숨이 가빠지며 가슴이 들썩였다. 제천이 사야의 뒷목을 받친 채 더 깊이 혀를 들이밀었고 그 탓에 머리에 쓰고 있던 미색 면사가 스르르 아래로 흘러내렸다.

이후로도 오랫동안 입술을 나눈 두 사람은 '연습'이 끝났는데도 쉽게 자리를 뜨지 못하고 대숲을 지켰다. 그제야 맑은 시냇물 소리가 들렸다. 대나무를 스치고 지나가는 바람도 다시 느껴졌다. 아무 말 없이 올려다본 그곳엔 수많은 별이 반짝이는 밤하늘이 있었다.

문득 행복해진 사야는 귀천의 날이 지나고 거의 처음으로 소리 내어 웃었다. 제천의 어깨에 기댄 채 눈을 감았다. 나흘 뒤가 몹시 기다려졌다.

"제천, 주례가 갔어요."

"그렇군요."

"이제 어쩌죠?"

"혼례복을 벗어야겠지요."

"나흘 동안 많이 공부했어요?"

"하긴 했습니다만 이론만으로 가능할지."

"이론이라면…… 책이 있던가요?"

"예, 두 권을 구해서 봤습니다."

"두 권이나? 지금 있어요? 줘 봐요, 나도 좀 보게."

"아가씨께선 왜 필요하신지……."

"둘이 함께하는 건데 제천에게만 일임할 수 없잖아요. 게다가 이론 습득에 있어선 제천보다 내가 훨씬 빠르니까. 천재 단목사야, 몰라요?"

"그것과는 별 상관이 없을 듯한데……."

"있어요, 없어요? 응?"

"있긴 합니다."

"주세요. 아, 이거예요? 어디 보자…… 이거 의술서 아닌가? 음양오행은 또 왜 나와? 제천, 말해봐요. 진짜 이거 보고 초야를 다 깨우쳤단 말이에요?"

"기초 지식의 중요성은 말할 필요가 없습니다."

"맞는 말이지만 이것만 가지고는."

"나머지 한 권은 여기."

"맞다. 또 한 권…… 어, 흠, 흠흠, 이 책은 뭐랄까, 굉장히………실무적이군요."

"예."

"삽화도 적나라하네요. 마치 기루에서나…… 어접린(魚接鱗)? 물고기가 서로 비늘을 문지르는 자세라니 대체 무슨 뜻일까요. 난 물고기끼리 비늘 문지르는 거 한 번도 본 적이 없는데."

"……그건, 힘들 겁니다. 오늘은."

"그래요? 도무지 감이 잡히지 않아서 삽화를 보기 전엔……아……."

"더는 보시지 않는 것이."

"당황한 거 아니에요. 그냥 좀 놀란 것뿐. 그래도 도움이 되는 것 같아요."

"둘의 차이가 있긴 한지……."

"이건 뭐죠? 귀등(龜騰)? 거북이가 올라가는 자세는 또 뭐야."

"그건 원박(猿搏)과 병행함이 좋다고 합니다."

"원숭이가 나뭇가지를 잡는다고요? 이름들이 상당히 추상적이네요. 삽화는…… 이렇게나 구체적인데. 아, 세상에."

"그만 덮죠."

"조금만 더 보고요, 조금만."

"제 머릿속에 다 있으니 염려 마십시오. 그럼 오늘은 초야니만큼 1번부터 24번까지만 하도록 하겠습니다."

"자, 잠깐만요. 24번? 방금 뭐라고……."

"이럴 때가 아닙니다. 서두르죠."

"제천, 잠깐, 잠깐만!"

사야가 눈을 번쩍 떴다. 어두운 방 안.

서서히 정신이 돌아오면서 얼굴이 달아올랐다. 아무리 내일이 혼례라지만 어째 꿈을 꿔도 이 모양인가 말이다. 더 기가 막힌 건 몇 달 전 읽은 붉은 표지 책 속의 낯부끄러운 지식이 제 꿈에서 발현되었다는 것이다.

어접린이니 귀등에 원박이니. 제천이라면 다음 생에서도 모를 지식들이었다. 도저히 이대로는 안 될 것 같아 사야가 자리에서 일어났다.

깊은 가을 밤, 침의 차림으로 일어나니 영 썰렁하여 두툼한 장포를 걸쳤다. 일어난 김에 물도 한 잔 마셨다. 빈속에 시원한 물이 꿀꺽꿀꺽 들어가자 정신은 맑아지는 반면 몸이 부르르 떨렸다.

뜨거운 물주머니라도 안고 잘걸 그랬나. 방 한가운데 선 채로 어떻게 하면 이 밤에 최대한 소리를 내지 않고 물을 끓여오나 고민하고 있는데 왠지 바깥이 소란스러웠다. 필요 이상으로 밝은 것도 같았다.

"무슨 일이지."

부드러운 신을 꿰어 신고 천천히 창가로 다가갔다. 한 번 의식하기 시작하자 바깥의 소리는 더욱더 커져만 갔다. 의아한 얼굴로 창문을 활짝 열려는 그 순간, 절대 잊을 수 없는 냄새가 코끝에 느껴졌다.

불(火).

불에 타는 냄새. 매캐한 연기. 문고리까지 다가간 손이 허공에서 멈췄다. 지난번, 불타는 냄새를 맡고 문을 열었을 때 사야는 돌이킬 수 없는 일을 당했다. 이번은 어떨지. 머뭇거리는 새 바깥의 비명 소리는 더욱 커졌다.

그와 동시에 사야가 얼어붙었다. 방금, 비명이라고 했다. 불과 비명. 섬뜩한 조합에 가녀린 손이 덜덜 떨렸다. 애초의 기세와 달리 사야는 아주 조심스레 창문을 열었다. 간신히 바깥을 살펴볼 수 있을 정도로만 살짝.

그곳에는 지옥도가 펼쳐져 있었다.

어두운 밤하늘 아래 활활 불타는 기와집. 사야의 직감에 따르면 저곳은 당숙 일가의 거처였다. 혜(慧) 언니! 사야의 숨이 컥 막혔다.

사야에게 금 연주를 가르친 육촌 언니 혜는 혼인한 지 5년 만에 어렵게 회임하여 이제 안정기에 접어들었다. 아기 신발 뜨는 낙으로 하루하루를 보내던 언니의 모습이 사야의 머릿속을 스치고 지나갔다.

"아악!"

"대체 왜 이러는 거예요!"

살기 위해 필사적으로 도망치는 사람들 뒤로 검은 야행복을 입은 자들이 따랐다. 무서운 속도로 도망자를 따라잡은 그들은 일말의 주저 없이 시퍼런 검을 휘둘러 팔을 잘랐다.

잘린 팔에서 피가 콸콸 쏟아지자 처절한 비명이 터져 나왔다. 야

행복의 살수들은 바로 죽이지 않고 발로 등을 짓누른 채 울부짖는 사람의 상태를 지켜보았다. 그렇게 일각쯤 지나고 피가 절로 멎지 않으면 그제야 목을 베었다.

사야는 혀를 깨물지 않기 위해 이를 악물었다. 턱뼈가 뻐근하게 아파왔다. 저들은 누군가를 찾고 있다. 그리고 그 표적은 당연하게도, 사야 자신이다.

"아아악!"

그녀가 공황에 사로잡힌 새 또 누군가가 목숨을 잃었다. 높은 소리로 보아 여인인 듯하였다. 사야가 떨리는 손으로 창문을 닫았다. 여기서 나가야 했다. 도망쳐야 하는데.

다리를 움직일 수가 없었다.

쾅당당!

빗장 질러놓은 방문이 큰 소리와 함께 부서졌다. 너무 놀란 나머지 고개만 돌아갔다. 번득이는 칼날을 보고는 꼼짝없이 죽은 목숨이구나 싶었는데 어둠 속에서 익숙한 목소리가 들려왔다.

"아가씨."

제천의 부름에 사야가 휘청거렸다. 즉시 그가 달려와 사야를 부축했다. 몸을 기대자 비릿한 피 냄새가 느껴져서 황급히 그의 몸을 디듬었다.

"다쳤어요, 제천?"

"제 피가 아닙니다."

그럼 누구의 것이냐 물을 겨를도 없이 제천의 말이 이어졌다.

"습격입니다. 아가씨를 찾고 있어요. 당장 피하셔야 합니다."

"습격……."

"바깥이 어지럽습니다. 지금부턴 그저 제 등만 보고 이동하세요."

제천이 사야의 오른손을 꽉 부여잡았다. 그의 긴장감이 고스란히 전해졌다. 피해? 어디로? 쿵쾅거리는 심장과 달리 정신은 멍했다. 이것이 현실이라고 믿고 싶지 않았다.

사야의 상태를 알아차린 제천이 마치 손을 우그러뜨릴 듯이 힘을 넣었다. 덕분에 사야는 다시 지옥으로 돌아왔다.

"갑니다."

말이 끝남과 동시에 밖으로 몸을 날렸다. 나무가 타는 냄새, 지독한 피비린내, 비명 소리, 자욱한 연기, 검은 살수. 바깥은 그야말로 아수라장이 따로 없었다.

최대한 어둠에 몸을 숨겨 움직였으나 밤에 익숙한 자객들이 이를 놓칠 리 없다. 세 명의 살수가 동시에 그들의 반경을 죄어왔다.

먼저 움직인 쪽은 제천이었다.

왼손으로 사야를 잡고 오른손으로 검을 휘두르는 그의 실력은 오랜 수련의 시간이 헛되지 않았음을 입증했다. 절대 사야를 자신의 안전거리 밖으로 보내지 않으면서도 눈이 따라가지 못할 정도로 신묘하게 움직였다.

삼대일의 상황에서도 선전한 제천이 이윽고 정면에서 공격하던 살수의 몸을 베었다. 정확히 상대의 오른쪽 어깨에서 사선으로 왼쪽 옆구리까지 벤 뒤 바로 목을 쳤다. 온몸에서 피를 뿜으면서도 살수는 비명 한 번 지르지 않은 채 짚단처럼 옆으로 쓰러졌다.

최정예 비설조의 살수를 눈 하나 깜짝 않고 처치한 제천이다. 뜻밖의 실력자의 등장에 남아 있던 두 살수가 주춤하며 서로 눈짓을 주고받았다.

그 순간, 구름 뒤에 숨었던 달이 잠깐 고개를 내밀며 불타는 단목가를 비췄다. 제천의 등 뒤에 숨어 바르르 떨던 사야와 두 살수의 눈이 마주쳤다. 야속하도록 밝은 달빛이 그녀의 고운 선을 드러내자 살수들의 눈이 커졌다.

누가 봐도 범상치 않은 미모와 분위기. 둘 중 한 명이 날카로운 휘파람 소리를 냈다. 그것이 동료들을 부르는 소리라는 걸 눈치챈 제천이 서슴없이 검을 휘둘렀다.

챙강! 챙! 채챙! 챙챙!

신기(神技)에 가까운 검술이었다. 그가 검을 움직일 때마다 반드시 누군가는 피를 보았다. 허공을 가른 제천의 검이 살수의 배를 뚫고 들어갔다.

"윽!"

"제천!"

살수는 죽는 순간까지도 공격을 멈추지 않았다. 이에 제천이 당했다. 그가 휘청한 틈을 놓치지 않고 남은 살수의 검이 사야를 겨눴다. 제천이 이끄는 대로 움직이지 않은 탓에 사야의 머리카락 끝이 한 줌이나 잘려 나갔다.

감정을 지운 제천의 얼굴에 처음으로 분노가 번졌고 그다음 순간 고르륵, 하는 기괴한 소리를 내면서 마지막 살수가 제 동료의 시체 위로 고꾸라졌다. 사야의 장포에 피가 튀었다.

"가시죠."

모퉁이를 돌아 창고로 쓰는 작은 방으로 이동하는 내내 사야는 발작하듯 떨었다. 제천이 제 등에 시선을 고정하라 하였지만 비명 소리가 들릴 때마다 저절로 고개가 돌아가는 걸 막을 수가 없었다.

"꺄악! 아악! 이거 놔!"

"아악!"

"도망쳐라, 얘야!"

누구의 것인지 모를 팔과 다리가 이곳저곳에 널브러져 있었다. 제천을 따라 도망치는 도중 몇 번이나 시체에 걸려 휘청하였다. 우린 어디로 가는 거냐고 물을 여유도 없었다.

탁탁탁. 제천이 주먹으로 방문을 세 번 두드렸다. 방에서 인기척이 느껴지더니 곧 문이 열렸다. 단목장과 백향이 두 사람을 맞아주었다.

"엄마!"

"사야야."

두 사내가 낡은 탁자와 장롱을 끌어다가 문 앞을 막았다. 단목장이 낮게 잠긴 목소리로 물었다.

"어떤가?"

"두 놈이 아가씨를 발견했습니다만 동료들이 오기 전에 입을 막았습니다. 그래도, 촉박합니다."

"그렇단 말이지…… 알겠네."

단목장이 깊은 한숨을 내쉰 뒤 부인을 불렀다. 울먹이는 사야를 품에 안고 달래던 백향이 남편과 눈짓을 주고받았다.

"우리 딸. 어미가 미안하다. 지켜주지 못해서 미안해."

"엄마……."

백향은 미리 준비한 것으로 보이는 보퉁이를 딸의 품에 억지로 떠안겼다.

"혼례를 올리진 못했지만 제천은 네 부군이란다. 제천 말 잘 듣고, 꼭 행복하렴."

"잠깐만. 그게 무슨."

백향이 떨리는 손으로 사야를 꽉 끌어안았다가 딸의 머리끈을 풀었다. 미색의 단순한 끈을 마치 생명줄이라도 되듯 손에 쥐고는 눈물을 참으며 사야를 떼어냈다.

병풍 뒤에서는 두 사내가 비밀 통로 문 여는 작업을 막 마쳤다. 한 사람이 허리를 숙이고 간신히 통과할 정도로 좁고 작은 통로. 단목장이 제천의 어깨를 잡고 당부했다.

"길은 점점 넓어질 걸세. 단목가 아래를 지나 산을 관통하는 유일한 통로, 저들도 이 존재만큼은 모를 게야. 이 길로 뒤돌아보지 말고 도망치게. 동이 트기 전 적어도 백 리(里)는 가야 해."

"예, 어르신."

"부디 사야를, 무사히."

"……목숨 걸고 지키겠습니다."

"고맙네."

돌아가는 상황이 심상치 않다. 사야가 황망한 눈으로 비밀 통로와 제천, 부모님을 번갈아 보다가 입을 열었다. 뭔가 크게 어긋나고 있었다.

"엄마, 이상해요. 아버진 왜 저러시는 거예요?"

"사야야, 어서 가."

"같이 가는 거…… 아니야?"

"제천, 서두르게!"

제천이 보퉁이를 앗아 들고 사야의 손을 낚아챘다. 사야의 몸에서 믿을 수 없을 만큼 강한 저항이 나왔다. 울음이 터뜨리며 온몸으로 버텼지만 질질 끌려가는 것만큼은 어쩔 도리가 없었다.

"싫어!"

"단목사야! 어서 가지 못하겠느냐!"

제천에 이어 단목장까지 가세해 그녀의 몸을 떠밀었다. 두어 걸음 떨어진 곳에서 지켜보던 백향은 두 손에 딸의 머리끈을 꼭 쥔 채로 하염없이 눈물을 흘렸다.

아니야, 이건 말도 안 돼. 그럴 리가 없어. 이렇게 멀쩡히 살아계시는 두 분을 어떻게 이런 염라지옥에 내버려 두고 가. 이건 아니야. 이건 아니라고. 사야의 이성이 끊어졌다.

"어서!"

"싫어어어!"

제천에게 끌려 통로 안으로 들어온 사야가 소리를 질렀다. 안타까운 눈으로 바라보고 있는 단목장과 그의 품에 안겨 흐느끼고 있는 백향의 모습이 점점 멀어져 갔다.

"아버지! 엄마! 같이 가요!"

비명 소리가 방 밖으로 새어 나갈 것을 염려한 단목장이 통로 문을 닫으려는 순간, 차마 끝까지 지켜보지 못하고 등을 돌렸던 백향이 문가에 매달렸다.

"사야야!"

"엄마!"

"향아!"

단목장이 쓰러지는 부인의 몸을 받쳐 안았다. 백향은 가슴을 쥐어뜯으며 통곡하다가 마음을 다잡은 뒤 고개를 내저었다.

"닫아요."

"아버지!"

"……닫아요, 장랑."

단목장이 무거운 돌문을 움직여 통로를 폐쇄했다. 가리개를 내리고 병풍 위치를 움직여 평범한 벽과 다를 바 없는 모양을 만들었다. 기진맥진한 백향을 부축하여 방문이 보이지 않는 구석으로 간 그가 벽에 기대앉았다. 백향이 그의 품에서 속삭였다.

"약 기운이 도나 봐요. 살짝 졸리는군요."

"그런가 보오. 편히 있어요."

백향이 소중히 들고 있던 머리끈을 코에 가져다 댔다. 딸아이에게서 항상 풍기는 맑고 향긋한 찻잎 냄새가 났다. 헤어진 지 불과 얼마 되지 않았건만 벌써 딸이 보고 싶었다.

그립고 가엾고 어여쁜 내 딸, 사야.

"장랑이 이런 날에 대해 말해주었지만 전 조심스레 다른 꿈을 꿨어요. 과정은 없고 결과만 있는 꿈이었죠. 일이 어떻게든 잘 풀려 사야의 혼례를 보고 귀여운 손자도 보고 옹기종기 모여 살다가 천수를 다하고 장랑과 함께 눈 감는, 그런 꿈요."

단목장이 아내를 보듬어 안았다.

"그랬는데 결국 이렇게 되었네요."

"나와 만나지 않았다면 평탄한 삶을 살았을 것인데 후회하진 않소?"

끝이 가까워 오자 이제까진 차마 물어보지 못했던 말이 나왔다. 백향이 반쯤 눈을 감은 채로 희미한 웃음을 띠었다. 예나 지금이나 어쩔 때는 참으로 바보 같은 부군이었다.

"두렵고 슬프지만 티끌만큼도 후회하지 않아요. 후회는, 없어요."

그제야 단목장의 입가에도 편안한 미소가 걸렸다. 천천히 아내의 등을 토닥이며 그가 졸린 눈을 고쳐 떴다. 고운 그녀의 모습을 마지막으로 눈에 담고 싶었다.

느리고 조용하게 잦아드는 숨결의 끝자락에서 그는 짧다면 짧은 생애가 그리 나쁘진 않았다고 회상했다.

동천력(東天曆) 512년 시월 열아흐레, 낙신의 후손 단목 일가가 멸문하였다.

❀ ❀ ❀

제천이 한숨을 토해냈다. 단목가를 불태우는 검은 연기가 산등성이 너머로 보였다. 뒷목을 내리쳐 잠재운 사야는 아직 깨어나지 않았다. 눈물로 얼룩진 얼굴이 애처로워 그는 고개를 돌렸다.

야습과 도륙.

단목장이 예견 못한 바가 아니다. 두 사람의 혼인과 단목 일가의 이동, 비밀 통로도 모두 그의 머리에서 나온 것이었다. 다만 이번엔 태후의 손길이 더 빨랐을 뿐.

단목장이 차마 입 밖으로 내길 꺼리던 최후의 날이 오고 말았다. 사야와의 혼담을 꺼내던 날, 그는 모든 것을 제천에게 말해주었다.

그렇기에 제천은 부부의 끝을 알고 있었다. 비밀 통로를 닫은 뒤 부부는 아마 독을 마셨을 것이다.

세 사람 정도는 능히 지킬 수 있다 말하는 제천의 앞에서 단목장은 쓸쓸히 웃었더랬다.

"자네 또한 우리 가족이나 다름없는데 어찌 부모 된 처지로 자식에게 짐을 지우겠나. 그저 사야나 온전히 지켜주게."

십수 년 전, 어린 제천이 돌연 앓아누워 사경을 헤매자 떠돌이 무사였던 그의 아버지는 아들을 들쳐 업고 명의를 찾아다녔다. 마지막 희망이었던 의원마저 고개를 내저었는데 거기서 나온 이름이 단목가였다.

"묘악산에 약초 재배하는 이들이 사는데 도무지 구하기 힘든 귀한 약재도 항시 갖추고 있다 들었네. 아이가 버틸까 모르겠네만 한번 가보는 게 어떻겠나."

의원의 말에 사내는 바로 길을 나섰다. 산세 험한 묘악산에서도 첩첩산중에 사는 단목가를 찾아 밤낮을 헤맸다. 그러다 마주친 이가 혼례를 석 달 앞둔 젊은 단목장이었다. 곤란해하는 단목장 앞에 죽어가는 제천을 내려놓은 사내가 무릎을 꿇었다.

"살려주십시오. 살려만 준다면 이 은혜는 절대 잊지 않겠습니다."

의술과 약재에 능통한 단목장이라도 산송장이나 다름없는 아일 벌떡 일으킬 재주는 없었다. 정말이지 안된 일이지만 어쩔 수가 없다며 고개를 숙이는데 사내는 일어날 기미를 보이지 않았다. 차디찬 돌바닥에 이마를 세 번 찧더니 다시 한번 말했다.

"아이 어미와 약조했습니다. 내 비록 좋은 남편도, 좋은 아비도 아니었지만 벌써 이 애를 돌려 보낸다면 후에 그 사람을 볼 면목이 없습니다. 부탁드립니다."

입술에 벌써 푸른 기가 도는 아이는 이대로 두면 반 시진 내로 명을 달리할 터였다.

"이제 겨우 세 살입니다……."

착잡한 단목장의 눈에 죽어가는 아이가 자꾸만 밟혔다. 아직 생기지도 않은 자신의 아이와 힘든 숨을 뱉어내는 아이가 겹쳐졌다.

"……방법이 아주 없는 건 아닙니다만."

그는 몸이 식어가는 아이를 안아 들고 다른 방으로 들어갔다. 이튿날 제천 부자는 함께 걸어서 산을 내려갔고 12년 뒤 사내는 무인으로 키운 아들을 은인에게 보냈다.

그의 아버지는 그날 단목장이 아들에게 먹인 것이 무엇인지 알지 못할 것이다. 제천 또한 단목가에 들어온 지 수년이 지나서야 들은 이야기였다.

그랬던 단목장이 죽었다. 처음 보는 아이에게 간을 내어줬던 그는 소중한 딸을 위해 목숨을 바쳤다. 그러고 보면 참으로 일관성 있는 사내였다. 여끼지 생각을 마친 세천은 씁쓸한 웃음을 흘렸다.

문득 백향이 딸에게 떠넘기듯 안긴 보퉁이가 생각나 여밈을 풀었다. 조심스레 이모저모 들춰 보는데 작은 상자가 유독 눈에 들어왔다. 한 손에 들어오는 상자는 다물린 틈새로 묘한 빛을 뿜어내고 있었다. 난리 중에 어디 부딪혔는지 자물쇠 부분이 상했다.

달그락. 뚜껑을 열자 눈부시게 화사한 구슬이 빛을 발했다. 손톱 만 한 비취빛 구슬은 도합 여섯 개. 동봉된 쪽지가 있어 제천은 그 것을 나직이 소리 내어 읽었다.

"한 개에 한 달의 효력. 열두 개 모두 먹으면 과거의 기억이 영원 히 사라진다."

신통한 효능의 환약이었다. 쪽지 뒷면을 보자 네 글자가 따로 새 겨져 있었다. 힘 있고도 단정한 단목장의 서체. '只望幸福(지망행복)' 오직 행복을 바란다는 글귀는 제천을 생각에 잠기게 만들었다.

기억이 사라지는 환약과 행복을 바란다는 글귀. 아마 단목장은 딸이 분노에 휩싸여 그 뛰어난 머리로 복수를 계획하리라는 데 생 각이 미쳤던 것 같다. 자신들을 잊어도 좋으니 부디 사야가 환약을 먹고 새로운 삶을 살기를 바란 것이다.

"그런데 절반을 잃어버렸으니……."

지금 먹이면 앞으로 반년간 기억이 차단당한 채 산다는 뜻이다. 소중한 가족이 눈앞에서 도륙당한 만큼 사야의 충격은 클 터. 환약 을 쓴다면 도망이 좀 더 수월할지도 모른다. 제천의 미간에 또 다른 수심이 어렸다.

아니, 환약으로 당장의 슬픔을 억누른 채 도망친다 해서 그녀에 게 도움이 될 것인가. 어차피 반년 뒤에는 이 모든 기억과 고통이 그녀를 덮칠 텐데.

"대체 어떻게 해야 그대를 지킬 수 있지?"

답답한 마음에 사야가 누운 나무로 시선을 옮긴 순간, 제천은 숨통이 죄는 듯한 공포를 느꼈다. 불타는 단목가에서 비설조와 싸울 때도 이만큼 두렵지는 않았다. 그야말로 호흡이 멎는 충격.

사야가 사라졌다.

❀ ❀ ❀

어렵사리 도망쳐 온 길을 다시 되돌아갔다. 순간 충격과 혼란에 휩싸였지만 황급히 냉정을 찾고 발자국을 살피니 납치된 게 아니라 본인이 스스로 움직인 모양이었다.

제천의 발걸음이 다급해졌다. 나중엔 거의 날듯이 뛰었다. 어쩌자고 그 위험한 소굴로 다시 돌아갔을까. 혹시나 비설조가 아직 남아 있다면 사야는 그대로.

"으윽……."

살수에게 당한 상처가 극악한 고통을 호소했지만 제천은 몸의 경고를 무시했다. 선혈이 뚝뚝 떨어지는 옆구리를 손바닥으로 누른 채 날리고 달려 비밀 통로의 입구에 다다랐다. 예상대로 문이 열려 있었다.

무거운 돌문을 여느라 온몸을 밀어붙였는지 귀퉁이에 길게 찢긴 사야의 옷자락이 걸려 있었다. 제천이 호흡을 고른 뒤 검을 빼들었다.

천천히 좁은 입구를 나오자 매캐한 공기 속에서 피비린내가 났다. 두 시진 전까지만 해도 작고 정갈한 창고였던 방이 시커멓게 불타 있었다. 제천의 입이 바싹 마르기 시작했다.

자박자박.

검기를 누그러뜨린 채 걸음을 옮겼다. 처음 보았을 때 선경(仙境)을 떠올렸던 아름다운 단목가가 삽시간에 흉물스러운 폐허로 변했다. 사야를 보호하면서 살수들을 상대하느라 미처 보지 못했던 것들이 차츰 눈에 들어왔다.

말라붙은 피 웅덩이. 누구 것인지 모를 팔과 아무렇게나 나뒹구는 옷가지. 어떻게든 막아보려고 집어 들었을 곡괭이. 단목가 안에는 검 한 자루조차 없었으니 그나마 눈에 들어온 것이 곡괭이 정도였을 터다.

모퉁이를 돌아 넓은 마당으로 나왔다. 아직 완전히 안심하긴 이르지만 일단 살수의 기척은 느껴지지 않았다. 그리고 구름에 가렸던 달이 하계(下界)를 비췄을 때 그는 그 자리에 우뚝 멈추고 말았다.

서른에 달하는 단목 일가의 시신이 마치 패배한 적군의 그것처럼 산을 이루고 있었다. 잔혹하게도 장작더미처럼 겹쳐 쌓은 뒤 불을 질렀다.

제천과 사야가 비밀 통로로 피신할 당시 잠깐 내린 비에 불길이 수그러들어, 위쪽의 시신은 그나마 얼굴을 분간할 수 있었으나 아래쪽은 간신히 형체만 남아 있을 뿐이었다. 그 처참한 산더미 앞에 사야가 주저앉아 있었다.

어디서 꺼내왔는지 모를 붉은 혼례복을 걸친 사야는 텅 빈 눈으로 가족들을 쳐다보았다. 사람들을 산더미에서 꺼내려고 했는지 손이며 얼굴이며 흙과 검댕과 핏자국으로 성한 데가 없었다.

제천의 눈에 겹쳐져 있는 단목장 부부의 모습이 들어왔다. 분가 후 처음으로 단목가를 찾은 신혼 부부 역시 산더미 속에 끼어 있었다.

언제 살수들이 다시 들이닥칠지 모르니 어서 자리를 뜨자고 재촉해야 하건만 차마 그녀에게 말을 걸 수가 없었다. 차라리 오열이라도 하면 나을 텐데 울 기운조차 없어 보여 보는 이가 더 안타까웠다.

"……아가씨."

제천이 어렵게 말을 꺼냈다.

"가셔야 합니다."

새카만 머리채를 서글프도록 붉은 혼례복 위로 드리우고 주저앉아 있던 사야가 움씰했다. 제천이 다시 재촉했다.

"동이 트기 전에 최대한 멀리 가야."

핏기 없이 창백한 얼굴의 그녀가 제천을 흘깃 보더니 다시 가족들에게 눈을 돌렸다. 검게 탄 아래에서부터 서서히 위로 옮겨간 시선은 이윽고 시신 더미를 지나 밤하늘에까지 이르렀다.

그녀의 눈동자에 힘이 돌아오기 시작했다. 마치 작은 나뭇가지에 불씨가 날아들어 끝내 숲 전체를 활활 태워버리듯 사야의 안에서 불길이 솟아올랐다. 몸을 일으키는 동안 몇 번이나 휘청거렸지만 제천은 굳이 잡아주지 않았다.

지금 그녀가 바라는 건 부축이나 위로 따위가 아니니까.

"……기필코."

사야에게서 꽉 잠긴 목소리가 흘러나왔다.

"……반드시 살아남아서, 철저히 갚아주겠어."

단목장이 우려했던 전개였다. 하지만 제천은 당분간 그녀를 그대로 두기로 했다. 후에 설득할 일이 막막하지만 일단 분노와 복수심은 고난을 버텨 나갈 원동력이 될 테니.

사야가 다시 한번 되뇌었다. 그녀의 다짐에서 처절한 피비린내가 느껴졌다.

"당신의 눈앞에서, 당신의 아들을 씹어 삼킬 테니까, 그때까지 부디."

스르륵.

붉은 혼례복이 그녀의 어깨에서 흘러내렸다.

"아름다운 꿈을 꾸며 살라고."

사야가 몸을 돌렸다. 제천이 조용히 그 뒤를 따랐다.

그것이 앞으로 5년간 이어질 거칠고 험난한 도망 길의 시작이 었다.

조윤명의 병

"지금, 뭐라 하였느냐?"

윤명이 제 귀를 의심하며 다시 물었다. 하얗게 질려 파르르 떠는 사야를 마치 제 것인 마냥 품에 안은 채 자신을 쳐다보는 금의위.

윤명의 질문에 제천이 즉답하지 않았다. 별개의 인물로 인식하고 있던 두 사람이 그야말로 의외의 장소에서 의외의 모습으로 윤명에게 다가왔다. 혼란스러움과 이유 모를 분노로 인해 윤명의 견고한 세계가 흔들리기 시작했다.

"금의위 제천, 짐(朕)이 하문하고 있지 않은가!"

"답은 이미 드렸습니다."

"위로하고 있다?"

"그렇습니다."

윤명의 눈이 사야에 머물렀다. 흐트러지고 더럽혀진 옷. 여기저기 얼룩진 것은 누가 봐도 핏자국이었다. 파리한 안색과 눈물자국, 떨림이 멈추지 않는 몸.

윤명의 피가 싸늘하게 식었다. 사야를 범하고 있던 거라 단정해도 금의위는 할 말이 없을 상황이었다. 엄청난 속도로 사라진 황제를 이제야 간신히 따라잡은 소년내관 역시, 방에 들어오자마자 흠칫 놀라 고개를 숙였다.

직접 제천을 불러온 내관마저 그러했으니 전후 상황을 모르는 윤명은 오죽할까. 그러나 이마를 찧으며 해명해도 모자랄 판에 제천은 천천히 사야의 등을 쓸었다.

느릿느릿한 움직임에 사야가 나직한 한숨을 내쉬었다. 윤명을 더욱 분노케 한 것은 그 손길에서 짙게 묻어나는 소유욕이었다.

"오누이 같은 사이인지라. 가엾게도 기억을 잃었으니 지금에야 몸의 비밀을 깨닫고 충격을 받은 모양입니다."

"몸의…… 비밀?"

방 안의 온도가 순식간에 뚝 떨어졌다. 뒤늦게 합류한 소년내관은 대체 이분들이 왜 이러시나 다리만 후들후들 떨고 있었다. 마치 한 발 한 발 얇은 얼음판 위를 걷는 듯한 분위기였다. 제천이 선선히 수긍했다.

"예, 폐하께서는 아직 보르시는지요. 이 아이의…… 몸에 대해."

"……그러는 너는 알고 있단 말이냐?"

제천이 쓸쓸히 미소했다. 저 금의위는 지금 자신이 무슨 말을 지

껼이고 있는지 자각하고 있을까.

"물론입니다, 그야말로 속속들이."

그리고 바로 그 순간, 그가 바닥에 떨어진 날카로운 찻잔 조각을 집어 사야의 팔을 북 내리그었다.

"꺅!"

무기력하게 안긴 채 떨고 있던 사야가 비명을 지르며 몸을 틀었다. 하지만 제천이 옴짝달싹도 못하게 단단히 잡고 있어서 가쁜 숨을 쉬며 바르작댈 뿐이었다.

"무엄하다! 대체 무슨 짓이냐!"

윤명이 격노하여 제천을 치려했으나 그의 공격을 가뿐하게 피한 제천이 사야의 팔을 눈앞에 들이밀었다. 백옥처럼 고운 팔뚝에 끔찍한 상처가 났다. 벌건 속살이 벌어지면서 선혈이 주룩주룩 흘러내렸다.

고통에 몸서리치는 사야를 조금도 더 두고 볼 수 없어서 황급히 지혈하려는데 제천이 무례하게도 그의 손길을 내쳤다.

"보십시오."

"네 진정 죽고 싶은 것이냐!"

"그녀의 상처를 지켜보십시오, 폐하."

"그게 무슨!"

"지켜보시면, 비로소 제 말뜻을 이해하실 겁니다."

흐느끼는 사야와 피가 뚝뚝 흐르는 상처. 기묘하게 단호한 제천의 말. 윤명은 잠시 제천을 노려보다가 간신히 사야의 팔로 눈길을 돌렸다.

무슨 영문인지는 모르겠지만 제천이 미치지 않은 이상 헛되이 이런 일을 벌이는 것은 아닌 듯싶었다. 일단 그의 말대로 하다가 조금이라도 사야에게 이상이 생길 시, 바로 어의를 부르고 제천을 하옥할 것이다.

"흐윽, 흑, 놔줘요, 제발. 너무, 너무 아파."

자신을 제압하고 있는 제천의 팔을 부여잡은 채 사야가 애원했다. 그 소리에 윤명이 움찔했으나 제천은 더욱 힘주어 가는 팔목을 고쳐 잡았다. 사야의 흐느낌이 더욱 애절해졌다.

"제발, 제천, 조금만이라도 덜하게, 지금 너무 아파……. 윤명, 윤명, 좀 도와줘요……."

윤명은 사야가 자신의 이름을 알고 있다는데 놀랐지만 그 이름을 직접 부른 것에 더 큰 충격을 받았다. 황궁 내에서 태후를 제외하고 그 누구도 윤명을 이름으로 부를 수 없었다. 그런데 사야가 그리 했다.

윤명 자신조차 제 이름보다 '짐, 폐하, 황상'의 호칭이 더 익숙하거늘 그녀는 일말의 주저함 없이 그의 이름을 불렀고 그에게 도움을 청했다.

윤명이 저도 모르게 손을 뻗었다. 이에 제천이 저지했다.

"죽지 않을 상처입니다. 지켜보시죠."

"그래도."

"거의 다 되었습니다."

"이런 일을 벌여서 대체 어찌하겠단……."

윤명이 채 말을 잇지 못했다. 낙숫물처럼 떨어지던 피가 너무나 부자연스레 멎더니 벌건 속살이 거짓말처럼 스르르 아물기 시작했다. 시간이 흐르고 딱지가 앉아 피가 멎는 게 아니라 상처가 스스로 봉합되는 것이었다.

몇 번을 봐도 결과는 같았다. 보통 사람이라면 약을 바르고 붕대를 감은 뒤 일주일은 족히 있어야 겨우 아물 상처였다. 어쩌면 꿰매야 할지도 몰랐다.

그런 상처가 일각이 되지 않아 깨끗이 나았다. 말 그대로 깨끗이. 조그만 흔적조차 남지 않아 사야가 여전히 아픔을 호소하는 걸 보고서야 현실로 느껴졌다. 황망해하는 윤명에게 제천이 낮은 목소리로 말했다.

"이제 아시겠습니까?"

"어찌…… 이런……."

"이것이 단목사야의 비밀입니다. 그리고 이 비밀 때문에 그녀의 목숨이 위협받고 있습니다."

정작 본인은 기억을 잃어서 아무것도 모르겠지만 말입니다, 하고 제천이 덧붙였다. 그가 손목을 풀어주자 계속된 아픔에 지친 사야가 정신을 잃었다.

힘없이 쓰러지는 그녀를 이번에는 윤명이 받아 안았다. 제천의 품에서 거의 잡아채듯 했으나 금의위는 그를 저지하지 않았다.

"배후는?"

윤명이 물었다. 제천은 즉답하는 대신 구석에 서서 후들후들 떨고 있는 소년내관을 조용히 쳐다보았다. 제천의 시선을 따라간 윤명이 말했다.

"뭘 보는 것이냐."

더할 나위 없이 차분한 목소리였다.

"저기 누가 서 있기라도 한가?"

내관이 털썩 무릎을 꿇었다.

"이 방엔 자네와 나, 사야밖에 없는데."

"소, 소, 소, 소인은 아무것도, 듣지도 보, 보지도 못했나이다."

"아까 전 내관을 찾는 것이라면 그 아인 어의를 부르러 갔다."

윤명이 제천에게로 고개를 돌렸다.

"배후는?"

"이미 의심 가는 대상이 있을 줄로 압니다만."

제천이 말을 이었다.

"설마, 제가 정말 순우공의 사람이라 믿으시는 건 아니겠죠."

외숙이 아니라면 정말 노후밖에 없다. 사야의 목숨을 해치려는 배후에 란이 있었다. 윤명의 눈빛이 깊고 어두운 호수처럼 가라앉았다.

황제에 버금가는 권력자가 바로 란이다. 그의 반려인 황후조차 란의 아래에 있다. 이는 곧 단목사야를 지키려면 윤명이 직접 나서야 한다는 뜻이다.

사야의 몸이나 과거에 대해서는 차차 알아 가면 된다. 아무리 감추려 해봤자 그는 조의 황제이자 천하에 군림하는 자.

사야를 고쳐 안은 뒤 문을 향해 걸음을 옮기던 윤명이 문득 떠올랐다는 듯 하문했다.

"오누이라 하였느냐."

"비슷합니다."

슬쩍 쳐다본 제천의 외모는 사야와 조금도 닮지 않았다. 빙옥을 갈고 닦아 만든 듯 차가운 제천과 매혹적이고 그윽한 사야.

신기한 건 그 둘을 나란히 세워 놓으면 묘하게 어울린다는 것이었다. 붉은 저녁노을 어딘가에 시선을 둔 채 윤명이 말했다.

"두고 보겠다."

그날 저녁, 황제의 침전에 작은 소란이 일었다. 그리고 이 일은 이튿날 아침부터 내관과 궁녀들의 입을 통해 황궁 곳곳으로 일파만파 퍼져 나갔다.

저녁 산보 도중 사라졌던 황제가 피로 얼룩진 미인을 친히 안아 들고 침전으로 돌아온 것이다. 그 미인으로 말하자면 제후들 간의 전쟁까지 불러일으켰던 전(前) 왕조의 공주 백소선도 고개를 떨어뜨릴 만큼 자색이 뛰어나다고 했다.

황제의 침전에서 가까운 작은 궁이 그녀의 처소로 내려졌다. 이름을 명련궁이라 하였다. 황제의 이름자라 그 누구도 함부로 쓰지 못하는 '명(命)'이 사모할 '련(戀)'과 나란히 올라간다는 사실은 가히 충격적이었다.

궁 안의 모든 자가 명련궁의 신비로운 미인에 대해 쑥덕이게 되었다. 하루에도 몇 번이나 황제가 그곳에 들러 그녀의 곁을 지킨다는 것도.

몇몇 대담한 후궁들이 한때 윤명의 총애를 받았다는 점을 내세워 명련궁 진입을 시도했으나 어림도 없었다. 전속 배치된 병사와 궁녀, 하다못해 소년내관까지 어명을 운운하며 돌아가길 촉구했다.

주변인의 정성스러운 간호 끝에 명련궁의 아름다운 새 주인이 정신을 차렸다. 윤명이 그녀를 안고 등장한 지 사흘만이었다. 사야라는 이름의 아가씨는 그야말로 완벽하여 명련궁 하인들의 자부심은 나날이 높아졌다.

윤명은 매일 아침 사야의 안부를 물었고, 바쁜 와중에도 반드시 짬을 내어 명련궁을 찾았다. 상소문 처리를 그곳에서 할 때도 있어서 윤명의 최측근 이 태감은 본의 아니게 사야를 자주 보게 되었다.

그는 이제껏 선하고 어질기로 황궁 내 황후마마만 한 여인이 없다고 자신했다. 하지만 서슴없이 윤명에게 농을 걸면서도 정사에 대해 막힘없이 의견을 피력하는 사야를 보고선 황제가 이 미인에게 푹 빠진 것도 무리가 아니겠다고 생각했다.

명련궁에 대한 황제의 성총이 날로 깊어지는 가운데 여태 신기할 정도로 잠잠하던 영수궁이 드디어 움직이기 시작했다.

❀ ❀ ❀

란은 무심한 눈길로 면경 속 자신을 쳐다보았다. 마흔일곱의 나이가 무색하게 고운 자태였다. 잠시 옛 시절을 추억하는 그녀의 눈빛이 아련해졌다.

재상 댁 장녀였던 란에게 세상은 너무 쉬웠다. 굶주림과 빈곤은 딴 세상 이야기였으며 가엾고 무지한 백성들은 이끌어주어야만 하는 존재로 알고 자랐다.

꽃과 보석, 비단, 희귀한 책을 즐기며 웬만한 대갓집 자제들도 엄두를 못 낼 것들을 독선생을 두고 배웠다. 이후 열넷의 나이로 태자비 간택에 참가했는데 그녀가 최종 낙점된 것은 전혀 놀라운 일이 아니었다.

달콤한 신혼도 잠시, 한창 때의 시아버지가 격렬한 토혈 끝에 고목처럼 비틀어져 죽는 것을 목격했다. 그리고 10년 뒤, 태산 같던 남편이 고통에 치를 떨다 죽었다.

그녀 나이 스물넷, 이제 선황이 된 남편이 서른하나 때의 일이다.

늙은 여우처럼 교활한 비빈과 호시탐탐 황위를 노리는 자들 속에서 란은 어린 아들 윤명만큼은 지켜주겠다고 결심했다.

하늘도 무심하지 않았는지 장장 이십여 년의 노력 끝에 그녀는 낙신의 후손 단목가문을 찾아냈다.

처음부터 란이 그들을 몰살하려던 건 아니었다. 지금 이 순간에도 그녀가 이해할 수 없는 것은 왜 그들이 그토록 필사적으로 저항했느냐는 부분이었다.

생살을 찢고 간을 도려내는 고통? 그래, 고통에 대한 두려움. 이해한다. 하지만 죽는 게 아니란 말이다. 란 역시 끔찍한 산고(産苦) 끝에 윤명을 낳았던지라 죽을 만큼 아프다는 게 뭔지 알고 있다. 사실 죽음으로 따지자면 아이를 낳는 쪽이 더 위험했다.

어째서 그들은 란을 위협하고 대가를 요구하지 않았단 말인가. 그들이 요구하면 란은 그 무엇이든 들어줄 수밖에 없다.

그들이 아들의 생명줄을 잡고 있는데 그녀 자신이 뭘 어찌 하겠는가. 란은 태후의 권력을 이용해 그 무엇이든 해줄 용의가 있었다.

한데 그들이 택한 길은 저항과 은신이었다.

그동안 윤명은 서서히 죽어가고 있었는데, 그들은 혼인을 하고 아이를 낳고 손자를 보며 그토록 행복하게 살고 있었다. 대가족을 이루어 오순도순 사는 것. 자신이 꿈에서도 간절히 바라는 마지막 소원을 그들은 세상에 그보다 쉬운 일이 없다는 듯 해냈다.

그리고 란의 관심이 사야에게 쏟아지자 괘씸하게도 서둘러 초야를 치러 버리려 한 것이다. 혼례 이틀 후 전 일가가 도주할 거란 보고를 받은 그녀에게 대체 어떤 결정을 기대했나.

아들의 목숨을 구할 마지막 희망을 그리 쉽게 놓칠 순 없었다. 불필요한 저항 세력은 제거하고 사야를 확보하라는 명령. 단목가에 대한 멸문 지시는 그렇게 나왔다.

"단목장. 네놈의 집념 하나는 인정해야 했지."

딸을 보호하고자 하는 단목장의 의지는 아들을 살리려는 란만큼이나 강했다. 이를 간과한 것이 그녀의 불찰이라면 불찰이었다.

그녀는 다시 심신을 가다듬고 새로운 추격을 시작했다. 정말이지 길고 긴 5년이었다. 그새 윤명이 한밤중 심한 기침을 하는 일이 잦아졌고 란의 속은 까맣게 타들어갔다.

대체, 어째서 너흰 날 도와주지 않는 게냐? 정녕 이대로 윤명이 죽어야 속이 시원하겠느냐!

쨍그랑!

당시의 감정이 북받친 탓인지 실수로 향유가 담긴 호리병을 떨어뜨리고 말았다. 영수궁 안에 순간 날카로운 파열음이 울렸지만 태후의 시중을 들던 그 누구도 놀란 소리 하나 내지 않았다.

"……황상께서는."

란의 물음에 시중을 들던 궁녀가 답했다. 몸단장을 마칠 때쯤 황제의 소식을 묻는 것은 이제 자연스러운 일이 되었다.

"화원에서 명련궁 아가씨와 바둑을 두고 계십니다."

"또 그 아이란 말이냐……."

"그러하옵니다."

교활하고 앙큼한 것. 낙신의 후손이라더니 실은 여우 요괴의 새끼인 게 아니냐. 란의 눈매가 매서워졌다. 이윽고 질문이 이어졌다.

"그는."

이번엔 조심스레 안마를 하던 궁녀가 대답했다.

"별다른 움직임 없이 그저 순시(巡視)와 훈련에 매진한답니다."

"그 아일 만나진 않았고?"

"적어도 냉궁을 나온 이후론 한 번도 없습니다."

"그렇단 말이지."

란의 생각이 제천이란 자에게로 옮겨갔다. 그저 단순한 하인인 줄 알았는데 설마 그가 비설조 전원을 제거할 실력자였을 줄이야. 그 때문에 란은 상당한 수고를 들여 비설조를 다시 선발해야 했다.

제천은 산을 뚫어 파놓은 통로와 함께 단목장이 남긴 양대 비기(秘器)였다. 검도 제대로 들 줄 모르는 사야가 국경을 넘나들며 5년이나 숨어 다닐 수 있던 것도 모두 제천 덕분이었다.

그랬던 제천이 '끝 모르는 추격전에 지쳤다. 기억 잃은 단목사야를 넘기고 투항하고자 하니 평안한 삶을 보장하라'는 내용의 밀서를 보냈다. 린은 진위 여부를 판별할 것도 없이 비설조를 즉각 귀환시킴으로서 무언의 화답을 하였다.

이틀 후 그는 정말 혼절한 단목사야를 작은 마차에 태운 채 나타났다.

순우공의 저택에서 비밀스레 이뤄진 회동은 사야가 깨어나면 들려줄 이야기를 맞추는 것과 제천을 금의위에 넣어주는 것으로 마무리되었다.

란의 곁을 지키던 비설조장이 제천의 수상한 배신에 대해 언급했으나 란은 아무래도 좋았다. 핏빛 암투의 황궁에서 그녀는 장장 30년을 넘게 버텼다. 그 정도 위험은 감수할 수 있었다.

사실 제천의 갑작스러운 변절을 의심할 것도 없었다. 제천이란 자는 위장에 서툴렀다.

대체 이것들이 무슨 작당을 했을까. 그것까지 파악하긴 힘들었지만 란은 선선히 속아 넘어가 주기로 했다. 그들이 어떤 기막힌 계획을 세웠든 간에 일단 사야를 생포하는 것이 중요했다.

제천의 경우, 그의 요구를 들어주는 척하면서 황궁 내에 기거하게 하면 되었다. 제 아무리 날고 기는 자라 한들 그건 황궁 바깥에서의 일. 전쟁터가 이쪽으로 바뀐다면 말이 달라진다.

그런데 경계했던 쪽과 달리 정말 기억을 잃은 것 같아 안심했던 단목사야가 뒤통수를 쳤다.

감히 윤명과 더불어 정치를 논한다고 들었다. 거기다 시, 서, 화, 음률 등 웬만한 문예가는 입도 벙긋 못할 만큼 깊은 소양을 갖춰 윤명이 더욱 아긴다 하였다. 산속에 묻혀 살았을 계집이 도대체 언제 그 많은 것들을 배웠는지 란은 짐작도 가지 않았다.

명련궁(命攣宮)? 외부인 출입 금지? 삼시 세끼 윤명과 같은 음식을 들어?

옥으로 만든 지압 구슬을 쥐고 있던 란의 손아귀에 힘이 들어갔다. 검은 비단옷을 내주었던 지난날을 마지막으로 그 계집의 옷자락조차 보지 못했다. 그런데 그것이 명련궁 밖으로 나왔다니.

란이 우아한 자태로 일어섰다.

"내 어찌 아니 보고 지나칠 수 있겠는가."

궁녀들이 태후의 뒤를 따랐다.

❀ ❀ ❀

봄꽃 만발한 화원에 웃음꽃 또한 피었다. 바둑을 두던 사야가 기지개를 켰다. 상대는 윤명이었다. 곁에서 시중을 들던 소년내관이 합산을 마친 뒤 아뢰었다.

"한 집 차이로 폐하께서 이기셨습니다."

"아아, 힘들어."

사야가 사뿐하게 일어나 정자를 거닐었다. 앙증맞은 노란 새가 든 새장을 톡 건드리기도 하고 콧노래를 흥얼거리며 빙그르르 돌기도 하는 양이 참으로 자유분방했으나 화원에 있는 사람 중 누구도 눈살을 찌푸리지 않았다.

윤명이 사야에게만은 파격적으로 관대하다는 사실은 명련궁에 배치된 첫 날 이미 깨달았다. 오히려 사야가 괘씸하게 굴수록 총애가 깊어지는 것 같아 가끔씩은 이에 익숙해진 하인들마저 고개를 갸우뚱할 정도였다.

쓴웃음을 지으며 바둑판을 내려다보던 윤명이 말했다.

"단목사야. 어째서 짐이 네게 휘말린 느낌이 든단 말이냐."

"그게 무슨 뜻인가요?"

"첫 판은 치열한 접전 끝에 두 집 차이로 지게 만들어 짐을 도발하더니, 이번 판은 한 집 차이로 이기게 하질 않았느냐."

사야가 또다시 빙그르르 돌았다. 여전히 무슨 뜻인지 모르겠다는 투로.

"제가 무슨 재주로 바둑판을 좌지우지 하겠나이까, 폐하."

하였다가 잠시 간격을 두고 덧붙였다.

"설마요, 윤명."

소년내관을 비롯한 모든 하인의 심장이 덜컹했다. 아무리 몇 번을 접해도 익숙해질 수 없는 것이 있다. 정확한 함자를 아는 것조차 황공한 황제의 본명을 아무렇지 않게 부르는 것.

명련궁 안이면 또 모르겠지만 바깥에서까지 이러시다니. 혹시나 다른 이들 귀에 들어가면 그때야말로 황궁이 발칵 뒤집어 질 것이다.

하나 이는 하인들의 사정일 뿐이고 윤명의 심장은 다른 의미로 두근거렸다. 태자로 태어나 황제가 되었으니 다른 이 앞에서 스스로를 '짐(朕)'이라 일컫는 생활에 익숙했다. 이에 사야도 폐하라 부르며 맞춰주었지만, 한 번씩 그의 이름을 불러 도발하는 순간이 있었다.

그럴 때면 윤명의 심장이 크게 울렸다. 황제와 총희라는 허울을 벗고 단순히 사내와 여인으로 마주하는 것 같다할까.

하지만 윤명은 위장에 능한 자. 속절없이 두근대는 본심을 감추고 사야를 자리에 앉혔다. 그리고 마지막 판을 제안했다. 이제 바둑은 지겹다며, 무엄하게도 황제의 제안을 산뜻하게 거절해 버리는 사야를 회유했다.

"그냥 바둑을 할 게 아니라 조건을 걸면 재미있지 않겠느냐?"

"조건이요?"

"그래, 번갈아 가며 문답을 해서 즉답하지 못하면 상대에게 공격권을 넘기도록 하지. 어떤 난감한 질문도 거부할 수 없다는 게 조건이다."

"흐음."

사야가 흥미를 내비쳤다.

"나쁘지 않네요. 좋아요."

"그럼 직전 판에서 승리한 나부터 두겠다."

또각. 윤명의 검은 돌이 전장 위로 내려앉았다.

"네가 황궁에 들어온 지 어언 한 달이 더 지났는데."

"정확히 말하면 사십 하고도 칠 일째죠."

사야가 정정했다.

"이제껏 물어보질 못했더군. 대체 언제부터 내가 황제인 걸 알았는지."

또각. 윤명의 질문이 끝나기가 무섭게 사야가 받아쳤다.

"폐하께선 면경을 잘 안 보시나 보죠? 그 누가 이처럼 내가 바로 황제다 이마에 써 붙이고 다닐 수 있겠어요. 대답은, 처음부터."

또각. 윤명이 헛웃음과 함께 검은 돌을 두었다. 처음부터, 처음부터라. 아무래도 그건 아닌 것 같은데.

금림에서 마주쳤을 때 사야는 분명 그를 모르는 눈치였다. 그건 확신했다. 만일 정말 사야가 처음부터 윤명에 대해 알고 있었다면 그녀는 황제를 능가하는 연기의 달인인 것이다.

"어, 제 차례이지 않나요?"

사야가 그를 저지했다. 잠시 딴생각에 빠져 실수를 한 그를 두고 사야가 웃었다.

"아님 듣기도 전에 거부하시는 거예요?"

"실수였다. 이건 그대로 두지. 그럼 질문하라."

"흐음, 제 질문은 말이죠. 제가 누군 줄 알고 이렇게 잘해주시는 건가요? 왜 이렇게 잘해주세요?"

"질문의 초점이 누군지 아느냐와 왜 이렇게 잘해주느냐 중에."

"아, 모호했네요. 후자요. 후자."

윤명이 눈을 가늘게 뜨고 사야를 쳐다보았다. 장난스러움과 진

지함이 동시에 물어났다.

"정말 몰라서 묻는 거냐?"

"네?"

"사내가 속없이 여인에게 잘해주는 이유를 정말 몰라서 묻는 거냐고."

사야가 살짝 시선을 옆으로 돌렸다.

"대답을 피하시는 거라 봐도 될까요?"

"……모르는 척하기는."

윤명이 픽 웃었다.

"연모해서 그러는 게 아니겠느냐."

듣는 사람 귀가 다 빨개질 만큼의 직설. 하인들은 물론이요 이번엔 사야마저 눈을 동그랗게 떴다. 이에 윤명이 너무 과했나, 하는 표정으로 턱을 매만졌다.

"솔직히 말하자면 연모까지는 자신 없군. 확실한 건, 지금 단목사야 너란 존재에 빠져 헤어 나오질 못한다는 거."

차를 따르던 궁녀 하나가 끝내 헉 하는 소릴 내고 말았다.

본인이 무슨 소릴 했는지 자각이 없어 뵈는 윤명이 검은 돌을 만지작거리며 중얼거렸다.

"어디까지 미칠 수 있는지는 두고 봐야 알겠지."

궁녀의 목청에서 꼬르륵 하는 소리가 났다.

"그럼 내 차례."

질문을 듣기도 전에 사야가 흰 돌을 집어 들었다.

"첫 입맞춤을 기억하는가?"

허공에서 두 사람의 눈이 마주쳤다. 윤명을 빤히 바라보는 사야의 표정이 묘해지더니 이윽고 흰 돌을 내려놓았다.

"이름도 다른 이가 알려주었거늘 하물며 첫 입맞춤이 기억날 리 있겠습니까만."

차를 한 모금 마시고 만개한 꽃에 눈길을 주었다.

"무슨 뜻으로 하문하시는지."

"별다른 뜻은 없다. 그냥."

네 처음은 온전히 내가 가지고 싶어서. 굳이 소리를 내어 말하지 않았으나 그 자리에 있는 모두가 황제의 뜻을 알아들었다.

사야가 어찌 응해야 좋을지 난감한 얼굴을 했다가 자세를 고쳐 앉았다. 제 차례죠, 하고 분위기를 환기시켰다.

"저와 혼인하고 싶으세요?"

품! 아까부터 다양한 소리를 내왔던 궁녀가 결국 입을 틀어막았고, 옆에 서 있던 다른 궁녀가 주의를 줄 겸 옆구리를 찌른다고 찌른 것이 너무 힘이 들어간지라. 반동에 휘말려서 종국엔 두 사람 모두 어어어, 하다가 넘어지고 말았다.

이를 본 소년내관이 웃음을 참지 못했으며 화원은 순식간에 웃음바다가 되고 말았다. 대체 자신의 발언이 어디가 어떻게 웃기기에 사람들이 이러나 하는 눈으로 둘러보던 사야는 고개를 푹 숙인 채 가만있는 윤명을 쳐다보았다.

다른 이들과 다르게 너무 조용했다. 이상스러울 만큼 잠잠해서 슬슬 걱정이 되려는데 그의 어깨가 들썩이기 시작했다.

"세상에…… 큭……."

"윤……명?"

"아니……."

하하하하! 결국 윤명의 웃음이 터졌다. 멍하니 자신을 쳐다보는 사야를 한 번 보고는 웃음소리가 더욱 커졌다.

"아아, 세상에. 단목사야, 정말이지 너는."

그가 고개를 뒤로 젖혔다가 한숨을 내쉬며 눈가를 문질렀다. 이어진 그의 대답.

"어찌하면 좋을까. 이 바둑판을 검은 돌로 죄다 메우면, 그제야 내 뜻을 알겠느냐."

"예?"

"정말 못 알아듣진 않을 텐데. 얄미운 총명함이구나."

또각. 그가 검은 돌을 내려놓았다.

"만약 무슨 일이 있어도 서로 마주치지 않도록 내가 막아줄 사람을 단 한 명만 꼽으라면, 넌 누굴 말할 터이냐."

화원 담장 너머로 이 모든 대화를 듣고 있던 란은 새삼 윤명에게 감탄했다. 물론 가만히 듣자 하니 속이 뒤집히는 희롱과 수작의 연속이었으나 이 부분만큼은 안 짚고 넘어갈 수가 없었다.

'자신과 혼인하고 싶은가.' 좋아하는 여인이 누가 봐도 답이 빤한 질문을 해 사내를 기쁘게 했다. 보통 사내라면 기분 좋을 정도의 황당함과 사랑스러움에 넘어가 그대로 무장해제가 되었을 것이다.

하지만 윤명은 그 와중에도 이성과 분별력을 놓지 않았다. 사야에게 매료된 것과는 별개로 그녀에 대한 의혹을 누그러뜨리지 않는 것이다.

그래. 이 질문에 넌 어떤 대답을 할 테냐, 단목사야. 가장 두려운 나를 막아달라고 할 것이냐 아니면 윤명의 옆자리를 확보하기 위해 황후를 막아달라고 할 것이냐.

란을 비롯한 모든 이가 숨죽여 귀를 기울였다. 정겨움이 넘치던 화원 안의 분위기도 삽시간에 가라앉은 듯했다.

또각.

바둑돌 두는 소리가 정적을 갈랐다.

가늘게 떨리는 목소리로 사야가 말했다.

"금의위 제천을 막아주세요. 저는, 그 사람이 제일 두렵습니다."

검은 인영이 내려앉는데도 소리 하나 나지 않았다. 왼손에 검을 든 복면한 자가 어둠을 틈타 움직였다.

시각은 자시(子時), 모두가 잠든 깊은 밤.

명련궁 침소로 들어선 복면인이 검을 고쳐 잡았다. 감각을 최고조로 열고 주위를 살폈다. 아무도 없는 것을 확인한 복면인은 침상을 향해 다가갔다. 그곳엔 세상모르게 잠든 사야가 누워 있었다.

한참을 내려다보던 그는 복면을 끌러 내렸다. 서늘한 아름다움이 느껴지는 제천의 얼굴이 모습을 드러냈다.

그가 애틋한 한숨을 내쉬었다. 매일 밤 어둠을 가림막 삼아 이곳으로 오곤 했다. 황궁 안에서는 최대한 거리를 두고 조심해야 하는 것을 알면서도 저절로 향하는 발걸음을 막을 수가 없었다.

"아가씨, 우리의 계획이 성공했습니다. 정확히 말하면 아가씨의 계획이죠."

뻗어나간 손이 허공에 머물렀다가 간신히 이른 곳은 아무렇게나 펼쳐진 머리카락이었다. 차갑고 매끄러운 감촉을 느끼던 그가 끝내 참지 못하고 가볍게 한 묶음을 쥐어 코에 대었다.

사야만의 은은한 향취를 그는 생명수인 양 들이마셨다.

"아십니까. 온 황궁이 그대의 이야기로 가득합니다. 오늘 어떤 머리를 하고 어떤 옷을 입고 어떤 음식을 먹고 어떤 행동을 했는지. 시시각각 그대에 관한 이야기가 들려오는데, 너무나 세세해서 마치 온 사방이 단목사야로 가득 찬 것 같은데……."

제천이 머리카락에 입술을 댔다.

사야 곁엔 항상 그자, 윤명이 있었다.

예상했던 일이었다. 아니, 계획의 핵심이 그것이었던 만큼 기뻐

해야 마땅했다. 모든 것이 사야의 계획대로 착착 굴러가고 있었다.

기억을 잃었음에도 총명함과 날카로운 감각을 잃지 않은 사야는 적절한 시기에 몸의 비밀을 알아냈고, 이에 잠시 이성을 잃었다. 수년 전 그녀가 처음 비밀을 접하고 충격에 빠진 것을 떠올리면 이번은 양호한 수준이었다.

사야의 자해를 우려하여 란이 냉궁 내 모든 위험물을 제거한 조치가 다행으로 돌아온 것이다. 가뜩이나 기억을 잃은 마당에 그녀가 날붙이를 집어 들었다면……. 제천은 상상조차 하고 싶지 않았다.

"미안하다고 하셨지요. 이런 몸으로 태어나 미안하다고. 그런 주제에 제 사랑을 잃고 싶지 않아 계획을 생각해 냈는데, 천하의 단목 사야가 고작 꾸며낸 계획이 이 정도 수준이라며. 그 과정 중 제가 입게 될 상처가 미안하다고 미리 사과하셨죠."

제천은 그런 사야를 끌어안고서, 그녀가 미안해할 일은 전에도 없었고 앞으로도 없을 거라며 다독였었다. 하지만 그건 거짓이었다. 어린 날의 제천이 튀어나와 허세를 부렸던 거다. 그리고 그는 지금 그 대가를 치르는 중이었다.

"온 황궁이 그대가 윤명의 여인이라 말하는데도 난 제대로 반박조차 할 수 없으니."

"흐음……."

사야가 잠결에 뒤척이자 제천의 몸이 그대로 굳었다. 호흡을 멈추고 존재감을 지웠다. 그의 손에서 한 묶음의 머리카락이 스르르 흘러내렸다. 이불을 고쳐 덮은 사야가 다시 잠에 빠져든 걸 확인하고서야 그는 숨을 내쉬었다.

"사야……."

유혹을 이기지 못하고 그가 이름을 입에 담았다. 한숨과 뒤섞여 입안에서만 머무는 소리였지만 그 여운이 달고도 아련해 그의 심사가 더욱 어지러워졌다.

그는 사야처럼 지략이 뛰어나지도, 윤명처럼 자신만만하지도 못했다. 그들이 태양과 같은 존재감이라면 자신은 언제나 몇 걸음 물러난 자리의 달빛과도 같았다.

그러나 가만히 생각해 보니 같은 하늘을 공유하는 달조차 아니었다. 차라리 수풀 속에 숨어 고요히 하늘을 담아내는 샘이 어울리리라.

"당신과 만나지 않았다면 제 삶은 분명 평탄했겠죠. 하지만 단목 사야는 제게 다가와 얼어붙은 수면에 돌을 던졌고, 결국 하나둘씩 금이 가…… 끝내 파문이 일게 되었습니다. 지난 5년간 모든 감정을 겪어보았다 자신했는데 입궁 이래 전혀 새로운 감정이 절 뒤흔들더군요."

질투와 소유욕.

제천은 폭풍처럼 몰아치는 감정에 몇 번이나 이성을 놓을 뻔하였다. 황궁에 들어오기 전 얼핏 짐작하긴 했지만 이 정도일 줄은 몰랐다.

묘악산에 살 때에도, 5년간 도망 다닐 때에도 두 사람은 한시도 떨어지지 않았기에 그 사이에 다른 이가 개입할 여지가 없었던 것이다. 사야에겐 제천만, 제천에겐 사야만이 존재하는 삶이었다.

한데 상황이 달라져도 너무 달라졌다. 절대 권력의 윤명이 당연한 권리인 듯 그녀를 채갔다. 거기서 자신의 역할은 적당히 윤명의 위기감을 자극한 뒤 순순히 사야를 내주는 것이었다.

"빌어먹게도 쉬운 연기였어. 안 그렇습니까? 불안에 떠는 그대를 거칠게 잡고 살갗을 북 내리긋기만 하면 되었으니. 별다른 설명을 하지 않았는데도 그자는, 온 세상과 싸울 기세로 그대를 안고 나가더군."

알고 있느냐고, 듣고 있느냐고 묻고 싶었다. 그녀가 그리 가고 제천 홀로 텅 빈 냉궁에 주저앉아 얼마나 지독한 비참함을 삼켰는지. 당장에라도 뛰쳐나가 윤명의 목을 베고 사야를 되찾고 싶었던 그날.

"음……."

꿈자리가 사나운지 사야가 또다시 몸을 뒤척였다. 제천의 턱을 타고 무언가가 뚝 떨어져 사야의 손등에 닿았다. 그 감촉에 그녀가 더욱 몸을 움직이더니 이내 눈을 떴다.

"뭐지……."

자리에서 몸을 일으킨 사야는 멍한 머리를 꾹꾹 누르며 정신을 차리려 애썼다. 또 같은 꿈이었다. 뒷모습만 보이는 사내가 등장하는 꿈.

잡힐 듯 잡히지 않아 안달이 났고 계속 걸었더니 목이 말랐다. 물을 마시려고 몸을 기울인 순간 뒤쪽에서 인기척이 느껴졌다. 이번에야말로, 하고 고개를 홱 돌렸거늘 꿈에서 깨고 말았다.

사야가 인상을 찡그렸다.

"갑자기 뭔가."

눈을 비비는데 손등이 축축했다. 조심스레 입가로 가져가자 짠맛이 났다.

"눈물……?"

그 꿈이 그렇게나 슬펐던가? 답답하고 아릿하긴 했지만 자면서 울 정도로 슬프진 않았는데. 의아함에 멍하니 있던 사야가 갑자기 침상에서 빠져나왔다. 침의 자락과 이불이 뒤엉켜 거의 몸을 던져야 했다.

말로 설명하기 힘든 느낌이 그녀를 왈칵 덮쳤다. 며칠 내내 잠에서 깨어나면 묘한 분위기가 그녀 주변을 감돌았다. 그런데 지금 그 잔향이 생생하게 남아 있는 것이다.

아마 이건 분명!

문을 젓히고 맨발로 뛰어나간 사야가 황망히 누군가를 찾았다. 다른 이에게 들켜선 안 되니 목소리를 낼 수도 없었다. 희미한 달빛에 의지해 애타게 돌아다녔으나 그 어디에도 그의 흔적은 없었다.

허무와 공허. 분명 냉궁보다 훨씬 따스한 분위기의 명련궁이건 만 어째서 벌판에 홀로 남겨진 듯한 기분은 그대로인지.

그녀가 눈물을 삼키며 바닥에 주저앉았다. 얇은 침의 사이로 으슬으슬한 밤공기가 스며들었다. 팔을 감싼 채 달빛 내려앉은 정원만 허망하게 쳐다보고 있는데 포근한 무언가가 어깨 위로 덮였다.

"……역시 당신이었군요."

반가움에 몸을 일으켰는데 갑자기 눈앞이 깜깜해졌다. 영문 모르고 눈을 덮은 검은 천을 끌어 내리려는 사야의 손을 그가 저지했다.

"그대로 계십시오."

"어째서."

"……제가 알려 드린 걸 기억하십니까? 자유를 얻을 수 있는 유일한 방법."

"그, 그건. 네, 기억해요."

"읊어보십시오."

"왜 갑자기."

반문하려던 사야가 입을 다물었다가 잠깐 시간차를 두고 답했다.

"황제를 유혹하라고."

"사람을 온전히 손에 넣는다는 건 결코 쉬운 일이 아닙니다. 유혹하는 쪽도 열과 성을 다해야 하죠. 목적과 진심을 혼동할 만큼 몰입해야 한단 말입니다. 그런 뜻에서 화원에서의 처신은 옳았습니다. 제가 두렵다고 막아달라 하신 것은."

"그건!"

"쉿."

한두 걸음 떨어진 곳에서 들리던 그의 음성이 돌연 귓가에 속삭여졌다. 보이지 않으니 다른 감각에 집중할 수밖에 없었던 사야는 그의 숨결이 느껴지자 어깨를 흠칫했다.

그가 바로 등 뒤에 있었다.

"아가씨의 뜻은 알고 있습니다. 그러니까 이건, 칭찬입니다."

"그런데 왜 진심으로 느껴지지가 않죠?"

제천이 작게 웃었다. 이 역시 진짜 웃음으로 느껴지지 않았다.

"아마 제가 꽉 막힌 답답이라 그런가 보죠. 좋은 말에 서툴러서."

그 말을 들은 순간 가슴이 욱신거렸다. 사야는 두근대는 가슴을 지그시 눌렀다. 윤명에겐 뛰지 않던 심장. 하지만 그에게는 이처럼 별것 아닌 말에도 일일이 반응했다.

"다른 사내는 눈에 담지 않는 편이 좋습니다."

"그럼 이제부턴 어떻게 하면 되죠?"

"이까지 왔는데 영수궁이 잠잠하다는 건 이상합니다."

"영수궁?"

"설마 아직도 태후를 믿으시는 겁니까?"

사야가 발끈했다.

"그럴 리가요. 그 사람이 날 속인다는 건 일찌감치 파악했어요."

"그러셔야죠. 어쨌든 곧 영수궁이 움직일 테니 긴장을 놓지 마십시오."

"그에 대한 대책은."

뒤에서 제천이 움직이는 게 느껴졌다. 그의 입술이 머리카락을 스친 듯한 기분은 착각일까? 잔뜩 예민해진 사야는 제대로 움직이지도 못하고 꼿꼿이 서 있었다. 그가 말하자 숨결이 닿은 귓가가 살짝 간지러워졌다.

"워낙 계략에 능한 여인이라 어떤 식으로 공격할지 예측할 수 없습니다. 다만, 그게 무엇이 되었든 황제를 더 깊이 사로잡을 계기가 되어야 합니다."

"이 이상 더 어떻게?"

윤명은 그야말로 단목사야에게 매료되어 있었다. 좀체 뭔가를 요구하는 적이 없는 사야에게 황제의 권력과 자신의 애정을 시험해 보라 부추겼고, 이에 사야는 짓궂은 표정을 지으며 눈 내린 정원을 보고 싶다고 말했다.

절대 권력이란 게 참으로 대단하여 며칠 뒤 사야가 졸린 눈을 비비며 침소에서 나왔을 때, 명련궁 정원은 얼음을 갈아 만든 눈으로 가득했다.

남국 비파(緋芭)에서만 나는 진귀한 과일도, 특별한 날에만 부르는 황궁 밖 곡예단 공연도, 북번의 왕이 보냈다는 한혈마도 모두 사야 차지였다. 오직 사야의 놀라는 얼굴을 보기 위해 호수 전체에 등불 품은 연꽃을 띄운 적도 있었다.

어처구니없는 요구를 할수록 윤명은 자신에게 그것을 실현할 능력이 있다는 점에서 즐거움을 느끼는 것 같았다.

그러는 한편 다른 비빈들의 경우와 달리 사야를 바로 안지 않음으로써 그녀의 특별함을 증명했다. 이미 사야에게도 말했지만 황제로서는 물론 사내로서도 그녀의 마음을 온전히 차지하고 싶다고 하였다.

미인에게 푹 빠진 사내의 전형이었다. 그런데 이보다 더? 의아해하는 사야의 뒤에서 제천이 말했다.

"그보다 훨씬 깊은 감정이 분명 존재합니다."

왠지 윤명만을 이르는 게 아닌 듯 그의 목소리가 잠겨들었다.

"최종 목표는, 그가 자신의 목숨 대신 아가씨를 택하게 하는 겁니다."

"목숨 대신이란 건 비유인가요? 그만큼 빠져들게 만들어야 한다고요? 과연 그게…… 가능할까요?"

한숨인지 미소인지 모를 소리가 났다. 사야가 소리 나는 쪽으로 고개를 돌리자 그녀의 입술 바로 위에서 다음 말이 이어졌다.

"그대라면 가능하겠죠."

그가 가까이 있어. 그것도 숨결이 느껴지는 곳에, 입술 바로 위에. 사야가 이유 모를 충동을 이기지 못하고 고개를 살짝 기울이자 다음 순간, 그가 홱 물러났다.

갑자기 주위가 텅 빈 기분이 들었다. 당황한 그녀는 손을 뻗어 허공을 휘젓다가 눈가리개에 생각이 미쳤다. 풀고 싶어. 답답해. 그를 보고 말하겠어. 저절로 올라가는 손이 또다시 가로막혔다.

"풀고 싶어요."

"참으세요."

"당신이 보고 싶어요."

"어디 가서 함부로 그런 말씀 마십시오."

그의 목소리가 떨리는 것도 같았다. 항상 냉정하게 밀어내기 바빴던 그가 오늘따라 조금 달랐다. 사야 안에 잠자고 있던 여인으로서의 감각이 살며시 눈을 떴다.

꼭 말로 하지 않아도 알 수 있는 느낌. 여인이라면 자연히 감지할 수 있는 그 묘한 분위기. 눈앞의 사내가 자신을 원한다는 것.

하지만 그는 애타게 매달린다 해서 청을 들어주는 사람이 아니기에 사야는 방법을 바꾸기로 했다.

"무서워요. 왠지 자꾸 누군가 감시하는 것 같단 말이야. 당신이 지켜보던 느낌과는 전혀 달라요. 이게 영수궁의 손길인가요? 고강한 무공의 호위들을 세워놓아도 가끔씩 섬뜩한 시선이 느껴지는데."

"……저도 지켜보고 있습니다만, 그들이 직접 행동을 취하진 않을 겁니다."

"무서워서, 혼자 버려진 기분이 들어서 오늘처럼 도중에 깨어나면 누군가 꼭 안아줬으면 좋겠어요. 아무 걱정 말라고 다독여주고.

다시 잠들 때까지."

이 말에는 제천이 대답하지 않았다. 사야가 약간 날선 목소리로 물었다.

"윤명에게 갈까요?"

그녀의 손을 잡고 있는 그의 손에 힘이 들어갔다.

"더 빠져들게 하라면서요. 그에게 가서 달래달라고 할까요?"

"……방법을 군이 정해드리지 않겠습니다. 대신 끝까진 가지 않는 편이 좋을 겁니다."

"그럼 합방을 하지 않는 한도 내에서 다른 건 허용되나요? 포옹? 입맞춤? 애무? 함께 목욕을 하는 건 어때요?"

그가 거칠게 어깨를 잡았다가 더는 힘쓰지 못하고 그대로 분노를 삭였다. 흐트러진 숨소리에서 냉정을 찾으려는 노력이 느껴졌다. 대체 왜 이렇게 그를 밀어붙이고 싶은 건지 모르겠지만 사야는 마지막 일격을 가했다.

"윤명과 입을 맞추게 되면 그게 내 첫 입맞춤인가요?"

말이 채 끝나기도 전에 입술이 막혔다. 항시 의중을 가늠할 수 없게 무표정한 그의 입맞춤이라고는 믿기 어려울 만큼 거칠면서도 농밀했다.

숨 막힐 듯 몰아치는 그의 기세에 사야가 균형을 잃고 뒷걸음질을 쳤다. 그를 감당하지 못하여 뒤로 밀리고 밀리다가 닿은 곳은 어느 기둥이었다.

질척하게 젖은 소리가 날 정도로 입술을 빨던 그가 사야의 벌어진 틈새로 혀를 집어넣었다. 충격에 놀란 사야가 무의식적으로 고개를 돌리려 했지만 그의 품에 갇혀 꼼짝도 할 수가 없었다.

"으읍…… 제, 제천……."

곧 정신이 아득할 만큼 빨아올려져 사야는 신음으로 뒷말을 대신해야 했다.

"자극하지 마."

그가 숨을 몰아쉬더니 다시 갈급한 사람마냥 사야의 입술을 핥고 빨았다.

"이미 한계니까……."

"난……."

"내가 그대의 발아래 쓰러져 미쳐 가는 모습을 보고 싶어?"

그런 뜻이 아니었다고 말하려는데, 무슨 말이든 해야 하는데 사야의 이성이 흐릿해졌다. 제천이 억눌린 신음을 흘리며 고개를 틀었고 더 깊숙이 혀를 밀어 넣었다.

한참을 미친 듯이 탐하던 그가 그녀의 어깨를 잡고 떼어냈다. 누굴 누구에게서 떼어놓는 건진 모르겠지만. 평정을 찾기 위해 호흡을 고르는 그의 입술도 사야 자신의 것만큼이나 젖고 부풀어 있다는 걸 알 수 있었다. 비록 시야가 차단되어 있다 해도.

"……한동안 여기 오기 힘들 겁니다."

그가 열락에 잠긴 목소리로 속삭이듯 말했다.

"입술을 나눈 뒤 하는 말치고는…… 상당히 서늘하네요."

뭔가 완전히 충족되지 않은 기분에 사야의 목소리가 가늘게 떨렸다. 달칵. 그가 바닥에서 무엇인가 주워들었다. 검인 듯했다. 그것이 언제 바닥에 떨어졌는지, 사야는 짐작도 할 수 없었다.

"몸조심하십시오."

그가 짧게 인사한 뒤 멀어졌다. 몸속을 야릇이 울리는 여운에 움직이지 못하던 사야는 그가 아직 사라지지 않았으리란 생각에 눈가리개를 풀었으나 이미 제천은 모습을 감춘 후였다.

그녀가 떨리는 손을 들어 입술을 만졌다. 촉촉이 젖은 느낌. 이곳에 그의 입술이 닿았다.

"당신도…… 조심해요."

들을 상대도 없는 허공에 사야의 조그만 목소리가 흩어졌다. 다음날 아침이면 다시 황제의 여인으로 돌아가야 하겠지만 지금 이 순간만큼은 온전히 여운을 느끼고 싶었다.

제천. 제천. 신기하게도 되뇔 때마다 가슴을 울리는 이름.

사야가 기둥에 등을 기댄 채 스르르 주저앉았다. 풀벌레 울음만 들리는 고요 속에서 그녀는 다시 혼자가 되었다.

❀ ❀ ❀

교(皎)는 긴장한 나머지 찻잔을 엎을 뻔했다. 시급한 일이니 서둘

러 오라는 란의 분부에 눈썹이 휘날리듯 왔건만 정작 영수궁의 주
인이 나타나질 않았다.

기다리는 시간이 길어질수록 교의 불안감은 커져만 갔다.

"오래 기다렸지요."

수정 주렴이 걷히고 란이 모습을 드러냈다.

"태후마마를 뵙습니다."

교가 황급히 예의를 차렸다. 묘한 웃음을 띠고 있는 란과 애써 불
안을 감추고 있는 교. 두 사람 사이에 잠깐 적막함이 흘렀다.

"바쁘신 황후를 불러 미안합니다. 하나 워낙 중요한 일이라
서요."

"마마께서 부르시면 당연히 와야지요. 한데 중요한 일이라 하
심은……."

숨죽인 채 란의 말이 떨어지길 기다리고 있는 교는 온갖 상념으
로 어지러울 정도였다.

결국 새 후궁을 들이시려나. 아니면 소문의 명련궁 아가씨가 회
임을 했다는 소식일까. 폐하의 총애가 깊어진 나머지 새 황후로 세
운다고 하시진 않았을까.

"섬세한 황후를 놀라게 하고 싶진 않으나 이번만은 내 식대로 하
지요."

설마.

"바로 본론으로 들어갑시다."

그것만은.

"황후, 혹시 황상의 병환에 대해 눈치챘습니까?"

"……예?"

란의 질문은 예상을 벗어나는 것이었다. 순간 아연해진 교는 멍하니 되물었다.

"황후도 입궁 전 바깥 생활을 하셨으니 이 나라 황제들의 고질(痼疾)에 대해 알고 계실 테지요. 서른을 넘기기가 무섭게 고통스러운 병이 발작하여 죽고 마는 그 무서운 저주 말입니다."

"예, 알고 있습니다만……."

본능적으로 대꾸를 했지만 교는 여전히 돌아가는 상황이 납득되지 않았다. 황제들이 단명하는 저주? 알고는 있다. 알고 있긴 한데.

천하를 호령하는 윤명 옆에서 너무 오랜 시간을 보낸 탓일까. 그토록 강건한 윤명이 발작을 일으키며 죽어간다는 게 믿기지 않았다. 란은 시아버지와 남편이 죽는 모습을 제 눈으로 봤지만 교는 생기 넘치는 십오 세의 윤명부터 봤을 뿐이다.

세상에서 가장 뛰어난 어의들과 가장 귀한 약재들, 아들을 끔찍이 여기는 어머니가 곁에 있는데 윤명이 그리 쉽게 아플 수 있을까 싶었다.

"지금으로선 믿기지 않겠지만 황상 역시 그 저주를 피해가지 못합니다."

실로 무시무시한 발언이었다. 교가 반박하려는 낌새를 보이자 란이 고개를 내저었다.

"황후가 지금 하고자 하는 말, 나도 압니다. 믿기지 않겠지요. 설마 그럴까 싶겠지요. 그러나 믿으세요, 황후. 나 역시 그대와 같았습니다. 부자가 나란히 죽는 것을 보고서야 현실로 와 닿았지요. 그리고 결심했답니다. 우리 황상만은, 명이만은 그리 보내지 않겠다고."

"하지만 마마, 폐하께선 여전히."

"내 입으로 묻기가 좀 민망하지만 황후, 황상을 모신 지 얼마나 되었지요? 함께 보낸 마지막 밤이 언제인가요?"

교는 붉게 물든 얼굴로 두 달이 되었다고 답했다.

"그럼 모를 수도 있겠군요. 황상께선 밤이 되면 심한 기침을 하십니다. 지난해까진 가벼운 정도였으나 올해 들어 유난히 심해졌다는군요. 본인은 나름 숨긴다고 손수건을 화로에 던져 넣었나본데. 황후, 얼마나 격렬했으면 손수건에 피가 묻어 있었다고 합니다."

교의 눈이 커졌다. 그러나 란의 말은 여전히 끝나지 않았다.

"증세는 점점 심해지고 있지요."

"그럴 리가……."

"이제 황후도 아셔야지 않을까 해서 그럽니다."

하늘이 무너진다면 바로 이런 기분일까. 그가, 윤명이, 그녀의 지아비가 죽어가고 있단다. 윤명 없는 삶은 한 번도 생각해 본 적이 없거늘. 그가 피를 토하며 죽어간단다. 사람들이 말했던 것처럼 끝내 고목나무처럼 시커멓게 마르리라.

교의 전신이 덜덜 떨렸다.

"좋은 소식과 나쁜 소식이 있습니다."

담담한 눈으로 교를 바라보던 란이 운을 뗐다.

"좋은 소식은 황상을 살릴 약을 찾았다는 겁니다."

"정말인가요?"

교가 저도 모르게 목소릴 높였다. 란이 미소했다.

"고질…… 저주…… 하늘이 내렸다며 약이 없다 들었는데."

"내가 누굽니까. 이 나라의 태후요, 황상의 어미입니다. 무슨 일이 있어도 난 황상을 저버리지 않습니다. 무려 20년이 넘는 노력 끝에 찾았지요."

연이은 충격에 얼떨떨해하는 교를 향해 란이 활짝 웃었다.

"드디어 찾았단 말입니다, 황후. 이제 명이는 무사해요."

"아……."

교의 눈에 눈물이 어렸다. 다행이라고, 정말 다행이라고. 감격과 안도가 차올라 자꾸 같은 말만 되풀이했다.

"예, 참으로 다행이지요……."

맞장구치던 란의 표정이 서서히 가라앉았다. 교의 황궁 생활도 이미 십수 년째. 본능적으로 뭔가 잘못되었음을 깨달았다.

"기뻐 마땅한 일인데 어찌 수심이 깊으십니까?"

란이 절레절레 고개를 내저었다.

"황후께선 충격을 받으실지도 모릅니다. 나야 황상의 친어미이니 다소 인륜을 저버리는 일이라도 그저 황상의 안위만을 생각합니다만, 우리 자애로운 황후께서 어찌 생각하실지……."

"무슨 일이기에 그러십니까? 그리고 마마, 어찌 폐하에 대한 신첩의 마음을 가벼이 보시나요. 신첩 역시 폐하를 위해서라면 무엇이든 할 준비가 되어 있는걸요."

"그 약이 사람의 간이라도 말입니까?"

교가 우뚝 멈췄다.

방금 뭐라 하셨지? 잘못 들었지 않나? 사람의 간을 약으로 쓴다고?

"아니지. 정확히 말하면 사람이 아니라 낙신(洛神)의 후손이지만요. 그들은 어떤 상처가 나도 일각이 안 되어 피가 멎고 새 살이 돋아나는 치유력을 지니고 있답니다. 그리고 그들의 간은 천 년 묵은 산삼보다 뛰어난 효력을 지니고 있지요. 능히 죽은 자도 되살릴 정도라 합니다."

"사람의 간……."

"덧붙이자면, 간을 떼어내도 그들은 죽지 않습니다. 물론 매우 괴롭겠지만 세 달 동안 새 간이 생겨난다고 합니다. 참으로 신통한 회복력이지요."

"죽지 않는다고요?"

간신히 란의 말을 따라잡은 교가 되물었다. 간을 떼어내도 죽지 않는 사람이 있다니. 그게 가능할까? 아니, 마마의 말씀에 의하면 그들은 사람이…… 아닌 거지. 보통 사람은 그리하면 죽으니까. 하지만 고통은 마찬가지라는데. 교의 머릿속이 혼란스러워졌다.

"예, 죽지 않습니다. 정말 사람이 죽는 문제라면 나도 이렇게 순순히 받아들일 리 없지요. 아무리 내 아들을 살리는 일이라도 다른 이의 목숨을 앗는 건 안 될 일이니까요."

"예, 그렇지요……."

교가 고개를 끄덕였다.

"문제는 말입니다. 그들의 회복력은 순결을 지킬 때까지만 유효하다고 합니다. 사내든 계집이든 초야를 치르는 순간 평범해지고 말지요."

교는 이제 아무 말도 할 수 없었다. 이야기는 이미 그녀가 수용 가능한 범위를 넘어섰다.

"일족 전원이 범인(凡人)이 되어 늙었습니다. 모두 노환으로 세상을 떴지요. 그리고 천하에 단 한 명만이 유효한 힘을 지닌 채 남아 있습니다. 나는, 그 사람을 찾아냈고요."

"예……."

"아마 황후도 아는 사람일 겁니다. 이 황궁 안에 있으니까요."

너무나 뜻밖의 진개에 교가 란과 눈을 마주쳤다. 설마 놀랄 일이 더 남아 있단 말인가. 대체 그 신비로운 이가 누구일지 곰곰이 더듬어보는 가운데 교의 머릿속에 말도 안 되는 생각이 떠올랐다.

교의 눈이 황망해졌다. 그녀의 눈에서 뭘 봤을까. 교를 지그시 바라보던 란이 고개를 끄덕였다.

"맞습니다, 황후. 심중의 그 사람이 맞아요."

"설마……."

"명련궁의 단목사야. 그 계집이 바로 명이를 살릴 유일한 약입니다."

란이 한 자 한 자 씹듯이 말을 내뱉었다.

"그리고 황후도 아시다시피 황상께선 그 계집에게 빠져 순결을 취하기 일보 직전이지요."

"그, 그럼 마마의 뜻은……."

란은 차가운 차를 한 모금 마신 뒤 여전히 파르르 떠는 교에게 시선을 고정시켰다.

"자고로 미인에게 빠진 사내의 귀엔 아무것도 들리지 않는답니다, 황후. 차라리 미인의 마음을 움직이는 게 빠르지요. 내 그대의 절절한 연심과 애틋한 순정을 족히 아는 바이니, 부디 청컨대 그대가 명련궁의 그것을 만나 설득해 보세요. 기억을 잃은 상태라 하니 다 말하지는 말고 일단은 황후의 부군과 거리를 지켜달라고요. 황후의 슬픔을 알려주세요. 그리하면 그것도 뭔가 깨닫는 바가 있겠지요."

반쯤 혼이 나간 채 영수궁을 나서는 교의 귓가에 여전히 란의 당부가 맴도는 듯했다.

"우린 반드시 황상을 지켜야 합니다."

❀ ❀ ❀

"불가합니다."

교가 움찔했다. 명련궁 문을 지키는 시위의 태도가 어찌나 단호한지. 거절에 익숙지 않은 그녀로선 당혹스러울 따름이었다. 교가 입궁했을 때부터 그녀의 시중을 들어온 궁녀가 발끈했다.

"다른 누구도 아니고 황후마마시다. 감히 마마를 의심하는 것이냐?"

"그럴 리 있겠습니까만 소인은 폐하로부터 직접 명을 받았나이다. 폐하의 허락을 받지 않은 자는 이곳을 출입할 수 없습니다. 지위고하를 막론하고 말입니다."

"무엄하다! 폐하의 허락을 받지 않은 자라니. 마마께선 폐하의 어엿한 정궁이시거늘 일개 문지기 주제에!"

"되었네."

교가 부드럽게 궁녀를 저지한 뒤 시위에게 말했다.

"내 다름이 아니라 이곳 주인에게 긴히 할 말이 있어 그러느니라. 듣고 안 듣고는 차후에 정해도 좋으니 일단 얼굴이라도 한 번 마주하게 해주지 않겠느냐?"

시위가 죄송한 듯 고개를 숙였다. 하지만 그의 답은 한결같았다.

"송구하오나 먼저 폐하의 허락을 받고 오시면 그 후에 문을 열겠습니다."

"어허, 이자가!"

교의 얼굴이 서서히 붉어졌다. 윤명이 자주 말하곤 했다. 황후는 매사 좀 더 자신감을 가지고 단호히 대처할 필요가 있다고.

신첩은 온화한 여인이 되고 싶은걸요. 이렇게 대꾸하는 교에게 윤명은 못 말리겠다는 듯 웃어 보였다. 그대는 이 나라의 황후이자 짐의 아내요. 그 누구도 함부로 못하게 권위를 세워야지.

그토록 다정히 충고해 주셨는데 자신은 명련궁 문지기를 더 밀어붙일 수가 없었다. 그가 등에 업고 있는 것이 바로 윤명이었기에.

"이보게, 아무래도 폐하를 뵙고 오는 게……."

"마마! 어찌 그런 말씀을 하십니까? 정식 책봉을 받지도 않은 여인입니다. 그런 여인을 보기 위해 마마께서 친히 걸음하신 것도 분하거늘."

끼이익.

옥신각신하던 소리가 뚝 끊겼다. 검은 칠을 한 문이 안쪽에서부터 열렸다. 교는 저도 모르게 숨을 죽였고 안쪽의 인물이 누구인지 확인한 시위가 즉시 예를 갖췄다. 심지어 방금 전 황후의 행차 때도 저만큼 잽싸진 않았다.

이를 본 궁녀가 미간을 찌푸렸지만 그녀조차도 눈길이 문 안쪽을 향하는 걸 어찌할 수 없었다. 단목사야. 신비로운 소문의 주인공이 드디어 모습을 드러낸 것이다.

"안으로 드시지요."

싱그러운 연녹색 비단옷 차림의 사야는 생생한 충격이었다. 교는 태어나 처음 접하는 대단한 미인의 기에 압도되어 바로 대답을 할 수가 없었다.

아가씨, 하고 시위가 끼어들었다. 사야가 그를 향해 생긋 웃었다.

"알아요, 알아. 하지만 황후마마께서 오셨는걸. 폐하께서도 봐주실 거예요."

"그렇지만 소인은 어명을."

"아, 부 호위가 곤란해진다는 생각을 못했네요. 어쩌지."

지엄한 황후 앞인데도 사야는 주눅 들지 않았다. 그 생기발랄함에 이미 매료된 시위는 사야의 입에서 명만 떨어지길 기다리고 있었다.

"그럼 이렇게 해요. 마마와 제가 이야길 나누고 있을 테니 부 호위가 폐하께 다녀오세요. 마마를 이대로 돌려보내면 부 호위 마음도 편치 않잖아요. 어떤가요?"

수고롭게 해서 미안하다며 두 손 모아 비는 시늉을 하는 건 애교라곤 모르는 교의 눈에도 사랑스러워 보였다. 황후 일행에겐 그리 엄격하던 시위가 입가에 너그러운 미소를 띤 채 폐하께서 좋아하시지 않으리란 소릴 했다.

"아, 괜찮아요."

사야가 손을 내저었다.

"내가 언제는 윤명의 말을 들었던가요, 뭐?"

아무렇지 않게 흘러나온 황제의 존명에 교와 궁녀가 휘청했다. 시위 역시 흠칫하여 황후 일행의 눈치를 살폈으나 이런 적이 하루 이틀은 아닌 듯 곧 표정을 회복하고 자리를 떴다. 안으로 들길 청하는 사야의 말에 교가 걸음을 옮겼다.

"잠깐."

다른 시위가 다가와 주인의 뒤를 따르려는 궁녀를 막아 세웠다.

"황후마마께서만 드시죠."

"그게 무슨!"

"마마께서 들어오신 것만으로도 이미 소인들은 어명을 어겼습니다만."

이번엔 사야도 어쩔 수 없다는 듯 난감한 표정을 지었다. 궁녀가 반박하려 했지만 교는 고개를 저었다.

모욕적인 대우는 이만하면 충분했다. 궁녀가 주인의 권위를 되찾으려 애쓸수록 교는 점점 작아지는 기분이었다. 교가 궁녀에게 말했다.

"미안하지만 예서 기다려주게."

분해하는 궁녀를 뒤로한 채 교는 아름답기로 소문난 명련궁의 정원을 거쳐 응접실에 다다랐다. 행여나 그녀가 자신의 소중한 주인에게 해코지라도 할까 경계하는 궁녀들을 보며 사야가 쓴웃음을 지었다.

"다들 이렇게나 절 과잉보호한다니까요."

궁녀들이 차를 내오자 교는 두 번째로 충격을 받았다.

윤명이 가장 즐기는 차였다. 그런 이유로 교 자신이 가장 좋아하는 차이기도 했다. 귀하디귀한 최상등품 차라 황제의 침소와 강녕궁에만 극소량 두곤 하였는데 사야의 접대용으로 나온 것이다.

그리 하고는 정작 본인은 평범한 수국차를 홀짝였다. 교의 심사가 어지러워졌다.

"본궁이 오늘 이리 온 것은."

간신히 말을 꺼냈다.

"청 하나를 하고자 함입니다."

"제가 비록 명련궁에 칩거한다고 하나 궁녀들로부터 마마의 현숙하심을 익히 들었습니다. 어려워말고 말씀하세요."

상대가 이리 선선히 나와주니 교의 부담이 한결 가벼워졌다. 어쩌면 그녀를 설득할 수 있을지도 모른다. 한줄기 희망의 빛이 비추는 느낌이었다.

"저, 부끄러운 청이지만 폐하와 거리를 두심이 어떨지요."

사야가 찻잔을 든 채 교를 응시했다.

"아가씬 소문대로 매혹적이군요. 여인인 저조차 두근거릴 정도이니 폐하께서 총애하심도 무리는 아니지요. 하나, 폐하께선 조나라의 천자. 미인에게 빠져 정사를 뒤로한다는 소리가 나오면 조정이 혼란스러워질 것입니다."

"정사(情事)를 뒤로한다면…… 확실히 충격적이긴 하겠네요."

고개를 갸웃거리며 차를 홀짝이는 사야였다. 교는 한동안 상대의 말뜻을 파악하지 못해 멍하니 있다가 한참 뒤에야 알아차리고 얼굴을 붉혔다.

대낮에 거리낌 없이 말할 내용은 절대 아니었다. 그것도 황제가 주인공이라면. 그러나 사야는 뭐 대수로운 말을 했냐는 듯 교를 마주 보았다.

"어쨌든 요지는 폐하와 선을 지키라는 거네요. 그런가요?"

"그, 그러합니다."

"그런데 말이죠, 황후마마. 그 말씀하신 선의 기준이란 게 굉장히 모호하네요. 포옹까진 되나요? 입맞춤은? 진한 애무라도 교접하지만 않으면 될까요?"

교가 차마 대꾸하지 못하고 입술을 깨물었다.

"사내란 모름지기 밀어낼수록 달아오르는 이들이라, 제가 거리를 둘수록 폐하께선 절 탐내실 텐데 이에 대해선 어찌하면 좋을까요."

교의 시선이 바닥으로 떨어졌다. 그녀를 빤히 쳐다보던 사야가 자리에서 일어나 천천히 다가왔다. 사박사박. 걸음을 옮길 때마다 부드러운 비단옷이 스치는 소리가 났다.

윤명이 가장 좋아하는 맑은 연녹색. 교의 심장이 오그라들었다.

"제가 어찌한다고 해서 폐하의 마음이 돌아설 것 같으세요? 정말 그렇게 믿고 있다면 황후께서도 참 사내를 모르시는 거예요."

사야가 교의 바로 앞까지 걸어왔다. 줄어든 거리만큼 미인의 달콤한 목소리 역시 작아졌다. 사야가 속삭이듯 말했다.

"아까 말씀드렸다시피 제가 명련궁에 칩거하고 있으나 바깥소문은 빠짐없이 챙긴답니다. 이미 체감하셨겠지만 이곳 궁녀들의 내공이 상당하여서요. 그래서 알고 있지요. 현숙하고 온유한 황후께선 태후마마의 말씀을 금과옥조로 여긴다고. 지금껏 한 번도 태후마마의 심기를 거스른 적이 없다고."

사야가 교를 향해 상체를 숙였다. 어여쁜 입술이 교의 귓가에 다다랐다. 그녀가 말했다.

"이번에도 태후께서 뭐라 말씀하신 거죠?"

교의 어깨가 바들바들 떨렸다. 잠깐의 시간차를 뒀다가 사야가 말을 이었다.

"제 비밀에 대해 말하던가요?"

교에게서 흐느낌이 터져 나왔다. 더는 버틸 수가 없었다. 압박과 불안이 겹쳐 바닥에 쓰러진 교는 사야의 옷자락을 잡고 매달렸다. 황후의 체면 따위 그게 뭐라고. 윤명의 목숨이 걸린 문제였다.

"부디 청컨대 폐하를 살려주세요! 제발 그를 내버려 둬요."

"또 모호한 소릴 하시네요. 살려달라면서 내버려 두라니."

당혹스러운 표정으로 옷자락을 빼내는 한편 교를 일으키려 애쓰던 사야가 중얼거렸다. 하지만 교는 부축을 거부하며 그녀에게 매달렸다.

"무슨 짓이든 하겠어요. 폐하를 살려주기만 한다면 뭐든 할게요! 황후의 자리를 내달라 해도 좋아요. 제발, 제발 부탁이에요. 그분이 없이는 안 돼요……."

사야가 곤혹스러운 얼굴이 되었다.

"저기 뭔가 오해를 하셨나본데. 어, 제 몸의 비밀과 윤명의 목숨이 대체 무슨 관계가 있다는 거죠?"

이번엔 교가 아연해질 차례였다.

"……모르나요?"

"알 리가 없죠. 제 몸에 대해서도 고작 보름여 전에나 깨달았는 걸요."

"그렇지만 바, 방금 전에 태후마마 얘기도 했고."

"냉궁에 갇혀 있을 때 그분을 한 번 뵈었어요. 자해에 대해 알고 계시더군요. 깨끗이 나은 상처를 살펴보기도 하셨는데 왜인지 제 몸의 비밀에 대해선 언급조차 안하셨죠. 뿐만 아니라 기억을 잃은 제게 거짓 과거를 들려주셨고요. 이는 윤명이 직접 확인해 준 거예요."

사야의 말에 교가 고개를 떨어뜨렸다.

"방금 전은 애매한 말로 위협한 것인데…… 다시, 자세히 말씀해 보세요. 제 회복력과 윤명의 목숨이 무슨 상관이 있다는 건지."

"아, 아니에요."

틀렸다. 두려운 나머지 너무 많은 걸 발설해 버렸다. 란 또한 교의 절절한 마음만 비칠 뿐 그 이상을 말하진 말라고 했는데 일을 그르친 것이다. 교가 황망히 바닥에서 일어나 자리를 뜨려 하자 이번엔 사야가 그녀를 잡았다.

"말해줘요. 대체 무슨 의미죠?"

매달리는 그녀와 눈을 마주치기조차 힘들어 연신 고개만 내젓는 교였다.

"이만 가봐야겠어요. 아무래도 다음에."

"잠깐만요, 아직 제게 답해주지 않으셨잖아요."

"전 잘 몰라요……!"

제 몸이 휘청거릴 만큼 사야의 손을 힘껏 뿌리치는 순간, 너무나 익숙한 목소리가 들렸다.

"이게 대체 무슨 일이오!"

사야가 나동그라졌다. 하필이면 의자가 있는 쪽으로 넘어져 응접실 안에 끼이이익, 하고 바닥이 긁히는 날카로운 소리가 울려 퍼졌다.

"아가씨!"

윤명을 모시고 온 시위가 황급히 사야를 부축했다. 충격이 의외로 컸는지 사야는 쉽게 일어나질 못했다.

"사야!"

윤명이 교의 곁을 지나쳐 사야에게 달려갔다.

"괜찮으냐? 많이 다친 것이냐? 어의를 부를까?"

윤명은 아파하는 사야를 쉽게 만지지도 못했다. 시위가 궁녀들에게 구급약을 가져오라 소리쳤다. 이 모든 상황을 멍하니 지켜보고 있던 교의 존재감은 삽시간에 지워졌다.

교는 그저 윤명의 이런 모습이 너무 낯설었다. 윤명이 저토록 누군가를 걱정하며 애틋하게 바라본 적이 있던가? 소중한 나머지 그녀에게 함부로 손을 대지도 못할 만큼?

란은 아마 만족할 소식일 것이다. 사야의 순결은 아직 유효하고 윤명은 그녀를 안기는커녕 쉽게 만지지도 못하니까.

그러나 교의 가슴은 누군가 상처를 후벼 파듯 쓰라렸다.

차라리 윤명이 사야의 미색만을 탐하는 편이 나았을 것이다. 그쪽이 훨씬 덜 아플 터다. 하나 사랑을 아는 이의 눈에는 누가 사랑을 앓는 중인지 보인다고. 교의 눈에 윤명의 마음이 보였다. 그는 사야를 진심으로 아끼고 있었다.

"괜찮으니까…… 다들 소란 피우지 말아요."

사야가 힘없이 웃으며 일어났다. 한쪽에선 시위, 다른 쪽에선 윤명이 도왔다. 시위는 흡사 광인을 대하는 눈으로 교를 쳐다본 뒤 흐트러진 의자를 정리했다.

사야에게 상처가 없다는 걸 꼼꼼히 확인한 윤명이 그제야 멍하니 서 있는 교에게 눈길을 돌렸다. 그 차가움에 교의 가슴이 덜컥 내려앉았다.

"황후는 이런 사람이 아니잖소."

"폐하……."

"아니면 짐이 잘못 알았던 거요? 대체 무슨 일이 있었는지는 모르지만, 그대가 사야를 밀치는 장면만은 짐의 두 눈으로 똑똑히 보았거늘."

교는 입술을 깨물었다. 참아야 한다. 견뎌내야만 한다. 그의 앞에서 눈물을 보여선 안 된다. 나는 이 나라의 황후. 여기서 눈물을 흘리는 건 윤명의 낯에 먹칠을 하는 것과도 같아.

너무도 낯선 윤명이 그녀를 향해 말했다. 밀어내는 말투보다도 그 뒤에 따른 한숨이 교를 더 아프게 만들었다.

"아무래도 그대는 모후와 너무 오랜 시간을 보낸 것 같군."

축객령이 떨어졌다. 교는 슬픈 눈으로 윤명과 사야를 쳐다보았다. 윤명은 사야를 보살피기 바빴고, 사야는 상황이 이렇게 흘러간 것이 민망한지 차마 시선을 마주치지 못했다.

폐하께선 왜 제가 태후마마와 그리 가까운지, 그분의 말씀이라면 반박 한 번 않고 따르는지 모르실 테죠. 물정 모르는 열한 살에 황후가 된 후로 이 드넓은 황궁 안에서 어린 제가 의지할 사람이라고는 절 황후로 뽑아주신 그분밖에 없었어요.

교가 서서히 고개를 떨어뜨렸다. 이 방 안에서 그녀를 신경 쓰는 이는 아무도 없는 것 같았다.

황후의 마음가짐을 비롯한 모든 것을 그분께서 가르쳐 주셨죠. 후손을 보기 위해 비빈을 들일 때마다 처음부터 끝까지 폐하의 곁을 지킬 이는 저뿐이라고 하셔서, 전 그 말씀만 붙들고 견뎌왔어요.

물론 제게 가장 힘이 되는 건 폐하의 다정함이지만 그건 너무나 얻기 힘드니까요. 그런데 폐하께선 이렇게 따뜻할 수 있는 분이었군요.

풍성한 황후의 예복 소매 아래서 교의 가는 손이 떨렸다.

폐하께선 이리도 차가울 수 있는 분이셨어요.

"신첩, 이만 물러가옵니다."

간신히 인사를 하고 나오는 길. 명련궁 모퉁이를 돌아서는 순간 교는 참았던 울음을 터뜨리고 말았다.

그리고 교가 궁녀의 부축을 받아 강녕궁 침상에 누울 무렵, 란은 비설조장으로부터 명련궁에서 일어난 일련의 사건을 보고받았다.

"사실 황후에겐 큰 기대를 걸지 않았다. 그 아인 너무 순하고 여려. 뭐, 그렇기 때문에 황상 곁에 세워놓았지만."

란의 손안에서 지압 구슬 두 개가 원을 그리며 돌았다.

"이번 기회로 단목사야 그것에게만큼은 조금이나마 독해졌으면 좋겠는데 말이야."

"마마를 시중드는 궁녀의 말에 따르면 상심이 매우 크셨답니다."

"그래…… 그래야지. 그 편이 그 아이에게도 좋아. 후에 단목사야의 간을 꺼낼 때 쓸데없는 연민을 발휘하는 것보단 낫지."

비설조장의 말에 란이 고개를 끄덕였다.

"그런데 말이다. 일이 점점 원래 계획에서 어긋나는구나. 돌아가는 모양새가 마음에 들지 않아. 황상은 단목사야에게 너무 심취하신 것 같고."

란이 쯧, 하고 혀를 찼다.

"변수는 역시 사야 그것이야. 엊그제 화원에서만도 그랬잖느냐. 누굴 막아줄까 하는 황상의 물음에 깜찍하게도 제천이라 답했단 말이지. 하! 교활한 것. 담장 밖에서도 황상의 불타오르는 질투심과 소유욕이 느껴질 정도였다. 그것이…… 사내 다루는 법을 아주 제대로 알고 있어. 실로 요물이 아니냐."

비설조장이 담담히 응수했다.

"제천을 보면 이상하게 가슴이 두근거리고 당혹스러움을 이유로 든 것은 탁월했습니다."

"내 말이 바로 그 말이니라. 필요 이상으로 술수에 능하단 말이지."

란이 두 눈을 가늘게 떴다. 무대가 황궁 안으로 바뀐 만큼 그것들이 무슨 작당을 했던 간에 일단 자신에게 유리하리라 여겼는데 자칫하다간 역으로 당하게 생겼다.

입궁 전의 사야를 직접 대한 적이 없는 란은 그녀의 지략이나 언변에 대해 아는 바가 없었다. 그렇기에 사야의 머리 회전이 생각보다 위협적으로 느껴졌다. 조치가 필요했다.

본시 이성적이고 냉정한 황상의 면모를 끌어내리려면 어떻게 해야 할까. 란의 머리가 빠르게 돌아갔다.

신뢰를 무너뜨려야겠지. 여인으로서도, 한 인간으로서도 믿을 수 없는 게 단목사야란 걸 깨달아야 할 테지. 혼인 운운하며 아양을 떤 것은 농락에 불과했고, 기억을 잃은 가련한 여인 행세도 의심스럽단 사실을 알게 되면 윤명은 과연 어떤 표정을 지을까.

란이 희미하게 웃었다. 사실인지 아닌지 여부는 중요치 않았다. 증거 따위야 만들면 되는 것.

그래, 단목사야. 이제껏 모른 척 속아주었더니 정말 내가 껌뻑 넘어간 줄 아나본데 네가 틀렸다. 이제 내 인내심이 다했어.

아마 명이를 유혹해서 방패로 삼으려는 게 네 꿍꿍일 테지. 하나 넌 날 너무 만만히 봤어. 네가 5년간 밀림과 사막, 국경을 넘나들며 노련해졌다면 난 이 황궁에서 수십 년간 칼날 위를 걸으며 강인해졌다.

"어디를 쳐야 너란 배(船)가 단번에 침몰할까."

조금은 잔인하고 어쩌면 너무하다 싶을 수도 있겠지만 넌 막을 수가 없을 거야. 하나뿐인 아들을 살리기 위해 어미는 무엇이든 할 준비가 되어 있으니까.

그러니 단목사야, 어서 가서 숨으렴. 명이의 품에 꼭꼭 숨으렴. 그 아이는 고귀하게 태어나 제왕으로 키워진 자. 부디 너에 대한 그 아이의 사랑이 황제로서의 포부보다 더 크기를 기도하렴.

"왕표에게 전해라. 명련궁과 관련하여 긴히 논할 것이 있으니 제천을 이리로 데려오라고."

묵묵히 고개를 숙이는 수하에게 란이 덧붙였다.

"그리고 형틀을 꺼내와."

그녀의 입가에 잔혹한 미소가 어렸다.

"하나도 남김없이."

五章 ✦ 약한 자들의 병법

다섯 달 전.

제천은 머리 위로 냉수를 끼얹었다. 정신이 아찔해질 만큼 차디찬 물이었으나 달아오른 몸은 쉬이 식지 않았다.

그는 어지러운 한숨을 흩어내며 연거푸 물을 끼얹었다. 앞섶을 풀어 헤친 장포 사이로 차가운 물줄기가 타고 흘러내렸다.

도망자 생활 4년째.

곧 해가 바뀌면 5년이 된다.

"하아……."

다시 한번 숨을 고른 그는 뒷마당으로 난 문을 열어젖혔다. 살을 에는 듯한 겨울 사막 바람이 그의 몸을 사정없이 때렸지만 개의치 않았다. 그는 오히려 고통을 반겨 맞았다. 한동안 바람의 자극을 느끼던 제천은 이내 한 걸음 한 걸음 바깥으로 걸어 나갔다.

비극적인 그날 밤 이후로 비설조에게 뒤를 밟혀 추격당하기까지 딱 35일이 걸렸다. 비파(緋芭)로 넘어가기 위해 남쪽으로 이동하고 있을 무렵이었다.

일부러 왁자지껄한 번화가 객잔에 짐을 풀었는데 제천이 물을 더 가져오기 위해 방문을 연 순간 섬뜩한 표창이 날아들었다. 잠시 숨 돌릴 여유도 없이 둘은 도망쳐야 했다.

어두운 밤, 골목골목을 누볐다. 머리부터 발끝까지 검은 야행복을 뒤집어쓴 비설조는 마치 토끼를 잡는 사냥개처럼 둘을 몰아갔다. 제천 홀로 도망치는 거라면 훨씬 빨리 성을 벗어나겠지만 곁에는 가뜩이나 쇠약해진 사야가 있었다.

약한 소리 한 번 않고 따라오고 있으나 흘깃 살핀 그녀의 상태는 그리 좋지 않았다. 대결이 불가피한 것인가.

그가 고심하는 찰나에 사야가 입을 열었다. 꽤 큰 위험을 감안한다면 확실하게 빠져나갈 수 있는 방법이 있다고 했다. 절체절명의 상황. 그는 사야를 믿었다.

"이쪽, 이쪽으로."

"……떨쳐 낸 것 같습니다."

지형을 이용한 작전이 먹혀들었다. 사야와 제천, 비설조는 서로의 형체는 알아볼 수 있지만 가까이 다가갈 순 없을 만큼 멀어졌다. 깎아지른 듯 아득한 절벽이 그들 사이를 갈라놓고 있었다.

두 무리는 어둠 속에서 말없이 서로를 주시했다. 그리고 사야와 제천이 자리를 뜨려는 그때 허공을 날카로이 가르는 소리가 들리더니 사야 바로 앞의 나무에 화살 하나가 콱 꽂혔다. 화살 끝에는 쪽지가 묶여 있었다.

달빛에 비춰본 쪽지는 사야의 손을 떨리게 만들었다. 그 떨림은 손을 타고 팔로, 어깨로, 온몸으로 퍼져 나가 그녀를 제대로 서 있을 수조차 없게 했다.

란의 우아한 필체가 지금껏 겪어보지 못한 참혹한 고통을 약속하고 있었다.

혹시라도 둘이 합방하여 평범한 몸이 된다고 해서 추격을 중지할 것이라 착각하지 말라고, 감히 그런 짓을 벌인다면 기필코 황궁으로 잡아와 아이를 낳게 하고 그 아이로 하여금 죗값을 치르게 할 것이라고, 그 과정을 똑똑히 보게 하겠다고. 그리고 단목사야 앞에서 소중한 호위무사를 갈기갈기 찢어죽이겠다고 위협했다.

쪽지 내용을 확인한 그 즉시 제천은 이를 구겨 비설조가 보는 앞에서 절벽으로 던졌다. 그러나 란의 위협은 사야를 흔들어놓기에 충분했다.

아닌 게 아니라 두 사람이 하고 있던 생각을 란이 그대로 집어낸 것이다. 35일간 서로에게 목숨을 맡기고 도망 다니면서 두 사람의 유대감은 전에 없이 깊어졌다. 이제 서로가 없는 삶은 생각도 할 수가 없게 되었다.

그렇다면 이대로 초야를 보내는 건 어떤지. 그렇게 되면 란도 단

넘하지 않을지. 둘은 그런 생각을 했었다.

이후 사야는 며칠간 말을 잃었다. 그러다가 어느 날 문득 제천에게 나직이 말했다. 일단 순결을 지키는 편이 좋을 것 같다고, 돌이킬 수 없게 되는 것보단 그 편이 나을 것 같다며 멍한 얼굴로 눈물을 떨어뜨렸다.

"정말 모순적이죠."

사야는 그렇게 중얼거렸다.

"내 치유력 때문에 쫓기고 있는데 이걸 버려도 죽는다니."

그녀가 붕대를 동여맨 제천의 손을 내려다보았다. 저를 보호하다 입은 상처. 이번이 몇 번째인지 모른다.

"지키면 영원히 고통 받고, 버리면 처참하게 죽는다니."

그녀의 눈물이 제천의 손등에 떨어졌다.

"제천, 나는 약해 빠졌나 봐요. 난 제천처럼 죽음이 두렵지 않다고 선뜻 잘라 말할 수가 없어. 아픈 것도 싫고 제천을 잃는 것도 무서워요. 그래서…… 이런 선택밖에 할 수가 없어요."

죽는 것이 무섭다며 흐느끼는 사야를 안으며 제천은 아무 말도 할 수가 없었다. 애초에 그녀를 탓할 생각 따윈 없었다.

그녀의 선택은 곧 제천의 선택. 다만 분이 치미는 것이 있다면 그녀에게 평범한 행복을 약속하지 못하는 자신이었다.

그렇게 그들은 끝나지 않을 도망을 택했다. 열여섯 소녀는 처연한 분위기가 감도는 매혹적인 꽃으로 피어났다. 제천의 눈빛은 더 깊어졌고 선은 더 날카로워졌다.

시간의 흐름에 따라 둘 사이의 감정도 자연히 변해갔다. 풋풋한 설렘에서 깊은 유대감을 거쳐 서로를 지독하게 갈망하는 단계에 이른 것이다. 이젠 손을 포개거나 가볍게 입술을 겹치는 것만으로도 쉽게 한계에 다다랐다.

그럴 때마다 란의 위협을 떠올리며 선을 지키곤 했지만 언제나 성공적인 것만은 아니었다. 오늘 밤처럼 말이다.

달랠 겸 안아준다는 것이 진한 입맞춤으로 이어지고 말았다. 자 칫하면 정말 선을 넘을 뻔했다. 이번 달 들어 이미 두 번째 위기였 다. 그가 깊은 한숨을 내쉬었다.

거의 폐가나 다름없는 집은 바로 야트막한 모래언덕과 이어져 있었다. 뒷마당을 벗어나 한참 걷자 점점 발이 빠지는 깊이가 깊어 졌다.

모래언덕의 능선 위에 두껍고 헤진 장포를 겹겹이 걸친 사야가 오도카니 서 있었다. 가만히 선 채로 하늘을 올려다보는 뒷모습 이 처참했던 그날과 닮았다. 제천이 꼭대기에 다다라 사야의 곁에 섰다.

"사막의 밤이에요, 제천."

그녀가 아련한 눈으로 별이 쏟아질 것 같은 밤하늘과 황량한 모 래벌판을 번갈아 보았다. 제천은 말없이 하늘 어딘가를 응시했다.

"드디어 왔는데…… 왜 이렇게 슬플까요?"

사야의 눈에 물기가 어렸다.

"겨울이라 그런가. 아니면 원래 이런 걸까. 엄마 이야기를 들을 땐 막연히 신비롭고 달콤한 꿈을 꾸는 기분이었거든요. 그런데 생각보다 훨씬 황량하네요."

어두운 모래벌판을 내려다보는 사야에게서 처연함이 느껴졌다. 제천은 달리 할 말을 찾을 수가 없었다.

길고 긴 추격전 끝에 보름 전 드디어 마지막 비설조원을 제거했다. 실수의 목이 땅에 떨어지고 사야가 긴장이 풀려 주저앉았을 때, 그들은 어리석게도 작은 희망을 품었다.

이대로 끝나진 않을까. 혹여 끝나지 않는다 해도 란의 기가 좀 꺾여서 시간을 벌 수 있지 않을까. 석 달, 아니, 최소 한두 달은 어딘가에 숨어 조금이나마 편히 지낼 수 있진 않을까.

그야말로 어리석은 기대였다.

근처 마을의 정찰을 나갔던 제천은 불과 이틀 전, 새로이 조직된 비설조 스무 명을 목격했다. 돌아와 사야에게 털어놓자 그녀는 헛웃음을 흘리지도 못하고 멍하니 벽을 쳐다보았다.

"정말…… 지긋지긋해."

모래벌판을 뚫어지게 내려다보던 사야가 문득 제천에게 물었다.

"여기서 황도까지 얼마나 걸리죠?"

제천이 잠시 안전한 경로와 수단을 계산했다.

"넉 달은 잡아야 합니다."

"위험을 감수한다면?"

"……석 달."

"석 달. 석 달이라. 나쁘지 않군요."

한때 그녀가 머리를 굴리면 누가 봐도 두 눈이 반짝반짝 빛났던 그런 시절이 있었다. 귀여운 얼굴에 묘하게 뿌듯한 미소를 머금고는 아무 일도 아니라며 시치미를 뚝 떼곤 했다.

하지만 지금의 사야는 깜찍했던 그 소녀와 같은 인물이라고 믿기 힘들 정도로 달라져 있었다. 조용히 무언가를 생각하는 얼굴이 서늘했다. 갑자기 불안해진 제천이 그녀를 일깨웠다.

"아가씨, 무슨 생각을 하시는지."

"어릴 적 읽었던 병서요. 무엇이든 배워두면 언제고 쓸 날이 온다더니 이럴 줄 알았으면 병서 대신 바느질감이나 들 걸 그랬네요."

제천이 가만히 그녀의 표정을 살폈다. 그가 무예에 통달했단 찬사를 들었다면 사야는 머리로 그녀를 이길 자가 드물 거란 평을 종종 들었다.

국경을 넘나들며 비설조를 제거한 이는 자신이었다. 하지만 그들을 유인하고 교란시키고 때로는 간담이 서늘할 만큼 대담한 비책으로 따돌릴 수 있었던 공은 모두 사야에게 있었다. 그런 그녀가 차분한 목소리로 물어왔다.

"삼십육계라고 들어봤겠죠?"

"예."

"그중에서 가장 성공률이 높은 계책이 뭔지 알아요?"

사야가 말을 이었다.

"미인계. 정말이지 진부하고 고루하지만 어쩔 수 없어요."

그녀의 몸이 분노로 가늘게 떨렸다.

"자그마치 5년이 다 되어가요, 제천. 5년이요! 태후는 내 가족들을 죽인 걸로도 모자라 내 남은 생을 모조리 앗아가고 있어요. 한때는 나 자신을 탓해봤죠. 한시라도 빨리 혼인을 했어야 했다고. 아니면 귀천의 날 멍청하게 별채로 뛰어들지 말았어야 했다고. 하지만 수백 번을 생각해 봐도 결과는 같았어요. 그 어떤 선택을 했든지 태후는 우릴 가만두지 않았을 거예요. 오히려 화풀이로 그날 다른 이들과 함께 죽임을 당했을걸요."

이는 제천도 동의하는 부분이었다. 란의 집착은 처음부터 무시무시했으나 도망 생활 5년이 다 되어가는 지금은 거의 광증이라 할 만큼 심해졌다.

이때까지는 두 사람을 쫓되 사야를 해치지 않는 선에서 추격할 것을 명했다면, 지난번을 기점으로 무언가 바뀌었다.

다친 제천을 온몸으로 막아선 사야에게 비설조가 표창을 던진 것이다. 세 개의 표창이 사야의 두 다리와 오른팔을 노리고 날아왔고 그중 하나가 박혔다.

목숨만 붙어 있으면 된다는 것인가. 비설조의 행동이 뜻하는 바에 두 사람은 온몸의 피가 싸늘히 식었다.

"지쳤어요. 더는 못 견디겠어. 잘못한 쪽은 우리가 아니잖아요. 그런데 왜 우리가 죽음을 무릅쓰고 도망 다녀야 하죠? 이대로는 싫어요. 나, 싸울 거야. 내가 겪은 고통을 배로 갚아주겠어요."

"……황도로 가실 겁니까?"

사야가 고개를 끄덕였다.

"이건 한쪽이 죽어야 끝나는 싸움이에요. 황궁으로 들어가 황제의 마음을 사로잡고 태후를 처치하겠어요. 지키려고 하던 존재가 자신의 눈앞에서 무너질 때, 그 여자는 어떤 표정을 지을까요?"

제천은 안타까운 마음을 누른 채 그녀를 눈에 담았다. 거칠고 두툼한 사내의 의복을 걸친 사야는 너무나 지쳐 보였다. 그런 그녀가 결심한 것이다. 적진으로 들어가 적장의 목을 베겠다고.

자신은 그녀의 호위무사. 귀환을 장담하지 못하는 길을 홀로 보낼 순 없었다. 제천이 그녀의 어깨에 손을 올렸다.

"제가 할 일을 알려주십시오."

사야가 쓸쓸한 미소를 지으며 제천의 품에 안겨들었다.

"모든 게 끝나면, 다시 집으로 데려다 줘요. 그리고 그때까지 날 지켜주세요."

❀ ❀ ❀

황도에는 여전히 신년 축제 분위기가 남아 있어 다들 별일 없는데도 조금씩 들떠 보였다.

"와, 저기 좀 봐! 배우인가 봐."

한 소녀가 동무의 옆구릴 쿡 찌르며 손가락으로 누군가를 가리켰다. 사탕을 입에 잔뜩 문 소년은 탈을 쓰고 지나가는 사내를 한참 쳐다보다가 뭐 별것도 아니라는 듯 코웃음을 쳤다.

"바로 요 앞에 극장 있는 거 모르냐? 저런 사람들 하루에도 수십 번은 볼 수 있다고."

"그래? 그런데 너 말투가 되게 뻐기는 것 같다? 그러는 넌 극장 가봤어?"

소년의 얼굴이 대번에 일그러졌다.

"쳇! 가봤거든? 열두 번도 더 가봤거든?"

"거짓말 하시네! 애들은 극장 안에 못 들어간다고 들었거든."

아이들은 이내 탈 쓴 사내에 대해 잊고 거짓말이니 아니니 소리 높여 떠들었다. 하지만 실제로 사내아이가 한 말은 맞아서, 그 근처 사람들은 탈을 쓰거나 화려한 분장을 한 채로 급한 볼일을 보는 배우들에게 익숙해져 있었다.

사내는 좁은 골목으로 꺾더니 한참을 요리조리 들어갔다.

번화가 뒤쪽. 황도에 사는 백성들 중에서도 가장 빈한하다 할 수 있을 이들이 옹기종기 작은 지붕을 맞대고 살아가는 구역.

집의 낡음을 무성한 수목(樹木)으로 가리려는 듯, 좁은 마당에 온갖 꽃과 나무를 심어놓은 곳으로 사내가 들어갔다. 딱히 훔쳐 갈 것도 없는 까닭에 다 쓰러져 가는 대문은 항시 열린 상태였다.

"아이고, 이제 오는가?"

집 주인으로 보이는 노인이 사내를 반겨 맞았다. 사내가 탈을 벗어 탁자 위에 올려두었다. 방금 벗은 장군의 탈 말고도 세 가지의 다른 탈이 나란히 진열되어 있었다.

노점상을 하던 노인의 어린 손녀가 갑자기 쓰러진 것은 사흘 전. 의원에게 보일 돈은커녕 싸구려 약을 살 여유조차 없었다.

이때 도와준 이가 바로 사내와 그의 남동생이었다. 극단배우라는 그들은 의술에 제법 능했는데 화상 입은 얼굴을 복면으로 가리고 있는 남동생의 재주가 특히나 신묘했다. 쉽게 구할 수 있는 재료로 약을 짓더니 칭얼대는 손녀를 달래 기필코 한 사발을 다 먹였다.

하룻밤을 넘기자 손녀의 열이 내려가기 시작했다. 노인은 낡아 빠진 집이라도 괜찮다면 원하는 만큼 머물라며 그들을 잡았다.

"극단 일도 예삿일이 아니지? 내 한 번도 극장에 가본 적은 없네만 구경하고 나온 손님들이 말하길 불을 내뿜기도 하고 칼싸움을 하기도 하고 하늘도 날아다닌다더군. 자네야 장골이지만 동생이 저렇게 왜소한 것도 이해는 가네. 힘든 일에 기가 빨린 게지."

이까지 말한 노인이 어이쿠, 하고 어깨를 움츠리더니 방 안의 기색을 살폈다.

"은인을 두고 입방정이라니. 하늘이 이놈 하시겠구먼. 안 돼지, 안 돼. 자, 시장할 터이니 식사 좀 하게나."

꽁보리밥에 멀건 배춧국, 간장 한 종지, 시들시들한 오이 몇 토막이 전부지만 노인의 형편에 이 정도면 호화로운 밥상이었다. 더욱이 이 나간 그릇에 담긴 밥이 평소의 두 배라 사내가 의아한 눈으로 노인을 쳐다보았다.

"어르신, 저희 형제 모두 입이 짧습니다. 손녀분께 더 드리지요."

"됐네. 도화 걱정은 말게. 자네 동생도 환자에게 갑자기 많이 먹이지는 말라고 했고. 그리고 자네들은 한창 때가 아닌가. 이 정도는 먹어야지."

"아무리 그래도."

"아이고, 자네도 나왔군. 어서 들게나."

동생이 고개를 꾸벅 숙인 뒤 좁은 상 앞에 앉았다. 여전히 복면을 한 채였다. 내놓은 부분만 봐서는 꽤나 곱상한 청년 같은데. 배우가 얼굴에 화상을 입었으니 어찌할꼬. 괜히 짠한 마음에 동생의 얼굴을 쳐다보던 노인이 급히 나갈 채비를 했다.

"장사 나가십니까?"

아직 젓가락을 들지 않은 사내가 물었다. 노인이 웃는 낯으로 손을 내저었다.

"아니네, 오늘은 배급 날이야. 그래서 자네들 밥도 넉넉히 담을 수 있었던 게지. 도화와 놀면서 쉬고 있게. 오늘 저녁은 쌀을 좀 섞을 수 있겠구먼."

"배급…… 이요?"

장정이라기보다 어린 소년에 가까운 목소리로 묻는 쪽은 동생이었다. 그들이 지방 순회를 마치고 오는 길이란 걸 떠올린 노인이 친절히 설명해 주었다. 누가 뭐래도 오늘은 몸과 마음이 여유로운 날이니까.

"올해부터 시행됐네. 먹고살기 힘든 농한기에 잡곡과 부식을 배급해 준다지 않나. 나라에서 싸게 사놨다가 이때 푼다는군. 가을에 갚으면 된다는데 이자도 감당할 만한 수준이라. 우리 집도 그렇고 이웃들도 그렇고 신년부터 황제폐하 만수무강을 외치고 있네. 허허."

"그렇…… 습니까."

아무 말 없어진 동생을 대신해 사내가 맞장구를 쳐 주었다.

"이것 말고도 앞으로 좋은 일들이 많을 거라더군. 관리들의 반대가 극심하다고 들었는데 태후마마와 황제폐하께서 그대로 추진하셨다지. 두 분 아니었으면 여기 뒷골목 식구들은 죄다 올 겨울을 넘기기 힘들었을걸세."

참으로 하늘의 복을 받으실 분들이 아니냐며 노인이 가벼운 발걸음으로 대문을 나섰다. 사야가 젓가락을 내려놓았다.

"지금은 이월. 올해부터 시행했다니 이 밥은 지난 달 배급받은……."

사야가 말을 끝맺지 못하고 입술을 깨물었다. 불구대천의 원수가 내려준 음식이다. 갑자기 입에 쓴맛이 돌면서 가슴이 답답해졌다. 이것을 먹는다는 건 그녀에게 있어서 가족들의 살을 씹고 피를 마시는 일이나 다름없었다.

제천은 고개를 모로 돌린 채 음식을 쳐다보지도 않으려 하는 사야를 걱정스러운 눈으로 살폈다.

사야는 입맛도 없고 기운도 없다며 어제도 멀건 죽으로 때웠다. 군입이 둘이나 늘었으니 조금이나마 노인에게 양보하고자 하는 마음의 발로였다.

하지만 이러다가 황궁에 들어가기도 전에 쓰러지는 건 아닐지.

어떻게 설득해야 그녀의 마음을 돌릴 수 있을까 고민하는데 사야의 배에서 꼬르륵 소리가 울렸다.

제천이 모른 척했으나 사야의 얼굴은 이미 붉어질 대로 붉어진 뒤였다. 그녀는 수치심과 죄책감과 굶주림 사이에서 필사적으로 자존심을 지켜보고자 노력했다.

그러나 너무나 비참하게도 약간의 시차를 두고 비슷한 소리가 또다시 났다. 그녀의 눈시울이 점차 붉게 물들었다.

딸그락. 제천이 먼저 젓가락을 들었다. 거친 꽁보리밥을 입에 밀어 넣고 멀건 국물을 한 입 마셨다. 제천이 먹는 모습을 말없이 쳐다보던 사야와 눈이 마주쳤다.

"제가 먼저 비웠습니다."

사야가 시선을 떨어뜨렸다.

"드시죠."

"이건……."

"아니면 아가씨 손으로 버리시겠습니까?"

사야가 대꾸하지 못했다.

"태후가 준 것이지만 가난한 노인의 성의기도 합니다. 버리시겠습니까?"

다그침처럼 보일지 몰라도 그녀는 제천이 말하고자 하는 바를 알아들었다. 다만 스스로를 굽히고 사실을 받아들이기까지 시간이 걸렸을 뿐이다.

사야가 복면을 끌어내리고 젓가락을 들었다. 지나치게 힘을 주어 잡은지라 손가락 마디에 붉은 자국이 남았다. 떨리는 손으로 밥을 입에 가져간 뒤 제천이 한 대로 국물과 함께 삼켰다.

상당히 많은 양이었음에도 사야는 모든 그릇을 비웠다. 젓가락을 내려놓은 그녀가 빈 그릇을 내려다보았다.

"너무 분하고 화가 나요."

그녀의 목소리가 치밀어 오른 울음으로 낮게 잠겼다.

"그 사람은 서른 명에 달하는 내 가족들을 잔인하게 몰살하고도 밤에 편히 자고 있어요. 외아들의 목숨이 걸린 일이니 이 정도 희생은 어쩔 수 없다 치부하겠죠. 제천은 비설조원을 죽인 날이면 잠도 이루지 못하고 손을 씻는데. 피부가 벗겨질 때까지 씻고 또 닦는데."

제천이 흠칫 놀라 사야를 쳐다보았다. 그녀의 웃는 얼굴이 서글 펐다.

"왜요, 모르는 줄 알았어요? 잠든 걸 확인하고 나갔겠지만 그런

날은 나 역시 쉽게 잠을 이룰 수가 없어요. 나 때문에 제천의 손에 피를 묻힌 거잖아요. 이유야 어쨌든 산 사람을 죽였잖아요."

"자책하지 마세요."

말이 끝나기가 무섭게 제천이 위로했다. 사야가 고개를 내저었다. 그녀의 모든 동작에 기운이 빠져 있었다.

"왜 우리에겐 이토록 힘든 일이 그 사람에겐 그렇게나 쉬운 걸까요. 난 지금 자괴감을 느낄 지경이에요. 황제의 총애를 방패 삼아 태후를 제거하겠다고 결심했잖아요. 이미 제천에게 밀서까지 보내게 해놓곤. 태후와 황제가 갑자기 세상을 뜨면 살기 어려워질 사람들 생각이나 하고 있거든요. 그들이 죽으면 나라는 혼란에 빠질 테고⋯⋯. 어쩜 전쟁이 날 수도 있겠죠."

사야는 그의 어깨에 기댄 채 눈물을 삼켰다.

"점점 모르겠어요. 무엇 하나 쉬운 게 없어. 그중에서도 내 나약함이 가장 화가 나요. 어째서, 어째서 사람을 몇이나 살린 아버진 그렇게 죽어야 하고 난 그날의 참상을 두 눈으로 똑똑히 봤는데도 이제 와 태후를 죽이길 주저하는 걸까요?"

이번엔 제천도 아무런 대답을 할 수 없었다.

✸ ✸ ✸

"그동안 감사했습니다. 저, 약소하지만."

제천이 작은 주머니를 노인에게 내밀었다. 이게 뭐냐며 받아든 노인은 의외로 묵직한 무게에 놀라고 그 실체가 엽전임을 확인한 뒤 더욱 놀랐다.

좋은 극단으로 옮기게 되었으니 보답하고 싶다는 제천과 넣어두라는 노인 사이에 가벼운 실랑이가 있었다. 결국 주머니를 받게 된 노인이 아쉬운 눈빛으로 그를 쳐다보았다.

"며칠이지만 정이 단단히 들었구면. 도화 녀석은 볼이 부어서 이불 밖으로 나오지도 않더라고."

"같은 황도 안이니 다시 못 볼 것도 없죠. 부디 몸조심 하십시오."

"그래, 그래. 흠흠, 거참 뜬금없네만 자네 나이가 올해 몇인가?"

"스물여섯입니다."

"음, 열세 살 차이면 아무래도 좀 많겠지."

"예?"

제천의 되물음에 노인이 주름 자글자글한 얼굴을 붉혔다.

"아, 아니. 자네가 참 탐이 나서 늙은이가 헛된 생각이나 좀 해봤네. 허허, 한데 아직 미혼이고?"

제천이 비로소 뜻을 파악하고 슬며시 웃었다.

"정혼녀가 있습니다."

"아, 그래, 정혼녀? 허허, 그랬구면. 하긴 자네 같은 사내가 여태 혼자일린 없지."

노인은 너스레를 떨면서도 여전히 미련이 가득한 투로 말을 이어갔다.

"부인될 사람이 괜찮다고 하면 작은 부인 들일 생각은 없고?"

제천이 무슨 생각이 떠올랐는지 소리죽여 쿡 웃었다.

"아마…… 어림없을 겁니다."

노인은 머무는 며칠 내내 정중하기만 했던 그의 새로운 면모를 엿본 기분이었다. 제천의 눈빛이 마치 봄눈 녹듯 따스해졌기에.

"전 온전히 그녀의 사람이기에."

말을 꺼낸 상대가 외려 무안해질 지경이었다. 노인은 다시금 허허허, 웃음을 터뜨리고는 잘 지내라는 작별 인사를 건넸다. 제천이 살짝 고개를 숙인 뒤 걸음을 옮겼다.

그가 방금 노인에게 건넨 것은 태후의 돈이었다. 그 또한 사야 못지않게 불쾌했지만 점점 태후와 황제의 것을 누리는데 익숙해져야 했다. 앞으로 두 사람은 원수와 한 울타리에서 그들에게 절을 하고 그들과 아무렇지 않게 대화하는 생활을 해나가야 하니까.

어쩌면 그녀는 좀 나을지도 모르겠다. 반년간 기억을 잃게 될 테니.

어제 그의 어깨에 기대 자신의 나약함을 한탄했던 사야는 결국 계획을 수정하기로 했다. 황궁에 들어가 황제의 총애를 받는다는 부분까진 이전과 동일했다. 한 번의 대면조차 힘든 이가 황제인 만큼 완전히 사로잡는 순간까지 넉넉히 반년을 잡은 것도 똑같았다.

바뀐 건 그다음이었다. 제천이 사야에게 제정신이냐고 되물은 부분이기도 했다.

사야는 태후의 앞에서 자신을 죽이라고 했다. 그녀가 똑똑히 볼 수 있게 자신의 몸에 검을 꽂으라고.

제천이 달리 할 말을 찾지 못하자 사야가 얼른 덧붙였다.

"물론 거짓이죠. 연기예요. 내 목을 자르지 않는 이상 난 웬만해선 죽지 않으니까. 그걸 이용하자는 거예요. 내 몸에 검을 찔러 넣으면 내가 이럴 줄 몰랐다는 듯 쓰러질게요. 제천은 모든 것을 놓은 연기를 하는 거예요. 그리고 폭주. 날 커다란 장작더미에다가 던져요."

제천의 안색이 더욱 창백해졌다. 어어, 하고 사야가 황급히 부연 설명을 곁들였다.

"아니 그러니까, 구월에 가을 축제가 있잖아요. 축제 즈음해서 황궁 개방 행사를 한단 말이에요. 그때면 정문 방향 넓은 공터에다 거의 작은 집만 한 장작더미를 쌓아놓죠. 행사 당일 밤에 불을 붙이면 화려한 황궁과 대비되어 아주 근사하거든요. 어, 어쨌든 그곳에 날 던져 넣고 불을 질러요. 중요한 건 정확히 장작더미의 중간을 겨냥해야 한다는 거예요. 듣자 하니 장작을 조밀하게 겹쳐 쌓는 게 아니라 중간이 네모지게 텅 비도록 만든다더군요. 그러니 생각보다 많이 다치지는 않을 거예요."

사야의 계획은 이러했다. 반년이 지나 그녀의 기억이 돌아오면 태후와 황제 간 갈등을 유발해 모두가 한 자리에 모이게 만든다.

물론 그전에 제천이 은밀히 불에 탄 소사체(燒死體) 한 구를 준비하여 장작더미 안에 숨겨둔다. 황제는 철두철미한 사람이라 들었다. 그러므로 사후 검시를 대비해 가슴팍에 검상을 남기는 걸 잊지 않는다.

미안하지만 제천이 미리 해둘 일은 이뿐만이 아니다. 황궁 내 안 쓰는 건물이 꽤 있을 것이다. 네 군데 이상의 건물을 확보하여 일정 시간이 지나면 화재가 일어나도록 장치를 해둔다. 지나치게 공을 들일 필요는 없다. 어차피 그건 사람들의 주의를 분산시키는 용도니까.

마무리는 사야가 한다. 제천이 소사체와 함께 준비해둔 폭약을 터뜨려 극적인 효과를 연출하는 거다.

펑! 사람들이 놀라 황제를 보호하기 위해 물동이와 젖은 담요 따위를 들고 달려올 것이다. 황궁의 궁인 수는 대략 오천여 명. 그야말로 대혼란이 벌어질 터. 사야는 불을 끄다 달려온 궁녀인 척 연기하면서 오고 나가는 행렬 사이에 끼어든다. 얼굴은 검댕과 상처로 가려질 것이다.

제천은 드디어 그녀가 평안해졌다고 말한 뒤 황궁을 나선다. 태후와 황제는 아연실색하여 한동안 정신을 차리지 못할 터이다. 두 사람은 후문 밖 낡은 전각에서 상봉한다. 그리고 그날 밤 안에 황도를 벗어난다.

"어때요, 괜찮죠? 이번에야말로 태후의 미련을 지우는 거예요.

제천이 미리 준비할 게 많아 미안하지만 이 계획만 성공하면 우린 문제없다고요. 그들의 눈앞에서 죽어 시체가 남았는데 뭘 어쩌겠어요."

사야가 기대에 찬 눈으로 제천의 동의를 구했다. 하나 뭔가 마음에 안 드는 듯, 그의 표정이 밝지 않았다.

좀 더 정확하게 말하면 밝지 않은 정도가 아니라 아주 서늘한 냉기가 감돌았다. 지금 그의 눈빛이라면 굳이 손을 쓰지 않고도 몇 사람을 죽일 수 있으리라. 사야가 조심스레 그의 표정을 살피더니 말을 이었다.

"혹시 내가 다칠 게 걱정되는 거라면 그럴 필요 없어요. 선조 할머니처럼 삼백 년간 갇혀 간을 뜯기는 것보다야 한 번 크게 아프고 마는 편이 낫잖아? 제천도…… 동의하죠?"

여전히 말 한마디 없었다. 사야가 불안한 기색을 감추지 못하고 그의 옷소매를 잡아 당겼다.

"뭐라 말 좀 해봐요. 나 슬슬 겁나려 하는데……."

"그러니까 아가씨 말씀은 반년간 아가씨께서 절 기억하지도 못한 채로, 멸문의 근원에게 총애받는 모습을 제 두 눈으로 지켜보다가, 결국 아가씨의 몸에 검을 꽂은 뒤 불길 속에 던져 넣으란 겁니까?"

"그렇게 이 악물고 말하니까 꽤 무섭게 들리네요. 그게 맞긴 맞아요."

제천이 자리에서 벌떡 일어나 창가 쪽으로 다가갔다. 그는 창을 열지도 않고 그저 창호지 바른 문만 뚫어지게 노려보다가 세상 꺼질 듯 한숨을 내쉬었다. 방 안을 잠식하는 중압감에 사야가 머뭇머뭇 일어나 그의 곁으로 다가갔다.

그녀가 다시 한번 옷소매를 잡아당기려는 순간.

콰당탕탕탕! 쨍그랑! 제천이 탁자 위를 팔로 쓸어버렸다. 서책이며 붓, 찻잔, 문진 따위가 시끄러운 소리와 함께 바닥으로 나동그라졌다. 그 기세가 너무 무시무시해서 사야는 그가 그대로 탁자를 내려쳐 부수고 벽으로 내던진다고 해도 더 놀라지 않을 것 같았다. 하지만 다행인지 불행인지 제천은 그쯤에서 자신을 통제했다.

"단목사야."

제천이 나직하게 중얼거렸다.

"언젠간…… 반드시……."

그러고는 당장에라도 집어삼킬 것 같은 눈빛으로 사야를 노려보았다. 사야는 아무 말도 하지 못하고, 하다못해 놀란 숨소리를 내는 것조차 잊은 채 바짝 얼어 그를 쳐다보았다. 눈길을 피할 엄두조차 내지 못했다.

"하아……."

제천이 탄식했다. 어제 일을 떠올릴수록 답답함과 화가 치밀어 올랐다. 어떤 상황에서도 평정을 유지한다고 해서 사야는 얼음조각이니 뭐니 하고 놀리지만 그 역시 사람이었다.

목숨 바쳐 지켜온 연인이 자신의 눈앞에서 원수와 정답게 지낼 것을 생각하자 속이 뒤집힐 듯했다. 게다가 자신의 역할은 기억 잃은 그녀를 윽박지르고 달래서 군침 도는 요리마냥 황제의 앞에 갖다 바치는 것이라니.

객잔으로 돌아가는 길, 내일 쓸 마차를 예약했다. 사야를 태우고 태후의 남동생이 사는 저택에 가야 했다. 태후는 이제 진위를 파악할 여유조차 없는 것인지 아니면 본래 대담한 것인지 모르겠지만 어제 제천이 밀서를 보낸 그 즉시 황도에 깔린 비설조를 철수시켰다.

이뿐만 아니라 밀회 시간과 장소를 지정한 뒤 필요한 곳에 쓰라며 은자까지 전달해 왔다. 두 사람은 그 돈으로 번화가의 객잔 별채를 전세 내고, 신세 진 노인에게 부담스럽지 않을 만큼의 사례를 하였다. 남은 돈은 후일을 위해 제천이 가지기로 했다.

마차를 예약한 후 가게를 나온 제천은 천천히 객잔을 향해 걸었다.

비설조의 존재에 신경을 곤두세우지 않고 이렇게 걸은 적은 수년 만에 처음이었다. 오후의 황도 거리는 평화로웠다. 문득 폭풍전야라는 표현이 떠올랐다. 내일이면 모든 게 바뀔 것이다. 두 사람은 제 발로 폭풍 속으로 걸어 들어갈 테니까.

그녀에게 여섯 개의 환약이 담긴 상자를 건네주고 나왔다. 태후의 경계심을 누그러뜨릴 비책이자 사야의 원한을 가려줄 방패. 그의 등에 대고 사야가 당부했다.

아무리 안쓰러워도, 혼란스럽고 슬퍼 보여도, 절대 자신에게 모든 과거를 털어놓지 말라고. 당황해 임기응변을 쓰는 한이 있더라도 모르고 있는 편이 그들을 속이기에도 훨씬 자연스러울 거라며, 대신 원활한 진행을 위해 단계적으로 조금씩만 정보를 흘려달라고 말했다.

그녀는 벌써 먹었을까. 이미 자신을 잊기 시작한 게 아닐까. 제천은 별채 정원으로 들어서며 사야에 대해 생각했다.

그녀가 제천의 검을 믿고 그녀의 목숨을 온전히 의지했듯이, 제천은 사야의 머리를 믿었다. 그는 확신했다. 사야의 계획대로 한다면 그들은 반년 뒤 자유를 얻을 것이다. 하지만 머리로 이해해도 가슴은 쉽게 진정되지 않았다.

과연 내가 그대의 가슴에 검을 꽂을 수 있을까. 기억을 잃은 채 영문 모르고 파르르 떠는 그대를, 제발 도와달라며 내게 매달릴 그대를 냉정하게 밀어낼 수 있을까. 그대의 등을 떠밀어 황제의 품에 안기는 것을 두고 볼 수 있을지.

제천이 인기척을 낸 뒤 문을 열었다.

사야가 창가 앞에 앉아 있다가 그를 돌아보았다. 고운 머리카락을 허리 아래까지 드리우고 은은한 살굿빛 옷을 걸치고 있었다. 도망을 시작한 이후로 항상 복면에 남장을 했던 그녀였다. 따스하게 내리쬐는 오후의 햇볕을 받으며 사야가 제천을 향해 미소 지었다.

"왔어요?"

제천의 눈이 탁자 위에 머물렀다. 환약을 담았던 작은 상자가 텅 비어 있었다.

"별로 맛없더라. 하긴 아버진 단걸 좋아하시지 않았죠."

다시 창밖으로 시선을 돌린 사야가 조용히 말했다. 딱히 누구에게랄 것도 없는 혼잣말이었다.

"황궁 음식은 어떨까. 독이 있지는 않을까. 기껏 힘들게 들어갔는데…… 설마 독살되어 버리진 않겠죠."

여린 뒷모습. 창가에 기댄 사야는 마치 폭풍 속으로 휘말릴 운명의 작은 나비 같아 제천의 가슴이 덜컹 내려앉았다. 제천은 생각했다. 그리고 다짐했다. 서슬 퍼런 황궁에서도 그녀를 무사히 지키겠다고. 이제껏 해왔듯이 앞으로도 그렇게.

"저녁은 호화롭게 먹을까요, 간만에?"

제천의 물음에 사야가 환히 웃었다.

"좋죠. 황송하게도 태후께서 은자를 열 냥이나 하사하셨으니 적어도 특선요리는 먹어야겠어요."

이내 아이처럼 손뼉 치며 까르르 웃는 사야. 아무리 봐도 무리하고 있었다. 천하의 대범한 단목사야조차 긴장하고 있는 것이다.

안심하셔도 됩니다, 그대는. 제천이 마음속으로 되뇌었다. 내가 항상 그대의 곁을 지킬 거니까. 그대를 무사히 묘악산의 옛집으로 데려가 줄 테니까. 그러니까. 제천이 마주 웃어 보였다. 황제의 그늘 아래서 안전하게 지내길, 사야.

다시 보는 그날까지. 안녕히.

다음날 새벽, 여닫이창 하나 없이 꽉 막힌 마차가 순우공의 저택 후문으로 사라졌다. 처음으로 태후를 대면하는 자리였다. 정녕 후회하지 않겠느냐는 그녀의 물음에 제천은 조금의 미동도 않고 대답했다.

"마음이 다하여 미련조차 남아 있지 않습니다."

태후는 그의 답에 흡족해했다. 그 새벽 이후로 제천의 마음은 굳게 닫혔다.

※ 六章 ※ 일향심

맑고 상쾌한 아침이 시작되었건만 사야의 표정은 밝지 않았다. 그녀의 기분은 윤명의 심기와 직결되기에 궁녀들은 서로 아가씨의 기분을 풀어보라며 눈치만 주고받았다. 오랜 눈치싸움 끝에 한 궁녀가 만면에 웃음을 띠고 말을 걸었다.

"폐하께서 하사하신 금박백의를 입어볼까요?"

궁녀들은 세상에 이렇게 멋진 제안이 또 어디 있냐는 듯 호응했다. 다들 꾀꼬리처럼 지저귀었지만 정작 사야는 면경 속 자신을 멍하니 들여다보며 말했다.

"뭐든 상관없어요. 윤명은 내가 아예 벗고 다녀도 좋다고 할걸."

궁녀들이 눈짓을 주고받더니 동시에 웃음을 터뜨렸다.

"아가씨, 당연한 말씀을 하시네요!"

"폐하께서도 사내신데 당연히 흡족해하시겠지요, 호호호!"

"물론 혼자만 보신다는 조건에서!"

궁녀들은 사야의 기분이 풀린 줄 알고 새 옷을 꺼내와 몸단장에 들어갔다. 그녀들이 하라는 대로 하자 이내 면경에 우아하면서도 화려한 절세가인의 상이 맺혔다. 궁녀들의 탄성을 흘려들으며 사야는 혼자만의 생각에 잠겼다.

충동적으로 입맞춤을 나눈 날, 제천이 한동안 찾아오지 못할 거라고 말하긴 했지만 이 정도일 줄은 몰랐다.

그는 내가 잘 있는지 궁금하지 않을까? 잠깐 자리를 비우지도 못할 만큼 주위 감시가 심한 건가? 사야의 관심이 서서히 제천에서 란에게로 옮겨갔다. 기억 잃은 그녀에게 거짓 과거를 들려준 이가 란이다.

이 모든 사건의 배후에게선 왜 여태껏 아무 소식이 없을까? 윤명이 내린 명련궁 출입통제? 사실 그게 뭐 별건가. 그녀는 자그마치 황제의 친모이며 태후의 신분이다. 핑계를 만들어내려면 백 개도 만들어낼 수 있었다.

그런데 아직까지 왜 이리도 잠잠한 것인지.

궁녀들이 저마다 다과라도 내온다, 물을 끓인다며 뿔뿔이 흩어졌다. 사야는 차분한 적막을 반기며 상념에 빠져들었다. 한 번 뻗어 나간 생각은 꼬리에 꼬리를 물고 이어져 급기야 어제 처음 대면한 교를 떠올리게 했다.

그녀는 새로운 변수이자 방해물이자 피해자였다. 그녀에 대해서는 윤명의 정궁쯤으로만 알고 있었다. 사실 그녀가 어떤 사람인지 궁금하지도 않았고 알아볼 마음조차 없었다.

제천이 말했듯 사야는 그저 황제를 유혹하면 되는 것이다. 윤명에 대해 자세히 파고들어도 모자랄 판에 굳이 황후까지 신경 쓸 필요는 없지 않은가.

다만 사야가 어림짐작하기로 매사 자신만만한 황제 곁에서 스물에 달하는 후궁들을 다스리며 살아온 여인이니만큼 윤명 못지않게 기가 셀 줄 알았다. 적어도 란에 버금가는 인물 정도는 되어야 황궁에서 버티지 않을까 했다.

그런데 교가 그토록 지고지순한 여인일 줄이야. 그녀의 첫인상은 일국의 황후라기보다 시골 관리의 참한 외동딸에 가까웠다. 도움 되는 정보를 알아내기 위해서 그녀를 다그치고 자극할 때는 사야 자신이 몹쓸 악역을 떠맡은 심정이었다.

특히 윤명이 오해하고는 교에게 언성을 높였을 땐 미안함에 눈을 마주칠 수가 없었다. 어쩌지? 윤명을 유혹해야 하는데 그의 아내가 마음에 걸리는 상황이라니. 정말이지 물러 터졌구나, 단목 사야.

가뜩이나 싱숭생숭한데 마침 손가락에 곱게 자리한 반지가 눈에 들어왔다. 순금을 나무 넝쿨처럼 두 줄기로 꼬아놓은 뒤 맑은 초록빛이 도는 보석으로 잎사귀를 달아놓은 귀중품이었다.

당연하게도, 윤명이 선물한 것이었다. 잠깐이라도 빼놔야겠다는 생각에 사야는 반지를 잡아당겼다. 손가락에 맞춤한 듯 꼭 맞았던 반지는 빠짐과 동시에 그녀의 손을 빠져나가 바닥을 굴렀다.

"어어……."

경쾌하게 바닥을 굴러간 반지는 침상 아래에서 아슬아슬하게 멈췄다.

"아, 다행이야."

당장은 안 낀다지만 어쨌거나 함부로 잃어버릴 순 없는 귀중품. 사야는 안도의 한숨을 내쉬며 반지를 집어 들었다. 그런데 뭔가 이상했다.

"방금 뭔가 딱딱한 게."

반지를 끼고 조심스레 휘장을 들어 올렸다. 아나 다를까 그곳엔 작은 상자가 하나 놓여 있었다. 뭐지? 누가 여기 두었지? 사야의 머리가 재빠르게 돌아갔다.

휘장을 들어 올리고 침상 바닥까지 싹싹 치우는 청소는 사흘에 한 번씩 하니까 이 상자를 놓고 간 사람은 그저께 아니면 어제 명련궁에 들어왔다는 말이다.

잠깐, 출입이 철저히 통제된 침소까지 아무에게도 들키지 않고 들어왔다는 말은.

"제천……."

사야가 무심결에 이름을 입 밖으로 내었다가 황급히 주위담았다. 주위를 둘러보니 다행히 아무도 없었다. 그녀가 떨리는 손으로 상자를 열었다.

안 온다더니 아마 또다시 그녀 몰래 들어왔던 모양이다. 종이를 펼쳐 보니 제천의 필체가 맞았다. 예전에 황실 계보를 베껴다 준 그 필체와 일치했다.

사적인 서신일까? 그럴 리는 없고.

꽤나 두툼한 분량의 종이를 찬찬히 살펴보던 사야의 호흡이 어느 순간 턱하고 막혔다. 지금 자신이 읽고 있는 것이 무슨 내용인지 깨달은 것이었다.

그것은 자신의 과거였다. 비설조라는 조직이 란에게 보고한 기록들의 일부이기도 했다. 아마 전서구(傳書鳩)를 이용해 연락을 했나본데, 긴 내용을 담지 못하는 특성상 간단명료히 쓴 문장들이 이어졌다.

생전 처음 보는 기록에서는 피와 처절함과 집요함과 광기의 냄새가 났다. 그 누구도 그녀에게 말해주지 않았던 과거의 비밀이 속속들이 눈앞에 펼쳐졌다. 무심하리만치 간단한 문장에 사야가 몸을 떨었다.

입술을 깨물고 빠른 속도로 읽어나가던 그녀의 시선이 한 부분에 멈춰 섰다. '긴급(緊急)' 이라는 단어 뒤에 똑똑히 박힌 글귀.

- 단목사야 혼인 후 전 일가 도주 예정. 시월 스무날 초야

다음 종이로 넘어가는 손이 갑자기 느려졌다. 대체 어떤 내용이 있을까. 란은 이에 무어라 답신을 보냈을까. 사야의 심장이 금방이라도 터질 듯 쿵쾅거렸다.

그리고 란의 답신이 눈에 들어온 순간, 사야의 호흡이 멎었다. 내용은 간단했다. 지나치게 간단해서 그 말이 주는 압박감이 사야를 짓누를 만큼.

— 멸(滅)

한 글자가 묵직하게 내려앉아 있었다. 사야가 흐느낌을 참으며 침상에 주저앉았다. 더도 말고 덜도 말고 단 한 글자. 멸(滅). 그 한 글자 때문에 자신의 가족들이 목숨을 잃었다니.

두려운 점은 그 종이가 마지막 기록이 아니라는 것이었다.

사야의 손에서 남은 종이들이 어지러이 떨어졌다. 란의 무시무시한 지시를 담은 종이도 예외는 아니었다. 왜냐면 다음 종이에 정말 그보다 더 무서운 내용이 담겨 있었기 때문에.

— 단목인, 남, 오십칠 세, 대퇴부 절단 후 과다출혈, 참(斬)

— 단목희, 남, 이십이 세, 왼팔 골절, 화상, 오른팔 절난 후 과다 출혈, 참(斬)

— 진이청, 여, 십구 세, 왼팔 절단 후 과다출혈, 참(斬)

– 단목혜, 여, 이십사 세, 도주 중 추락, 수습 후 참(斬)

사야가 숫자를 세며 읽었다. 열하나, 열둘, 열셋. 하나같이 끔찍한 기록이었다. 이들은 마치 시장에서 가축을 도살할 때와 다름없이 사람을 죽이고서는 덤덤하게 기록해 놓았다. 스물넷, 스물다섯, 스물여섯. 그녀의 눈시울이 뜨거워졌다. 그녀에겐 이토록 많은 가족들이 있었는데, 그랬는데.

– 단목장, 남, 사십이 세, 음독자살, 참(斬)
– 백향, 여, 사십 세, 음독자살, 참(斬)

사야가 마지막 대목에서 멈추었다. 아마도 제천이 덧붙였을 말. 두 사람의 옆에 나란히 적힌 글자, 부모(父母).

사야가 급히 숨을 들이켰다. 충격과 절망과 떨림이 그녀를 덮쳤다. 아예 보지 않았으면 좋았을 것을. 정말이지 꿈에서라도 다시 보기 싫은 기록이었다. 사야는 간신히 흩어진 종이를 갈무리하여 상자에 넣고 다시 그것을 침소 구석의 함에다 넣었다. 궁인들도 함부로 손대지 않는 그녀만의 공간이었다.

너무나 큰 충격의 여파에 몹시 피곤해져 몸을 누이는데, 소년내관이 헐레벌떡 들어왔다. 원래 깍듯한 아이가 이처럼 예의를 무시하고 침소로 달려 들어온 것엔 이유가 있을 터. 사야가 얼른 자세를 바로 하고 내관을 맞았다.

"아, 아, 아가씨!"

어디서부터 달려왔는지는 모르지만 전신이 땀에 푹 절어 있었다.

"그 금의위님 말입니다, 아가씨께서 냉궁을 나오신 날 도와주셨던."

입에 담는 것조차 금기시되었던 그날을 굳이 꺼냈다. 대체 무슨 일이기에. 사야가 고개를 끄덕이며 계속하란 뜻을 비쳤다.

"아는 척하긴 뭣하지만, 그래도, 그래도 아가씰 구해주셨고 오누이 지간이나 다를 바 없다 들어서 가끔 마주칠 때마다 눈에 담았는데 말입니다. 그분이 어제 늦은 오후 영수궁으로 들어가신 뒤 소식이 없다고."

"그 사람이 영수궁엘 왜 가?"

사야의 반문에 소년내관의 말이 더욱 빨라졌다.

"저도 모릅니다! 그렇지만 태후마마께선 좀, 조금, 무서운 분이시니까요. 방금 전에 잠깐 영수궁 쪽을 보고 왔는데, 그런데."

소년내관의 낯빛이 시허옇게 질렸다. 안달이 난 사야가 뒷말을 재촉했다.

"그런데? 그런데 뭐!"

"그, 그, 제가 한 번도 보지 못한 무시무시한 형틀이 막 드나들고. 살타는 냄새 같은 것도. 비릿한 냄새. 피 냄새도 나고. 연기도."

사야가 입을 틀어막았다. 방심의 대가였다. 어리석은 단목사야! 섬약한 황후에게 마음이 누그러져 있을 동안 란은 제천을 불러다 고문하고 있었다.

어째서 자신은 좀 더 신경을 곤두세우질 않았을까!

그녀의 머릿속에 제천이 베껴다준 기록들이 어지러이 겹쳐졌다. 그중에서도 유독 한 글귀가 머릿속에 콱 박혀 떠나질 않았다. 낙신의 간.

란이 저러는 이유는 자명했다. 바로 사야가 제 발로 명련궁을 떠나 란의 영역으로 들어오란 뜻이었다.

란이 결국 알아차린 걸까? 제천이 냉궁에서부터 자신을 도와주었단 것을? 안다면 대체 어디까지 아는 걸까? 사야가 좀처럼 갈피를 못 잡고 허공만 쳐다보고 있자 애가 닳은 소년내관이 혼잣말로 주의를 끌었다.

"소인이 황궁에 들어온 지 고작 몇 년밖에 안 됐지만 말입니다. 저, 지체 낮은 자가 높으신 분들 처소에 불려가 오래도록 아니 나오면……. 송구스러운 말씀이나 혼자 힘으로 걸어 나오기가 힘듭니다. 그분은 그냥 궁인이 아니라 금의위시지만."

"……영수궁으로 가야겠다."

소년내관이 소스라치게 놀랐다. 의남매 중 한쪽을 괴롭히고 있다면 그건 다른 한쪽을 유인하려는 게 아니고 뭔가. 어수룩한 저조차도 짐작할 수 있었다. 그가 황급히 사야를 막아섰다.

"그보다 폐하께 알려 풀어 달라 하시는 것이."

"윤명은 들어주지 않을 거야."

"그럴 리가 있겠습니까. 다른 누구도 아니고 아가씨의 청인데요?"

"다른 누구도 아닌 내 청이어서…… 됐다. 그만하자. 어쨌든 폐하께 청하는 건 안 돼."

"그럼 적어도 폐하와 동행하시는 것이……."

사야가 일어나 옷매무새를 정리했다. 나가려는 것이다. 소년내관은 감히 아가씨의 몸에 손을 대지도 못하고 뒤만 종종 따르며 간청했다.

"아가씨, 이대로 가시면 안 됩니다. 아가씨, 잠깐만 천천히!"

갑자기 사야가 멈춰 섰다.

"하긴. 네 말도 일리가 있구나."

소년내관의 얼굴이 밝아졌다.

"하오시면."

"……넌 부 호위에게 내가 영수궁으로 불려갔다고, 폐하께 그리 전해달라고 하렴. 금의위는 언급하지 마. 그저 내가 영수궁으로 갔다는 것만 전해. 아, 네가 얼핏 본 형틀 이야기도 슬쩍 흘리면 좋겠지."

"예?"

"그리 한 뒤에 나와 함께 영수궁에 가자. 저런, 너무 큰 걱정은 하지 않아도 돼. 들어가는 건 나 혼자야. 넌 입구에서 폐하를 기다리면 된단다."

"하지만 아가씨! 거기 들어가시면!"

못 나올 수도 있다. 소년내관이 급히 입을 다물었다. 그는 주위를 획획 둘러본 뒤 목소리를 조금 낮추었다.

"위험하옵니다."

사야가 희미하게 웃었다.

"위험을 알고서도 행동한 경험 없니? 비록 피가 섞이지 않았어도 어려움에 처한 날 도와준 이야. 그 사람이 곤경에 빠지면 어떨까. 아마 너도…… 나와 비슷하지 않을까?"

무슨 생각을 떠올렸는지 어느덧 차분하게 가라앉은 그에게 사야가 말했다.

"나랑 그 앞까지 같이 가줄 수 있겠니?"

앳된 티가 가시지 않은 소년내관의 표정이 사뭇 비장해졌다. 사야를 말리지 못해 발을 동동 구르던 방금 전의 모습과는 전혀 달랐다. 그것을 본 사야는 '통했다'고 생각했다. 그녀의 진심과 아이의 진심이 서로 마주 닿았다고.

"소인이 앞서겠나이다."

예상대로 부 호위는 펄쩍 뛰며 말렸다. 하지만 그도 사야의 뜻을 꺾지 못했다. 치명적인 위협을 당했다고 주장하는데 그로선 어찌 할 도리가 없었다. 멀어지는 사야의 뒤를 염려 가득한 눈으로 좇던 그가 폐하께 최대한 빨리 전할 것을 다짐하고 소년내관과 헤어졌다.

영수궁으로 가는 길. 마주치는 궁인들마다 호기심을 감추지 못하고 사야 일행을 힐끔거렸다. 쏟아지는 시선 속에서 사야는 묵묵히 걸음을 재촉했다.

과연 영수궁 모퉁이로 접어들자 불쾌한 냄새가 났다.

"제천, 나는 말이다."

란이 허공 어딘가에 시선을 둔 채 말을 이었다.

"너희들의 행동을 이해할 수가 없어. 진심으로 노력해 봤는데도 가슴이 답답해지면서 짜증부터 왈칵 치솟더구나."

양팔이 형틀에 묶인 채 무릎을 꿇고 있는 제천은 고개를 들 기미조차 없었다.

"넌 비설조를 전멸시킨 고수고, 사야 그것은 재색을 갖춘 계집이지. 내가 만약 너희였다면 5년간 고생할 필요도 없이 황상의 곁으로 왔을 거다. 너 정도면 황상에게서 대장군 자리쯤은 쉽게 얻어냈을 게야. 단목사야는 말할 필요도 없지. 황상을 살려주겠다는데 내가 어련히 알아 모셨을까."

란이 쯧, 하고 혀를 찼다.

"헛똑똑이라니까 둘 다. 왜 쉬운 길을 두고 굳이 어려운 길을 가려 하는지. 아, 혹시 그게 단목가문의 성향인가."

심기를 건드리는 말을 던졌음에도 제천은 여전히 침묵을 지켰다. 란이 눈짓하자 병사가 채찍을 휘둘렀다.

촤아악! 무시무시한 소리를 내며 허공을 가른 채찍이 곧장 제천의 등을 후려갈겼다. 그가 눈을 감고 이를 악물었다. 이번 역시 신음을 흘리지 않았다.

"제천, 내가 보기에 넌 아마 나와 궁합이 더 맞을 게다. 최고의 실력에 무거운 입, 충성심과 인내심. 아쉬운 게 하나 있다면 머리야, 머리. 아니 대체 진부하기 짝이 없는 미인계는 누구 머리에서 나온 계책이란 말이냐?"

란은 고개를 가로저었다. 아무리 생각해도 이해가 되지 않았다.

"사야 그것의 미모가 빼어나다고 해도 상대는 황제와 태후이니라. 특히 성군에 대한 황상의 포부는 이 어미조차 놀랄 정도란 말이다. 자신의 목숨을 연장할 수 있다면 미녀의 유혹 정도야 가벼이 쳐낼 것인데."

제천이 쿡 웃었다. 궁인들은 물론이요 형을 가하던 병사조차 놀랐다. 태후를 비웃다니. 설마 고통이 너무 심한 나머지 정신을 놓은 것은 아닌지.

란이 제천에게 시선을 돌렸다. 어깨가 들썩일 정도로 숨죽여 웃던 그가 몇 시진 만에 처음으로 란과 눈을 마주했다.

"왜 웃는 게지?"

"……마마께선 그야말로 완벽하십니다. 아쉬운 게 하나 있다면 감정이랄까요. 인간의 감정에 대한 이해력이 그렇게 부족하실 줄은 미처 몰랐습니다."

"그게 무슨 소리냐?"

제천이 여전히 싸늘한 웃음기가 남아 있는 얼굴로 말했다.

"폐하의 포부가 단목사야에 대한 애정보다 더 크다고, 어찌 자만하시는지."

"무슨."

"단목사야의 간이 자신의 목숨을 연장시킬 유일한 약이란 사실을 폐하께서 알고도 거부하신다면 어떨지."

란은 코웃음을 쳤다. 그거야말로 말이 안 되는 소리였다.

"마마 자신의 아들에 대해 얼마나 아시는지 묻고 싶습니다만."

"황상이 그럴 리 없다. 내가 낳은 자식은 내가 잘 알아."

"연정을 모르던 이에게 봄이 찾아들면…… 속수무책으로 휩쓸리고 말지요."

란의 눈짓에 채찍이 연달아 세 번이나 제천의 등을 후려쳤다. 그가 다시 이를 악물고 통증을 참았다. 상의가 벗겨진 등은 그야말로 처참했다. 원래 있었던 오래된 흉터들은 아무것도 아닌 게 되어버렸다.

상당히 오래 버티는 제천을 내려다보며 란이 말했다. 약간은 섬뜩한 미소를 베어 문 채.

"방금 그 이야기는 너 자신을 이름이냐?"

제천은 답하지 않았다.

"냉담한 호위무사를 뒤흔든 아가씨의 마음…… 낯설지 않은 이
야기지. 그럴 법해. 피도 섞이지 않은 네가 사야 그것을 지키려고 5
년이나 그 고생을 한 걸 보면 단목사야도 참 요물이야."

묵묵히 바닥만 쳐다보는 제천을 향해 란이 질문을 던졌다.

"그러니 그 요물과 네가 꾸민 계획이 무엇인지 당장 말하지 않겠
느냐?"

"……이미 알고 계실 텐데요."

"미인계? 하, 그런 소리는 맹한 황후에게나 가서 하려무나. 그것
말고 다른 것. 너희의 속내, 꿍꿍이, 앙큼한 술수 말이다. 설마 미인
계 하나 믿고 이 황궁에 들어오진 않았겠지."

제천이 입을 열지 않았다. 란은 한 번 더 구슬리려 했으나 누군가
의 등장으로 문책이 중단되었다. 단목사야가 직접 나타난 까닭에,
제천은 잠시 란의 주의에서 멀어졌다.

순결한 눈꽃같이 새하얀 비단에 금박 문양이 돋보이는 예복을
걸친 사야가 현장으로 들어섰다. 그녀가 걸음을 옮길 때마다 금빛
보요(步搖)가 찰랑찰랑 맑은 소리를 울렸다.

미모도 미모지만 왠지 모르게 범접할 수 없는 분위기가 사야를
감싸고 있었다. 입구를 지키고 섰던 궁녀들은 저도 모르게 무릎을

꿇으려다가 멈칫했다.

"며, 명련궁 아가씨 드십니다."

놀랍게도 사야는 부드럽게 웃는 낯이었다. 참혹한 형상의 제천 쪽으론 일별도 하지 않고 란을 향해 살짝 고개를 숙였다.

"소녀 단목사야, 오랜만에 태후마마를 뵙습니다."

다소 흥미로운 전개에 란이 눈을 빛냈다. 당연히 황제를 대동하고 나타날 줄 알았다. 그런 상황이 오면 사야와 제천의 묘한 사이를 부각시켜서 윤명의 마음을 흔들어놓으려 했다.

그런데 이걸 좀 보라. 곱게 꾸며서는 아무것도 모른단 얼굴로 생긋생긋 웃으며 등장하지 않았나. 역시 기대를 저버리지 않는군, 단목사야. 란은 자애로운 미소로 인사를 받았다.

"편히 하라."

"황공하옵니다."

"정말이지 오랜만이구나. 그동안 어찌 지냈는고?"

사야가 수줍게 웃었다.

"황은이 하해와 같아 새 처소를 하사받고 부족함 없이 지내고 있습니다."

"그거 참 다행이로고. 그래, 명련궁이라?"

"부끄럽습니다, 마마."

란은 속으로 이를 갈았다. 당장 웃고 있는 저 낯짝을 후려친 뒤 생간을 꺼내고 싶었다. 굳이 신년을 기다려야 하나? 지금이라도 괜찮지 않을까?

하지만 삼백 년간의 꼼꼼한 기록들이 그녀의 발목을 잡았다. 윤명의 목숨과 직결되는 일이었다. 만에 하나라도 실수가 있어서는 안 됐다. 기록대로 안 했다가 탈이라도 나면 어쩌려고.

란의 이러한 속내를 아는지 모르는지 사야가 재잘재잘 이야길 이어갔다.

"폐하께서는 제게 몹시 잘해주십니다. 조금이라도 더 보고 싶다 하시며 제 곁에서 상소문 처리를 하시고, 지난번엔 명련궁에서 밤을 보내기도 하셨답니다. 아, 제가 폐하의 미소에 대해 말했던가요? 하루는 왜 그리 웃음이 적으시냐고 여쭌 적이 있지요. 그분이 답하기를 어릴 적 모후께서 황제의 위엄에 대해 당부하셨다고요. 그래서 제가 말했답니다. 다른 이에겐 위엄을 지키시되 제 앞에서 만큼은 편히 웃으셔도 된다고. 그 말이 끝나기 무섭게 환히 웃으시는데 그 모습이 얼마나 멋지던지요."

두 손을 가슴 앞에 모으고 윤명에 대해 이야기하는 사야의 모습은 사랑에 빠진 소녀와 다를 바 없었다. 그녀가 하는 양을 빤히 지켜보던 란이 부드럽게 말허리를 끊었다.

"듣자 하니 황상에 대한 네 마음을 알겠다."

"알아주시니 감사합니다. 정말이지 자랑스러운 아드님을 두셨어요, 마마."

사야의 웃음기 어린 눈빛과 란의 차가운 속내를 감춘 시선이 만났다. 어느 쪽도 흔들리지 않는 팽팽한 신경전이 벌어졌다.

란은 속이 부글부글 끓어오른 나머지 뒤집어질 것 같았다. 윤명을 살릴 유일한 약이 넉살좋게 윤명의 애정을 자랑하는 꼴을 보고 있자니 가슴 속에서 불길이 치솟았다. 그렇지만 란의 내공 역시 만만찮았다. 단 한 순간도 인자한 미소를 잃지 않은 란은 넌지시 사야를 뒤흔들 말을 던졌다.

"명이는 참, 사랑받을 자격이 있는 아이지. 명이를 향한 네 마음이 내 사랑의 십분의 일만 되었어도, 황후의 절반만 되었어도, 난 너희 둘을 지지했을 게다."

사야가 얼굴 표정을 바꾸지 않고 란의 이어질 말을 기다렸다.

"하지만 넌 아니야."

란이 잘라 말했다.

"네게 있어서 황상은 방패막이에 불과해. 그 이상도 그 이하도 아니지. 내가 그저 궁금한 것은 너의 이런 속내를 황상이 알아차렸을 때 그가 과연 어떤 표정을 지을까 하는 것뿐."

사야의 웃음이 서서히 희미해졌다. 천천히, 아주 천천히 지워져 마침내 묘한 느낌의 무표정에 이르렀을 때 사야가 시선을 돌렸다. 불에 달군 인두와 채찍, 갖은 형틀에 의해 온몸이 너덜너덜해진 제천을 내려다보며 그녀가 말했다.

"어째 마마께선 다정했던 지난번과 조금 달라지신 것 같군요."

그녀의 목소리가 평소보다 낮아졌다.

"하긴 서른 명을 참혹하게 죽인 여자가 뭐 이정도야."

혼잣말에 가까운 중얼거림이었다 해도 란은 똑똑히 알아들었다. 란의 눈빛이 대번에 매서워졌다.

"역시…… 날 속인 거였나? 기억을 잃은 게 아니었어? 아니면 기억이 돌아왔나?"

"제 기억은 여전해요. 여전히 냉궁에서 눈 뜨기 전의 기억은 조금도 떠오르지 않아요."

"거짓말! 그럼 어떻게 그 사실을 알고 있지?"

"제게도 소식통쯤은 있답니다, 마마."

사야는 고개를 돌려 란을 마주 보았다. 란을 산채로 태워 버릴 기세였다. 제천이 베껴다준 기록들이 자꾸만 그녀의 눈앞에서 아른거렸다.

멸(滅), 너무도 무심하고 잔혹한 글자. 참(斬), 도망치다 추락한 여인조차 끝끝내 끌어올려 베고 만 살수들. 그리고 이 모든 것을 지시한 이유. 낙신의 간. 사야가 주먹을 꼭 쥐었다. 저도 모르게 온몸이 부들부들 떨렸다.

나의 간.

"비설조라 하던가요."

란이 혼란스럽고 당황한 기색을 간신히 감춘 채 사야를 쳐다보았다.

"그들의 일처리는 굉장히 인상적이더군요. 열아홉, 스물, 이제 꽃

피기 시작하는 남녀부터 나이 지긋한 노인까지 거침없이 죽여 버렸던데 말이죠. 도합 서른 명의 피가 마마의 손에 묻었어요. 살수에게 시켰지만 그들은 마마의 명에 따른 것뿐. 이쯤 되면 참 뻔뻔하다 할까요."

사야가 이를 악문 채 말했다.

"무고한 이들을 학살하고도 제 아들이 오래 살길 바라다니!"

탕! 란이 팔걸이를 내려쳤다. 그 기세에 모든 궁인이 무릎을 꿇으며 머리를 조아렸다.

"감히 네가 내 아들의 목숨을 운운해?"

"제가 아니면 대체 누가 그의 목숨을 논할 수 있는 건데요?"

"하…… 네년이 이제야 본색을 드러내는구나. 비설조까지 알고 있다면 명이를 살릴 약이 무엇인지도 알겠구나."

사야가 픽 웃었다.

"약 같은 건 없어요."

"그게 무슨."

"제 간을 이르는 거라면 이건 약으로 쓸 수 없을 거예요."

란의 눈이 커졌다. 란은 마치 공황에 빠진 사람처럼 거듭 고개를 가로저으면서 말했다.

"네 간이야. 네 간이 확실해. 신조들의 기록에노 분명 그렇게 나왔어."

"어쩜 그럴 수도 있겠죠. 저도 기록은 읽었어요. 하지만 제 간은 그를 위해 쓸 수 없을 거예요. 왜냐면 당신에게 간을 바치느니 죽어 버릴 테니까. 행여 저를 겁박해 간을 뺏는다 하더라도 당신 아들의 입에 들어가는 순간 천하에 둘도 없는 극독으로 변해 버리길, 그렇기를 내가 기도할 테니까."

"……저, 저, 저 입을 막아라."

"왜요, 겁이 나? 당신 아들을 저주하니까 겁이 나냐고! 당신 아들에겐 악담을 퍼붓는 것도 안 되는데 왜 내 가족들은 잔혹하게 죽어도 되지? 그런 업을 지고도 아들이 무병장수하길 바라? 욕심이 지나치시네요!"

"뭣들 하느냐! 당장, 당장 저 입을 쳐라!"

건장한 무장 병사들이 사야에게 몰려들었다. 온 힘을 다해 저항하는 그녀의 어깨를 잡고 팔을 비틀고 허리를 죄었다.

이제껏 그 어떤 고문과 자극에도 반응하지 않던 제천이 갑자기 두 다리로 일어나 손목을 죄는 형구를 풀기 위해 흔들었다. 그를 제압하기 위해 병사 두엇이 나섰으나 주먹에 호되게 맞고 나가떨어졌다.

제천의 눈은 오직 사야에게 고정되어 있었다. 그가 포효하고 부수고 발로 찼다. 창고 안은 삽시간에 아수라장으로 변했다.

"난 사람이야! 살아 있는 사람이라고! 어떻게 산 사람의 간을 꺼내 먹을 생각을 해! 그것도 가족들을 몰살하고! 저주하겠어, 이 나라 따위, 당신 아들 따위 해가 바뀌기도 전에 피를 토하고 죽어버리길 빌겠어!"

"쳐라!"

철썩! 철썩! 철썩! 굳은살 박인 장정의 손이 사야의 뺨을 세 번이나 쳤다. 팔을 한 번 휘두를 때마다 그녀의 고개가 맥없이 꺾였다. 이를 본 제천이 더욱 크게 발광해 병사들이 일곱이나 달려들어 제압해야 했다.

장정이 우악스럽게 잡고 있던 팔을 놓자 사야가 그대로 바닥으로 쓰러졌다. 입술이 찢어져 피가 났다.

의자를 박차고 일어났던 란은 어느 정도 소란이 잦아들자 다시 우아한 자태로 앉았다. 사야가 바닥을 짚고 일어나는 도중에 몇 번이나 힘이 빠져 휘청거렸다.

"다시 한번 그따위 소릴 하면 혀를 뽑겠다."

란이 눈을 번득였다.

"내가 원하는 건 네 간이지 거기에 혀나 눈알 따윈 필요 없으니까."

그 잔인한 위협에 사야가 흠칫 했다. 이대로는 안 됐다. 말을 하다 보니 너무 울컥해서 란의 심기를 건드리고 말았다. 란이라면 태연하게 그런 짓을 할 수도 있을 것이다.

나름 단시간에 미리를 굴려 세천을 무사히 빼낼 계획을 세웠다고 생각했는데 일이 돌아가는 모양새가 예상을 벗어났다. 사야가 주위를 둘러보았다. 사방에 고문 기구와 무장 병사들이 있었다. 피비린내가 그녀를 옥죄었다.

"아, 말을 꺼내고 보니 그럴듯하군. 네 회복력의 한계를 시험해 볼 수도 있겠어."

일촉즉발. 사야가 두려운 눈으로 무장 병사들을 쳐다보았다. 란의 말이 곧 명령이었는지 그들이 천천히 자리를 벗어나 그녀에게 다가오기 시작했다.

틀렸다. 이런 식이면 제천을 구하기는커녕 자신의 안전도 위험할 것이다. 사야의 몸이 다시 떨렸다.

무슨 방법이든 좋으니 생각해 내야 해! 단목사야, 어서! 생각해!

때로는 머리보다 몸이 앞서 나간다. 사야는 황급히 머리 장식을 빼내 그 뾰족한 끝을 목에 갖다 대었다. 금빛 비녀에 달린 보요가 짤랑거렸다. 장정들이 멈칫했다.

"다가오면 죽어버릴 거야."

"넌 죽지 못해."

"과연 그럴까? 몸에서 머리가 떨어져 나가도? 당신이 단단히 착각하고 있나본데 내 아무리 신비로운 회복력을 지녔어도 떨어진 목을 붙이진 못해. 그건 이미 회복의 단계를 벗어나는 영역이니까."

"허튼 수작 하지 마렴."

"시험해 보겠어?"

사야가 비녀의 끝을 더 가까이 갖다 댔다. 티 한 점 없는 하얀 목에서 이내 선혈 한 줄기가 흘러내렸다. 란이 움찔했지만 그 정도 위협은 그녀를 움직이기에 부족했다. 병사들에게 눈짓하자 주저하던 그들이 다시 움직였다.

사야는 목에서 비녀를 떼지 않은 채 뒷걸음질을 쳤다. 그럼에도 병사들과 그녀의 거리가 성큼성큼 줄어들었다.

"제천을 풀어줘."

란의 눈이 반가운 기색을 띠고 번득였다.

"지금 저자를 살리기 위해 네 목숨을 가지고 위협하는 것이냐?"

"당장 풀어주라고!"

"호오, 이거 명이가 봤다면 피눈물을 흘리겠구나. 천하를 발밑에 갖다 바쳐도 꿈쩍 않던 계집이 일개 금의위를 위해 자결을 운운해? 심지어 기억을 잃었는데도 옛 정인을 향한 마음은 남아 있단 말이지?"

란의 웃음소리가 울려 퍼졌다.

"참으로 대단한 사랑이야. 아니 그러한가, 제천? 무슨 꿍꿍인지는 모르겠지만 네놈은 지독한 고문을 당하고도 입도 뻥긋 하지 않고, 저것은 함정임을 빤히 알면서도 달려와 자결하겠다 말하니…… 그야말로 눈물 없인 봐줄 수가 없구나."

"황제폐하 납시오!"

순간 저 멀리서 익숙한 목소리가 들렸다. 아직 안정되지 않은 소년의 목소리.

"황제폐하 납시오!"

소년내관이 목청껏 외치고 있었다.

"냉큼 비켜 서거라!"

부 호위의 목소리도 들렸다. 란의 표정이 당혹스럽게 변했다가 무슨 생각이 떠올랐는지 은밀한 미소를 띠었다. 란의 시선을 따라가자 그 끝에는 무릎 꿇려진 제천이 있었다.

란의 계책이 대강 짐작이 되었다. 사야 역시 윤명의 질투와 분노를 염려해 시간차를 두고 등장케 한 것인데 상황이 이리되면 그녀의 모든 계획이 허사로 돌아간다. 그래서 사야는 모험을 하기로 했다.

그 모험에 약간의 피가 수반된다면 그건 어쩔 수 없이 감당해야 할 노릇.

"황제폐하 납시오!"

소년내관의 목소리가 바로 입구 근처에서 울리더니 윤명이 나타났다. 창고에 감도는 잔혹한 냄새에 다들 미간을 찌푸렸다.

윤명이 돌아가는 상황을 물으려는 찰나, 사야가 그를 향해 빙글 몸을 틀었다. 그가 사야의 얼굴을 보고 놀라 다가왔으나 사야는 고개를 저으며 뒷걸음질 쳤다.

"전 억울합니다. 억울해요, 폐하."

"네 얼굴이 왜 그러느냐. 누가 널 때렸단 말이냐?"

"금의위와 통정이라니 억울해요. 절대 폐하께서 생각하시는 그런 게 아니에요!"

"모후, 대체 이게 무슨 소립니까? 금의위라니……."

윤명의 시야에 그제야 구석에 묶여 있는 제천이 들어왔다. 단정한 복장의 제천만을 보다가 대역 죄인에나 가해지는 형벌을 겪은 그와 마주하자 윤명의 말문이 잠시 막혔다.

사야에 대한 란의 위협을 알고는 있었지만 직접 눈으로 보니 새삼 큰 충격으로 다가왔다. 정녕 자신의 어머니가 저지른 짓이란 말인가.

충격받은 윤명을 내려다보는 란은 오히려 흥미로운 연극을 구경하는 표정이었다. 윤명이 목소리를 높이려는데 란이 먼저 입을 열었다.

"기가 막힌 등장이십니다, 황상. 중요한 장면은 놓치고 저 아이의 지루한 일인극만 보시게 되었으니. 이 어미가 다 안타깝군요."

"그게 무슨 말씀이십니까?"

"아마 명련궁에 찾아간 황후도 그리 대하셨겠지요?"

윤명의 표정이 의아함과 동시에 언짢음을 띠었다.

"여기서 황후가 왜 등장하는 겁니까?"

"우리 황후께선 아무래도 기가 약하시어 돌아가는 상황에 휩쓸렸겠지요. 제대로 반박도 못하고 오해를 뒤집어쓰셨겠지만, 나는 다릅니다. 황상, 잠시 진정하고 지들을 보세요."

윤명이 슬쩍 돌아보고는 반박하려 하자 란이 재차 권했다. 시간을 두고 찬찬히 살펴보라고. 저들에게서 수상한 분위기가 느껴지지 않느냐며. 냉정한 제삼자의 눈으로 두 사람을 관찰하라고 하였다.

이에 윤명이 가벼운 한숨을 쉰 뒤 사야와 제천을 보았다. 여인들이 흔히 결백을 주장하는 방법인 자결을 연상시키는 모양새로 금비녀를 목에 겨누고 있는 사야. 그리고 저토록 처참한 상태가 되기까지 입을 열지 않았다고밖에 안 보이는 제천.

겉보기엔 두 사람 모두 란의 의심과는 거리가 멀어 보였다. 그때 란이 말을 건넸다.

"실로 흥미롭지 않나요? 연기에 재능이 없는 자는 침묵을 지키고 천부적인 배우는 저리도 순진한 얼굴로 자결을 운운하니 말입니다."

윤명의 시선이 사야에게 닿았다.

"오직 제천을 살리기 위해 말이지요."

윤명이 홱 고개를 돌려 란을 쳐다보았다. 그게 무슨 말이냐 되묻기도 전에 란이 선수를 쳤다.

"이 어미가 황상 주변에 관해서만큼은 좀 과하게 대처하는 것, 어미도 알고 있습니다. 하지만 이 어미가 천치가 아닐진대 증거 하나 없이 저들을 엮었겠습니까? 금의위를 고문하는 장면을 본 단목사야가 분노하여 어미에게 소리치는 모습을 보셨어야 합니다. 지금 저 자결 위협도 결백을 주장함이 아니라 금의위를 풀어주지 않으면 죽겠다는 뜻이었습니다."

윤명이 다시 눈을 사야에게로 향했다. 붉게 부어오른 뺨과 터진 입술, 윤명만이 자신을 구해줄 거라는 믿음으로 가득한 눈. 안쓰러움은 여전했지만 란의 말 또한 그냥 넘기기엔 갑자기 상황이 달리 보였다.

무엇보다 사내로서의 직감이 발동했다. 지난번 냉궁에서도 그랬지만 자꾸 제천이 그녀와 엮이는 상황이 마음에 들지 않았다. 그땐 오누이 같은 사이라는 답을 얻어냈었으나 실상은 그게 아님을 윤명은 감지했다.

윤명의 냉철함이 서서히 돌아오고 있음을 파악한 사야는 조급해졌다. 그녀가 절망적인 눈으로 제천을 쳐다보았다. 뭔가 마음에 들지 않는 결심을 눈치챈 것인지 제천이 고개를 저었다. 사야의 눈빛이 더욱 슬퍼졌다. 어차피 약간의 피를 수반하기로 마음먹었던 일이다.

"폐하."

모두의 주의가 사야에게 쏠렸다. 그녀가 목을 겨누던 비녀를 힘없이 내렸다.

"사람을 의심하기는 쉽습니다. 온전히 믿기가 어려울 뿐이지요. 다른 누구도 아닌 폐하께서 의심하신다면 황궁에서 의지할 이 하나 없는 전, 버틸 수가 없어요."

그녀가 눈물 그렁그렁한 눈으로 윤명을 보더니 조그맣게 중얼거렸다.

"이렇게 된 이상…… 의미가 없어요."

그녀가 순간 비녀를 높이 들더니 기세 그대로 가슴팍에 내리꽂았다. 부드러운 피부를 뚫고 들어간 비녀를 움켜쥔 채 사야가 바닥으로 쓰러졌다. 고운 흰 비단 예복이 붉은 피로 물들었다. 너무 순식간에 일어난 일이라 잠깐 얼어붙었던 윤명이 그녀의 이름을 외치며 달려왔다.

"당장 어의를 부르라!"

덜덜 떨던 소년내관은 명이 떨어지자마자 밖으로 내달렸다. 윤명이 조심스레 사야를 품에 안았다.

"누가 이러라더냐. 너라도 용납할 수 없다. 스스로 상처를 내다니."

"어차피…… 낫겠지요. 더 깊이 찔렀어야, 했는데."

"바보 같기는. 오늘 오는 것도 나와 함께 왔어야지. 아니, 내게 말하기만 했어도."

사야가 해쓱한 얼굴로 웃음을 지어 보이려 애썼다.

"폐하께 미움받기 싫어서……."

윤명의 가슴이 먹먹해졌다.

"……어의는 아니 오는가? 대체 기어오는 게냐 죽어버린 게냐!"

애꿎은 부 호위에게 괜한 화풀이를 했다. 사야의 의식이 점점 멀어지는 와중에 그녀가 윤명의 옷자락을 잡고 매달렸다.

"제천은 정말 무고해요, 폐하. 부디, 선처를."

"알았다. 그를 풀어줄 테니 염려 말아라. 억지로 말할 필요 없다."

"도와주세요······."

윤명이 란을 노려보았다. 란은 아무런 해명도, 반박도 하지 않고 잠잠히 그를 쳐다보았다.

"할 말이 있으시거든 저를 통하십시오. 앞으로 다시는, 이런 비겁한 술수 쓰지 마시고요."

그가 원망스러운 말투로 덧붙였다.

"어릴 적 모후는 분명 엄격했지만 제 기억에 이 정도까진 아니었습니다. 대체 소자가 사랑하던 어머닌 어디로 사라진 겁니까."

란이 허리를 더 꼿꼿이 세웠다. 란에게서 아무 대답도 못 끌어내리란 사실을 깨달은 윤명이 시선을 사야에게 옮겼다. 거의 의식을 잃은 그녀가 힘들게 호흡을 이어가고 있었다.

결국 어의를 기다리지 못하고 윤명이 그녀를 안아들었다. 부 호위에게 제천을 금의위 숙소로 데려다 주라 지시한 윤명은 이내 명련궁으로 향했다.

사야는 의식을 잃었다가 두 시진 뒤 깨어났다. 어의가 한 일은 별로 없었다. 다른 장기가 상처입지 않도록 조심히 비녀를 뽑은 것밖에.

오히려 어의의 보살핌이 더 필요한 쪽은 윤명이었다. 가끔 밤에만 발작하던 기침이 아직 대낮임에도 터져 나왔다. 창백하게 질린 윤명은 내관의 부축을 받아 거처로 돌아갔다.

그리고 그날 밤 명련궁에 오지 않았다. 다음 날도, 그다음 날도. 이런 적은 처음이기에 사야는 당황했다. 급기야 윤명의 얼굴을 못 본 지 나흘 째 되던 날, 그녀가 황제의 처소에 가겠다며 방을 나섰다. 궁인들이 그녀의 앞을 막아섰다.

"아가씨, 밖은 위험합니다."

"다친 지 며칠 되지도 않았으니 좀 더 쉬시는 게."

"아마 폐하께선 공무로 바쁘시어."

"……아무리 바빠도 하루에 서너 번은 얼굴을 비추곤 하셨잖아요?"

사야의 반박에 미리 짜기라도 한 듯 다들 입을 다물었다. 저마다 눈치를 주고받더니 제일 나이 많은 궁녀가 어렵사리 말을 꺼냈다.

"아가씨께선 잘 모르실 수도 있으나…… 황궁에서 이런 일은 드문 게 아닙니다."

"이런 일이라니. 이런 게 뭐죠?"

"아……."

사야의 안색이 어두워졌다.

"성총이 갑자기 끊어지는 일?"

그녀의 말이 떨어지기가 무섭게 다들 손사래를 치고 고개를 가로저으며 부인하기 바빴다.

"천부당만부당하신 말씀이세요!"

"그럼요, 그럴 리가요! 이이의 말을 오해하셨어요."

"예, 예, 폐하께서 친히 걸음하지 않으신다 뿐이지 여전히 다른 이는 꿈도 못 꿀 선물을 보내주시고 또 보약도 챙겨주시잖아요. 게다가 매일 아침 태감님께 아가씨의 안부를 물으시고요."

궁인들의 만류에도 사야는 끝끝내 고집을 피워 윤명의 처소로 향했다. 이런 시점에서 그의 애정이 식으면 안 됐다. 사야의 목숨이 그의 손에 달려 있었다. 불안감을 누른 채 당도한 그곳에는 막 조정 회의를 마치고 온 윤명이 있었다.

그의 눈이 사야에게 이르자 놀란 기색을 띠었다. 하나 곧 시선을 돌려 방으로 들어갔다. 그의 시중을 들기 위해 한 무리의 궁인들이 줄지어 방으로 들어갔고 사야는 오랜 과정이 끝날 때까지 처음 그 자리에 서 있는 수밖에 없었다.

윤명이 아는 척을 하지 않았다.

사야는 뜻밖의 충격을 견디기 위해 옷자락을 꼭 여며 쥐었다. 단목사야라면 정신을 못 차리던 그가 처음으로 그녀를 외면한 것이다.

대체 어찌된 일일까. 분명 이유가 있을 텐데. 영수궁에서의 일 때문임은 아닌 게 확실해. 잠깐 흔들리긴 했지만 혼절하기 직전까지 그는 날 걱정하고 태후를 비난했어. 문제는 그다음인데.

방문이 열리고 궁인들이 나왔다. 약간의 시간차를 두고 나온 윤명은 여전히 사야를 쳐다보지 않으면서 자리를 이동했다. 상소문을 처리하려는 듯 이 태감과 두루마리를 든 내관이 뒤를 따랐다.

사야는 윤명의 무관심에 당황했다. 한편으로는 그가 왜 일국의 황제인지 뼈저리게 느꼈다. 제천의 차가움과는 그 분위기가 완연히 달랐다.

제천이 상대를 밀어내는 서늘한 바람과도 같았다면 윤명은 상대로 하여금 자신이 얼마나 하찮은 존재인지 깨닫게 했다. 불과 며칠 전까지만 해도 더없이 다정한 연인이었거늘 지금 사야는 윤명에게 말 한마디조차 꺼낼 수가 없었다.

그 압박감. 처량함.

사야는 그제야 옛날이야기에 종종 등장하던 황제로부터 버림받은 여인의 심정이 어떠했는지 알 것 같았다. 누군가 그녀를 세상에서 가장 높은 산꼭대기로 이끈 뒤 그 아찔한 낭떠러지 아래로 밀어버린 듯했다.

사야는 눈물을 글썽이는 대신 가만히 바닥을 내려다보며 참기로 했다.

버리지 마. 당신은 날 버리면 안 돼. 그럴 수 없다고.

일각이 지나고 한 식경이 지나고 반 시진이 지났다. 그동안 윤명은 급한 상소문부터 마무리 짓고 간단한 다과를 들었다. 너무 오랜 시간을 한 자리에 서 있자 다리의 힘이 풀리는 것 같았지만 사야는 그가 방에서 나오기를 기다렸다.

다시 한번 자신을 봐주기를. 이번에야말로 말을 걸 테니까.

"그럼 그리하겠나이다."

이 태감의 목소리가 들리고 방문이 열렸다. 자신에 관한 일인가 싶어 고개를 들었으나 이 태감은 고개를 숙인 채 그대로 사야를 지나쳐 밖으로 나가고 말았다. 좀 더 기다리자 윤명이 나왔다. 이번에도 그는 사야를 없는 사람 취급하며 지나치려 했다.

"불만이 있으면 당당하게 말하지 그래요?"

작지만 뾰족한 목소리가 나왔다. 간신히 말을 걸었으나 그는 잠깐 멈칫하더니 가던 길을 재촉하려 했다. 사야의 목소리가 조금 더 커졌다.

"사내가 옹졸하게."

처소 밖에 서 있던 궁인 몇이 들었는지 놀란 숨을 크게 들이켰지만 윤명은 웃지도, 화내지도 않았다. 그저 '돌아가라' 한마디만 던질 뿐.

"뭘 잘못했는지, 뭐가 맘에 안 드는지 말해줘야 알죠!"

"그런 게 아니니 돌아가라."

"영수궁에서의 일 때문은 아니죠? 제천, 그 사람 때문인가요? 저번에도 말씀드렸지만, 그는 폐하와 비교할 수 없는 위치예요. 아니면 제 마음을……."

"그만!"

윤명이 소리쳤다. 궁인들이 서둘러 처소의 문을 닫았다. 넓디넓은 공간엔 윤명과 사야 두 사람뿐. 충격받은 눈의 사야가 그를 쳐다보았다. 이제까지 단 한 번도 그가 사야에게 언성을 높인 적은 없었다.

"그만…… 그런 게 아니다."

그 순간 사야는 윤명의 얼굴에서 아까와 다른 감정을 보았다. 잘 감추고 있던 감정의 한 조각을 훔쳐본 느낌. 후회? 괴로움? 좀 더 정확히 말하면 그것은 '미안함'이었다.

미안해? 그가 왜 내게? 대체 미안할 일이 뭐가 있다고? 의문 어린 사야의 시선을 여전히 피한 채, 그가 괴로운 한숨을 내쉬었다.

"지금은 도저히 네 얼굴을 못 볼 것 같다. 그냥, 돌아가라."

"이유를 말씀해 주시면."

"차후에 다시 부를 테니까."

"윤명!"

그가 등을 돌렸다.

"네 처소의…… 함을 열어보았다."

사야가 휘청했다. 함이라면 제천이 준 상자를 넣은 곳. 그 상자 안에는 란과 비설조가 주고받은 기록들의 사본이 담겨 있다. 낙신의 간에 대한 옛 자료가 들어 있기도 했다.

이제 윤명도 알게 된 것이다. 왜 사야가 황궁에 들어오게 되었는지. 란이 무엇을 위해 그녀를 냉궁에 가두었는지. 그녀의 고개가 힘없이 아래로 떨어졌다.

윤명이 단목사야의 '용도'를 알게 되었다.

"나란 인간은 애초에 다른 이를 쉽게 믿지 않아서, 생에 둘도 없는 여인이란 확신이 들었는데도 끝내 의혹을 거두질 못했다. 하여 네게 그 함을 주었고 네가 비밀로 할 모든 것을 궁금히 여겼지. 영수궁에서 데려온 그날, 네 회복을 기다리던 내 눈에 그 함이 들어왔다. 정신을 차리고 보니 마지막 장을 읽고 있더군."

윤명의 어깨에 힘이 들어갔다. 그의 목소리에서 습윤함이 묻어나왔다.

"나는, 난…… 널 볼 수가 없다. 네 눈을 마주할 수가 없어. 모후께서 오직 날 위해 네 가족들에게 그런 짓을 했다니."

"윤명……."

"그러고도 네게 왜 마음을 빨리 열지 않느냐 불평했지……. 내가 너였다면 날 만난 즉시 심장에 비수를 꽂았어도 놀랍지 않았을 것이다."

"저도 그 기록을 보고서야 알았는걸요."

사야가 위로하고자 덧붙였으나 윤명에겐 닿지 않았다.

"미안하다. 정말 미안한데, 너무 미안해서…… 널 대할 수가 없구나."

그의 고개가 점점 숙여지더니 손을 들어 눈가를 눌렀다. 그대로 바위가 되어 버릴 듯한 절망과 통한에, 뒷모습을 물끄러미 쳐다보던 사야가 천천히 다가갔다. 손을 들어 그의 등에 대자 떨림이 느껴졌다. 사야는 윤명의 등에 조용히 몸을 기댔다.

"슬퍼마세요, 폐하. 우린 서로를 위해 울어선 안 돼요. 미안해서
도 안 되고요……."

사야가 그의 허리를 꼭 껴안았다. 작고 여리고 가련한 매달림. 그
몸짓에서 윤명은 위안과 보호본능을 동시에 느꼈다. 여전히 그의
등에 기댄 채 사야가 말을 이었다.

"아니, 미안해하셔도 좋으니 제발…… 멀리하시지만 마세요. 버
리지 마세요. 이 황궁에서 폐하만이 절 지켜주실 수 있어요."

"사야."

"제발, 제발…… 뭐든 할 테니까 절 버리시면 안 돼요. 태후마마
께 보내지 마세요. 죽지 않는 고통이라 더 무서워요, 폐하. 네? 제발
부탁이니까……."

"그만하라."

윤명이 거칠게 몸을 돌려 그녀를 끌어안았다. 검은 용포에 감싸
이자 사야의 눈에서 눈물이 왈칵 차올랐다. 그가 다시 안았다는 안
도감에, 이대로 란의 손에 떨어지지 않을 거란 안도감에 온몸에서
긴장이 풀렸다.

그 와중에 묘한 것은 이게 정말 안도감뿐일까 하는, 작은 의문이
었다.

"다시는 내게 애원하지 마라."

윤명이 눈을 질끈 감았다.

"내 살아 숨 쉬는 동안은 기필코 널 지킬 터이니."

참으로 기묘하고도 모순되는 일이었다. 그가 살아 있는 동안은 황제의 그늘 아래 보호받을 수 있었다. 하지만 기록에 따르면 그의 목숨은 얼마 남지 않았고 이를 연장키 위해선 사야의 간이 필요했다.

그리고 그가 죽으면 이성을 잃은 란이 사야를 처단할 것이다. 오직 윤명을 위해 그 모든 잔혹한 짓을 저지른 그녀이기에 충분히 가능한 일이었다. 란에게 있어 윤명은 전부이므로.

나라고 당신이 죽길 바라는 건 아니에요. 그렇지만 평생 이곳에 갇혀 고통을 당하는 건 싫어. 사야가 눈을 감았다.

이 복잡하게 얽힌 관계의 끝엔 어떤 결과가 기다리는 걸까.

❋ ❋ ❋

사야는 월력(月曆)을 보며 날짜를 손꼽아 계산해 보았다. 오늘은 사월 열사흘. 영수궁에서 자결 소동을 일으킨 지 딱 칠 일째 되는 날이다. 윤명이 영수궁에서 제천을 꺼내주었고 이후 그가 다시 란에게 불려가지 않았음은 확인했다.

그런데도 사야의 걱정은 자꾸만 나쁜 쪽으로 치달아갔다. 제천이 명련궁으로 찾아오지 않으니 도무지 만날 기회가 없었나. 사야가 초조하게 손톱을 잘근 깨물었다.

"아."

사야의 눈이 반짝 뜨였다. 바보 같긴. 뭘 한참을 고민했는지.

"그가 올 수 없다면 내가 가면 되겠네."

약간의 준비를 마친 뒤 그녀가 부 호위를 불렀다.

"나 잠깐 폐하의 처소에 가려는데 바래다 줄 수 있겠어요?"

"이 시각에 말입니까?"

부 호위가 조금 놀란 듯 되물었다. 석찬을 든 지 한 시진 정도 지난 무렵이다. 지금 처소 밖을 나다니는 후궁은 드물었다. 궁인들도 슬슬 모든 일을 마무리하고 목욕을 하거나 잡담을 나누며 한숨 돌리는 시간. 사야가 수줍게 미소 지었다.

"상소문이 많아 며칠째 홀로 잠드시는 거 알잖아요. 잠시나마 놀라게 해드릴까 하고."

"아, 예."

그가 등을 들고 앞장섰다. 한결같은 부 호위에겐 미안하지만 사야는 오늘 밤만큼은 그런 죄책감을 살짝 접어두기로 했다. 윤명의 처소 근처에 다다르자 그녀가 멈춰 섰다.

"여기까지면 충분해요."

"아직 좀 남았습니다만."

"정말 다 왔는걸요. 게다가 난 확실히 놀라게 해줄 참이라고요. 돌아가요. 고마웠어요, 부 호위. 아, 등도 들고 가요. 여기서부턴 환할 테니까."

"……그, 그럼 편히 쉬십시오."

"살펴 가세요."

사야는 부 호위의 뒷모습이 완전히 사라지는 것을 확인한 후 달빛도 등불도 없는 어둠 속에 몸을 묻었다. 일부러 탈의가 편한 옷으로 갈아입고 온 건 탁월한 선택이었다.

"어두운 데로 골라 다니면 얼추 속아주려나?"

겉옷 안에 궁녀의 의복을 입고 나왔기 때문이다. 명련궁 궁녀들이 여분의 옷을 빨아두었는데 그중 한 벌을 몰래 빼온 것이다.

연홍색 의복의 매무새를 가다듬은 사야는 손수건을 넓게 접어 입가에 대었다. 만약 다른 사람과 마주치면 감모에 걸린 듯 기침을 할 계획이었다. 마침 낮과 밤의 온도차가 심해 황궁 안에 감모 환자가 넘쳐 나는 시기다.

"금의위 숙소가…… 여기서 오른쪽으로 꺾어서……."

이제는 황궁 안 지리를 제대로 외웠다. 그녀의 머릿속에 그림이 쭉 펼쳐졌다. 몇 차례의 위기를 무사히 넘기고 1연대 1조의 숙소에 당도하자 입가에 뿌듯한 미소가 걸렸다.

다행히 금의위 숙소라고 사내만 득시글한 것이 아니라 빨랫감을 수거하거나 무언가를 나르는 궁녀가 몇 눈에 들어왔다. 저들 중의 한 명으로 묻어가면 되겠다.

그나저나 제천이 묵는 곳은 어느 건물이지?

조심스레 걸음을 옮겨 입구로 짐작되는 문 앞에 섰는데 안쪽에서 먼저 문이 열렸다. 깜짝 놀라 손수건으로 온 얼굴을 덮다시피 한 사야였다. 너무 놀란 나머지 미처 몸까지 피하진 못했거늘 손수건 너머의 반응이 심상찮았다.

"……제천?"

손수건을 내린 사야가 반갑게 활짝 웃었다. 하나 상대의 반응은 이쪽과는 천지차이. 그야말로 너무 황당한 나머지 잠시 얼이 빠졌다가 누가 볼세라 그녀를 문 안쪽으로 끌어당겼다.

앓아누워야 할 사람 팔 힘이 어째 이래? 문을 닫자마자 제천이 낮게 윽박질렀다.

"미쳤습니까? 여기가 어디라고 들어오신 겁니까? 그것도 이 밤에!"

반가운 미소는 눈에 들어오지도 않나보다. 냅다 꾸짖기부터 하는 그가 얄미워 대답은 대신 숙소 안만 둘러보았다. 딴청 부리는 그녀를 노려보던 제천이 여기선 안 되겠다 싶었는지 손목을 잡고 자리를 옮기려 하는 찰나였다. 그때 문이 열렸다.

제천이 본능적으로 사야를 등 뒤에 감췄고 그녀는 손수건을 펴 입가에 갖다 댔다. 제천의 키와 체격에 사야는 옷자락만 얼핏 보이는 상황. 마침 숙소로 들어오던 동료들이 우뚝 제자리에 멈췄다.

"……설마 지금 너, 궁녀를 숙소에 끌어들인 거냐?"

"죄송합니다."

제천은 달리 해명하지 않고 오로지 사야를 뒤로 감추기에 급급했다. 동료들의 얼굴에 불신과 충격이 퍼지더니 잠깐의 적막한 시간이 흐르고 이내 한마디씩 터뜨렸다.

"야, 이 자식. 얌전한 고양이가 부뚜막에 먼저 올라간다더니."

"담력이 장난 아니다?"

"벌써 끝난 거야? 밀회 끝난 거?"

"어이, 아가씨. 얼굴 한 번 봅시다."

제천이 쓴웃음을 지으며 사야를 더욱 숨겼다.

들어온 지 두 달이 되도록 깍듯한 경어를 쓰며 감정을 일체 드러내지 않는 제천. 이쯤 되니 1조 내에서는 반 농담으로 그가 인피를 뒤집어쓴 얼음덩어리일 거라는 말이 돌았다.

그런 제천이 종종 일어나곤 하지만 한편으론 엄연한 금기인 궁녀와의 정분이라니? 그것도 대담하게 텅 빈 금의위 숙소에 끌어들이다니? 동료들의 웃음소리가 커졌다.

"거 진짜 안달 나게 꽁꽁 숨기네."

"안심하쇼, 아가씨. 우리가 말은 이렇게 해도 정말 얼굴을 확인하진 않을 거니까."

"그건 그렇고 얼핏 얼핏 보이는 몸태가 예사롭지 않은데?"

"야, 야, 이 자식 눈빛 달라진다."

여전히 입가엔 희미한 웃음이 걸려 있으되 몸태가 어쩌니 하는 말이 나오자 제천의 눈빛이 날카롭게 변했다. 동료들의 기분이 더욱 좋아졌다.

"추후 다시 사과드리겠습니다. 그럼 이만."

"어이, 벌써 가나? 우리가 방해한 거 아니야?"

"정 뭣하면 우리가 나가줄 수도 있어!"

짓궂은 농담을 뒤로하고 사야는 제천이 이끄는 대로 끌려갔다. 방향도 분간 못한 채 그저 손수건만 단단히 붙들고 따라간 곳은 짐더미가 보관되어 있는 창고. 자주 청소를 하는지 나름 정돈된 분위기였다.

"정분 나누기 좋은 장소 같네요?"

"아가씨."

제천은 여전히 딴소리 하는 사야를 무섭게 몰아세웠다. 사야가 풀이 죽은 얼굴을 했다. 하지만 제천은 시간과 장소의 제약만 아니라면 단단히 혼내고 싶은 심정이었다.

생각만 해도 아찔했다. 궁녀와 금의위의 정분은 흔하디흔한 일. 특히 아직 정인을 찾지 못한 궁녀들이 빨랫감 수거니 간식 배달을 핑계로 밤늦게 숙소를 살랑거리고 다니며 사내를 물색하는 것은 금의위들 사이에서 공공연한 사실이었다.

자신이 사야를 맨 처음 발견했기에 망정이지 혹여 다른 이 눈에 들기라도 했다면?

명련궁 주인이 황제의 총애를 받고 있음은 황궁 사람 모두가 알고 있지만 실제로 사야와 마주한 이는 손꼽을 정도다. 사야를 낚아채 얼굴을 확인한다 해도 그저 넋 나갈 미녀라고만 생각하지 황제의 여인이란 데까지 생각하진 못한다는 말이다.

"알고 있어요. 하지만…… 걱정되잖아요."

사야가 고개를 푹 숙였다.

"이 넓은 황궁에서 의지할 사람이라곤 제천뿐인데 그처럼 심한 고문을 당했으니 자꾸, 자꾸만 눈앞에 상처들이 아른거리고, 혹시라도 무리하고 있는 건 아닐까 해서……."

"신경 써주실 필요 없습니다."

일부러 더 냉정하게 잘라 말했지만 그녀를 보게 되어 기쁜 것만큼은 사실이었다. 그러나 자신에게 이 같은 기쁨을 자주 허락해서는 안 됐다. 오늘 같은 위험을 무릅쓰고는 더더욱. 제천은 애써 마음을 가다듬고 사야에게 처소로 돌아가라 등을 떠밀었다.

"갈게요, 간다고요. 상처만 잠깐 봐주고요."

"깨끗한 물로 씻고 소독도 했습니다. 잘 아무는 중이니 돌아가시죠."

사야가 그 자리서 굳었다. 그녀의 표정이 멍해지더니 서서히 황당함으로 변해갔다.

"설마 그게 전부는 아니죠?"

제천은 대답 대신 창고 문을 열어 주변을 살피려 했다. 그러나 사야의 목소리가 커진 탓에 황급히 다시 문을 닫았다.

"피가 철철 났어요! 살갗이 찢어졌다고요! 손가락이 썩어 문드러질지도 모르는데 그냥 씻고 소독으로 끝냈다고요? 제천이야말로 미쳤어요? 죽으려고 작정했어?"

"소리, 낮추십시오."

"숙소로 옮겨주고 끝이던가요? 어의는? 탕약은?"

제천이 이를 악문 채 나직하게 말했다.

"어의는 높으신 분들을 위한 것. 금의위 숙소 상비약을 발랐습니다. 소리 좀, 낮추시죠."

"상비약? 상비약이라 그랬어요, 지금? 훈련하다 긁히면 핏방울 닦아내고 바르는 거? 제정신이에요? 고문당한 상처에다가……."

사야가 차마 말을 잇지 못하고 고개를 홱 돌렸다. 영수궁에선 아무렇지 않은 척하려 안간힘을 썼지만 제천의 상처가 어떤지는 눈으로 똑똑히 확인했다.

그런데 그 심한 상처에다가 고작 손 베면 바르는 상비약 따위나 바르고 치우다니. 너무 속상한 나머지 비난의 화살이 윤명에게 돌아갔다.

풀어준다는 약속만 지키면 다야? 사람이 반송장이 되었으면 상식상 의원에게 보여주고 약을 처방받게 해야지, 이대로 금의위 숙소에 던져 놓기만 하면 그만이냐고. 황제라서 그처럼 세세한 데까지 신경을 못 쓰는 건가?

하긴 냉궁에 갇혀 있을 때도 모두를 내보낸 탓에 상당한 불편을 겪었었다. 그녀의 침묵이 길어지자 제천이 먼저 말을 꺼냈다.

"일상엔 무리 없습니다."

"언제부터 돌아다닌 거죠?"

"사흘 쉬었습니다."

이젠 화를 낼 기운조차 없다. 사야는 품속에서 작은 연고통을 꺼냈다. 금의위 숙소와는 애당초 품질이 다른 명련궁의 상비약. 그녀가 쓸 일은 없었지만 궁녀들에게 듣기로 효과가 뛰어난 모양이었다.

"앉아요."

제천답게 과연 꿈쩍도 하지 않았다. 아, 정말이지 사내들 다루는 건 쉽지가 않아. 사야가 속으로 고개를 절레절레 내저었다. 윤명과 제천, 고작 두 사람 좌지우지하기도 이리 힘든데 우리 명련궁 앵앵이는 어쩜 정인을 넷이나 두고 있는 거지?

"이것만 바르면 얌전히 돌아갈게요."

제천이 그제야 느릿하게 움직였다. 물론 저 혼자 바를 수 있으니 연고를 달라고 억지 부리는 것도 잊지 않았다. 이걸 예상하다니, 나도 이제 제천이란 사내 다루는 법을 슬슬 터득해 가나 봐. 사야가 어림없다는 듯 코웃음을 쳤다.

"등 한가운데에 잘도 바르겠네요. 이렇게 실랑이할 시간에 얼른 발라주고 끝낼 텐데."

제천이 잠시 흘겨보다가 평상복을 벗었다. 사야의 입에서 제일 먼저 튀어나온 것은 작은 비명이었다.

시뻘건 새살이 돋아나는 와중에 몸을 움직였으니 등이 멀쩡할 리 만무했다. 이 사람은 통각이란 걸 모르나? 무딘 거야 미련한 거야 도대체 이 몸으로 왜 나다니는 거야?

사야는 차마 건드릴 생각도 못하고 하염없이 상처로 얼룩진 등을 쳐다보다가 거듭 재촉을 받고서야 연고통을 열었다.

"미안해요……."

손가락 끝에 연고를 조금 덜어내던 사야가 작게 중얼거렸다. 그녀의 약한 모습을 보고 견딜 자신이 없어 제천은 어서 약이나 바르시라 대꾸했다.

"아프면 말해요. 더 살살 바를 테니까."

그냥 빨리 발라도 된다고 하려던 제천은 어깨 뒤로 가볍게 내려앉은 사야의 손길에 입을 다물었다. 끔찍한 고통도 며칠 계속되니 전신의 감각이 무뎌졌다 할까. 안 아픈 상태가 어떤 것이었는지 잊을 정도라 그저 시간이 지나면 낫겠거니 여기고 있었다.

그런데 행여 조금이라도 잘못 건드릴까 잔뜩 긴장한 사야의 손끝이 등 위로 느껴지자 갑자기 온몸의 감각이 되살아나는 것 같았다. 사야의 가는 숨결과 조심스러운 손길이 꼭 나비의 날갯짓처럼 느껴졌다.

그는 꽉 움켜쥔 주먹을 무릎에 내려놓고 눈을 감았다. 모든 감각이 그녀의 손끝을 향해 열려 있었다.

닿자마자 상처의 열을 식히는 시원한 연고가 먼저 조금 묻으면, 이어서 사야가 그것을 살살 펴 발랐다. 다 바른 다음엔 느껴질 듯 말 듯 갈증이 나기 딱 좋을 정도의 숨결로 바람을 불어 그의 정신을 흩어놓았다.

미친 생각이긴 하지만 제천은 상처가 더 많았더라면 하고 바랐다.

"괜찮아요? 견딜 만한가요?"

사야가 손을 떼고 물었다.

벌써…… 끝났나? 현실로 돌아오기 위해 잠시 아득한 시간을 보낸 제천이 채찍질을 당하고도 안 내던 신음 소릴 흘렸다.

"아파요? 어디? 어디요?"

"아무래도 손가락이……."

"맞다, 손도 다쳤었죠! 어디 돌아봐요. 아직 연고가 남았으니까."

등 한가운데 상처도 혼자 처리하겠다던 사람이 순순히 손을 내밀었다. 냉찜질로 붓기는 가셨으나 피멍과 상처는 여전했다. 사야가 울상을 하고 연고를 발랐다. 등과 같은 과정이 이어졌다. 제천은 단순하고도 느린 그 과정을 낱낱이 음미했다.

"다 됐어요. 연고가 스며들 때까지 옷 입지 말고 있어요."

"실례가 많았습니다."

실례는 무슨, 하고 사야가 입술을 비죽였다. 방마다 하나씩 걸어두는 작은 등불에 그녀의 여린 선이 아른거렸다.

위험해. 제천이 규히 시선을 돌렸다. 그 모습을 오해한 사야가 연고통을 갈무리하다 말고 그의 이마에 손바닥을 갖다 댔다.

"왜 그래요. 열 있는 건가? 혹시 어지러워요?"

"아닙니다. 그냥."

"그냥? 그냥 뭐요? 아프면 아프다고 얘기해요. 오늘은 연고밖에 안 들고 왔지만 처소에 좋은 약이 넘쳐나니까."

"그냥 두십시오, 그냥."

손 좀 떼고 내버려 둬. 제천이 사야의 손길을 피하려 애쓰며 속으로 자책했다. 등에 연고를 바르게 두는 것으로 충분했다. 딱 그까지가 한계였는데 너무나 오랜만에 느껴지는 그녀의 손길에 그만 욕심을 부리고 말았다.

이대로 있다간 흐릿한 등불 아래서 사야를 안을지도 몰랐다. 이제 그만 일어서려는 순간 끼익, 하고 문이 열렸다.

"제, 제천. 사람이."

"이쪽으로."

짐 더미 뒤로 몸을 숨기기가 무섭게 두 사람이 창고 안으로 들어왔다. 숨죽인 여인의 웃음소리와 사내의 숨소리가 들렸다.

"아이, 너무 급하신 거 아니에요?"

여인이 앙탈을 부리자 사내가 낮게 웃더니 분주하게 손을 놀렸다. 민망할 정도로 완연히 옷 벗기는 소리가 났다. 둘의 희롱이 잠시 이어지다가 어느 순간 누가 먼저랄 것도 없이 신음을 토해냈다.

제천의 품에 안겨 있던 사야의 눈이 커졌다. 그녀가 눈으로 말했다. 제천, 설마 저 사람들 지금? 그가 인상을 쓰며 조용히 하라는 눈빛으로 으르렁댔다.

"나리, 천천히."

"윽, 허리 돌리는 게 누군데."

사야의 입이 벌어지기 시작했다. 그녀가 제천의 가슴팍을 톡톡 두드렸다.

지금 하고 있는 거 맞죠? 우리 옆에서?

제천이 대답을 피하며 죽일 기세로 짐 더미 너머를 노려보았다. 젖은 살갗이 부딪히는 소리가 음란하게 울리는 가운데 사야가 다시금 톡톡 두드렸다. 끝날 때까지 기다려요?

"깊게, 더 깊게요, 아아."

"훗, 그만 좀 조이라고."

언제까지 할 셈이야? 충격이 가시고 슬슬 부아가 나기 시작한 사야가 짐 더미 너머로 고개를 내밀려 하자 그녀를 끌어안는 힘이 강해졌다.

왜 그러느냔 무언의 항의를 무시하고 제천이 슬그머니 팔 위치를 움직여 사야의 귓가를 눌렀다. 그러자 헐떡이는 숨소리와 교성이 멀어졌다.

그녀가 팔을 톡톡 두드려 이럴 필요가 없다는 눈짓을 했으나 이 뒤로 숨은 이래 번번이 그녀의 뜻은 무시되기 일쑤. 제천이 모른 척 짐 더미 한가운데에 시선을 고정했다.

"흐응, 너무 거칠었어요. 앞섶이 뜯어진 것 좀 봐."

"몇 땀 뜨면 되는 것 가지고. 손 야물기로 소문 자자한 사람이 왜 그래?"

여전히 반쯤 뒤엉켜 나가던 두 사람 중 여인 쪽이 발이 걸려 넘어졌다. 여인을 부축하려던 사내가 짐 더미 너머에 누군가 있음을 발견했다. 사야가 사내의 접근을 깨달은 순간, 다른 생각을 할 틈도 없이 바닥에 눕혀졌다.

"으읍!"

제천이 도톰한 입술을 빨더니 한 손으로 그녀의 몸을 훑어 내렸다. 치아의 틈새를 가르고 들어오는 말캉한 혀에 오싹함마저 느껴지는데, 그는 거기서 멈추지 않고 하체를 밀착한 뒤 허리를 타기 시작했다. 은밀한 곳에 부딪혀 오는 단단한 이물감에 사야는 저도 모르게 몸을 틀었다.

"흐읏……."

숨 가쁜 신음을 흘리자 그의 허리놀림이 더욱 거세졌다. 아득한 의식 너머로 어이쿠, 하는 사내의 놀란 소리가 들렸다.

"이거 먼저 온 임자들이 있었구먼."

여인을 부축하여 서둘러 나가는 소리가 들리고 곧 발소리가 멀어지자 제천이 아쉬운 듯 입술을 떼었다.

아쉬운 듯. 뭔가 표현이 잘못된 것 같지만 사실이었다. 그가 팔로 상체를 지탱한 채 사야의 위에서 호흡을 고르다가 어느 순간 몸을 일으켰다. 상처를 건드렸는지 그의 인상이 살짝 일그러졌다.

"어, 그, 그럼 이만, 갈까요."

"……잠시."

제천이 그녀의 손목을 잡아 다시 앉히더니 통증을 견디는 사람처럼 이를 악문 채 말했다.

"명련궁까지 바래다 드리겠습니다."

"아, 고마워요."

"일각 후에…… 아, 아닙니다. 그냥 지금 일어서죠."

영문 모르는 사야는 그저 제천의 이끄는 대로 따랐다. 명련궁 근처에 이를 때까지 두 사람은 침묵 속에서 걸었다.

"제천은…… 경험이 많은가 보죠?"

뜬금없이 불쑥 튀어나온 질문은 시기도 시기지만 그 내용은 더 황당할 지경. 그가 도대체 그 말은 무슨 뜻이냐 물으려는데 사야가 중얼거렸다.

"잘하네."

당황한 기색을 감추지 못한 제천은 임기응변도 모르시느냐 대꾸했다. 하지만 사야는 자신만의 생각에 빠져 그의 말을 건성으로 넘겼다. 그러고는 그의 낯을 빤히 보더니 하는 말이 이랬다.

"얼굴은 색(色)이라곤 모를 것처럼 생겨선 혀 놀림이며 허리 타는 거며. 저기, 본인이 상당히 야하다는 거…… 알고 있어요?"

"대체 무슨."

"금의위니 망정이지 황제였어 봐. 휴, 궁녀가 남아나질 않았을 거예요."

고개까지 내젓는 그녀를 향해 제천이 말했다. 제자리에 우뚝 서기까지 한 채로. 그 때문에 사야도 걸음을 멈춰야 했다.

"전 함부로 연심을 나누지 않는 사람입니다. 일생일세(一生一世), 한 사랑이면 족합니다."

그 단호한 어조에 괜히 사야의 가슴까지 두근거렸다. 그러나 애써 아무렇지 않은 척을 하며 말꼬투리를 잡아 매달렸다.

"상대방은 그렇지 않다면? 사실 제천은 뭐랄까, 굉장히 차가운 느낌이잖아요. 거리감이 느껴진다 해야 하려나. 상대방이 외로워서 먼저 다른 사내를 찾을지도 모르죠."

숙소에서 마주친 이래 짐 더미 뒤로 숨었던 시간을 제외하고는 제대로 눈을 맞춘 기억이 없는데 이때만큼은 제천이 사야를 똑바로 응시하며 말했다.

"그건 불가능할 겁니다."

어찌나 또박또박 말하는지 사야는 되묻지 않을 수가 없었다.

"어째서요?"

"밤낮 가리지 않고 품을 테니까요. 전혀, 다른 사내 생각을 할 수조차 없을 만큼, 집요하게."

절대 누군가를 지칭하지 않고 나누는 대화임이 분명한데 침이 꼴깍 넘어가는 위기감은 어디서 온 것인지. 사야가 헛기침을 핑계로 손수건을 입가에 가져다 대었다. 두 뺨이 화끈 달아오른 것 같았다.

"어, 다 왔어요. 모퉁이만 돌면 되니까. 음, 그나저나 제천의 부인 될 사람은 꽤나 고생하겠네요."

그녀의 말에 그가 픽 웃었다.

"그 정도 고생은 해도 됩니다. 톡톡히 받아낼 빚이 있으니까."

❀ ❀ ❀

며칠 전부터 사야는 입안의 혀처럼 굴면서 윤명을 졸랐다. 금은 보화도 사양하던 그녀가 바라는 건 딱 하나, 출궁이었다. 그것도 궁인과 호위들을 줄줄이 끌고 나가는 정식 출궁이 아니라 평복을 하고 몰래 나가는 잠행.

황제의 몸으로 밖을 돌아다니는 게 어디 그리 쉬운 줄 아느냐는 윤명의 구박에 그녀는 정 그렇다면 혼자라도 다녀오게 해달라고 매달렸다. 어림도 없는 일이다.

그러나 호화로운 선물에도 담담히 미소 지을 뿐이던 사야가 이토록 무언가를 원하는 건 처음이라, 윤명은 단 하루라는 조건으로 이를 수락했다. 그러면서 수행인으로 부 호위와 제천을 지목했다.

부 호위는 그렇다 쳐도 제천은 의외였다. 사야부터가 묘한 표정을 지었다.

"윤명은 그가…… 마뜩잖은 거 아니었어요?"

윤명은 이번 출궁을 사야의 마음을 사로잡는 기회이자 바로 옆에서 제천을 견제코자 하는 수단으로 삼았다. 남들의 시선으로부터 좀 더 자유로운 곳에서 제천이 어찌 행동할지 지켜보려는 속셈도 있었다.

하지만 절대 이런 속내를 드러내지 않고 그저 흐뭇하게 웃었다. 넌 그저 아무 걱정 없이 즐겁게 하루를 보내면 된다는 말에 사야는 떨떠름하게 고개를 끄덕였다.

"궁 밖은 실로 오랜만이다. 과연 활기가 넘치는군."

"오늘 큰 장이 선다고 들었습니다. 아마 그 때문에 더욱 분주할 것입니다."

"그런가."

어쨌건 그런 과정 끝에 오늘, 평복을 입었으나 누가 봐도 범상치 않아 보이는 네 명의 인물이 황도 번화가를 누비고 다니게 되었다.

세도가의 도련님으로 분한 윤명, 남복(男服)을 입었으되 잘록한 허리를 드러내고 대신 삿갓으로 얼굴을 가린 사야, 그 뒤를 따르는 검은 무복 차림의 제천과 부 호위가 주인공이었다.

두 눈이 번쩍 떠지는 사내들의 외모에 황도 처자들이 탄성을 내질렀다. 하나 사내들의 온 신경은 신나서 돌아다니는 사야에게 집중되어 있었다.

"귀뚜라미다!"

사야가 나직한 탄성을 지르더니 일행은 상관치 않고 목표물을 향해 다다다 달려갔다. 그곳엔 어른이고 아이고 할 것 없이 흥미진진하게 둘러 앉아 귀뚜라미 싸움을 구경하고 있었다.

"사야, 그렇게 뛰면……."

"아가씨!"

"좀 잡아보게, 부 호위."

사내들의 한숨과 시름이 깊어졌다. 황궁 밖으로 나온 지 한 시진 반. 사야는 마차를 타고 황궁 문을 나서는 순간부터 긴장한 기색을 감추지 못하더니 번화가 골목에 내리자마자 기대 이상의 선물을 받은 아이마냥 어찌할 바를 몰랐다.

그러나 안절부절못하던 순간도 잠시. 그녀는 이내 무엇 하나 그냥 지나치는 법 없이 일일이 감탄하고 반응을 보였다.

"이게 말로만 듣던 과일사탕인가?"

"어서 옵쇼, 아씨. 맛도 좋고 값도 쌉니다."

한눈에 있는 집 사람들임을 간파한 장사치가 사야 앞에 색색의 과일사탕을 늘어놓았다. 꼬챙이에 한 입 크기의 과일을 줄줄이 꽂아놓고 설탕물을 듬뿍 입힌 간식거리는 대단한 단맛을 자랑할 것처럼 보였다.

사과, 수박, 복숭아부터 남방 열매까지 종류도 다양했는데, 황궁에 진상되는 것만큼 고급은 아님이 분명하니 아마 그 부족한 맛을 설탕 옷으로 감싼 것이라. 그 설탕 또한 저급이겠으나 사야는 신나서 한 번에 세 개의 사탕을 골랐다.

"참."

그녀가 깜빡 했다는 듯 뒤에 주르르 서 있는 사내들에게 몸을 돌렸다.

"내 생각만 했네요. 누구 먹을 사람?"

혀가 녹을 것 같은 단맛. 과일을 두텁게 덮고 있는 설탕을 질린 눈으로 쳐다보던 세 사내가 고개를 절레절레 저었다.

"도련님, 드시겠어요?"

"아, 아니. 괜찮다."

윤명이 애써 웃으며 거절했다. 설탕 잔뜩 바른 과일사탕 꼬챙이 끝이 이번엔 제천을 향했다.

"됐습니다."

말을 꺼내기도 전에 거절부터 나왔다.

"부 호위?"

"아까 다른 걸 많이 먹어서. 아가씨께서 드시지요."

"흠, 왜 안 먹지?"

사야가 이해할 수 없다는 눈으로 사내들을 쳐다보며 한 알을 빼 먹었다. 빨간 열매가 입안으로 들어가는 광경을 지켜보던 세 명의 표정이 죄다 조금씩 일그러졌다. 이어서 한 알 더. 대신 값을 치른 부 호위는 진심으로 걱정된다는 시선으로 사야를 보았다.

"맛만 좋은데."

그다음으로 일행의 발걸음을 잡은 건 시끌벅적하게 벌어진 투호 판이었다. 사야가 이를 지나칠 리 없었다. 사람들 틈을 비집고 들어가 맨 앞자리를 차지하자 판 주인과 한 소년이 눈에 들어왔다.

"도합 세 개를 넣었으니 꿀과자 당첨! 자, 다음엔 꼭 팔찌를 받아 가거라."

"와하하하!"

왠지 놀리는 듯한 주인의 말에 소년의 얼굴이 더욱 일그러졌다. 사야는 옆 사람에게 방금 전의 일을 물었다.

"동전 다섯 닢을 내면 한 판 할 수 있는데 일등 상품이 무려 만화루 식사권이지 뭐요? 그 비싼 요릿집에서 맘껏 먹을 수 있다니 저 녀석도 용돈을 털어 넣은 게지. 그런데 다섯 개 중 세 개밖에 못 넣었소."

세 개 넣으면 꿀과자, 네 개 넣으면 팔찌, 다섯 개 모두 넣으면 식사권을 준다며 호객하는 소릴 흘려듣는데 옆 사람이 제 일행에게 하는 말이 귀에 들어왔다.

"이상하군. 왜 다들 세 개밖에 못 넣지?"

"저게 보긴 쉬워도 의외로 해보면 어렵다니까?"

"아니, 아무리 그렇다 해도 이 많은 사람 중에서 투호 한 번 안 해본 사람이 있겠냐는 말일세."

순간 사야의 표정이 묘하게 변했다.

"뭘 그리 생각하느냐?"

"……한 명만."

사야는 뜻 모를 혼잣말을 중얼거리다가 기세 좋게 나서는 한 사내를 지켜보았다. 판 주인의 추임새와 함께 화살이 허공을 갈랐다. 던지는 족족 들어가는 화살에 분위기가 고조되었다. 그리고 사내가 네 번째 화살을 던진 순간.

"아, 그런 거였어?"

사야가 김샜다는 듯 웃었다.

그녀는 이내 윤명에게 귓속말을 건넸고 당당히 참가자로 나서서 다섯 개의 화살을 통에 넣었다. 네 번째 화살을 던질 때부터 윤명에게 잡혀 있던 판 주인은 하늘이 무너진 듯한 표정으로 식사권을 넘겨주었다.

아예 판을 접는 주인에게 손톱만 한 은자를 주고 돌아서는 사야. 그녀가 합류하길 기다리던 윤명이 눈을 가늘게 떴다.

"속임수로 돈을 번 자다. 네가 말하기 전까진 나조차 그가 통을 움직이는 줄 몰랐어. 어째서 저런 자에게 돈을 준 거냐?"

"저도 처음엔 바로 망신을 주려고 했죠. 그런데 다시 생각해 보니 기회를 주는 것도 나쁘지 않겠다 싶었어요."

윤명이 물정 모르는 어린아이를 대하듯 사야를 보았다.

"그런다고 그가 잘못을 뉘우칠 것 같으냐?"

"그건 모를 일이죠. 하지만 그 자리서 망신을 줬다면 그나마 뉘우칠 여지마저 사라졌을 걸요?"

"아직 네가 잘 모르는 거다."

윤명이 잘라 말했다.

"죄인을 벌하는 대신 그 허물을 덮어준다면 나라의 기강부터 흔들리지."

사야는 윤명이 그렇게 나오길 예상한 듯 고개를 내젓다가 어느 가게 담벼락 밑에 주저앉아 있는 소년을 한참 바라보았다. 남루한 행색의 소년은 사야보다 먼저 투호판에 참가했던 아이였다.

소년의 손에 꿀과자가 온전한 그대로 들려 있었다. 사야가 세 사내를 차례로 돌아보고 나서 소년을 향해 다가갔다.

"그거 안 먹을 거니?"

소년이 사야를 힐끔 쳐다보고는 퉁명스레 답했다.

"누이동생 줄 거예요."

"어머, 그 아이는 좋겠네. 너처럼 양보하는 오라버니가 있어서."

흥, 하고 소년이 코웃음을 쳤다. 가까이서 보니 꽤 영민하게 생겼으나 삶이 고되었는지 또래에겐 없는 슬픔과 상처가 눈매에서 묻어났다.

"좋긴 뭐가 좋아요. 찢어지게 가난한 집 딸년 주제에 쓸데없이 고와서는. 색주가 아저씨가 호시탐탐 노리고 있다고요. 언제면 저 집이 굶주림에 미쳐 딸을 팔까 하고."

말투가 거칠고 상스러운 표현도 간간이 들리지만 영 배운 것 없는 무지렁이는 아닌 것 같았다.

"그 계집애도 아가씨처럼 부잣집에서 태어났으면 좋았을 텐데."

사야가 붉은 종이를 만지작거리자 소년의 시선이 그것을 따라갔다. 아까 낸 다섯 닢은 소년에게 있어 큰돈이었을 것이다.

하지만 고급 요릿집에서 배불리 먹을 수 있다는 말에 기대를 품고 그 돈을 냈고, 두 닢이면 충분히 살 수 있었을 꿀과자 한 봉지만 손에 돌아왔다. 사야는 붉은 종이를 소년에게 내밀었다.

"가질래?"

애타게 원하던 방금 전과 다르게 소년이 사야의 손을 홱 밀어냈다. 거친 태도에 부 호위가 나서려 했으나 제천이 그를 막았다. 좀더 기다려 보라는 눈빛이었다. 소년이 소리쳤다.

"곽가 사람은 동정 따윈 받지 않아! 우린 거지가 아니니까…… 굶어 죽어도 구걸하지 않고 맞아 죽어도 무릎 꿇지 않는다고…… 아버지가 그랬어요."

이를 들은 사야가 멈칫하더니 조용히 읊조렸다.

"……추운 겨울이 되어야 송백의 푸름을 알게 된다(歲寒然後知松栢之後彫)."

"네?"

당연하게도 소년은 학당을 제대로 다닌 적이 없었다. 소년이 되묻자 사야는 고개를 살짝 젓고는 소년의 흘러내린 앞머리를 걷어주었다.

"네 절개가 송백을 닮았구나."

"송백은…… 사람 이름인가요?"

사야에게서 잔잔한 웃음소리가 흘러나왔다.

"흠, 그럴 수도 있겠다."

맞는 건지 아니라는 건지. 배운 것 많은 아가씨가 하는 말이니 어려운 게 당연하다고 생각하며 소년이 고개를 다시 떨어뜨리려는 무렵이었다. 사야가 뜬금없이 내기를 제안했다. 조그만 돌멩이 다섯 개로 홀짝을 맞춰 이긴 사람의 소원을 들어주자고 했다.

어려운 문장을 줄줄 외는 거라면 문외한이지만 홀짝 맞추기 정도는 자신 있었기에 소년의 마음이 흔들렸다. 자신이 이기면 식사권을 요구할 수 있었다.

이건 동정이나 구걸이 아니라 정정당당한 내기이기 때문에 아버지의 말씀을 어기는 것도 아니었다. 게다가 사야 측에서 먼저 제안한 것이다. 소년의 주저함을 눈치챈 사야가 손바닥 안에 돌멩이를 넣고 찰찰 흔들면서 말했다.

"만약 내가 이기더라도 무리한 요구는 하지 않을게, 약속."

그 말에 소년이 마음을 정했다. 아이가 고개를 끄덕이자마자 사야는 돌멩이를 두 갈래로 나눠 쥐면서 먼저 두 번 진 사람이 패자라고 말했다.

소년은 사야의 양손을 뚫어지게 노려보다가 오른손을 향하여 '홀'이라고 외쳤다. 사야가 손바닥을 펼치자 두 개의 돌멩이가 나왔다. 소년이 실망한 얼굴로 돌멩이를 받아 쥐었다.

"이번엔 아가씨 차례예요."

"왼손. 짝."

소년이 이번엔 득의양양하여 손바닥을 펼쳤다. 그곳엔 한 개의 돌멩이가 있었다. 사야가 다시 건네받아 흔들었다. 이번에도 지면 소년이 패자가 되는 것이기에 아이의 표정이 몹시 진지해졌다.

오랜 고민 끝에 '왼손, 짝'을 외쳤고 사야가 손바닥을 펼쳤다. 왼손 안에 들어 있던 돌멩이는 다섯 개였다. 소년의 패배. 사야가 웃으며 꿀과자 봉지를 쳐다보자 소년은 그나마 건진 이것마저 잃는가 싶어 침울한 표정으로 그녀의 소원을 기다렸다.

"너 그 꿀과자."

"네에……."

"내 종이랑 바꾸자."

소년이 동그랗게 놀란 눈으로 사야와 그녀의 손에 들린 붉은 종이를 번갈아 쳐다보았다. 지금 이 보잘것없는 꿀과자 한 봉지와 만화루 식사권을 교환하자 하시는 건가? 도대체 왜? 소년이 더듬거리며 물었다. 상처 가득했던 눈매가 어느새 또래 아이들의 것으로 바뀌어 있었다.

"왜, 왜요? 아가씨가 이겼잖아요?"

사야가 꿀과자를 낚아채더니 빈자리에 붉은 종이를 꼭 쥐어주었다.

"응, 이겼으니까 내 맘대로 하는 거야."

"그런데, 왜, 이겼는데 더 좋은 걸 주는 거예요?"

사야가 부드러운 손길로 다시금 소년의 머리를 쓸어주었다.

"그 이유는 네가 찬찬히 생각해 볼래? 이겼는데도 더 좋은 걸 양보하는 이유. 그리고…… 언젠가 네가 나와 같은 입장이 되었을 때 오늘 일을 떠올려 보렴."

사야가 몸을 일으켰다. 여전히 얼떨떨한 소년의 시선이 그녀를 따라왔다. 사야가 윤명 일행과 합류하여 조금 걸었다. 소년과의 거리가 어느 정도 벌어졌을 때쯤, 그녀가 말했다.

"깨달음, 어때요?"

갑작스러운 그녀의 말에 윤명이 그녀를 쳐다보았다.

"도련님의 질문에 대한 제 답으로요."

사야가 천천하지만 또박또박한 어조로 말을 이었다.

"이겼는데도 더 좋은 것을 양보하는 이유. 전 오늘 저 아이에게 작은 화두를 던져 줬어요. 그 이유에 대해 고민을 거듭하다가 결국 깨달음을 얻는 순간 저 아인 타인에 대한 배려와 관용을 마음에 새기며 살게 될 거예요. 한번 생각해 보세요. 배려와 관용을 아는 사람이 쉽게 악행을 저지를 수 있을지."

세 사람 모두 말이 없었다. 윤명의 나직한 경탄이 침묵을 깨뜨렸다.

"만조백관이 단목사야 너 하나만 못하구나."

사야가 웃음을 참더니 윤명을 흘겨보았다.

"세도가의 도련님이시라지만 황도 번화가에서 만조백관을 운운했다간 잡혀가실 걸요."

"그래, 하하, 실언하였다."

다시 걸음을 옮기려던 윤명이 문득 멈춰 섰다.

"그런데 아까 그 아이와 했던 내기 말이다. 네가 졌으면 어쩌려고 그랬느냐?"

"아, 그거요?"

사야가 생글생글 웃으며 몸을 뒤로 틀었다. 그녀가 장난스럽게 눈을 찡긋했다.

"전 절대 질 리가 없었거든요."

사야가 제천을 향해 무언가를 던졌다. 그녀의 소매에서 나온 것. 제천이 반사적으로 받았다가 손을 펴보았다. 홀짝 맞추기 내기를 할 때 썼던 돌멩이와 비슷한 모양이었다.

다섯 개의 돌멩이를 바닥에 버리는 걸 보았으니 이것은 분명 속 임수를 위한 여섯 번째 돌멩이임이 분명했다. 사야를 제외한 세 사람이 기가 찬 듯 웃었다.

"아직 시간이 충분하니 저쪽으로 가볼까. 화사한 장신구며 장난 감이 많아 재밌을 거다."

"좋아요."

사야가 윤명과 나란히 걸었다. 벌써부터 구경거리에 정신이 팔 리려는데 무언가 오른손을 톡 치고 떨어지는 느낌이 들어 아래를 내려다보았다.

방금 전 제천에게 던진 돌멩이. 슬쩍 넘겨다보니 당사자는 아무것도 모른다는 얼굴로 다른 쪽을 쳐다보고 있었다. 사야의 기척을 알아차린 윤명이 무슨 일이냐 물었다.

"아니요. 그냥, 쪼그만 강아지가 주인님 관심을 얻으려고 졸졸 쫓아다니네요."

"강아지가 있던가?"

사야가 몇 걸음 더 옮겼을 쯤 또 다른 돌멩이가 그녀의 손을 톡 때렸다. 아프지 않을 만큼 손을 톡톡 치는 돌멩이의 공격은 그 뒤로도 몇 번이나 이어져 그녀는 웃음을 참느라 애써야 했다.

❀ ❀ ❀

"절(寺)이다! 이거 절 맞죠? 번화가 한복판에 웬 절이람."

"산속의 절까지 가려면 너무 머니까 말이다. 그건 그렇고, 사야. 여기서 좀 쉬고 있겠느냐?"

"네, 그런데 어딜 가시게요?"

윤명이 빙긋 웃었다.

"아까 네가 만지작거리기만 하고 자리를 못 뜨던 가게에 가련다."

"도자전(陶磁廛)…… 저기, 도련님. 전 필요 없는데. 구경만 한 거예요."

"내가 가겠다는데 네가 왜 말리는 것이냐. 여기서 쉬고 있으라."

주인들이 하는 양을 지켜보던 부 호위가 점잖게 나섰다.

"제천, 자네와 가지."

먼저 나섰으나 호명하는 이는 제천이라. 어쩔 수 없는 서운함을 알아챈 사야가 부 호위의 팔을 잡아끌었다. 이에 윤명이 그녀에게 은근히 엄포를 놓았다.

"그 손."

부 호위의 팔을 살살 흔들며 그늘에서 쉬자고 달래던 사야와 미처 그녀를 뿌리치지 못하고 웃고 있던 부 호위가 윤명의 말에 동작을 멈췄다.

"너무 많은 꽃에 내려앉지 말거라, 나비야."

안절부절못하며 사야에게 윤명의 뜻을 묻는 부 호위. 두 사람을 뒤로하고 윤명과 제천이 걸음을 옮겼다. 한두 걸음 앞서 걷던 윤명이 지나가는 말투로 물었다.

"나비를 어찌해야 하겠나?"

제천의 대답을 기다리지 않고 그가 연이어 물었다.

"지조 없는 나비는 날개를 잘라야 할까?"

많은 뜻이 담긴 물음. 진의(眞意)를 파악하고 들으면 참으로 섬뜩한 말이었다. 제천이 그의 뒤를 따르며 답했다.

"날개를 잘린 나비가 과연 살 수 있겠습니까."

"그래, 그렇겠지. 틀린 말은 아니야."

매혹적이고 수려한 두 사내의 등장에 번화가가 또 한 번 들썩였다. 이번엔 남복을 입었음에도 여인의 선을 뽐내던 사야마저 없다. 길을 지나가던 처자들의 눈길에서 사뭇 교태가 묻어났다.

그러나 고운 처자들 쪽으로는 일별도 하지 않는 두 사람. 애타는 시선들을 외면하고 윤명이 말을 이었다.

"그럼 역시…… 꽃들을 꺾어야겠나?"

도자전 앞에 다다른 윤명이 몸을 돌려 제천을 보았다. 제천은 윤명의 은근한 기를 받아냈다. 심지어 되돌리기까지 하여, 윤명의 심기가 더욱 불편해졌다. 사야에게는 절대 드러내지 않는 냉혹한 황제의 면모였다. 엷은 미소와 온화한 비유로 눌러놓았던 윤명의 잔인함이 꿈틀거렸다.

정말이지 맘에 들지 않았다.

"나비가 내려앉는 만큼 열매가 영글거늘. 화원의 주인이 상당히 난폭한 자인가 봅니다."

제천의 답에 윤명의 입꼬리가 슥 올라갔다. 한쪽만 올라가는 냉소였다.

"평소엔 온유한 자이나 나비에 관해서만은 퍽 엄격해져서 말이야. 아주 지독한…… 나비 벽(癖)을 앓는 자라더군."

"병이 있다면, 의원에게 보여야죠."

윤명의 미소가 완전해졌다. 그가 패물들을 내려다보며 말했다.

"꽃은 꽃인데 말을 하는군."

해어화(解語花). 말을 알아듣는 꽃이라 하여 보통 기녀들을 일컫는 표현이나 지금 윤명이 뜻하는 바는 그것이 아니었다. 그가 나뭇잎 무늬를 새겨 넣은 은장도를 하나 빼어들고 이리저리 살펴보다가 뾰족한 끝을 제천에게 들이밀었다.

"어떤가."

"괜찮은 물건이군요."

"그래? 난 꽤나 거슬리는데."

윤명이 은장도를 제자리에 내려놓았다.

"꽃은 그저 입 다물고 있어야 하는 거 아닌가."

제천의 눈길이 각양각색의 패물을 스치고 지나가다가 어느 머리장식에서 멈추었다. 정교한 은제 머리꽂이에는 맑은 빛깔의 홍보석이 쪼르르 달려 있었다. 그것을 보자 수년 전 사야와 첫 입맞춤을 나눈 밤이 떠올랐다. 그때 사야가 달고 있었던 머리꽂이와 상당히 비슷했다.

"아니면…… 꽃 행세를 하고 있던 옛 주인이라거나."

제천이 아무 대꾸도 하지 않자 윤명이 한 걸음 다가섰다. 가만히 서 있는 제천의 귓가로 몸을 기울인 윤명이 낮게 속삭였다.

"꽃이 아니라…… 송백이던가."

제천의 눈동자가 잠깐 흔들렸다. 아까 소년의 자존심과 절조를 대하고 사야가 읊었던 문장. 그리고 이어졌던 말. 윤명이 숨겨진 뜻을 흘려들었을 리 없었다.

제천도 사야의 말을 들었을 당시 뜨끔했지만 윤명에게서 이상한

304

낌새는 느껴지지 않았는데. 오랜만에 그녀가 한껏 들뜬 모습을 보게 되어 제천 자신 역시 기뻤던 모양이다. 윤명을 옆에 두고 그녀에게 소소한 장난을 치기까지 했으니.

하지만 제천은 이 모든 흔들림을 접어두고 그저 태연하게 시선을 되돌릴 뿐이었다. 윤명이 이어서 으르렁거렸다. 이를 악물고 나직하게 한 자 한 자 내뱉는 기세가 심상치 않았다.

"과거 불문. 황제의 여인을 탐내다니. 제천, 네가 진정 천자가 두렵지 않은 것이냐."

제천이 감히 황제와 눈을 마주쳤다.

"물으시니 답하겠습니다. 제게 있어 인간은, 두려움의 대상이 되지 못합니다."

실로 놀라운 발언이었다. 부 호위가 있다면 말릴 엄두도 못 내고 그 자리에서 석상이 되어버릴 만큼 엄청난 말을 한 것이다.

천자라 일컫는 황제를 한낱 인간으로 깎아내렸으며, 그의 위엄조차 무(無)로 만들어버렸다. 지금 이 자리에서 윤명이 제천의 목을 쳐도 할 말이 없어야 했다. 윤명의 몸이 충격과 분노로 부들부들 떨렸다.

"미친 게로구나."

"소신은 어릴 적부터 뭇사람들과 별 교류 없이 자랐으며 이후로도 산골에 박혀 세속의 도리와 동떨어져 지냈습니다. 송구하오나 어찌할 수 없는 사실입니다. 사람 위에 사람이 있다는 말은 소신에겐 이상합니다."

"허면 그런 자가 어찌 황제와 황궁을 지키는 금의위에 들어와 있는가?"

제천이 마음을 다잡았다. 지금부터가 가장 중요한 부분이었다. 입궁 전 함께 계획을 짤 때 사야는 제천이 연기에 손톱만큼의 소질도 없다는 것을 간파한 뒤 그에게는 적절한 시기에 정보를 흘려줄 것만을 지시했다.

나머지는 자신이 알아서 하겠다고 말했다. 기억을 잃더라도 머리회전까지 안 되진 않을 터이니 맡겨달라고 덧붙였다.

하지만 살얼음판인 황궁 생활에 제천도 조금씩 익숙해지면서 사야에게만 의지할 수 없다는 사실을 깨달았다. 그녀에 대한 믿음과는 별개로, 계획이란 게 변수에 좌우될 수 있음을 알게 된 것이다.

그래서 그는 원래 계획을 벗어나지 않는 선에서 독자적으로 움직이기로 결심했다. 거짓말과 연기를 하지 않고도 원하는 방향대로 상황을 끌어갈 수 있는 방법은 진실을 말하는 것뿐. 다만 진실을 말하기 전에 앞뒤로 여러 장치를 배치하는 것이 중요했다.

이에 제천은 십여 년간 지켜봐온 사야의 사고방식을 빌려 자신의 것으로 풀어냈다. 명련궁의 비밀함 사건이 바로 그것이었다.

일전에 란이 말했듯 윤명은 황제로서의 포부와 삶에 대한 열망이 대단했다. 사야에게 푹 빠졌다고 하나 란이 교활한 방식으로 간의 효능을 터뜨리게 된다면 그는 분명 흔들릴 터였다. 지난번 사야의 회복력을 밝힐 때와 같이 간에 대해서도 이쪽이 먼저 움직여야 했다.

그리하여 제천은 인간 윤명에 대해 파고들었고, 그가 절대 타인을 믿지 못한다는 사실을 파악했다. 사랑하는 여인에게 선물이라며 준 비밀함도 그 의혹의 연장이란 것까지 알아냈다. 사야에게 비밀함을 주었지만 언젠가는 반드시 그것을 열어볼 터였다.

조사를 마친 제천은 비설조의 기록을 베껴 그것을 사야의 침상 아래에 넣었다.

그녀가 그 충격적인 기록을 비밀함에 보관하길 바라며. 그리고 그 기록을 조만간 윤명이 읽고 그녀에 대한 죄책감을 느끼길 기원하며.

이제 윤명이 사야의 거의 모든 배경에 대해 알게 되었으니, 남은 일은 '상품의 가치'를 몇 갑절로 올리는 것이었다. 올리고 또 올려서 마침내 그녀의 가치가 윤명의 목숨 값을 넘어서게 만드는 것.

이에 관해선 군이 사야의 사고방식을 빌려올 필요도 없었다. 제천 자신도 어엿한 사내이므로 한 여인을 더욱 탐나게 보이도록 하는 법을 알고 있었다.

바로 경쟁자의 등장이다. 제천은 비로소 자신이 진실을 말하면서도 역할을 다할 수 있는 날이 왔다는 것에 사조할 뻔했다.

"정혼녀를 위해서입니다."

윤명의 눈에 아주 차갑고 날카로우며 잔혹한 무언가가 스치고 지나갔다. 그의 자제력이 곧 한계에 다다르려 하고 있었다.

"정혼녀가 있었나, 제천? 그것 참 흥미로운 일이군. 왜냐하면 얼마 전 황궁 내 동향을 보고받기로 자네에겐 교제하는 궁녀가 있다고 들었거든."

역시 알게 되었나. 그날 사야의 밤나들이는 확실히 위험했다. 얼굴을 들키지 않았다고는 하나 이미 금의위 동료 몇이나 그녀를 보았다.

하지만 제천의 평정심은 놀라운 수준에 이르렀고 이제 이 정도 위협에는 동요하지 않았다. 제천이 조금 부끄러운 듯 웃음을 머금었다. 전혀 의도한 바는 아니었지만 그의 희미한 미소에 도자전 구경을 온 소저들이 죄다 숨을 들이켰다.

"부끄럽습니다. 정혼녀를 두고도 또 다른 여인을 품었으니, 이 어찌 수치스러운 일이 아니겠습니까."

황후를 두고도 후궁을 스물이나 들인 뒤 또다시 사야에게 매혹된 윤명을 은근히 조롱하는 말투였다. 무엄하다는 표현으로도 부족한 제천의 언행에 윤명은 헛웃음이 나올 지경이었다. 잠시 아연해졌던 그가 다시 칼날을 날카롭게 갈았다.

"사야가 조르기도 했지만 나 역시 답답한 황궁 밖에서 바람을 쐬고 싶었다. 마침 입궁 전 오누이 지간이나 진배없었다던 자네가 떠올랐지. 사야와 혼인한다면 자넨 내게 처남이 되는 셈인데 이 기회에 좀 더 알고 싶어져서 말이야. 말이 나온 김에, 그 정혼녀에 대해 깊이 얘기해 보라. 그녀는 지금 어디에 있는가?"

"창랑(昌朗)에 있습니다."

"창랑이라…… 거긴 사막이 아니던가."

"예, 듣자 하니 야경이 아름답다더군요."

간신히 억눌렀던 윤명의 살기가 다시금 꿈틀거리는 듯했다. 그가 비밀함의 기록을 읽었다면 사야의 혼인에 관해서도 읽었을 것이다. 기록을 옮겨 적을 때 제천은 일부러 자신의 이름을 누락시켰다.

윤명이 사야에 대해서만큼은 미안함과 안쓰러움만을 느끼도록. 그리고 그 사실을 자신이 터뜨려 질투와 분노는 모조리 제천 그에게 향하도록.

"정혼녀의 이름을 물어도 실례가 되진 않겠지?"

순간 제천은 지금의 상황도 잠시 잊고 따스한 미소를 머금을 뻔했다. 예전에 사야와 주고받던 말장난이 떠오른 것이다.

그녀가 열다섯이었던가. 비유와 전고(典故)는커녕 에둘러 말할 필요성도 자각하지 못하는 그를 두고 한탄을 거듭하던 사야는 이제부터 자신의 말이 무엇을 뜻하는 건지 맞춰보라 했다.

화중왕, 부귀화, 천향국색, 백화왕. 제천의 답은 심히 귀찮다는 표정이었다. 정답은 모란이었지만.

그날을 기점으로 두 사람은 같은 대상을 두고 여러 가지로 말하는 놀이를 시작했는데 이후로 점점 발전하여 나중엔 새로운 표현을 만들어내는 경지에 이르렀다. 윤명의 물음에 제천이 차분한 어조로 답했다.

"일향심(一向心)입니다."

윤명은 이성의 끈을 놓지 않기 위해 안간힘을 써야 했다. 일향심. 언제나 한결같은 마음. 그의 뱃속이 뒤틀렸다.

영수궁에서 그 일이 있고 나서도 란은 몇 번이나 은근히 사야의 의심스러움에 대해서 경고해 왔다. 앞에서는 단호히 물리쳤지만 뒤돌아서서 생각해 보니 란의 암시는 무시할 만한 것이 아니었다. 사야는 결백을 주장했으나 한 번 시작된 의혹은 들불처럼 번져 나갔다.

사야의 과거? 잃어버린 기억? 아무래도 좋았다. 그 무엇이 진실이든 아니든 윤명은 질투로 미치게 되어 있었다.

그녀가 기억을 잃은 게 아니라면 두 연인의 장단에 놀아난 것이고, 그녀가 정말 기억을 잃었다면 백지 상태에서 시작했는데도 또다시 제천에게 끌리는 것일 테니까.

윤명은 이런 상황이 익숙하지가 않았다. 태자로 태어나 보위에 오른 그는 아이 티를 갓 벗은 시절부터 숱한 여인들의 흠모를 받아 왔다. 그를 향한 여인들의 연모는 어느새 당연한 것이 되어 이에 대해 깊이 생각해 본 적이 없었다.

란 또한 황제에게 있어 여인이란 후사를 잇게 도와주는 존재라고만 가르쳤다. 안 그래도 대대로 수명이 짧고 후손이 귀하니 건강한 여인을 많이 안으실수록 좋다고.

이런 배경은 타인을 잘 믿지 못하는 그의 성정과 만나 여인의 연심에 회의적인 지금의 윤명을 만들었다. 쉽게 말해 그는 한 여인을 두고 다퉈야 하는 지금 상황이 황당하고 괘씸해 미칠 지경이었다.

그런데 일향심이라? 이건 대놓고 윤명의 사랑과 자신의 사랑은 격이 다르다 주장하는 것이지 않은가? 그가 격분을 억누른 채 미소를 띠었다.

"그것 참 운치 있는 이름이군."

"감사합니다."

"그래…… 그건 그렇고. 사야에게 줄 선물로 이게 어떨까 하는데."

윤명이 집어든 것은 아까 제천이 눈여겨보았던 은제 머리꽂이였다. 치밀한 그답게 제천의 일별조차 기억해 둔 것이다. 그가 머리꽂이를 집어 들자 제천은 마치 사야와의 소중한 추억이 더럽혀진 듯한 기분이 들었다. 윤명이 수락하지 않을 거란 사실을 알면서도 제천은 다른 장식을 집어 들었다.

"전 이쪽도 좋아 보입니다만."

가을하늘을 닮은 청금석으로 장식된 머리꽂이였다. 윤명이 집어든 것과는 또 다른 매력이 있었다.

둘을 견주어 보던 윤명이 아까부터 저만치서 기다리고 서 있던 주인을 불렀다. 패물을 취급하는 가게에서도 고급품에 속하는 장식을 두 개나 계산한 윤명에게 주인은 문 밖까지 따라 나와 인사를 올렸다.

사야, 부 호위와 합류하러 가는 길에 윤명이 짓궂은 표정으로 말했다.

"둘 중 어느 것을 더 마음에 들어 하는지 보자고."

절 앞에 다다랐지만 윤명의 말대로 할 수 없었다. 얌전히 앉아 기다려야 할 사야와 부 호위가 보이지 않았기 때문이었다. 치열한 대립을 잠시 접어두고 두 사내는 일행을 찾아다녔다. 조급함이 바닥을 칠 무렵 절 안쪽에서 사야가 반가운 듯 쪼르르 달려왔다.

"위험하잖습니까. 어딜 돌아다닌 겁니까?"

윤명이 뭐라 말을 꺼내기도 전에 제천이 먼저 그녀를 닦아세웠다. 하지만 이 정도 책망에는 익숙해진 모양이었다. 사야의 생글거리는 얼굴은 조금도 변하지 않았다.

"생각보다 오래 걸리는 것 같아서 부 호위랑 절 구경했죠."

"아가씨, 그렇게 혼자 뛰어가시면…… 아, 자네 왔나. 이, 이런, 도련님께서도."

충직한 부 호위의 안색이 삽시간에 흙빛이 되었다.

"소, 송구, 아니, 죄송합니다."

허둥지둥 사죄하는 그에게 윤명이 괜찮다는 듯 웃어 보였다.

"절 구경은 좋다만 뭘 그렇게 묻히고 다니는 거냐?"

윤명이 앞으로 나서 손수 사야의 옷자락을 털어주었다. 하얀 가루가 여기저기 묻어 있었다. 사야는 순식간에 자신을 칠칠맞은 아가씨로 만든 윤명에게 눈을 흘긴 뒤 옷자락을 팡팡 털어 흔적을 지웠다. 윤명이 다시금 부드러운 어조로 물었다.

"볼만한 게 있던?"

"뭐, 불공드리는 신자랑 스님이랑. 어, 작은 연못도 있었고요."

"요 말괄량이를 자네에게 떠맡기고 갔다니. 수고가 많았네, 부호위."

"아, 아닙니다."

부 호위가 불안한 눈으로 사야를 힐끗 쳐다보았다. 사야가 속이 안 좋다고 하더니 그를 세워두고 급히 사라진 것이 마음에 걸렸다.

속이 안 좋다는 부분은 백 번 이해가 갔다. 종일토록 달고 기름진 음식을 먹었으니 당연한 일이다. 다만 의아한 점이 있으니 사야가 자리를 비운 시간이 너무 길었다는 것이었다.

"참, 사오셨어요?"

사야가 선물을 보여 달라며 재촉했다. 윤명은 묘한 웃음을 띠더니 비단 매듭을 풀어 두 개의 머리장식을 선보였다. 정교하고 섬세한 아름다움에 사야가 감탄했다.

"무엇이 더 마음에 드느냐?"

윤명이 넌지시 떠보았다.

"참고로 하나는 내가, 다른 하나는 제천이 고른 것이다."

"그런가요? 둘 다 예쁜데."

사야가 손을 뻗었다. 그녀의 손 위치가 바뀔 때마다 두 사내의 표정이 조금씩 변했다. 사야는 재미있다는 듯 일부러 시간을 끌었다.

"단목사야."

"이거 흥미롭네요. 꼭 내가 두 사람을 조종하는 것 같네."

"어서 고르래도."

제천과 윤명, 두 사람의 표정을 살피던 사야가 비로소 머리꽂이를 자세히 들여다본 뒤 하나를 골랐다. 맑은 홍보석이 달린 은제 장식.

"어때요, 부 호위? 잘 어울려요?"

삿갓 위로 대본 사야는 부 호위의 평을 듣지도 않고 근처 거울 가게로 달려가 귀 옆에 대보았다. 마음 같아선 거추장스러운 삿갓을 벗고 직접 머리채에 꽂아보고 싶었지만 주변 상황이 여의치 않았다. 좋아라하며 돌아온 사야를 맞는 윤명의 표정이 상당히 기묘했다.

"아, 파란 것도 해봐야지."

"먼저 손댄 것이 더 끌렸다고 봐야겠지?"

청금석 장식에 손을 뻗으려는 사야를 윤명이 막았다. 끝끝내 답을 듣겠다는 말투라서 사야는 고개를 끄덕여 주었다. 윤명은 이에 그치지 않고 다시 캐물었다.

"누가 고른 것이라 생각했느냐?"

사야가 손안의 장식과 미처 대어보지 못한 장식을 번갈아 보더니 되물었다.

"도련님이 고르신 거 아닌가요?"

"어째서?"

"……어째서라니, 이런 것에도 납득할 만한 이유가 있어야 하나요?"

사야의 반문도 틀린 것은 아니라. 윤명이 개운치 않은 얼굴로 한 발 물러났다.

"그냥 느낌이 그랬다는 거지?"

"네, 그냥요."

도련님이 고른 게 맞느냐고 재차 묻는데 대답을 안 할 순 없었다. 홍보석 장식이 자신이 고른 것이라 답하면서도 윤명은 어두운 눈으로 푸른 장식을 내려다보았다. 대어보진 않았지만 여인의 패물에 별 관심이 없는 자신이 보기에도 홍보석 쪽이 사야에게 훨씬 잘 어울려보였다.

제천의 눈길이 닿은 것. 그가 먼저 고른 것. 사람뿐 아니라 머리 장식을 고르는 것마저 자신이 한발 늦은 것일까.

윤명의 턱에 힘이 들어갔다. 그의 가슴이 청금석의 푸른빛보다 더욱 차디차게 식어갔다.

"제천, 부 호위, 우리 점 보러 가요! 절 안에 점괘 뽑는 곳을 봤는데 여기 아주 신통하대."

양팔에 한 명씩 끼고 들뜬 발걸음으로 가던 사야가 여전히 아까 그 자리에 서 있는 윤명을 발견하고 손을 흔들었다.

"도련님, 어서 오세요!"

이렇듯 시끌벅적한 가운데 또 하루 해가 저물었다.

"제천."

윤명이 호수에서의 뱃놀이에 초대했다. 부 호위와 함께 황궁의 호숫가에 다다른 사야는 뜻밖의 인물을 보고 놀랐다. 윤명은 며칠 전 바깥나들이에 이어 오늘도 제천을 부른 것이다.

사야와 제천의 표정이 동시에 굳었다.

윤명이 제천을 눈엣가시로 여기고 있는 것은 분명한 사실인데 자꾸만 그를 끼워 자리를 만들다니. 소년내관에게 둘이 의남매지 간이라고 전해들은 부 호위만이 긴장된 분위기를 깨닫지 못한 채 반가움을 표했다.

"자네도 왔는가?"

"예, 안녕하십니까."

"요즘 자주 보는군."

언제 윤명이 당도할지 몰라 두 사람은 좀체 편히 할 수가 없었다. 특히 이제껏 대담한 행보를 걸어온 사야의 위기감이 심해졌다.

너무 달콤한 기분에 빠져 있었나? 지나치게 앞서 간 걸까?

요즘 들어 제천과 아슬아슬한 만남을 이어가던 사야는 언젠가 들킬 것을 예상하고 있었다. 그러나 윤명의 마음을 알고 있었기에 들킨다 해도 소유욕과 질투심이 활활 타오르는 계기가 되리라고만 생각했었다.

사야가 슬퍼하는 모습을 보고 싶지 않아하는 윤명이므로, 화가 난다 해도 함부로 제천을 해하지는 못할 것이라고.

나의 자만이었나? 아직 나에 대한 애정이 그만큼 깊진 않은 건가?

자신만만했던 오늘 아침과 달리 지금 이 순간, 호숫가에 묶여 있는 배를 쳐다보는 사야는 기분 나쁜 불안감에 휩싸였다.

"왜 밖에 서 있는 게냐? 먼저 들어가지 않고."

"황제 폐하, 만세 만만세!"

윤명의 등장에 부 호위가 무릎을 꿇으며 인사했다. 제천도 그를 따라 무릎을 꿇었으나 만세를 외치진 않았다. 둘을 내려다보던 윤명의 시선이 사야에게 향했다. 부드러운 미소를 지으며 사야가 살짝 고개를 숙였다.

"폐하를 뵙습니다."

"이름을 부르라 하지 않았던가?"

"여긴 아무래도 주위의 눈이."

"뱃놀이를 위해 주위를 싹 물렸다. 뭘 걱정하는 것이냐."

사야가 그제야 애교 있게 윤명의 옆으로 다가가 섰다.

"알았어요. 그러니까 꾸중하지 마세요, 윤명."

윤명이 흐뭇하게 웃었다.

"타자꾸나."

잘록한 허리를 한 팔로 감아 안고 그대로 배에 오르려는 그를 사야가 일깨웠다. 윤명, 하고 부르며 평신(平身)의 명이 떨어지지 않아 여전히 무릎 꿇고 있는 두 사람을 눈짓했다.

"아, 깜빡했군. 편히 하라."

"황공하옵니다."

두 사람이 일어났다. 흙바닥에 꿇고 있었던 터라 정복의 무릎께가 더러워졌다. 그러나 감히 황제 앞에서 먼지를 털 수도 없는 노릇. 둘은 윤명이 권하는 대로 배에 올랐다.

사공 역의 내관이 노를 젓자 아담하고 운치 있는 배가 천천히 출발했다. 윤명과 사야는 앞머리 쪽에, 제천과 부 호위는 사공과 더불어 뒤편에 자리 잡았다. 향기로운 술이 몇 차례 오가고 윤명이 넌지시 말을 꺼냈다.

"이쯤해서 널 정식 책봉할까 한다."

빈 잔을 채우던 사야의 손이 허공에서 멈췄다. 앞뒤로 떨어져 앉았다지만 작은 배 안에서 두 사람의 말소리가 들리지 않을 리 없다. 뒤편에 앉아 있던 제천과 부 호위 역시 귀를 곤두세우는 게 느껴졌다. 윤명이 말을 이었다.

"작호로는 원비(元妃)가 어떤가."

"원비요?"

사야가 놀란 눈으로 되물었다. 원비(元妃)라 하면 정궁의 또 다른 이름이 아닌가. 황후가 멀쩡히 있는데 다른 여인에게 이런 작호를 내렸다는 선례는 듣도 보도 못했다. 심지어 태자의 친모라 할지라도 후궁이 원비라는 작호를 가질 수 없었다.

황명이 떨어지자마자 문무백관이 모조리 들고 일어나 대전 앞에 무릎을 꿇고 곡을 할 것이다. 사야의 굳은 표정을 살피며 윤명이 물었다.

"왜, 싫으냐?"

"아, 윤명의 관심인데 어찌 싫다 하겠어요. 다만 굳이 원(元) 자를 쓸 필요는……."

"다른 이의 질타가 두려운 것이냐? 황명인데 어찌 거역할까."

이걸 대체 어떻게 말해야 하지? 새로운 떠보기인가? 배에 오르기 전부터 시작된 불안감과 조바심이 겹쳐 사야는 긴장한 나머지 여린 속살을 잘근 깨물었다. 그녀가 조심스레 말을 골랐다.

"좋은 자가 많잖아요. 윤명의 비라는 뜻에서 명비(命妃)라던가 연모하는 비라는 뜻의 연비(戀妃)도 아름답고."

"딜콤한 말만 하는구나."

윤명이 애잔한 미소를 떠었다.

"다른 무엇보다 관료들의 원성을 들어가면서까지 네 존재를 굳건히 하고 싶어서 그런다."

"그 마음은 알겠습니다만 잔잔한 호수에 일부러 파문을 일으킬 것은."

윤명의 손이 서서히 올라와 사야의 뺨에 닿았다. 꽃잎 같은 감촉의 뺨을 어루만지던 그가 조금 다가왔다. 아주 조금씩, 더 가까이. 그가 하려는 일이 무엇인지 깨달은 사야가 놀란 기색을 지우지 못했다.

이제껏 손을 잡거나 껴안기만 했지 윤명은 단 한 번도 입을 맞추려들지 않았다. 그런데 하필 지금 이런 장소에서. 사야의 가슴팍이 가쁘게 오르내렸다.

보통 다른 여인들이었다면 이 시점에서 눈을 사르르 감을 터. 그러나 사야는 움직일 생각도 못하고 뻣뻣하게 굳은 채 점점 다가오는 윤명의 입술만 쳐다보았다. 살짝 흔들린 시선 끝에 그의 눈과 마주쳤다. 나른하게 반쯤 감은 눈이 그녀를 지켜보고 있었다.

그녀의 눈동자가 흔들렸다. 스스로도 제어할 수 없는 움직임. 사야는 저도 모르게 윤명 너머, 배 뒤편에 앉아 있는 제천을 흘깃 보고 말았다.

예의 바르게 호수 저편을 쳐다보고 있는 부 호위와 달리 제천은 바로 가까이에서 이지러지는 물결을 내려다보고 있었다. 이쪽으로 곤두선 감각과 무시해야 한다는 결심이 부딪혀 어깨에 힘이 잔뜩 들어갔다.

사야의 눈동자가 다시 흔들리는데 그녀의 뺨을 만지던 윤명이 스르르 손을 아래로 내렸다. 부드러운 맨살을 타고 내려가는 감각에 사야는 오스스 소름이 돋았다. 고운 턱과 우윳빛 목을 지나 여린 어깨로 내려갔던 그의 손이 천천히 역으로 올라왔다.

사야가 윤명을 마주 보았다. 그의 눈빛이 이상하리만치 슬픈 것 같다고 느낀 순간 어쩐지 숨이 막혔다.

"윤명……."

그냥 기분이 아니라 실제로 숨이 막혔다. 사야의 눈이 커졌다. 목이 답답했다. 윤명이 상처 입은 짐승의 눈으로 그녀를 쳐다보고 있었다.

부드럽게 어루만지던 그의 손에 점점 힘이 들어갔다. 그의 이름을 부르려던 사야는 이내 그 어떤 소리조차 낼 수 없었다. 숨이 막혔다. 그가 목을 조르고 있었다.

"유……."

그녀가 다급히 두 손을 올려 윤명의 손을 떼어내려 했으나 연약한 여인의 힘으론 그의 한 손도 당해낼 수가 없었다. 떼어내기 위해 손을 바르작거리고 발버둥 쳤다. 그 탓에 하얀 목에 손톱자국이 여럿 생겼다.

그녀의 눈에 물기가 차올랐다. 애원의 눈으로 쳐다보았지만 윤명은 어느새 돌이킬 수 없는 선을 넘은 듯 자신만의 슬픔에 사로잡혀 있었다. 그의 표정이 금방이라도 울 것처럼 일그러졌다.

사야는 이 난리를 피우고 있는데 다른 사람들은 왜 알아채지 못하나 싶어 간절한 눈으로 배 뒤편을 바라보았다. 부 호위는 더 먼 곳을 응시하고 있었고, 제천은 더 깊은 감정 속에 침잠한 듯했다.

아마 두 사람은 윤명과 사야가 진한 정분을 나누느라 소리가 나는 줄 아는 모양이다. 눈물이 사야의 뺨을 타고 흘러내렸다.

금방이라도 가슴이 뻥 터질 것 같아서 그녀는 탁자를 손으로 쳐서라도 도움을 청하고자 했다. 이윽고 윤명이 소스라치게 놀란 듯 손을 뗐다. 그가 멍한 눈으로 자신의 손과 사야의 목을 번갈아 쳐다보았다. 하얗고 고운 목에 붉은 손자국이 뚜렷하게 남았다.

"하아, 하아, 하아."

그녀가 콜록콜록 기침을 하며 숨을 몰아쉬었다. 눈물이 쉴 새 없이 흘러내렸다. 그제야 뭔가 심상치 않음을 알아차린 제천과 부 호위가 이쪽으로 고개를 돌렸다. 부 호위는 영문을 파악하지 못한 채 그저 쳐다볼 뿐이었다.

제천의 시선이 숨을 몰아쉬는 사야에게 이르렀다. 그녀의 눈물, 피가 쏠린 얼굴, 그리고 손톱자국, 손자국이 뚜렷이 남아 있는 목도.

조용하지만 빠른 속도로 제천의 이성이 마비되는 것이 보였다. 규정에 따라 짙푸른 정복에 검을 들고 있는 제천.

위험해! 급히 숨을 몰아쉬는 와중에도 사야의 머리가 재빠르게 돌아갔다. 제천은 자칫하면 검을 뽑아들 기세였다.

"윤명!"

사야가 윤명을 끌어안았다. 윤명의 몸이 극심한 충격에 부들부들 떨리고 있었다. 그가 연신 고개를 내저으며 자신의 오른손을 내려다보았다.

"미쳤지…… 내가 실성한 게로구나. 너를, 네 목을, 어떻게 내 손으로…… 세상에."

"괜찮아요, 윤명. 나 아무렇지도 않아요. 아마, 네, 아마 술이 과했나 봐요."

"겨우 대여섯 잔이었잖느냐…… 한 병도 채 안 마셨단 말이다."

"독한 술이었겠죠. 괜찮으니까 제발 진정하세요."

윤명을 안고 말하되 이는 제천에게 하는 부탁이나 다름없었다. 사야는 제천이 검을 빼어들고 윤명을 공격하는 상황을 막기 위해 자신을 떼어내려는 윤명을 더욱 부둥켜안았다. 황제를 해하려든 금의위에게 자비란 없다. 그렇게 되면 윤명이 직접 나선다 한들 제천을 구하지 못할 것이다.

"전 괜찮아요."

"광증인가 보다. 미친 거야, 널 다치게 하다니. 어떻게 내가 너를."

"진정하세요, 폐하. 심호흡하시고요. 이미 끝났어요. 잠시 혼란스러우셨던 거예요."

"사야야, 미안하다. 정말 미안하다…… 차라리 나를 쳐라. 때려서, 꿈에서 깨어나게 해라."

윤명의 등을 쓸어준 뒤 사야는 소매로 눈가를 훔쳤다. 면경은 없지만 손이 닿는 대로 매무새를 가다듬었다. 품안의 손수건이 생각나 그것으로 목의 붉은 자국을 가렸다. 흐트러진 모든 것을 정리하고 나서 그녀가 짐짓 내관을 꾸짖었다.

"공복에 이렇듯 독한 술을 올리면 어쩌자는 것이냐?"

보고도 못 본 척, 듣고도 못 들은 척해야 하는 황궁 생활. 이미 이에 익숙한 내관은 연방 머리를 조아리며 사죄했다.

"아랫것들의 잘못입니다. 죽여 주시오소서! 죽여 주시오소서!"

"되었다. 오늘 일은 폐하께서 자비롭게 넘어가 주실 것이야."

"황공하옵니다! 참으로 황공하옵니다!"

평소엔 가장 낮은 궁녀에게도 존대를 하는 사야이지만 일부러 매섭게 내관을 몰아친 뒤 배를 돌릴 것을 명했다. 아직 충격에서 벗어나지 못해 떠는 윤명과 그를 죽일 듯이 노려보고 있는 제천, 그리고 이제야 무슨 일이 일어났는지 알아차렸으나 윤명이 그리 한 까닭을 도저히 파악하지 못해 혼란스러워하는 부 호위.

이 상황에서 가장 이성적인 사람이 자신임을 깨달은 사야는 뭍에 이르자마자 내관과 함께 윤명을 부축해 내렸다. 일단 제천의 시야에서 윤명을 사라지게 해야 했다.

쿨럭쿨럭! 몇 걸음 떼던 윤명이 온몸이 흔들릴 만큼 격렬한 기침을 했다. 사야는 내관에게 어서 폐하를 침소에 모시고 어의를 부르도록 하였다. 그리고 자신은 몸을 돌려 제천과 부 호위에게 돌아갔다.

"제천, 부 호위."

그녀가 다가가자 두 사내 모두 손수건 두른 목을 뚫어져라 쳐다 보았다. 사야는 눈을 마주하며 거듭 당부했다.

"아까도 말했지만 오늘 일은 취기 때문인 거예요."

"괜찮으십니까?"

부 호위가 걱정스러운 듯 그녀의 안색을 살폈다. 사야는 방긋 웃 어 그의 시선을 얼굴로 끌어올렸다. 무서운 일을 겪은 사람이라곤 생각되지 않을 정도로 햇살 같은 미소였다.

"그렇다니까. 참, 부 호위. 명련궁에 연고가 남아 있던가요?"

"연고? 아, 연고요. 예, 아마 충분할 겁니다."

"그럼 미안하지만 먼저 가서 찾아놔 줄래요? 폐하의 실수를 동네 방네 알게 할 순 없잖아요. 곤란하실 텐데."

배웅은 제천이 해줄 거라고 덧붙이자 부 호위는 고개를 숙인 뒤 얼른 명련궁을 향해 뛰었다. 둘만 남게 된 상황. 어둠이 내려앉 은 밤도 아니고 이제 되도록 피해야 하는 상황이지만 사야는 제천 을 진정시켜야만 했다. 그가 떨림이 남아 있는 목소리로 간신히 물 었다.

"괜찮습니까?"

사야는 부 호위에게 보냈던 것보다는 덜 환하지만, 애틋함은 더 한 미소를 지었다.

"응, 멀쩡해요. 아마 명련궁으로 돌아가는 동안 다 나을걸? 부 호위가 눈치 못 채게 또 연기 좀 해야겠어요."

제천이 그녀의 목 근처로 손을 들어 올렸다가 차마 갖다 대어보지도 못하고 다시 내렸다. 도대체 어떤 말로 지금 기분을 설명해야 할지. 자신이 질투와 망상에 사로잡혀 물결만 내려다보고 있을 때 그녀는 자칫하면 죽을 뻔했다.

더 화가 치밀어 오르는 까닭은 그녀가 살기 위해 발버둥치는 소리를 그가 모조리 들었다는 것이었다. 그걸 듣고도 그저 윤명이 안는 소리로 생각했으니. 윤명을 죽이고 싶은지 제천 자신을 더 죽이고 싶은지 도저히 가늠할 수가 없었다. 그의 눈시울이 붉어졌다.

"진짠데. 나 괜찮은데."

설마 지금 울리는 거냐며 사야가 제천을 놀리려 들었다. 그녀의 웃는 낯을 보는 것만으로도 괴로워져서 제천은 시선을 피하고 말았다.

자신에게 모든 화가 쏟아지도록 그렇게나 부추겼는데 윤명의 손은 사야의 목을 졸라 버렸다. 공복에 독한 술이라니. 내관과 부호위는 납득시킬 수 있을지 몰라도 제천에겐 어림도 없는 변명이었다.

윤명이 병을 앓고 있다곤 하나 그리 쉽게 만취할 리 없다. 아마 의심과 질투가 지나쳐 저도 모르게 표출된 것인 듯. 그때 사야가 곁에 있었던 게 불운이었다.

"외상은 낫더라도 내상은 시간이 걸리니 돌아가는 즉시 찜질을 하십시오."

"알았어요. 난 착한 아가씨니까 제천의 말을 들을게요."

"……그만 웃으세요."

"이젠 웃는 것 가지고도 뭐라 하네."

사야가 입술을 삐죽였다. 제천은 이 상황을 애교와 장난으로 넘기려 하는 그녀가 미워서 일부러 응해주지 않았다. 제천의 이러한 마음을 이미 알고 있는지 사야가 다시 한번 괜찮다고, 앞으로 주의하면 되는 거라고 다독였다.

한편 내관의 부축을 받아 부들부들 떨리는 몸으로 걸어가던 윤명은 한 시위의 부복을 대하고 걸음을 멈추었다. 푹 숙인 얼굴이 어쩐지 부자연스러워 보이는 시위는 윤명에게 다가와 손에 작은 쪽지를 쥐어주었다. 윤명이 내관을 돌아서 있게 한 후에 쪽지를 펴보았다.

내용은 간단했다. '적중(的中)', 단 두 글자.

어느새 더 이상 떨지 않는 윤명은 가만히 쪽지를 내려다보았다. 그의 눈빛이 심해처럼 차갑고 어둡게 가라앉았다.

"적중이라."

그가 몸을 돌려 아직 배 근처에 서 있는 사야와 제천을 보았다. 감추려야 감출 수 없는, 그의 눈에 더 잘 보이는 두 사람 사이의 묘한 분위기. 윤명이 다시 한번 더 중얼거렸다.

"예측이 사실이었다, 라고."

멀리서도 누군가의 시선이 느껴졌는지 사야가 먼저 윤명 쪽을 돌아보았다. 안쓰러운 눈으로 그녀의 목을 바라보고 있던 제천 역시 천천히 눈길을 돌렸다.

세 사람의 시선이 맞닿았다.

어느새 윤명의 눈에는 또렷한 빛이 돌아와 있었다. 지나치게 또렷하여 상대의 속내를 모조리 꿰뚫어 볼 것 같은 눈빛이었다. 이제 껏 낱알처럼 흩어져 있던 단서들이 하나로 합쳐졌다. 그를 연모한 다던 여인의 얼굴에 희미한 불안감이 서렸다.

윤명의 손안에서 작은 쪽지가 바스락 구겨졌다.

❋ ❋ ❋

이슬비가 흙바닥을 촉촉이 적시는 늦봄의 밤, 약초 증기를 쐰 윤명이 탕약을 마셨다. 쓴맛에 살짝 미간을 찌푸리자 곁에서 시중들던 사야가 얼른 과일을 입에 넣어주었다. 마른 수건으로 얼굴에 남아 있는 증기 물방울을 꼼꼼히 닦는 그녀에게서 정성이 느껴졌다.

그가 복잡한 눈길로 바라보았다. 증기와 탕약은 눈속임일 뿐이라는 사실을 두 사람 다 알고 있었다. 병을 낫게 할 약은 오직 그녀의 간밖에 없다는 것을.

"손을 닦아드릴게요."

향유를 몇 방울 떨어뜨린 뒤 부드럽게 손을 문질렀다. 사야의 고운 손가락이 윤명의 손목에서부터 미끄러져 손등과 손바닥, 각진 마디마디를 주물렀다.

달콤하면서도 청량하여 쉽게 물리지 않는 금목서 향기가 은은히 퍼져 나갔다. 가벼운 지압을 끝내고 손가락을 닦아주는 그녀에게 윤명이 말을 꺼냈다.

"대신들의 반대가 대단했다."

사야가 별다른 반응 없이 하던 일을 계속했다.

"과연 원비라는 작호가 문제더군."

오른손 다음은 왼손. 조용히 손을 닦고 주변을 정리하는 사야에게 윤명이 조금 울컥한 말투로 채근했다.

"넌 이견이 없느냐?"

"애초에 문제될 것을 아시고도 고집하신 바. 제가 무슨 말을 할 수 있겠어요."

"근거 없는 고집이 아니지 않는가."

정리를 마친 사야가 맥없이 웃었다.

"굳이 그 작호가 아니어도 좋습니다. 꼭 책봉하지 않으셔도 괜찮아요. 폐하의 마음을 제가 아니까……."

"아니, 넌 모른다."

윤명이 사야의 말을 잘라냈다. 그녀가 고갤 들어 시선을 마주쳤다면 그의 눈에 어린 복잡한 심경을 읽을 수 있었으리라. 원망이 섞인 눈빛은 많은 것을 담고 있었다.

"네 마음속에서 나는 어느 정도의 위치더냐. 두 번째? 세 번째?
쉽게 예상할 수가 없구나. 그러나 첫 번째가 아닌 것만은 확실하지.
어쩔 때의 넌 상냥하게 웃으며 온 세상이 내 것인 양 날 기쁘게 해.
하지만 그다음 날은 일면식 없는 타인을 대하는 것처럼 거리를 둔
다. 금방이라도 떠날 듯. 흔한 욕심 한 번 내지 않고."

오늘 밤의 사야는 말을 아끼기로 작정한 듯했다. 윤명의 속이 타
들어갔다. 비 내리는 소리만 잔잔히 퍼지는 가운데 그가 말을 이
었다.

"난 모르겠다. 다른 여인들은 모두 보석과 더 높은 자리를 원했
고 내가 자신에게만 열중하길 바랐지. 질투와 욕심이 있었다. 너무
과하지만 않다면 난 그런 모습을 좋게 보았어. 날 원한다는 증거니
까. 한데 넌 왜 내게 아무것도 바라지 않는 게냐? 어째서 감정을 표
현하지 않지? 날 미워해도 좋다지 않았느냐. 화내도 상관없다고.
네겐 그럴 만한 자격이 있다고."

윤명이 떨리는 목소리로 물었다.

"아니면 정녕 모후의 말씀이 맞는 것이냐……."

그의 고개가 아래로 떨어졌다.

"네게 있어 나는, 방패막이밖에 되지 않는가."

다소곳이 앉아 있던 사야가 입을 열려했다.

그러나 무슨 생각이 들었는지 윤명이 서둘러 그녀의 말을 막

았다.

"됐다. 듣고 싶지 않다."

"윤명."

"아니, 그보다 난 다른 것이 더 궁금하군."

그의 표정이 일순 차갑게 변했다. 엿새 전에 받은 보고. 그의 예상이 사실이었다는 내용의 쪽지.

광기에 사로잡혀 잠깐 사야의 목을 졸랐던 그날 사실 윤명은 이성을 잃은 게 아니었다. 애증과 원망이 지나쳤던 건 맞지만 배에 오르는 순간부터 황제의 처소로 돌아오는 마지막까지 여전히 절반의 이성이 그에게 남아 있었다.

"그자, 제천."

사야의 눈동자가 흔들렸다. 늦었다. 꼬리가 밟혀도 단단히 밟혔다. 윤명은 저 밑바닥에서부터 치밀어 오르는 분을 삭였다.

이들은 항상 이런 식이었다. 각각 윤명의 세계로 걸어 들어왔다가 함께 있는 모습을 발각당한 순간부터 둘은 온갖 방식으로 윤명의 신경을 건드리고 화를 부채질했다.

입으로는 아무 사이가 아니라 주장하면서 아련한 눈길은 서로에게 닿아 있었다. 둘 사이에 있으면 윤명은 제삼자가 된 기분이었다. 사야가 윤녕의 총희임은 공공연한 사실임에도 세 사람이 한 자리에 모여 있으면 자신이 훼방꾼인 것 같은 느낌이 들었다.

그렇게 누적된 감정은 윤명의 판단력을 좀먹었고 이제 그는 기분이 수시로 바뀌는 광증을 보이기에 이르렀다.

"넌 언제나 그자와 아무 관계가 아니라 주장했지. 두렵다고도, 나와 비교할 수 없다고도 하였지. 그러면서도 매번 말과 행동이 달랐다. 그의 품에 안겨 울고 그를 구하기 위해 영수궁으로 달려갔어. 이전에 그가 해명하길 오누이 사이와 다름없다더군."

사야가 고개를 끄덕이려다가 어떻게 대답해야 할지 몰라 주저했다.

"근래엔 오누이끼리의 혼인이 유행인가?"

"무슨 말씀인지……."

"모후껜 비설조가, 네게 그자가 있다면 내게도 비슷한 이들이 있다. 일전에 그 기록들을 보고 조사를 명했지. 너도 읽었겠지만 '너의 혼인' 말이다. 상대가 누군지 궁금하지 않더냐?"

윤명의 말을 조용히 듣던 사야가 돌연 숨을 들이켰다. 그녀의 반응에 그는 더욱 비참해졌다. 기억을 잃었음에도 그녀의 일부는 여전히 제천을 신뢰했다. 본능적으로 끌렸다는 뜻이 된다.

"난공불락이구나. 그의 무기는 다름 아닌 네 마음이니."

"……사실인가요?"

"나보다 사실이 아니길 원하는 자는 없을 터."

사야가 한참 대답을 고르다가 마음을 정했는지 윤명을 똑바로 보았다.

"그렇다한들 과거에 지나지 않습니다."

윤명의 의구심 가득한 눈길이 뒤따랐다.

"진정 그리 생각하느냐?"

"……네, 어찌 되었건 전 지금 기억도 없고."

"은연중에 그를 향하는 네 마음은 어쩔 것이냐?"

사야가 눈을 질끈 감은 채 도리질 쳤다.

"듣고 싶지 않아요. 접겠어요. 완전히, 강제로라도 접어버릴 거예요."

"진정인가?"

"대체 어떡해야 믿으시겠어요?"

"그 말, 그자 앞에서 다시 할 수 있겠나?"

사야가 눈을 떴다. 서로의 숨결이 느껴지는 거리. 팽팽한 긴장감 속에서 둘은 상대를 응시했다. 윤명의 눈이 번득였다. 처음 만난 그날 밤처럼.

"번복은 불허한다."

오랜 시간이 흘렀다. 부슬부슬 땅을 적시던 이슬비는 어느덧 장대비가 되어 내리꽂혔다. 쏴아아아, 하는 시원한 소리만 창 너머로 들리는 가운데 사야가 어렵게 입을 뗐다.

"네."

단 한 마디였으나 윤명에겐 그것으로 충분했다. 자신의 결심을 행동으로 옮기기에 그 한 마디면 족했다.

"여봐라."

낮게 잠긴 목소리로 부르자 어디선가 달려온 궁녀가 머리를 조아렸다.

"지금 당장 금의위 제천을 불러오라!"

전혀 예상 밖의 명령에 사야가 놀란 기색을 감추지 못했다. 분부를 받들겠다며 궁녀가 물러나기 무섭게 윤명이 사야의 허리를 휘어 감았다. 강하게 끌어당기자 여린 몸은 속절없이 품에 안기게 되었다. 서늘한 눈빛과 열 오른 몸으로 그녀를 지그시 압박하며 그가 말했다.

"오늘 너를 안겠다."

사야의 몸이 사형 판결이라도 받은 사람처럼 굳었다. 저도 모르게 나온 저항의 의사. 하나 윤명은 더 이상 참지 않기로 했다.

네 마음을 가질 수 없다면 네 몸이라도 가지겠다고. 내가 아픈 만큼 너희들도 아파봐야 한다고.

"폐하, 돌이킬 수 없는 일입니다."

심기를 거스르지 않게 말리고자 간신히 말을 꺼냈거늘 답은 돌아오지 않았다. 아무리 고개를 세차게 내저으며 피해도 윤명은 끝까지 그녀를 놓치지 않았다.

"누구보다 잘 알고 있다."

허리에 둘렀던 손이 서서히 아래로 내려갔다. 잘록한 허리서부터 엉덩이로 이어지는 아찔한 곡선을 한 치도 놓치지 않고 샅샅이 탐한 손바닥에 문득 힘이 들어갔다.

둘의 하체가 밀착되면서 잔뜩 단단해진 그가 느껴졌다. 묵직한 압박감에 사야의 어깨가 더욱 움츠러들었다.

"네 안에 잠길 것이다."

"폐하……."

"이름."

윤명이 요구했다.

"이름을 불러라."

"윤명……."

그가 만족스레 웃었다. 소유욕이 짙게 묻어나는, 정복자의 나른한 미소였다.

"일단 젖은 뒤에."

"잠시만……."

"싫은가?"

그가 모든 동작을 멈췄다. 느리게 귓불을 만지는 오른손을 제외하고. 사야는 단호하게 대하기로 마음먹었다. 정중하지만 단호하게 그의 청을 거절하자고. 이는 윤명과 사야 두 사람의 목숨을 모두 위험에 이르도록 하는 것이라고.

그러한 결심이 표정으로 드러났는지 그가 와락 사야를 안았다. 그녀의 어깨에 얼굴을 묻고 다급하게 말했다.

"싫지 않지? 싫다고 하지 마라. 내 여태껏 쏘아붙인 말을 모두 거둬들이겠다. 미워하거나 화내도 좋다고 한 말, 죄다 없던 것으로 하겠다. 그러니까."

"윤명, 그게 아니라."

"이처럼 사람을 흔들어놓고 이제 와 물러나 버리면 남은 이는 어쩌란 말이냐……."

저보다 훨씬 작고 가는 몸에 매달리는 그가 애처로웠다. 사야는 자신이 그런 생각을 했다는 사실이 믿기지가 않았다.

그의 어머니는 내 가족들을 몰살했어. 그에 모자라 기억 잃은 내게 친절한 척 속였고, 제천이 아니었다면 난 여전히 아무것도 모른 채 냉궁에 갇혀 있었겠지. 그리고 신년이 오면 선조들이 그랬듯이 내 간을 잘라 이 사람에게 바쳤을 테고.

"나야말로 애원할 테니 제발 밀어내지 마라."

결국 모든 일의 근본은 이 사람인데. 란으로 하여금 그 끔찍한 일을 하게 만든 이가 바로 윤명인데.

"버리지 마……."

왜 이 모든 사실을 알고도 이 사람을 죽이고 싶지 않을까.

"윤명……."

치맛자락만 잡고 있던 사야의 손이 조금씩 위로 올라갔다. 아주 느리게, 모든 번민의 무게를 견뎌내며 올라간 손이 윤명의 등에 가 닿았다. 나비의 날갯짓보다 더 가벼운 손놀림으로 쓸어내리길 반복하자 그의 떨림이 멈췄다. 어느 한 순간도 놓치지 않겠다는 듯 호흡마저 멎은 것 같았다.

"당신을 미워한 적 없어요."

정말 처음으로 사야가 그에게 속마음을 내보였다. 말의 여운이 귓가에 아련하게 맴돌았다. 사야의 쓸어내림이 토닥임으로 바뀔 때쯤 윤명이 그녀를 안은 채 뒤로 밀었다. 넘어지지 않으려고 뒷걸음질을 치다 보니 등에 와 닿은 것은 침상의 조각기둥.

그녀를 내려다보는 윤명의 눈빛이 달라져 있었다. 그것이 불길이었다면 사야는 그 자리서 이미 활활 타버렸을 것이다. 정욕에 거칠게 변한 목소리가 그녀의 경종을 울렸다.

"멈추지 않겠다."

그와 동시에 사야의 앞섶이 찌이익 하고 찢겨져 나갔다. 거칠고 갈급한 손길이 모란처럼 붉은 옷을 잡아 뜯었다. 온 힘을 다해 밀었으나 그는 꼼짝도 하지 않았다. 상의를 홱 젖히자 여린 어깨가 드러났다. 매끄러운 복숭앗빛 살결에 그가 낙인을 찍기 시작했다.

"그만! 그만!"

그의 손이 가슴 한쪽을 가득 틀어쥐었을 무렵 침소 바깥에서 궁녀의 목소리가 들렸다.

"폐하, 말씀하신 자를 데려왔나이다."

약속이라도 한 마냥 두 사람이 동시에 움직임을 멈췄다. 특히 사야의 온 신경이 최고조로 곤두섰다. 그리 멀지 않은 바깥, 눈 너머로 제천의 목소리가 들렸다.

"금의위 제천, 당도하였습니다."

윤명이 사야를 흘깃 보더니 바깥을 향해 말했다.

"수고했다. 제천만 두고 물러가도 좋다."

"예, 폐하."

본능적으로 찢겨진 옷자락을 여미려 애쓰는 사야. 그녀를 쳐다보던 윤명이 갑자기 손목을 낚아채어 끌고 나가기 시작했다.

"아앗!"

버티는 사야와 끌어내는 윤명. 어차피 후자가 이기게 되어 있는 싸움이었다. 옷자락을 밟아 넘어진 그녀를 아랑곳하지 않고 윤명이 잡아당겼다. 질질 끌려가던 사야가 간신히 몸을 일으킬 때쯤 침소의 문이 활짝 열렸다. 윤명이 거칠게 손목을 뿌리쳤다. 그 기세에 사야의 몸이 휘청거렸다.

"금의위 제천, 폐하를 뵙습니다."

존안을 대하고 제천이 무릎을 꿇은 채 인사를 하였다. 윤명이 그를 내려다보면서 말했다. 평신의 명은 내려지지 않았다.

"고개를 들라."

"예, 폐하."

제천의 눈이 황제보다 사야에게 먼저 가 닿았다. 궁녀가 그의 당도를 알리기 전부터 침소 밖으로 새어 나온 사야의 목소리. 그녀는 다급하게 그만두라고 외쳤었다. 저항의 소리는 궁녀의 보고와 동시에 뚝 그쳤고 궁녀가 물러가자 또다시 시작되었다.

당장에라도 뛰어들고 싶은 마음을 억누르고 기다렸는데 그녀가 윤명의 손에 끌려 나왔다. 제천은 사야의 흐트러진 머리와 찢겨 나간 옷, 살갗 여기저기에 얼룩처럼 남아 있는 붉은 낙인을 샅샅이 훑어 내렸다.

윤명에 대한 그의 분노가 더욱 거세졌다.

제천이 주먹을 틀어쥐었다. 얼마나 힘을 줬는지 손톱이 손바닥에 박힐 지경이었다. 사야가 그의 시선을 견디지 못하고 앞섶을 여미기 위해 바르작거렸다.

제천은 소매가 흘러내린 탓에 드러난 사야의 손목을 뚫어지게 쳐다보았다. 윤명이 완력으로 잡아끈 탓에 가느다란 손목이 벌겋게 변했다.

어떻게 그녀를 저리 취급할 수가 있지? 바라보기도 아까운 사람을. 떳떳하게 나서지도 못하고 담벼락과 어둠에 의지해 지켜보곤 하는 그녀를. 그저 격분을 이유로 저렇게나 험하게.

제천의 표정이 일그러졌다. 이 모든 광경을 지켜보던 윤명이 입을 열었다.

"말하라."

사야가 몸을 움찔했다. 진노를 눌러 담은 윤명의 목소리가 다시 한번 그녀를 재촉했다.

"말하라지 않느냐? 내 눈 앞에서 말하라고! 똑똑히 말해. 그를 마음에 두고 있는지."

"윤명……."

챙! 순식간에 벌어진 일이었다. 제천이 들고 있던 금의위의 검을 뽑아든 윤명이 제천의 목을 겨누었다. 사야가 급히 숨을 들이켰다. 윤명의 눈이 위험하게 번득였다.

"약조하였지 않은가."

새파란 빛을 발하는 검이 제천의 목을 파고들었다. 금방이라도 목을 베어버릴 기세에 사야가 나직하게 비명을 토했다.

"할게요, 할 테니까! 제발 해치지 마세요!"

"내가 듣고자 하는 것은 거절의 말이다! 냉정하게 그를 잘라내는 말이라고! 그를 살려 달라 애원하는 게 아니란 말이다!"

"할게요, 미안해요, 윤명! 말할게요!"

사야가 흐느낌을 참으며 눈을 질끈 감았다. 떨리는 목소리로 그녀가 말했다.

"난 당신을 전혀 좋아하지 않아요."

윤명의 협박에 떠밀려 말하는 것임을 아는데도 제천의 심장이 쿵 내려앉았다. 윤명이 계속 말하라는 듯 검을 세웠다. 제천의 목을 타고 가는 핏줄기가 흘러내렸다.

"무슨 일이 있었든, 지난 일은 없던 걸로 해요."

제천의 몸이 기우뚱했다. 그 때문에 상처가 더 깊어졌다. 듣고자 하는 말을 들었고 원하던 대로 적에게 상처를 입혔음에도 윤명의 속은 개운치가 않았다. 오히려 자신의 속까지 문드러진 기분이었다.

이해할 수 없는 일의 연속에 그가 검을 내던졌다. 망연히 서 있는 사야를 잡아끌어 침소로 들어갔다. 사야가 힘에 밀려 침상 위로 쓰러졌다. 윤명은 광폭하게 그녀의 옷을 갈기갈기 찢었다.

"싫어! 싫단 말이야!"

사야가 울음을 터뜨렸다. 한층 더 거세진 그녀의 저항에 충격받은 윤명이 잠시 멈칫했다가 보란 듯이 그녀를 내리눌렀다. 손이 닿는 대로 윤명을 때리던 사야가 외쳤다.

"죽기 싫어요! 죽이지 마! 이건 당신도 죽고 나도 죽는 길이란 말이야! 난 죽기 싫다고!"

윤명이 귀를 막으려 애썼다. 사야의 울음은 계속되었다.

"난 홧김에 안는 존재가 아니야! 당신이 이렇게 안고 나면 분노한 당신 어머니가 날 죽여 버릴 텐데! 당신은 내 정조를, 당신 어머닌 내 목숨을 취할 건가? 어떻게 모자가 다 한통속이야!"

윤명이 우뚝 멈췄다.

"사랑한다면…… 그 사람을 지켜주고픈 게, 사랑 아닌가요?"

사야가 울먹이며 물었다. 윤명은 머리가 새하얗게 비는 기분에 무너졌다가 이윽고 화들짝 놀라 그녀의 위에서 내려왔다. 엉망이 된 사야가 그의 눈에 들어왔다. 그녀를 향한 열망과 생에 대한 욕심 사이에서 이 악물고 갈등하던 그는 결국 침상을 박차고 나가 벽으로 의자를 집어 던졌다.

콰당탕탕! 소리가 사라지기도 전에 휘장을 갈기갈기 찢고 주먹으로 벽을 쳤다. 흡사 광인의 형상을 한 윤명은 우산도 받치지 않은 채 명련궁 밖으로 뛰쳐나갔다.

"내 사랑과 그의 사랑은 다른가 봐……."

아무렇게나 쓰러진 그대로 사야가 천장을 보며 중얼거렸다. 제천이 침소 안으로 들어온 것이 느껴졌다.

"황제라서 그럴까요?"

제천이 조금 더 다가왔다. 사야가 멍하니 혼잣말을 이었다.

"그렇지만 교는 다르던데. 마찬가지로 귀한 황후지만 윤명을 위해 목숨도 내놓을 수 있다던데……."

사야가 슬픈 눈으로 침상 곁에 다다른 제천을 쳐다보았다.

"제천이 하라는 대로 했어요. 시키는 대로 나, 열심히 했어. 그를 완전히 매혹시키라고 해서 나 그렇게 했어요. 원비로 삼을 거라잖아. 그렇게 냉철하던 현군이 저렇듯 광인이 되었잖아. 그러니까 제대로 한 것 맞죠?"

제천이 얇은 이불을 들어 그녀를 덮어주었다. 사야는 제천의 만류에도 몸을 일으켜 그의 손을 잡고 매달렸다.

"무서워, 제천."

"걱정 마세요."

"제천이 말한 자유를 되찾을 날, 오긴 올까요?"

"올 겁니다."

"뭘 믿고 그리 말하죠?"

제천이 쓸쓸한 미소를 지으며 눈물로 얼룩진 그녀의 뺨을 쓸었다.

"제가 믿는 단 한 사람이 그렇게 말했거든요."

"……그게 누군데요?"

그의 미소가 더욱 애틋해졌다. 침상에 앉은 그가 사야에게서 눈을 떼지 않고 나직하게 말했다.

"내 심장."

그가 천천히 다가왔다.

"내 여신."

한숨처럼 내뱉은 한마디. 이윽고 그의 입술이 부드럽게 사야의 입술에 내려앉았다. 간신히 온기가 느껴질 만큼만 가볍게, 그러나 다정하게. 아련한 입맞춤에 사야가 미소 섞인 한숨을 내쉬었다. 상처가 사르르 아무는 것 같은 느낌이었다.

"내가 왜 기억을 잃었는지는 여전히 말해주지 않을 테죠. 그럼 곤란한 질문으로 제천을 괴롭히지 않을 테니까. 한 가지만, 단 한 가지만 약조해 줄 수 있어요?"

그녀의 애타는 눈빛에 그가 고개를 끄덕였다.

"제천의 기억에서 오늘 밤을 지워줘요."

수많은 비밀을 담고 있는 슬픈 눈으로 그가 재차 고개를 끄덕였다. 사야는 안도했다. 인간의 기억이란 게 그리 쉽게 지울 수 있는 것이 아님에도. 제천이라면 그리 해주리란 믿음이 있었다.

두 사람의 입술이 다시 맞닿았다. 눈물이 차오를 만큼 부드러운 입맞춤이었다.

⊛ ⊛ ⊛

다음 날 아침, 사야는 눈을 떴다. 온몸이 나른하고 무거웠다. 여느 때처럼 상쾌하게 일어날 수가 없었다. 간신히 침상에서 몸을 일으킨 그녀는 방 안에 홀로 있다는 사실에 멍해졌다. 방 안은 정돈된 뒤였고 아예 치워진 휘장이나 사라진 의자를 되짚어보고서야 겨우 간밤의 일이 꿈이 아님을 깨달았다.

하지만 어째서 혼자인 거지. 잠들 땐 함께였는데. 침의까지 새 것으로 갈아입혀진 자신. 그녀가 침상에서 내려와 작은 탁자로 향했다. 물을 마시기 위함이었는데 그 위에 단정한 필체의 쪽지가 남아 있었다. 내용은 간단했다.

– 아가씨께서도 어젯밤을 잊으십시오.

그녀는 쪽지를 몇 번이나 읽었다. 그의 뜻이 전해졌다. 어제의 일을 마음에 담지 말라는 것. 상처와 눈물을 없던 일로 돌리자는 것. 그리고 그 너머의 뜻까지도 사야는 알아들었다. 서로의 안전을 위해 일단 쉬어가자는 것.

한동안 제천을 볼 수 없을 것이다. 혹여 우연히 마주친다 해도 두 사람은 형식적인 인사를 나눈 뒤 제 갈 길을 가리라.

사야가 쪽지를 손안에서 구겼다가 창가에 장식된 수반(水盤)에 그것을 던져 넣었다. 종이가 물을 빨아들이면서 검은 글자가 서서히 흐려졌다. 쪽지가 흐물흐물해질 때까지 그 모양을 지켜보던 사야는 마음을 재정비했다.

그녀는 강해져야 했다. 조금 더 독해져야 했다. 신년까지 여덟 달. 무너지기엔 아직 너무 일렀다.

終章

다섯 달 전.

네 달 후.

"사야 아가씨? 아가씨!"

"흐으음."

사야가 눈을 떴다. 중천에 뜬 햇살이 눈살을 찌푸리게 만들었다. 몸을 바르작거리며 일어나자 웃음소리가 들렸고 이어서 뜨거운 시선이 느껴졌다. 사내들의 시선. 옆을 지나가던 금의위들이 모두 그녀를 보고 있었다.

"또 예서 주무십니까?"

"아무리 황궁 안이라고는 하나 이렇게 경계심이 없으셔서야."

"아무데서 자다간 풀독 오르십니다."

저마다 한쪽 어깨에 커다란 장작더미를 지고선 그녀를 쳐다보며 한마디씩 거들었다. 스스럼없이 농을 거는 모양을 보면 이런 적이 한두 번이 아닌 듯. 그녀 역시 조금의 부끄러운 기색도 없이 대꾸했다.

"이렇듯 든든한 분들이 지켜주는데 뭐가 걱정이에요?"

"어이쿠, 농담이라도 칭찬은 마십쇼. 폐하께 미움 사고 싶진 않습니다."

"그러게 말입니다."

사야가 까르르 웃었다. 그녀가 웃자 갑자기 그 주변만 확 밝아진 것 같았다. 미인의 웃음은 전염성이 강하여 말을 걸지 않고 지나가던 다른 금의위들의 시선까지 잡아끌었다. 옷에 붙은 풀을 털어낸 그녀가 금의위들이 나르는 장작에 관심을 보였다.

"웬 장작이에요?"

"구월이잖습니까. 곧 추수제죠. 황궁 개방 행사의 큰 볼거리로 저기 공터에다 장작을 쌓는답니다."

"밤에 불을 붙이면 상당히 볼만하거든요."

"아, 그렇구나."

간단한 설명으로 만족한 듯 사야가 금세 흥미를 접었다. 어서 일하러 가시라며 금의위들을 보낸 뒤, 저도 일어나 옷매무새를 정리했다. 더 이상 불안에 떨지 않고 아무데서나, 아무렇게나 행동할 수 있다는 건 얼마나 큰 축복인지. 따르는 궁녀도 없이 홀로 황궁 안을 거닐며 그녀는 생각했다.

비록 그 자유가 거짓으로 얻은 것이라 해도.

오월로 접어들면서 란의 압박은 더욱 교묘해졌다. 아무리 맘을 다잡아도 언제 어디서 어떤 식으로 적의 공격이 이뤄질지 한시도 긴장을 늦출 수 없는 생활은 사야의 신경을 날카롭게 했다.

설상가상으로 늦봄의 밤, 그 일이 있은 후로 윤명은 또다시 그녀에게 거리를 두었다. 이번엔 그녀도 매달리지 않았다. 윤명의 성총도 식은 듯하자 란은 괴롭힘의 수위를 점점 높여갔다.

항상 불안으로 가득한 하루를 보내야 했다. 섬뜩한 시선이 느껴져 고개를 그쪽으로 돌리면 휑한 자리만 눈에 들어온 적이 한두 번이 아니었다. 존재 자체를 몰랐던 제천의 그것과는 확연히 다른, 살기와 경계의 시선이었다. 한 번은 자다가 몸을 뒤척이는 와중에 슬쩍 눈이 뜨였는데 발치에 누군가 서 있는 것을 보고 비명을 질렀다.

무서운 점은 아무도 달려오지 않았다는 것이었다.

궁녀들도, 소년내관도, 언제든 긴장을 늦추지 않는 부 호위조차도. 아침이 밝아서야 등장한 그들은 간밤에 무슨 일이 있었는지 몰랐다. 이상하리만치 노곤했다며 누가 업어 가도 모를 정도로 푹 잤다고 했다.

그날 이후로 사야는 잠조차 제대로 이룰 수 없었다. 이래서는 신년은커녕 내일 하루도 버틸 수 없겠다는 생각이 들자 사야는 란을 찾아갔다. 그리고 그녀에게 말했다.

간을 주겠다고.

신년이 되면 자신의 간을 꺼내 윤명에게 바치겠다고.

그러니 그때까지 자신과 제천의 안전을 보장하라 요구했다. 란은 교활한 너를 어떻게 믿을 수 있겠냐고 반박했다.

기억을 회상하던 사야의 주먹에 힘이 들어갔다. 란의 믿음을 얻는 것은 불가능한 일이었다. 믿음을 얻을 수 없다면 마음을 뒤흔들기라도 해야 했다. 그래서 사야는 이렇게 말했었다.

"제가 말을 바꾸면, 제 간 대신 제천의 간을 꺼내시죠."

과연 란은 크게 동요했다. 이 기회를 놓치지 않겠다는 듯 반색하며 당장 지금 이 자리서 기록으로 남기라 하였다. 사야는 태연히 서명을 하였고 그렇게 한동안의 자유를 얻었다.

이젠 군이 윤명에게만 올라가는 요리를 받을 필요가 없었다. 독의 위협 따윈 애당초 존재하지 않았다. 란의 말은 맞았다. 아들을 살려주겠다는 이를 그녀는 극진히 대접했다.

"명련궁 아가씨를 뵙습니다."

빨랫감을 한가득 나르던 궁녀들이 사야를 보고 인사했다. 예전처럼 매일 찾지는 않는다고 하나 명련궁에 대한 황제의 보살핌은 여전했다. 거기다 태후마저 그녀를 어여삐 여기니, 책봉을 받지 않았다한들 그녀를 함부로 대할 사람은 없었다. 생긋 웃으며 인사를 받아주던 사야가 궁녀 무리의 끝에 선 두 사람을 불렀다.

"저, 물어볼 게 있는데요."

"예? 아, 아니지. 하문하소서."

"그렇게 딱딱하게 굴 필욘 없어요."

다른 사람들을 먼저 보낸 사야가 마치 재미있는 비밀 이야기라도 하듯 눈을 반짝였다. 작은 목소리로 속삭이자 두 궁녀의 몸이 자연히 앞으로 끌려 나왔다.

"혹시 동기 중에 누군가 자주 자리를 비우고, 찾을 때마다 사람이 없고, 괜히 마주치기를 피한다면 이유가 뭐겠어요?"

"예에?"

두 궁녀가 얼빠진 소리로 반문했다가 사야가 말한 조건들을 되짚어보았다. 두 사람의 머리 굴리는 소리가 사야에게까지 들리는 것 같았다.

한동안 답을 찾던 두 사람의 눈빛이 마주치고 약간의 미소를 머금었다. 답을 알아낸 것이다.

사실 많은 궁녀들 중 굳이 그들을 점찍은 이유도 이런 방면에 능통해 보였기 때문이었다. 온갖 소문의 온상지인 빨래방, 그중에서도 볼을 발그레하게 붉히며 열띤 잡담을 하느라 무리에서 뒤처진 둘이었다. 두 궁녀가 입을 모았다.

"열에 여덟 확률로 정분이 난 게지요."

"나머지 둘은요?"

"빤하죠. 빌린 돈 떼먹으려는 수작이 아니고 뭐예요."

만족스러운 대답인 듯 사야가 환히 웃었다. 그녀가 더욱 목소리를 낮췄다. 신비로운 명련궁 아가씨와 뜻밖에 밀담을 나누게 되어 신난 두 궁녀는 아예 빨랫감을 내려놓고 귀를 기울였다.

"그럼 황궁에서 정분나기 좋은 장소라도 있어요?"

한 궁녀가 냉큼 입을 열었다가 돌연 주위를 살폈다. 저들 사이에 선 공공연한 이야기라지만 어쨌거나 공식적으로 그들은 궁녀였다. 서른이 되어 잔류 또는 출궁을 결정하기 전까지는 황제에게 속한 몸이었다. 꼼꼼히 주변을 둘러본 궁녀가 사람이 없음을 확인한 뒤 말했다.

"몇 군데가 있지요. 화원 가는 길에 담을 끼고 돌면 나오는 대숲 도 괜찮고. 어, 요즘은 문향궁이라고 서쪽에 비어 있는 궁이 있는데 거기도 많이들 찾고요."

"작은 빈 방이 많거든요."

옆에서 다른 궁녀가 말을 보탰다. 그렇지, 그렇지, 동조하던 궁녀 가 그 밖에도 여러 군데를 읊는데 사야가 손을 살짝 들어 말을 자 른 뒤 물었다.

"그중에서 가장 찾기 어려운 데가 어디죠? 들킬 염려가 없는?"

곰곰이 생각하던 궁녀가 동기를 떠보았다.

"돈왕궁 뒷길이지, 아마?"

"그럴걸?"

"돈왕궁 뒷길이요?"

두 궁녀가 고개를 끄덕였다.

"거기도 비어 있는 궁인데 전 주인 취향이 좀 특이했다나 봐요.

미로나 다름없는 구조물에 기암괴석에 수풀까지 있으니 웬만해서
들킬 일은 없죠."

"얘, 난 지난번에 지나가다가 신음 소리까지 들었다니까?"

"진짜? 세상에, 세상에."

대답해 주다가 금세 저들만의 이야기로 넘어가는 것도 충분히
예상했던 바였다. 사야의 표정이 묘하게 바뀌었다.

어느 궁의 누가 볼이 상기된 채 어디서 나왔다느니 어깨에 붉그
스레한 치흔을 봤다느니 열 올리며 떠들던 두 궁녀가 사야의 존
재를 깨닫고 머쓱해했다. 하온데, 하고 한 궁녀가 용기 있게 운을
뗐다.

"그런 건 어인 연유로 물으시는지요."

황제 윤명을 사로잡은 사야가 아닌가. 그런 그녀가 무슨 일로 정
분 나누는 장소를 찾는단 말인가. 사야가 궁녀들을 향해 장난기 그
득한 미소를 보냈다.

"보물찾기."

"예?"

"후후, 고마웠어요. 잘 가요."

아득한 표정의 두 궁녀가 황급히 인사를 올린 뒤 서로를 마주 보
았다. 명련궁 아가씨 입에서 나온 말은 죄다 알쏭달쏭한 이야기뿐
이었다.

"보물찾기? 이번 축제의 새로운 행사인가?"

궁녀들을 뒤로한 채 사뿐사뿐 걸음을 옮기던 사야의 미소가 서서히 가라앉았다. 보물찾기. 아주 틀린 말은 아니었다. 지금 그녀는 도무지 마주치기 어려운 소중한 사람을 찾고 있으니까.

제천을 만나지 못한 지 정말 오래되었다. 한 달에 한 번조차 힘들었다. 황궁의 많은 눈을 피해 만나려면 제천 쪽에서 먼저 움직여줘야 하건만, 그는 늦봄의 밤 이후로 그녀 가까이 오지 않았다.

지난번 침소까지 들어온 것을 떠올려 함 안에다 서신을 남기기도 했다. 그가 알아볼 법한 표식을 곳곳에 두었으나 성과는 없었다. 서신과 표식은 처음 상태 그대로 사야의 손에 회수되었다.

"아이, 너무 하세요."

돈왕궁 뒷길로 접어들자 과연 여인의 간드러진 목소리가 들렸다. 하나 어딘가에서 남녀가 희롱하고 있다는 사실만 알 수 있을 뿐, 거기가 정확히 어디인지, 그들은 누구인지 같은 것은 알기 힘들었다. 행여 들킬 염려가 된다면 바로 헤어져 각자 다른 출구로 나가면 그만이었다.

길만 제대로 안다면 비밀 장소로 쓰기 최적이다. 사야가 조심스레 여기저기서 나는 소리를 추측하며 걸어갔다.

요 보름간 다리가 뻐근하도록 황궁 곳곳을 돌아다니며 그를 찾았다. 일부러 금의위들의 눈에 띄어 그들과 친해진 것도 제천을 찾는 일의 연장이었다.

하지만 그때마다 제천은 자리를 비웠거나 한동안 숙소에 들어오지 않은 상태였다. 금의위들이 눈치채지 않을 정도로만 넌지시 묻자 요즘 한창 정분난 것 같던데, 하는 대답이 돌아왔다.

지나치게 뜻밖인 대답에 사야가 눈을 동그랗게 뜨자 미인의 관심을 끌게 되어 신났는지 여러 명이 한두 마디씩 거들었다.

반반한 인물값을 한다느니, 매번 상대가 바뀐다느니, 지난번은 한밤중에 아랫도리가 불룩해진 채로 돌아와 바로 욕탕으로 직행했다느니. 이야기는 점점 부풀려져 나중엔 온 황궁의 여인들이 모두 제천의 손아귀에 들어간 것처럼 변질되었다.

당시엔 괜히 가슴이 쿵쾅거리고 서러워 아무 생각도 할 수 없었으나 처소로 돌아가 곱씹을수록 이상하다는 느낌이 들었다.

제천은 그럴 사내가 아니었다. 다정한 위로 대신 차가움으로 그녀를 자극하곤 했다. 끝까지 그녀에게 윤명을 유혹해야 하는 이유와 기억을 잃게 된 과정을 가르쳐 주지도 않았다. 도무지 그 속내를 알 수 없었다.

하나 그렇다고 해서 제천이 여색을 탐하는 이라 믿긴 힘들었다. 뭔가 이유가 있을 터였다.

"여기, 여기요."

"한창 바쁠 때 불러내서 미안한데."

"그런 말씀 마세요."

사야의 귀가 쫑긋 섰다. 익숙한 목소리였다. 단정하고 서늘한 분위기가 그대로 묻어나는 저음. 언짢은 게 하나 있다면 여인의 나긋한 목소리가 그 저음과 어울려 들린다는 것.

"부탁하신 물건은 여기."

"빨리 가봐야 하는 거 아닌가?"

교태 가득한 비음이 뒤따랐다. 사야의 속이 불편해졌다.

"벌써 보내고 싶으세요? 떠도는 소문이 사실이었네."

"무슨 소문?"

"원하는 바를 이루면 딱 잘라 선을 그어서…… 빙옥이 따로 없
다죠?"

사야가 망설이다가 모퉁이 너머로 고개를 내밀었다. 짙푸른 관
복의 제천이 눈에 들어왔다. 그의 입가에 여인을 설레게 만들기 충
분한 미소가 걸려 있었다. 아니나 다를까 궁녀 복장의 상대는 이미
흐물흐물 녹아 있었다. 그녀가 대담하게 손을 들어 그의 가슴팍을
쓸었다.

"공략이 참…… 어려운 상대라 들었어요, 제천님."

다른 여인의 입에서 흘러나오는 그의 이름은 엄청난 충격이었
다. 얼마나 충격이었냐면 당장 제천에게 달려가 뺨을 때리고 이름
을 바꿔 버리라 소리치고 싶을 정도로.

어이없는 충동이란 것은 사야 자신도 알고 있었다. 자신은 그를
세위두고 훨씬 더한 짓도 저질렀지만 입장이 바뀌자 견디기가 힘
들었다. 제천이 부드럽지만 단호하게 궁녀의 손을 떼어냈다.

"이만 돌아가는 게 좋겠군."

"얄미운 분."

궁녀가 눈을 흘긴 뒤 떠나려 했다. 두어 발짝 옮겼을 무렵, 제천이 홱 허리를 끌어다 안았다. 두 남녀의 거리가 단번에 좁혀졌다. 기대감에 파르르 떠는 궁녀의 입술 근처까지 고개를 내렸다가 마지막에 방향을 튼 제천이 말했다.

"내게 마음을 줘선 안 돼."

궁녀의 눈이 흐려지더니 나직한 한숨을 내쉬었다.

"분명 상처 입을 테니까."

"아아."

거절의 말을 들었음에도 황홀해진 표정으로 궁녀가 자리를 떠났다. 궁녀를 보내고 옷매무새를 정리하던 제천이 고개를 돌려 이쪽을 쳐다보았다. 모퉁이에서 반쯤 빠져나온 사야를 보고서도 조금의 놀란 기색 없이 그가 목례했다.

"명련궁 아가씨를 뵙습니다."

답을 기다리지도 않고 홀쩍 자리를 뜨려는 제천을 사야가 불러 세웠다.

"멈추세요!"

그가 제자리에 섰다. 사야를 등지고 묵묵히 서 있었다. 그를 향해 한 걸음 한 걸음 다가가는 사야의 가슴이 두근거렸다.

대체 어떤 말을 꺼내야 좋을까. 무엇부터 시작하면 될까. 보름 전 식은땀을 흘리며 꿈에서 깨어난 일부터 말할까. 침의가 흠뻑 젖은 채 깨어나 멍하니 허공을 바라보다가 미친 듯이 월력을 뒤졌던 그 날 밤부터 언급할까.

아니면, 먼저 미안하다는 말부터 해야 될지.

그의 등 뒤에 다다른 사야는 오른손을 앞으로 내밀었다. 제천이 슬쩍 시선을 내렸다. 그의 옆으로 불쑥 나온 주먹. 사야는 천천히 검지와 중지를 세웠다가 접었다. 그렇게 접었다 펴고 접었다 폈다.

한동안 그녀가 하는 양을 내려다보던 제천의 전신에 일순 힘이 들어갔다. 만약 사야가 손을 대봤다면 굳어 있는 그의 몸을 느낄 수 있었을 것이다. 쉽게 입을 열지 못하던 그에게서 억눌린 목소리 가 흘러나왔다.

"대체 이게 무슨 장난이신지."

그가 차갑게 비웃고 자리를 떴다. 멀어지는 그의 뒷모습을 보면 서 사야는 울컥 차오르는 감정을 참아야 했다. 그가 알아들었다, 사 야가 전하고자 한 바를.

그녀, 단목사야의 기억이 돌아왔다는 사실을.

❀ ❀ ❀

제천은 아무 생각도 하지 않고 그저 걸음을 옮겼다. 분수히 걸어 모퉁이를 돌아 뒷길을 거의 빠져나왔을 무렵, 그의 몸이 휘청대더 니 담벼락을 등지고 무너져 내렸다.

평정, 평정.

짧은 손톱이 손바닥을 파고들었으나 고통을 느낄 수가 없었다. 그는 지금 위험했다. 조금이라도 방심했다간 기껏 벌려놓은 거리를 단숨에 되돌아가 사야를 품에 안고 울부짖을지도 몰랐다.

단 한 번도 입 밖에 낸 적이 없는 감정을 토로할 것만 같았다. 지독하게 외롭고 힘든 시간이었다고. 지난 반년이 도망 다니던 5년보다 더 절망적이었다고. 차라리 눈이 멀어버리길 바랐던 적이 한두 번이 아니라고.

그녀는 이제야 겨우 돌아왔는데. 겁에 질리고 당황할 것이다.

사야의 손짓은 둘만의 약속이었다. 언젠가 기억이 돌아올 것을 감안해 다른 사람은 모르고, 두 사람만 통할 암호를 정하기로 한 그날이 떠올랐다. 어언 일곱 달 전이었다.

"이거 어때요, 제천?"

남들이 눈치채기 어려운 암호가 뭘까 고민하던 사야가 문득 기발한 생각이 떠올랐다는 듯 그의 주의를 끌었다.

"이거, 이거."

그녀가 생글생글 웃는 낯으로 검지와 중지를 세우더니 접었다 펴길 반복했다. 제천이 별 반응을 보이지 않고 그냥 내려다보고만 있자 예쁜 미간에 주름이 잡혔다.

"폴짝폴짝, 깡충깡충, 뭐 떠오르는 거 없어요?"

"……토끼입니까?"

"아주 엎드려 절 받기가 따로 없네요."

사야가 톡 쏘아붙이고는 그의 답을 재촉했다.

"제천은요? 알아들었다는 표시를 해야 할 거 아니에요."

그가 딱히 고민하지 않고 말했다.

"차갑게 면박주고는 뒤도 돌아보지 않은 채 떠나겠습니다."

사야의 입이 벌어졌다. 어쩜 암호 하나 정하는 것도 본인 성정에 딱 맞게 하느냐며, 황궁 안에서도 제천의 풀풀 날리는 냉기는 여전할 테니 뭇사람들의 의심을 피하기에 완벽하겠다고 하였다.

그래, 그런 날도 있었다. 제천이 과거를 회상하며 깊은 한숨을 내쉬었다.

그녀의 기억이 돌아왔다면 반년에 걸친 이 계획도 슬슬 마무리 단계에 접어들게 된다. 몇 달간 일부러 그녀와 거리를 두며 란과 비설조의 감시망을 피해 제천 혼자 진행해 오던 것을 이제 두 사람이 동시에 해나가야 했다.

앞으로 남은 것은 도발이자 선전포고뿐.

란의 괴롭힘에 견디다 못한 사야가 제 발로 영수궁을 찾아가 협상한 사실은 이미 알고 있었다. 란이 감시를 늦춘 것은 아니지만 확실히 그 협상 이후로 그녀는 자유를 얻었다. 그리고 이제까지 아슬 아슬하게 이어져 온 동맹을, 이쪽에서 먼저 끊어낼 순간이 왔다.

간신히 평정을 되찾고 걸음을 옮기던 제천은 어떤 것에 생각이 미치자 우뚝 멈춰 섰다. 고민에 빠졌다. 마음을 정하기 전까지 한 발짝도 움직일 수가 없었다.

그녀에게 말해야 할까? 이제 모습이 보이지 않는데도 사야가 있었던 방향을 돌아보며 제천은 망설였다.

알려줘야 할까?

우리의 계획에 변동이 생겼다는 것을.

❋ ❋ ❋

제천이 강녕궁 응접실로 들어섰다. 황후의 은밀한 호출을 받은 뒤 그는 드디어 란의 반격이 시작되었음을 알아차렸다. 그새 사야가 초대받지 못한 연회에 등장하여 화려한 춤으로 윤명의 마음을 되돌린 일이 있었다고 들었다.

적이 선전포고를 받아들였다.

마음의 준비를 하고 들어선 그곳엔 교가 앉아 있었다. 궁내에서 몇 번 마주치며 접한 그녀는 사야와 매우 다른 여인이었다. 여리고 순한 외양에 부드러운 성품, 독하기는커녕 야무지기도 힘들어 보이지만 부군 윤명을 위한 마음 하나만은 따라갈 자가 없었다.

이는 란마저 인정한 부분이었다. 교가 오랜 시간을 인내하며 강해지고자 했다면 그 뒤에는 분명 윤명을 향한 일편단심이 있을 것이다. 제천이 예를 갖췄다.

"편히 하세요."

교가 의자에 앉길 권했으나 일개 금의위 신분으로 그리 해서는 안 되는 일이었다. 하지만 교는 거듭 간곡히 청했고, 더 사양하다가는 그녀가 울어버릴 것 같아 결국 그는 가장 멀리 떨어진 의자에 앉았다.

"내게서 사내를 밀어내는 기운이라도 느껴지나요?"

"황궁의 법도가 지엄할 뿐입니다."

"아, 입궁 전 소녀 시절에도 그러한걸. 어린 나이 탓이라기엔 동갑내기 벗의 처지는 달랐죠."

딱히 어떻게 대답해야 할지 몰라 제천이 침묵을 지켰다. 교의 쓸쓸한 회상이 이어졌다.

"병약한 몸이 무색할 만큼 명랑한 언니와 눈에 띄게 예쁜 벗 사이에서 난 그야말로 희미한 존재감의 소녀였어요. 아직까지도 왜 내가 황후로 간택되었는지 의문이에요. 의혹과 두려움으로 가득 차, 황궁의 기에 눌려 울지도 못하고 초야를 맞았지요. 그리고 그날이…… 내 인생의 빛을 발견한 날이었어요."

교가 설레는 얼굴로 폐하, 라며 속삭였다. 그녀가 그리는 윤명은 수줍은 봄빛과도 같은 느낌이라 제천은 속이 편치 않았다.

항상 그랬듯이, 뼛속까지 악인을 대하는 편이 쉬웠다. 감정을 배제한 란의 꼭두각시 비설조를 제거하고 나서조차 눈에 보이지도 않는 핏자국을 지우기 위해 한밤중 손을 씻고 또 씻었던 제천이다.

그와 사야가 가장 경계할 것은 적을 앞에 두고 약해지는 것. 란이라면 고민조차 하지 않을 일이었다. 그렇기에 란은 교의 순정을 무기로 휘두르는 것이리라. 그런 두 사람의 천성을 파악하고 있기에.

"금의위에겐…… 명련궁의 아가씨가 그런 존재인가요?"

제천은 말을 아꼈다. 교의 음성이 간절해졌다. 희미한 떨림이 그녀에게서 묻어 나왔다.

"태후께서 모든 걸 알려주셨어요. 아가씨를 구하기 위해 기억 잃은 그녀를 태후께 바쳤다고. 다른 사내가 그녀를 갖는 것, 그것을 보는 고통을 감내하면서도 곁을 지켰다고. 맞나요?"

교의 미소가 서글퍼졌다.

"그렇다면 우린 비슷한 사랑을 하는 사람들이군요."

제천의 시선이 교에게 닿았다. 그녀가 아련한 표정으로 말을 이었다.

"난 폐하를 위해 뭐든 할 수 있어요. 재생의 간에 대해 듣고는 얼마나 애타게 바랐는지 몰라요. 만약 내가 그 간의 주인이었다면 이 모든 게 쉬웠을 거예요. 하지만 아니었죠."

교의 눈가가 젖어들었다.

"태후마마처럼 맹목적이지도 못한 난 아가씨가 겪어야 할 고통이 미안할 뿐이에요. 너무 미안한데, 그런데, 폐하를 살리고픈 마음이 커요. 내가 죽어도 그분은 살아야 하거든요……."

들꽃 같은 얼굴의 그녀가 천천히 일어나 제천을 향해 무릎 꿇었다. 이에 제천 역시 무릎을 꿇고 당치도 않는 예를 거두시라 청했다. 교가 고개를 내저을 때마다 눈물이 후드득 떨어졌다.

"이렇게 간청할게요. 일생을 다해 은혜를 갚겠어요. 제발, 제발 폐하를 살려주세요. 아가씨의 마음을 돌려 그분을 살릴 수 있게 도와주세요. 이렇게 빌게요. 제발 부탁드려요……."

"거두십시오, 황후마마."

"황궁에 머물 필요 없어요. 원하는 대로 하세요. 내 목숨과 황후로서의 지위를 걸고 두 사람의 안전과 자유를 보장할게요. 부디 제발……."

"……원하는 것이라 하셨습니까."

무릎을 마주 꿇고 시선을 바닥에 내린 채 제천이 교의 말을 잘랐다. 교가 열성적으로 고개를 끄덕였다. 무엇이든 들어줄 기세로.

"흥미롭군요. 일전에 폐하께서도 같은 질문을 하셨는데 말입니다."

왠지 날 선 어조에 교가 몸을 움찔했다. 제천의 어깨에 힘이 들어갔다. 마치 당장에라도 포효하고픈 충동을 힘으로 억누르려는 것처럼.

"두 분께서 여쭈시니 답해 드리겠습니다. 소신이 진실로 원하는 것은, 단목가의 생환입니다. 소신이 꿈에서도 바라는 바는, 그녀가 어떠한 위협도 없이 더는 악몽에 시달리지 않고 편히 자는 것입니다. 제 간절한 소망은……."

제천이 원망 가득한 눈빛으로 교를 쳐다보았다. 그 강렬함에 교는 시선을 어디 둬야 할지 몰라 애꿎은 옷자락만 그러쥐었다. 제천은 마치 그녀가 모든 일의 주범이기라도 하듯 노려보았으나 이는 특별히 교를 미워해서가 아니었다.

그저 그에게 있어서는 란, 윤명, 교, 비설조, 황궁사람 모두가 비슷한 존재일 뿐. 악독한 란도, 온유한 교도 윤명을 사랑하여 그를 살리고자 한다는 점에선 똑같았다. 제천이 울분에 잠긴 목소리로 한 자 한 자 내뱉었다.

"단 한 번이라도 온전히 그녀를 안는 것."

교의 얼굴이 삽시간에 붉어졌다. 그런 교를 보고 제천이 픽 웃었다.

"얼굴을 붉히시는군요. 제 말뜻이 무엇인지 아시는 거겠죠. 사야가 언제 홍조를 띠었는지 제 기억이 까마득합니다. 마마의 부군께서 스무 명의 후궁과 뒹굴고 이따금 마마를 안아주셨을 때, 그녀는 정인의 품에서 울어야 했습니다. 정조를 잃는 즉시 가장 지독한 형벌로 저희 둘을 벌하겠다는 전문을 받은 날 그녀가 말하더군요. 일단은 초야를 미루는 게 좋겠다고. 그러면서 슬프게 탄식했죠. 사랑하는 이에게 안길 수조차 없는 몸으로 수백 수천 년을 살아져야 하는 건가, 하고. 도대체 그런 영생이 무슨 소용이냐, 라고."

제천의 표정이 슬픔으로 일그러졌다.

"수십 년이 지나면 저는 늙어 죽고 그녀는 홀로 이 세상에 남겠죠. 폐하를 살린 후에는 그분의 자손을, 그 자손의 자손을 살려야 할 테니 말입니다. 목숨을 걸고 안전과 자유를 보장한다 하셨습니까? 수십 년 뒤 마마께서도 떠나시면 지켜줄 이 없는 그녀는 어떻게 해야 합니까? 그러니 저야말로 마마께 청원합니다. 단목사야를 인간답게 살 수 있도록 놓아주십시오. 그녀는 낙신의 후예이자 제생의 이유이기 전에, 행복할 자격이 있는 한 명의 인간입니다."

교가 먹먹한 눈으로 제천을 바라보다가 주렴이 걷히는 소리에 몸을 일으켰다. 서재로 이어지는 그곳에서 윤명이 천천히 걸어 나왔다. 제천을 노려보는 그 얼굴엔 분함이 가득했다.

아마 이제까지 나눈 모든 대화를 들었으리라. 그제야 제천은 란의 획책이 무엇인지 깨달았다. 지난번 영수궁에선 실패했으나 이번엔 교까지 끌어들여 확실히 도모하였다.

바로 제천과 사야의 관계에 대한 윤명의 분노를 폭주시켜 결국엔 사야를 뒤흔들 계획인 것이다. 그가 무릎을 꿇은 채 조용히 고개를 숙였다.

"금의위 제천, 폐하를 뵙습니다."

이번에도 만세를 외치지 않았다. 단순한 무례나 반항심의 발로라 생각했던 지난날과 달리 그가 만세를 생략한 이유가 뚜렷해졌다. 이 황궁에서 윤명의 만세를 바라지 않는 자가 있다면 그가 바로 제천일 것이다. 제천에게 향하는 윤명의 걸음이 휘청거렸다.

"생의 이유라."

이미 충분히 예상한 바였다. 더 충격적인 사실이 밝혀진대도 모든 걸 감내할 수 있다 자신하지 않았던가. 그래서 윤명은 지금 더 화가 치밀었다.

사야에 대한 마음과 살고자 하는 욕심 사이에서 번뇌하다가 끝내 그녀를 안지 못하고 침소에서 뛰쳐나갔던 자신이었다. 그녀에게 끌릴까 두려워 한동안 거리를 두기까지 했었다.

그런데 어릴 적부터 사야를 지켜온 이자는 제 목숨을 걸고 수년간 그녀를 지켰으며 그녀를 살리기 위해 다른 사내에게 연인을 보냈다.

그러고는 이 자리에서 당당하게 말하는 것이다.

단목사야가 생의 이유라고. 그 굳건하고도 절절한 진심 앞에서 윤명의 사랑은 빛을 바랬다. 이런 경험은 난생처음이었기에 윤명은 복잡한 감정을 쏟아낼 방법으로 분노 이외의 것을 찾지 못했다. 윤명의 목소리가 떨려 나왔다.

"정식 책봉을 거치진 않았으나 단목사야는 엄연한 짐의 여인이다. 네가 지금 황제의 여인을 마음에 품었다고 자백하는 것이냐? 잠행 때와 달리 이곳은 다른 이도 있거늘?"

"주인의 허락도 없이 정원에 들어와 꽃을 꺾어놓고 본래 제 것이었다 우기는 법도는 대체 어느 나라 것입니까."

"무엄하다! 주인이 있었다 한들 바뀔 수도 있는 법. 애초에 목적을 가진 접근이었다 해도 그녀는 이미 짐의 사람이 되었다. 그런데 감히 용안을 마주하고 연심을 운운해?"

제천이 냉소를 머금었다.

"부끄럽지도 않으십니까?"

"뭐라?"

윤명의 시선을 그대로 받아내며 제천이 말했다.

"조강지처를 옆에 세워 두고 다른 여인을 입에 담는 것이, 부끄럽지 않으시냔 말입니다."

윤명이 흠칫하여 교에게 눈길을 돌렸다. 옷자락을 꼭 그러쥔 채 오들오들 떨며 모든 대화를 듣고 있던 교가 윤명의 시선을 느끼고는 이내 반박했다.

"다른 누구도 아닌 황제폐하십니다. 귀한 혈통을 잇기 위해 후궁을 들이는 것은 당연합니다. 무엇보다 금의위는 본분을 망각하지 마세요. 어찌 감히 폐하를 책하십니까?"

"마음 상하셨다면 송구하오나 제 기준에선 이해가 어려운 일이라."

"허면."

윤명이 다시 날을 갈았다.

"조강지처를 다른 사내에게 보내는 것은 어느 나라의 법도냐."

검을 잡은 제천의 손에 힘이 들어갔다. 어떻게 우리가 이렇게밖에 할 수 없도록 만든 당신이 그런 말을 하지. 제천이 이를 악문 채 말했다.

"가지고자 하는 이는 불가능하나, 지키고자 하는 이는 그리 할 수 있습니다."

윤명의 이성을 지탱하던 가느다란 실이 끊어졌다. 방금 전 제천의 말이야말로 자신이 영원히 따라잡을 수 없는 간극을 보여주는 증거였다. 격분한 윤명이 제천에게 소리쳤다.

"비겁하다는 오명을 뒤집어써도 좋다! 내 평생 처음으로 곁에 두고픈 여인이 나타났거늘!"

"……왜 하필 그 여인이 단목사야여야 한단 말입니까."

당장에라도 제천을 치려는 윤명에게 교가 매달려 말렸다. 빠른 속도로 허약해지고 있는 육체. 심한 흥분은 금물이었다.

교의 우려대로 윤명이 폐부를 쥐어짜는 기침을 연달아 하더니 입가에 묻어 나온 피를 소매로 훔치고 제천을 노려보았다.

"네놈이라고 다를 줄 아느냐?"

윤명의 눈빛이 독기를 품었다.

"절조와 희생을 운운하지만 너 역시 한갓 사내의 몸. 네놈 입으로 말하였지. 사야를 온전히 안아보고 싶다고. 반드시 사야에게만 움직일 것 같은가? 그 어떤 상황에서도 다른 여인에게 동하지 않을 자신이 있느냔 말이다!"

"인간과 짐승을 나누는 기준이 그에 있다고 알고 있습니다만."

"네놈이!"

제천을 뚫을 기세로 노려보던 윤명이 교를 서재로 보낸 뒤 대기하고 있던 궁인들을 불렀다. '그것'을 가져오라는 명이 떨어지자 급히 어딘가로 달려갔던 궁인이 작은 병을 들고 왔다. 곧이어 작은 병이 제천의 앞에 놓였다.

"마시라."

　윤명이 말에 제천이 병을 내려다보았다.

"독이 아니니 안심하고 마시라. 내, 너의 목숨을 거두지는 않을 터이니."

　제천이 마개를 열고 액체를 들이켜자 그 모습을 지켜본 윤명이 덧붙였다.

"그리 쉽게 거두지는 않을 것이니."

　묘하게 바뀐 어조에 제천이 고개를 들었다.

"……네가 방금 마신 것은 후궁에서 압수한 춘약이다. 얼음물에 몸을 던져도, 상처를 내어 피를 빼내도 여인을 안지 않는 이상 결코 고통에서 벗어날 수 없는 아주 강력한 약이지. 보통 기루에서는 한 번에 다섯 방울을 쓴다더군. 그런데 넌 그걸 한 병이나 들이켰으니 온밤 지새도록 여인을 품어도 갈증에 몸서리칠 것이다."

　그의 말이 이어졌다.

"두고 보자고. 네가 자신한 정신력을 시험해 보지."

　제천을 지하 감옥에 가두라는 명이 떨어졌다. 윤명은 이것이 치기 어린 행동임을 알았으나 분노와 슬픔을 억제할 수 없었다.

강압을 써서라도 제천을 깎아내리고 싶었다. 약 기운에 취해 색정광처럼 여인들을 품고 난 뒤 그가 후회와 자괴감에 괴로워할 때, 이것이 네가 자신한 연심의 바닥이라며 똑똑히 알려주고 싶었다.

윤명은 붉어진 눈가를 거칠게 문질렀다. 오늘 제천의 밤은 그 어느 때보다 길 것이다.

❀ ❀ ❀

제천은 눈을 감고 명상에 집중하려 했다. 하지만 아까 전부터 자꾸 단전 아래로 열기가 뭉치더니 이내 온몸이 후끈후끈해지는 감각을 무시하기가 힘들었다. 누군가 자신을 툭 건드리기라도 한다면 손가락을 갖다 댄 부분이 저릴 터였다.

그의 이마에 식은땀이 옅게 배어났다.

지하 감옥 안으로 누군가 들어오는 기척이 느껴졌다. 한 명이 아니었다. 적어도 셋, 많게는 다섯. 발걸음이 사뿐사뿐 가벼운 것으로 보아 여인인 듯했다.

그가 눈을 뜨고 옥사 안으로 들어오는 여인들을 지켜보았다. 반쯤 벗은 것이나 다름없는 여인들이 교태가 묻어나는 미소를 지었다. 제천은 다시 눈을 감았다.

"오늘 밤 무사님을 모시게 된 홍화루의 매난국죽이옵니다."

"오른쪽부터 소매, 소난, 소국, 소죽이지요."

"듣자 하니 파옥주(破屋酒)를 한 병이나 드셨다지요?"

기녀들의 자잘한 웃음소리가 지하 감옥에 울려 퍼졌다. 기녀들은 제천의 수려한 외모와 탄탄한 몸체를 훔쳐보는 한편 춘약을 한 병이나 들이켰다는 데서 웃음을 감추지 못했다.

모르는 이들이 염려하는 것만큼은 위험하지 않았다. 다만 한 병 치 약효를 몸 밖으로 다 빼내려면 얼마나 많은 정분을 나눠야 할지. 저들 넷을 쉬지 않고 돌아가며 품어도 모자랄 것이다.

한 명은 침상의 푹신함을 확인해 보았고 또 다른 한 명은 병사들이 옥사 밖으로 물러났는지 살폈다. 그러다가 기녀들은 눈이 풀린 채 저들에게 달려들어 마땅할 제천에게서 아무 기척이 없자 이상함을 깨달았다.

파옥주, 집을 무너뜨릴 기세라는 뜻에서 붙은 이름이다. 그걸 한 병이나 마신 자가 여태 여인에게 손을 대지 않는단 말인가?

의아함을 느낀 막내 기녀가 제천의 옆에 걸터앉아 가까이서 그를 살펴보았다. 여인들만큼이나 긴 속눈썹에 쭉 뻗은 콧날, 그리고 인중부터 입술을 거쳐 턱까지 절묘하게 떨어지는 선이 사내다우면서도 매력적이었다.

쉽게 접근하기 힘든 서늘한 분위기가 오히려 유혹하고자하는 욕심을 자극했다. 기녀의 입가에 만족스러운 미소가 걸렸다. 반드시 유혹하라는 명이 있었지만, 꼭 그 때문이 아니라도 욕심이 나는 사내였다.

버들개지같이 나긋한 손이 제천의 팔을 쓸었다. 그의 얼굴이 조금 일그러지면서 전신에 힘이 들어갔다. 아하, 약 기운을 억지로 참고 계시는군? 기녀가 득의양양한 얼굴로 다른 이들을 불렀다.

"언니들, 우리 무사님의 인내심이 대단하시네요."

약효가 돌기를 기다리던 다른 기녀들이 막내의 부름에 고개를 갸우뚱했다. 다들 제천 주위로 모여들자 향긋한 분 냄새가 후각을 자극했다. 제천은 이를 악물고 모든 감각을 닫기 위해 애썼다.

그러나 모든 감각을 최고조로 올려놓는 약의 기운이 너무 대단해서 다시금 팔뚝을 쓸어내리는 기녀의 손길에 호흡이 흐트러졌다. 막내 기녀가 보란 듯이 그를 만졌다.

"살갗이 이만큼 달아오른 걸로 봐서 약효는 한참 전부터 돌기 시작한 것 같은데."

"어머, 그렇단 말이지?"

기녀들이 반색하며 저마다 손을 내밀었다. 한 번에 여러 곳에서 강한 자극이 덮치자 제천의 평정이 깨졌다. 그가 눈을 번쩍 뜨고 거친 숨을 내쉬었다. 마치 둑이 터진 물길처럼 거센 열기가 차올랐다.

손을 뻗어 기녀들을 떨쳐 내려는데 손가락을 움직이는 것조차 힘들었다. 조금이라도 몸을 움직이면 머릿속이 아찔해질 만큼의 자극이 뒤따랐다. 자연히 움직임이 느려졌다. 그의 상태를 눈치챈 기녀들이 웃음을 터뜨리며 안겨들었다.

"후끈후끈 달아오르시죠? 그러다가 여인의 살갗과 닿으면 순간이나마 살 것 같죠?"

"과용하셨으니 쾌감과 통증이 뒤섞일 거예요."

"누구부터 안으시겠어요?"

제천이 이를 악물고 버티다가 몸을 크게 흔들어 기녀들을 떨쳐 냈다. 그가 일어나 반대편 벽 쪽으로 갔다. 내딛는 한 걸음 한 걸음에 온몸이 울렸다. 그의 이성이 빠른 속도로 사라지고 있었다.

"검을 압수당했으나 전 그 어떤 것도 무기로 삼을 수 있습니다."

그가 온 힘을 다해 각각의 기녀들을 뚫어져라 보았다.

"다가오지 마십시오."

다 낡아빠진 나무 의자를 중간에 내려놓은 제천이 말했다.

"선을 넘는 자는 죽일 것입니다."

뼛속까지 무사인 데다 실제로 비설조를 처치하면서 손에 피를 묻혀본 제천이다. 그의 경고에 정말 살인도 불사하겠다는 섬뜩함이 배어 나왔다.

기녀들이 움찔했다. 시중을 거부하는 사내들을 몇 번 봤지만, 이처럼 엄청난 위협은 처음이었다. 한편으로는 의혹이 들었다.

배꽃같이 고운 그녀들을 설마 죽이기야 하겠는가. 게다가 그의 몸은 지금 여인을 안지 못해 미쳐 있는 상태. 한 기녀가 조심스레 발을 내딛었다. 그녀의 발이 의자를 넘으려는 순간,

"꺅!"

제천이 의자를 내려쳐 산산조각 냈다. 기녀의 조그만 발에서 불

과 반 뼘도 떨어지지 않은 거리였다. 그가 조금만 더 옆으로 움직였다면 지금쯤 기녀의 발은 피투성이가 되었을 터.

그의 말이 진심이었음을 깨달은 기녀들이 두려운 눈으로 침상 위로 모여들었다. 더 이상 견디지 못하고, 제천이 벽에 기댄 채 무너졌다. 너무 센 약 기운을 참다가 머리가 어떻게 된 듯 사야의 환청이 들리는 것 같았다.

반쯤 정신을 잃은 그의 기억이 반년도 더 전, 황도 가까이에 이르렀을 때로 날아갔다.

작은 마을에서 혼례식을 치르는 젊은 부부를 본 이후로 사야의 말수가 급격하게 줄어들었다. 제천도 그의 성정상 억지로 사야에게서 말을 끌어내려 하지 않았고 둘은 그렇게 말없이 갈 길을 재촉했다.

그러다가 마주친 소낙비. 사정없이 내리꽂는 비를 피하기 위해 작은 불당(佛堂)으로 뛰어든 두 사람은 이내 그곳이 남녀의 연분에 있어 영험한 곳임을 알게 되었다. 짝사랑 상대의 이름을 적은 작은 나무패로 한쪽 벽면이 빼곡했다. 아무 말 없이 나무패들을 들여다보던 사야가 제천에게 물었다.

"대체 내 어디가 좋은가요, 제천?"

그가 사야를 빤히 쳐다보았다.

"제천은 뭐가 아쉬워서 내 호위무사 같은 것이나 하고 있을까 싶어서. 난 열여섯 살 때부터 이런 생각 했는데."

그의 답을 기다리며 사야는 자신의 생각을 조금 더 늘어놓았다.

"난 사건의 당사자이니 그렇다고 쳐요. 복수의 이유, 충분하죠. 하지만 제천은 너무 힘들잖아요. 이 세상 모든 호위무사가 제천 같은 줄 알아요? 이렇게 한결같이 곧이곧대로 지켜주는 게…… 어디 있어요."

목이 멘 듯 말소리가 점점 줄어들다가 마지막에 이르러선 거의 속삭이다시피 되었다. 그랬던가. 그대는 이제까지 그런 생각을 하고 있었던 건가. 내가 무조건적인 희생을 하고 있다고. 그래서 미안함을 느끼고 있었나.

제천이 사야를 잠시 눈에 담았다가 그칠 줄 모르고 쏟아져 내리는 비로 시선을 옮겼다.

"아직도 부족한 겁니까."

"……뭐가요?"

"아직도 제가, 단목가에 있어서 이방인이냐 이 말씀입니다."

그녀가 서서히 고개를 떨어뜨렸다.

"얼굴도 못 뵌 어머니와 흐린 기억 속 아버지. 다른 이들이 가족에게서 얻곤 했던 기쁨을 전 단목가에서 알았죠. 그러니까 아가씨의 복수는 제 복수이기도 합니다. 그리고 아가씨의 미안함은."

제천이 슬쩍 웃었다.

"그에 대해선 정정해 드리지 않겠습니다. 미안함이 클수록 절 떼어내기 힘들 테니까."

"내가 어떻게 제천을 떼어내요."

"5년간 몇 번이나 그러지 않았습니까. 제가 기억 못할 줄 아십니까?"

제천이 떠나면 사야는 얼마 지나지 않아 붙잡힌다. 그녀의 지략이 뛰어나긴 하지만 비설조의 독수를 지략만으로 피하기는 힘들테니.

이 모든 걸 알면서도 사야는 제천더러 자신의 곁을 그만 떠나도 좋다는 뜻을 내비친 적이 있었다.

이 방법이 통하지 않자 그에게 화가 났다는 구실로 차갑게 굴면서 그가 스스로 떠나도록 하기도 했다. 그뿐인가. 그 영리한 머리로 제천을 따돌리고 혼자 길을 떠난 적도 있었다.

하지만 계속 짐을 떠안으려는 그녀에게 화가 나 정말 그녀의 곁을 떠난 척했을 때, 그때 남몰래 훔쳐봤던 사야의 공허한 눈빛을 제천은 아직도 잊을 수 없었다. 절망과 슬픔과 자책이 뒤섞인 울음도.

"하지만 너무 미안해하진 마세요."

제천이 말을 이었다.

"떼어내기 힘들 정도로만 적당히 선을 지키시는 게 제일 좋습니다."

그런 제천을 물끄러미 보던 사야가 어렵게 말을 꺼냈다. 약간의 두려움마저 느껴지는 말투로.

"난 제천의 생각보다 그렇게…… 지킬 가치가 없을지도 몰라요."

"그건 제가 판단합니다."

"그렇지만."

"아가씨야말로 절 버리시면 안 됩니다."

두 사람의 시선이 마주쳤다. 애틋한 두 개의 눈길이 만났다.

"혹여 버리기라도 하면 무간지옥 끝까지라도 쫓아갈 테니까."

사야가 슬픈 눈으로 제천을 바라보다가 차마 격정을 이기지 못하고 그의 입술에 살짝 입을 맞췄다. 그야말로 입술이 간신히 닿았다가 떨어지는 정도였으나 그와 동시에 제천의 모든 움직임이 멈췄다. 잠시 호흡마저 멎은 것 같았다.

이제껏 몇 번의 입맞춤을 나눠왔지만 사야가 먼저 다가온 것은 처음이었기에. 그는 자신이 무얼 하는지 깨달을 새도 없이 사야의 위로 쓰러졌다. 소낙비가 그치고도 한참을 이어진 입맞춤에선 눈물의 맛이 났다.

"큭!"

제천이 피를 토했다. 그리움과 고통은 심독(心毒)이 되었다. 그는 간신히 벽에 기대어 호흡을 골랐다. 피를 닦을 여유도 없었다.

반쯤 뜬 눈에 놀라고 당황한 기녀들이 들어왔다. 그녀들의 얼굴이 하나씩 사야의 것으로 바뀌었다. 환각이다, 제천. 휘말리지 마. 다시 눈을 감고 명상에 몰입하려 하는데 그 순간 저 아래에서 강렬한 열기가 치밀어 올라왔다.

이번엔 참을 수가 없었다.

❋ ❋ ❋

윤명은 뜬눈으로 밤을 새웠다. 격분을 이기지 못하고 형벌을 내릴 땐 언제고 처소로 돌아온 내내 마음이 편치 않았다.

자신의 옹졸함에 화가 났고, 제천의 변치 않는 사랑에 질투가 났다. 자신은 평생 하지 못할 사랑 같아서 하소연할 데 없는 울분만 쌓여갔다.

자신의 마음도 결코 거짓이 아닐진대, 상대를 지키기 위해서는 목숨도 내놓을 수 있는 제천에 비하면 한없이 초라해지고 마는 것이다. 그 와중에 제천이 교에게 했던 말이 자꾸 떠올라 심사를 어지럽혔다.

그런 영생이 무슨 소용인가.

윤명의 한숨이 깊어졌다. 하루가 다르게 생명의 기운이 그의 육신에서 빠져나가고 있었다. 푹 쉬어도 모자랄 것인데 밤을 꼬박 새기까지 했으니 몸이 버거워함도 당연했다. 하나 그는 쉬는 대신 내관을 불러 지하 감옥으로 갈 채비를 하도록 명했다.

어두운 계단을 내려가면서 윤명은 자신이 어떤 광경을 보고자 하는지 가늠할 수가 없었다. 제천이 의지를 지킨 모습을 보게 된다면 자신은 더더욱 비참해질 것 같았다. 그렇다고 제천이 약 기운에 미친 듯이 기녀들을 탐하고 난 모습을 보길 바라는 것도 아니었다.

정말 기묘하고도 모순되는 감정이었다. 그토록 그의 절조를 꺾길 원했으면서 이제 와 그가 지지 않길 바라다니.

길고 길었을 밤. 옥사의 문이 열렸다. 햇불이 몇 개 더해지자 비로소 감옥 안이 밝아졌다. 윤명의 눈에 난장판이 된 옥사 안이 들어왔다. 그가 상황을 파악하려 애썼다.

파옥주가 효력을 발휘한 것인가? 결국 제천의 의지가 꺾인 건가?

그의 시선이 옥사의 가장 안쪽 구석에 자리한 제천에게 닿았다. 피가 말라붙은 입가. 창백한 안색. 무엇보다 눈에 띄는 건 피멍이 든 주먹이었다. 그가 주먹으로 벽을 치며 이성을 잃지 않으려 애쓰는 장면이 머릿속에 그려졌다.

인기척이 나자 제천이 눈을 떴다. 하룻밤이 아니라 천 번의 밤을 지새운 이처럼 힘겨운 기색이 제천에게서 묻어났다.

"……효력이 다한 건가?"

제천이 피식 웃었다.

"그럴 리가요. 지금도 끔찍한 기운이 제 안에서 날뛰고 있습니다."

"네겐 말하지 않았지만 해약을 가지고 있다."

윤명이 제천을 향해 물었다.

"해약을 원하느냐?"

그를 바라보던 제천이 나직이 말했다. 떠올리는 것만으로도 잠겨드는 목소리.

"제가 원하는 건 그녀뿐입니다."

＊ ＊ ＊

사야는 멍하니 정원을 내다보다가 소년내관이 들어오는 기척을 느꼈다. 이틀 밤을 제대로 자지 못하자 모든 감각이 붕 뜬 것 같았다.

이러면 안 되는데, 항상 최상의 몸 상태로 있어야 하는데 하면서도 제천만 생각하면 자신이 침상에 발 뻗고 누워 있는 것만으로도 미안해졌다. 도와주고 싶으나 도와줄 수 없는 처지였다. 도와줄 수 있다 해도 돕지 않기로 약속한 시간이었다. 그나마 힘겨운 밤이 하루로 그쳐서 다행이라 할까.

"아가씨, 폐하로부터의 전언입니다."

소년내관이 예를 갖추며 말했다.

"폐하의 처소로 드시랍니다."

사야가 흠칫했다. 지금은 대낮으로 정오를 막 넘겼다. 이렇게 이른 시각에 후궁을 처소로 불러들이는 경우는 없었다. 게다가 윤명의 병세가 악화됨에 따라 모든 여인들로부터 밤 시중을 받지 않은

지도 꽤 되었다.

이는 사야에게 따로 할 말이 있다는 뜻. 설마 드디어 그날이 온 건가. 사야의 손이 미약하게나마 떨렸다. 그녀가 소년내관에게 물었다.

"지금 당장 말이니?"

"그러하옵니다."

사야가 고개를 끄덕인 다음 몸단장할 시간을 달라며 아이를 먼저 내보냈다. 하지만 일각 뒤에 처소에서 나온 그녀는 아까 전과 똑같은 진보랏빛 옷차림이었기에 소년내관은 뭐가 달라진 건지 알아차릴 수가 없었다. 그녀가 부 호위를 오래도록 바라보다가 걸음을 옮겼다.

소년내관과 단출하게 동행하는 길. 저 멀리에 태후의 행차가 있는지 영수궁 사람들이 보이기 시작했다. 소년내관이 잔뜩 긴장해서 사야의 곁으로 다가섰다. 멀리 떨어져 있었지만 사야와 란의 시선이 마주쳤다.

란은 한 떨기 붓꽃처럼 청초한 사야를 보고 간신히 화를 억누르는 것 같았다. 오늘따라 화장도 하지 않은 말간 민낯에 소녀처럼 양 갈래로 머리를 땋아 내린 사야는 그림 속 미인처럼 청아해 보였다.

란의 몸이 부들부들 떨렸다. 이를 지켜보던 사야가 새치름하니 고개를 숙여 예를 표했다. 말만 예를 갖췄다 뿐이지 슬쩍 옆으로 내리간 눈매에 조롱이 가득했다. 란이 휘청거리자 옆에 서 있던 궁녀가 황급히 주인을 부축했다.

란의 동요를 대한 사야는 보란 듯이 윤명의 처소로 향했다. 두 사람 모두 말없이 걸음만 재촉하길 한참. 어느새 황제의 처소가 바로 앞이었다. 소년내관과 헤어지기 전, 사야가 아이를 붙잡았다.

"군자야."

이름을 지어주었으되 직접 부른 적은 몇 번 되지 않았기에 소년내관은 놀라기도 하고 괜히 두근거리기도 하여 사야를 쳐다보았다. 그녀가 소년내관의 손을 잡더니 두어 차례 토닥여 주었다. 이는 한 번도 없던 일이라 아이는 무슨 영문인가 싶어 딱히 할 말을 찾지 못하고 주인만 올려다보았다.

사야가 소년내관의 머리를 쓰다듬었다. 곧 쑥쑥 자라 그녀의 키 정도는 가뿐하게 넘을 것이다. 이 황궁 안에서 뜻밖에도 너 같은 친구를 얻다니. 그녀가 웃어 보이고는 몸을 돌렸다.

아이는 뭔가 더 할 말이 있는 듯했으나 그저 뒤에서 빤히 바라보는 모양이었다. 소년내관의 시선을 뒤로하고 사야는 윤명의 처소에 들어섰다.

곱게 핀 국화 화분을 감상하던 그가 사야를 보고 반겼다. 가까이서 본 윤명은 나날이 병색이 짙어지는 것 같았다. 불과 며칠 전에 보았는데도 그새 안색이 더 나빠졌다.

사야는 인사를 올린 뒤 아주 자연스러운 손놀림으로 차를 우리기 시작했다. 그녀가 하는 양을 지켜보던 윤명이 먼저 입을 열었다.

"사야."

쓸쓸하고도 다정한 음색. 사야가 고개를 들어 윤명을 바라보자 그가 말했다.

"미안하다."

조금은 갑작스러운 사과에 그녀가 당황했다.

"말 한마디로 해결될 일이 아님을 알고 있다. 조나라 황실이 예로 부터 단목가에 진 빚이 사라지지 않는다는 것도 잘 안다. 하지만 말 하지 않을 수가 없구나. 내가 참으로, 미안하다. 모후와 내 혈족들 이 저지른 모든 일들에 대해 진심으로 사과하겠다."

"윤명, 갑자기 무슨."

"시간이 촉박하구나."

안타까운 한숨을 내쉬던 윤명이 곧 거센 기침을 했다. 사야가 도 우려 하자 그가 손을 들어 괜찮다는 손짓을 한 뒤 품에서 손수건을 꺼내 입을 막았다. 한참 기침을 하고 떼어낸 손수건에는 시커먼 피 가 묻어 있었다. 이를 본 사야가 움찔했다.

"놀랐느냐? 벌써부터 놀라면 안 될 터인데. 이건 시작에 불과하 거늘. 적어도 어렸을 때 본 선황은 이보다 열 배는 더 심하셨단다."

사야가 그의 말을 들으며 묵묵히 차를 우렸다. 향긋한 차 한 잔 을 올리자 윤명이 기뻐하며 이를 마셨다. 따뜻한 차 덕분인지 기침 기운이 다소나마 가라앉았다.

"내가 저지른 추태가 네 귀에도 들어갔을 테지."

윤명이 쿡쿡 웃음을 삼켰다.

"태조의 재림이라 불리던 현군이 이리될 줄 누가 알았겠느냐."

"해약을 주시고 숙소에 옮긴 뒤 어의까지 보내주셨다고 들었습니다."

"……그의 확신이 부러웠다."

윤명의 눈빛이 슬퍼졌다. 입가에는 분명 미소가 걸려 있는데 눈은 금방이라도 눈물을 흘릴 것만 같았다.

"지금에서야 밝히는 것이지만 나도 모후도 처음부터 이렇진 않았다. 하하, 정말이지 변명으로밖에 들리지 않는다만. 정말 그랬다. 외숙에게 들었던 소녀 적 모후께선 도도함과 자부심으로 똘똘 뭉쳐 있었지만, 한편으론 세상물정을 몰라 얼토당토않은 말에 덥석 낚인 적도 많더구나. 밤늦게 돌탑 주변을 백 일간 돌면 천생배필이 나타난다는 소릴 듣고 코웃음을 쳤지만, 실제론 시녀들에게 입막음 조로 상당한 돈을 주면서까지 매일 다녀왔다지."

난생처음으로 듣는 란의 이야기였다. 지금의 독한 여자와는 도무지 같은 사람이라 여길 수가 없어 사야는 앉은 자리가 몹시도 불편해졌다.

"사야, 이 황궁은 말이다. 밖에서 보기엔 천하의 권세가 다 이곳에 몰려 있는 듯하나 한 번 이곳에 발을 들이면 좀처럼 사람답게 살수가 없다. 도도하지만 물정 몰랐던 아가씨 한 명이 독수를 쓰게 되기까지 그리 오랜 시간이 걸리지 않아. 어릴 땐 그저 모후께서 너무

과하다고만 생각했다. 다른 궁 소속 궁녀가 준 간식을 배다른 형제와 나눠먹고 온 날, 그분은 온몸을 벌벌 떨며 어의를 부르셨지. 내가 울면서 더 나올 게 없어 헛구역질을 할 때까지 먹은 걸 모조리 토해내게 하셨다. 그저 과하다고만 생각했어. 그런데 사흘 뒤, 함께 간식을 먹은 동생이 배탈이 나더니 그대로 명을 달리하더구나. 싸늘하게 식은 동생의 주검을 부여잡고 우는 내게 모후께서 말씀하셨다. 그 누구도 믿지 마세요, 태자. 쉽게 내준 마음은 독이 되어 돌아온답니다."

윤명이 차를 한 모금 들이켰다. 말이 길어지자 피곤이 몰려오는 듯 그의 자세가 자꾸만 흐트러지려 했다. 윤명이 다시 등을 곧추세우더니 사야를 보았다.

"그런 유년을 보내고 나자 조윤명의 생에 있어 누군가를 믿는다는 것은 가장 어렵고도 불가능한 일이 되었다. 그런 내게 다가온 이가 너였는데, 널 온전히 갖고 싶었는데. 제천 그자가 일깨워주었지. 세상엔 가지고자 하는 사랑뿐 아니라 지키고자 하는 사랑도 있다고. 그의 확신 앞에서 난 무너졌다. 정말 비참하게 무너졌어. 그리고 지난 이틀 밤 동안 생각하고 또 생각했다. 내 삶과 네 삶과 제천의 삶에 대해……."

윤명이 떨리는 손으로 사야의 뺨을 어루만졌다.

"난 왜 단 한 번도, 네 행복에 대해 생각해 보질 않았을까. 내가 너무 이 자리에 오래 앉아 있었나 보다. 모두가 내 옆을 지키는 것을 행복이라 말하니 너 역시 그럴 줄 알았거늘. 당연히 널 웃게 할 수 있을 거라 여겼거늘. 다 내 오만이었구나."

"윤명."

그의 미소가 애달파졌다. 그리고 그의 입에서 사야가 상상도 하지 못했던 말이 나왔다.

"떠나라, 사야."

그녀의 눈이 커다래지자 윤명이 다시 한번 더 힘주어 말했다.

"제천과 함께 어서 떠나. 너라도 이곳을 나가서 행복하게 살아라."

이건 계획에 없는 부분이었다. 짐작조차 하지 못했다. 멍하니 그를 쳐다보는 사야의 손에 그가 작은 금패를 쥐어주었다. 황제가 지키는 자라는 뜻을 담은 금패. 이를 가진 자는 설령 살인을 저지른다 해도 사형을 면할 수 있었다.

"내 황명을 내려 내가 살아서든 죽어서든 어느 누구도 널 해치지 못하게 막으리니. 사랑하는 여인의 살을 씹으며 구차하게 목숨을 연명하느니 사내로서 당당하게 죽음을 맞겠다."

성군이 되고자 했던 갈망이 얼마나 컸던 사람인가. 선황처럼 끔찍하게 죽는 것을 얼마나 두려워했던 사람인가. 그랬던 그가 제천과 함께 떠나 행복하게 살라고 말하고 있었다.

너무나 큰 충격에 사야가 어찌할 바를 모르는데 그가 돌연 그녀를 잡아 일으키더니 처소 밖으로 끌어냈다. 윤명이 택한 길은 정문이 아닌 후문. 이미 와 있던 이 태감이 윤명의 어깨에 피풍의(避風衣)를 걸쳐 주었다. 검은 용포가 이에 가려졌다.

"어, 어딜 가는 거예요?"

"떠나라지 않았느냐."

"지금 당장?"

"……제천도 올 것이다."

이미 각오하고 왔지만 생각보다 너무 빨리 진행되는 일에 사야의 마음이 조급해졌다. 과연 평생을 황궁에서 산 이들답게 윤명과 이 태감은 인적이 드문 길로만 교묘하게 이동했다.

한참을 정신없이 걷다 보니 어느새 다다른 곳은 황궁의 공터였다. 집채만 하게 쌓아올린 장작을 보자마자 사야의 숨이 턱 막혔다.

잠시 담벼락에 몸을 숨기고 기다리자 내관의 도움을 받아 이까지 온 제천이 모습을 드러냈다. 사야와 제천, 두 사람의 눈이 마주쳤다. 그리고 윤명까지 세 사람이 시선을 나누었다.

"동문, 서문, 북문은 현재 감시가 심하다. 설마하니 정문으로 나갈 린 없으리라 싶으셨는지 남문이 오히려 가장 수월하겠더군. 이대로 이동하여 수문장에게만 내 신분을 밝히고 통과시킬 것이다."

윤명이 이까지 말한 뒤 곧 벽을 따라 이동했다. 의외로 나다니는 자가 적었다. 이대로라면 윤명의 밀대로 성공할 수 있을 늣싶었다. 그리고 광활한 공터를 절반 넘게 이동한 순간.

"어딜 그리 바삐 가십니까."

뒤쪽에서 모두에게 익숙한 소리가 들려왔다. 이윽고 오십여 명의 병사를 거느린 채 나타난 여인. 란이 교의 부축을 받으며 나와 그들을 향해 섬뜩한 미소를 지었다.

"황상, 우리의 영약이 걸어 나가고 있지 않습니까?"

사야는 안심했다. 중간에 일이 잘못되나 싶었는데 이제야 제자리로 돌아온 것이다. 윤명의 고백은 정말이지 뜻밖이었다. 그가 금패를 넘겨주며 한 사과와 고백은 사야에게 진정으로 다가왔다.

그러나 슬프게도 윤명의 계획대로 되어서는 안 되었다. 그리고 금패가 효과를 발휘할 리도 없었다.

진심은 고맙지만, 윤명. 당신이 한 가지 간과한 것이 있어요. 아이를 살리고자 하는 어머니의 사랑은 지엄한 황명도 뛰어넘을 수 있답니다. 그게 올바른 방향이든 비틀린 것이든 간에요. 당신이 천 개의 금패를 내리고 만 번의 황명으로 벽을 세운들 란은 반드시 그를 뚫고 올 거예요.

사야가 슬쩍 주위를 살폈다. 장작더미와의 거리도 적당하다. 과연 윤명의 처소로 가면서 란을 도발한 것이 먹혀들었다. 이제 그녀가 할 일은 모자간의 갈등이 극에 달하기까지 기다리는 것뿐.

"비켜서십시오, 모후."

병색이 깊었으나 황제로서의 위엄은 퇴색하지 않았다. 윤명이 란을 눈빛으로 눌렀다가 교와 병사들을 차례차례 보았다.

"황제가 아직 숨이 끊어지지 않았는데 병사를 끌고 면전까지 오다니. 너무하다고 생각하시지 않습니까? 아니면 혹여, 그대들에게 있어 조윤명은 이미 죽은 자인 겁니까?"

"소, 송구하옵니다! 절대 그런 뜻이 아니옵니다."

교가 황망히 고개를 내저으며 말했다. 병사들도 윤명의 기세에 눌려 고개를 꼿꼿이 들고 있는 자가 없었다. 오직 란만이 태연하게 받아쳤다.

"이미 죽은 자는 아니나…… 곧 죽을 자겠지요."

"태후마마!"

교가 놀라 부축하고 있던 팔을 떼고 말았다.

"뭘 그리 놀라십니까, 황후. 모두가 쉬쉬하지만 모두가 아는 사실 아닙니까? 이 나라의 황제가, 란의 하나뿐인 아드님이 치료를 거부하고 죽어가는 것을 누가 모른답니까?"

윤명의 주도하에 사야와 제천이 빠져나가는 장면을 목격했다. 충격이 뒤늦게 전해져 왔다. 란의 언성이 높아지며 목소리가 떨렸다.

"그들을 풀어주시다니요. 이것이 자결과 다를 게 무업니까!"

"최소한 인간답게 죽고 싶습니다."

"왜 자꾸 죽는다고만 말씀하십니까! 어미 앞에서 왜 자꾸 죽는다고만!"

"물러서십시오."

윤명이 경고한 뒤 사야에게 눈짓을 했다. 일행이 다시 걸음을 옮기려는데 란이 병사들에게 명을 내려 이들을 포위케 하였다. 사야 일행은 몇 걸음 떼지 못하고 제자리에 멈춰 섰다.

명백한 월권. 태후라 할지라도 감히 황제를 막아설 순 없다. 윤명이 이를 지적하자 황제를 포위한 것이 아니라 황제를 미혹하여 인질로 잡고 있는 범인들을 체포하려 함이라는 답이 돌아왔다. 윤명은 피로가 밀려드는 듯 손으로 눈가를 문질렀다.

"제발 그만하세요. 이제 끝났단 말입니다."

"도대체 뭐가 끝이란 말입니까?"

"전 이들을 풀어주기로 결심했고 이미 금패를 하사했습니다. 모후께서 이러시는 것은 제 위신을 깎아내리는 것밖에 안 됩니다. 병사들을 물리세요. 소자가 직접 나서기 전에."

란은 이 모든 상황을 받아들일 수가 없었다. 단목사야의 간만이 유일한 희망이었다. 없던 것도 만들어낼 판에 이미 손안에 들어온 약을 버리는 건 무슨 까닭이란 말인가. 란의 눈앞에 시아버지와 남편의 끔찍했던 최후가 차례로 스쳐 지나갔다.

시아버지의 죽음을 대했을 때는 그저 두려울 뿐이었고 남편이 그 뒤를 따랐을 때는 한동안 실감이 나지 않았다. 젊은 황후와 어린 태자를 노리는 시선이 너무 많았기에 눈물을 흘린다는 건 생각조차 할 수 없었다.

그녀는 더욱더 독해져야 했고, 자신의 아이를 지켜야 했다. 윤명은 남편의 피를 물려받은 적통이니 그 역시 언젠가는 남편처럼 잔인한 고통에 몸부림치다 죽을 터.

아득해졌던 란의 이성이 차츰 돌아왔다. 자신의 눈앞에서 아들이 단목사야를 힘껏 보호하고 있었다. 아들의 이러한 반목(反目)은 대할 때마다 크나큰 충격이었다.

사야를 만나기 이전까지 윤명은 항상 란의 의견을 존중했다. 어머니의 제안을 거절할 때도 심기가 불편해지지 않도록 얼마나 부드럽게 돌려 말했던가. 그랬던 아들이 어머니에게 차가운 말을 던지길 서슴지 않는 걸로도 모자라 스스로 목숨을 끊겠다고 말하고 있었다.

"죄인을 체포하라!"

란의 명령이 끝나기도 전에 윤명이 으르렁댔다.

"누가 감히 짐에게 무기를 들이대는가."

"저들은 황상을 미혹한 죄인이다. 어서 포박하지 못하겠느냐!"

"한 발짝이라도 떼는 자는 목숨을 보전치 못하리라."

황제와 태후의 팽팽한 기 싸움. 병사들은 빼든 검을 제대로 겨누지도 그렇다고 검집에 넣지도 못하고 서로의 눈치만 살폈다. 윤명이 말했다.

"진정으로 소자를 아끼신다면 이리해서는 안 될 것입니다."

"그게 무슨 말입니까, 황상? 어미 된 자로서 아들을 살리겠다는 게 그리 큰 죄이더이까."

윤명이 슬픈 눈으로 사야를 쳐다보았다. 그의 목소리가 울음으로 잠겨들었다.

"단목사야의 어머니도 모후만큼이나 딸을 사랑했을 겁니다."

이 자리에 없는 사람마냥 가만히 서 있던 사야는 나직이 울리는 윤명의 말에 휘청거렸다. 균형을 잃고 흔들리는 그녀를 제천이 잡아주었다.

"소자를 살리고자 하시는 그 마음을 왜 모르겠습니까. 소자도 살고 싶습니다. 저도 미치도록 살고 싶단 말입니다! 꿈을 다 펼치지도 못한 나이에, 서른도 넘기지 못하고 죽어야 하는 제 속이 얼마나 시커멓게 타들어가는지 아십니까. 하지만 저는 다른 이의 삶을 짓밟아가면서까지 살아내고 싶진 않습니다."

"황상……."

"그런데 지금 모후께서 그리하십니다."

윤명이 간절한 눈빛으로 란을 바라보았다. 황제와 태후라는 지위를 잠시 내려두고 아들과 어머니로 마주하는 시간. 그가 란에게 말했다.

"모후의 그런 처신이 소자를 더욱 비참하게 만듭니다. 그러니, 제발 부탁이니 어머니. 소자가 자랑스러워 할 수 있는 어머니로 남아주십시오."

란이 중심을 잃고 비틀거렸다. 교가 얼른 부축했다. 망연자실한 얼굴로 연신 고개를 내젓던 란의 시선이 교에게 닿았다.

정말 그녀가 잘못되기라도 할까 봐 잔뜩 겁먹고 걱정하는 며느리. 이 자리에 있는 사람 중 가장 여리고 순박할 이. 란이 입을 열었다.

"황후도 가만있지만, 말고 황상을 설득하세요. 그대의 부군이 아닙니까."

모두의 시선이 교에게 쏠렸다. 교는 어찌할 바를 모르고 겁먹은 아이처럼 움찔거리다가 간신히 용기를 내어 윤명을 쳐다보았다.

방금 전까지만 해도 당당한 기세로 병사들을 제압하고 란과 맞서던 윤명이 그녀를 마주하자 곤혹스러운 기색을 감추지 못했다. 사야와 제천 역시 살짝 눈길을 피한 뒤였다.

오래도록 윤명을 보다가 사야에게, 그다음엔 제천에게 눈길을 준 그녀는 점차 차분함을 되찾았다. 이런 상황에도 불구하고 어쩐 일로 그녀답지 않게 두려움을 떨쳐 낸 교가 윤명에게 말했다.

"여인으로서뿐 아니라 한 인간으로서 그녀를 대하기로 하셨군요."

윤명이 놀란 눈으로 교를 마주 보았다. 자신이 며칠 밤을 새면서 겨우 정한 마음을 교가 이해한 것이다. 교가 슬프게 웃었다.

"폐하의 아내로 산 지 14년입니다. 사야 아가씨만큼 영리하진 않더라도 폐하의 고뇌와 슬픔 정도는 알아차릴 수 있습니다."

"……원망스럽지 않소?"

윤명의 말에 교가 눈을 꼭 감았다. 그녀가 다시 눈을 떴을 때 소리 없이 눈물 한 줄기만 뺨을 타고 흘러내렸다.

"그 어떤 일이 있어도 신첩이 폐하를 원망하는 일은 없습니다. 다만……."

감정이 북받쳐 오르는 탓인지 교가 한 손으로 입가를 틀어막았다.

"폐하의 뒤에 남으라고 하지만 마세요. 신첩, 그리 강인하지는 못합니다. 폐하의 곁을 지키다가 그날……이 되면 함께 죽을 것입니다."

꾸밈없이 절절한 고백에 공터는 잠시 적막에 휩싸였다. 윤명이 새삼 놀라움과 미안함을 느끼며 교를 향해 손을 내밀었다. 그 단순한 동작에 눈물로 얼룩졌던 교의 얼굴이 밝아졌다. 그녀가 조심스레 란을 부축하고 있던 손을 놓은 뒤 윤명 쪽으로 다가가려 했다.

"꺄악!"

"황후!"

순식간에 벌어진 일이었다. 상황이 돌아가는 것을 지켜보던 란이 급기야 옆에 서 있던 병사의 검을 빼앗아 들고 교를 겨눈 것이다. 옷자락이 잡힌 교는 꼼짝 없이 란의 인질이 되었다.

한 번도 검을 다룬 적이 없는 란이라 더욱 위험했다. 본래 위협만 할 생각이었더라도 잘못 휘둘러 사람이 크게 다칠 수 있기 때문이다.

아니나 다를까 란이 검을 겨눈 채 말을 하는데 이미 교의 목 주변에 가볍게 베인 상처가 몇이나 생겼다. 상황이 순식간에 긴박해졌다.

"단목사야를 내놓으세요, 황상."

"당장 멈추십시오."

"이 어미가 진심이 아닌 것 같습니까? 당장 내놓으세요!"

"황후가 다쳤지 않습니까! 소자를 위한다는 미명하에 대체 얼마나 더 많은 사람을 해칠 작정이십니까!"

"단목사야, 당장 오지 않으면 황후를 베겠다. 너도 이 아이를 해치고 싶진 않겠지?"

사야가 옷자락을 꽉 틀어쥐었다. 전혀 예상 밖의 상황. 그녀가 한 번에 몇 가지의 대책을 떠올리는데 오들오들 떨던 교가 이쪽을 보며 말했다. 검에 눌려 간신히 입술만 달싹여서는,

"가세요……."

사야가 제일 먼저 알아들었고 마지막이 윤명이었다.

"가요."

사야가 끌린 듯이 제천의 소매를 당겼다. 두 사람의 시선이 마주쳤다. 소리 내어 말하지 않아도 뜻이 전해졌고 바로 다음 순간, 그가 바닥의 돌멩이를 튕겨 올리더니 그대로 차서 란의 손목을 맞추었다.

"아악!"

평생 누군가에게 맞아본 적이 없는 태후다. 수년을 수련한 무인도 손목을 가격하면 무기를 떨어뜨리는데, 검을 아무렇게나 잡은

가녀린 손목에 돌이 맞으니 비명을 지를 만도 했다. 란이 저도 모르게 검을 떨어뜨렸고 그 틈에 윤명이 달려가 교를 낚아챘다.

이렇게 상황이 정리되나 싶은 찰나였다. 가슴 졸이며 이 광경을 쳐다보고만 있던 병사들조차 한숨 돌리는 순간. 란이 방금 전과는 아예 정도가 다른 비명을 내질렀다.

"안 돼!"

돌을 차올려 란의 손목을 맞춘 제천이 그대로 검을 뽑아들어 사야를 찌른 것이다. 윤명마저 교를 구하기 위해 멀리 떨어진 상황. 제천을 말릴 자는 아무도 없었다. 너무나 빠른 발검에 사야조차 놀란 듯. 그녀가 텅 빈 눈으로 제천을 보더니 서서히 고개를 숙였다.

자신의 몸을 뚫고 들어간 검이 보였다. 그리고 남들에겐 보이지 않겠지만 오한이 난 사람마냥 떨고 있는 제천의 손도. 한 치의 망설임도 없었던 공격과 달리 그의 손이 떨리고 있었다.

푹. 그가 검을 뽑았다. 모두가 보는 앞에서 몸을 관통했던 검이 뽑히자 사야의 무릎이 꺾였다. 자신이 떠올린 계획이었다. 이제 와서 생각하는 거지만 이보다 미친 계획은 없을 터.

무엇보다 한동안 상황 파악이 안 되어 멍하던 정신이 천천히 돌아오면서 끔찍한 통증 또한 찾아왔다.

사야의 얼굴이 일그러지며 앞으로 쓰러졌다. 그녀의 피가 묻은 검을 귀신처럼 내려다보던 제천이 이를 내던지고 쓰러지는 사야를 받아 안았다.

"이, 이, 이 무슨."

"불이, 갑자기 장작에 불이."

"도대체."

윤명과 교, 천하의 란조차도 돌아가는 상황을 이해하지 못하고 짧은 말만 내뱉었다. 아무도 예상하지 못했다.

제천이 단목사야를 찌르다니!

한편 제천의 품에 안긴 사야는 점점 번져가는 불길을 쳐다보았다. 모두가 란에게 시선을 뺏긴 사이 제천이 불씨를 던져 넣은 장작은 기다렸다는 듯 활활 타고 있었다.

멋지군, 단목사야. 기껏 생각해낸 게 칼에 찔린 채 불구덩이로 뛰어드는 거라니. 그녀의 몸이 조금씩 싸늘하게 식기 시작했다. 워낙 제대로 찔린 탓에 생각보다 지혈이 빨리 되지 않는 듯했다.

멀어지는 의식을 잡기 위해 애써 자조하고 있던 그녀는 왜 제천이 계획대로 저를 던져 올리지 않는지 의아해졌다. 혹시 잊었나? 그럴 리는 없는데.

"제천……."

급기야 사야는 밀려드는 불안함에 그를 불렀다. 조그만 목소리가 귀에 닿았는지 제천이 희미하게 웃어 보였다. 그 웃음이 상당히 위험했다.

"살아서도 죽어서도 함께, 라고 하지 않았던가요."

"제천……."

그가 뜻한 바를 미처 깨닫기도 전에 제천이 몸을 날렸다.

"까아악!"

"사야!"

"안 돼!"

제천이 사야를 안은 채 그대로 불타는 장작더미를 달려 올라갔다. 끝이 잘려 나간 산처럼 비스듬하게 쌓은지라 그의 무공이라면 가능할 법했다.

그러나 애당초 사람이 올라갈 것을 염두에 두지 않고 쌓았기에 한 번에 두 사람의 무게가 가해지자 정점에 닿기 직전에 와르르 무너져 내렸다. 사야와 제천이 불붙은 구덩이 안으로 떨어져 모습을 감췄다.

"안 돼! 안 된단 말이다! 아악!"

"뭣들 하느냐! 어서 불을 꺼라!"

병사들이 물을 길어온다, 사람들을 불러온다며 허둥지둥 사라졌다. 그중 몇몇은 교의 다급한 도움 요청에 남아 윤명과 란을 붙들었다. 사야의 이름을 부르며 당장에라도 불 속으로 뛰어들 듯한 윤명을 교 혼자 감당하기는 힘들었다. 그는 환자라고는 믿기지 않은 정도로 거세게 저항하며 안으로 뛰어들려 했다.

"폐하, 진정하십시오!"

"어서 물을! 불길이 번진다!"

"아악!"

란 역시 제정신이 아니었다. 그녀는 흡사 미친 여인처럼 발광하며 몸부림쳤다. 눈앞에서 마지막 희망이 사라지고 있었다. 윤명을 살릴 유일한 희망. 아들의 목숨.

"안 돼! 안 돼!"

불속으로 뛰어드려는 그녀를 잡기 위해 병사가 넷이나 동원되어야 했다. 저지당한 란은 가슴을 쥐어뜯었다. 곱게 빗어 구름처럼 올렸던 머리가 어느새 산발이 되었고 아름다운 비단옷은 여기저기가 뜯어졌다.

"악! 이것 놓아라! 윤명이 죽는다! 윤명이 죽고 있어!"

"태후마마, 고정하십시오!"

"안 돼! 안 돼!"

바깥은 그야말로 아비규환이었다. 오히려 불타는 장작더미 안이 고요할 정도. 두 겹으로 쌓은 까닭에 아직 불길이 안까지는 들이치지 않았다. 제천은 열기가 덜한 쪽에 사야를 내려놓았다.

"제천, 이게 대체 무슨 짓이에요? 왜 계획대로 하지 않았어요?"

손으로 상처를 꾹 누른 채 사야가 따지듯 물었다. 너무 화가 나 제대로 생각을 할 수가 없었다. 이 계획의 전제가 무엇인가? 바로 사야의 회복력에 있지 않았던가? 그런데 제천은 왜 자신과 함께 불구덩이로 뛰어들었냐는 말이다.

화마를 이기는 무공이 있다는 소리는 들어본 적이 없었다. 그는 남들과 똑같이 평범한 몸이었다. 어쩌자고 이곳에 같이 들어왔단 말인가.

"우리의 계획에 변동이 생겼습니다."

"……그걸 지금에 와서야 말하겠다고요?"

"상처는 어떻습니까?"

그가 걱정과 미안함이 가득한 얼굴로 그녀를 살폈다. 사야가 가시에 찔리기만 해도 언짢아하는 제천인데 그런 사람에게 직접 검을 꽂으라 했으니. 사야는 살짝 손을 뗐다가 다시 상처를 눌렀다.

"거의 멎어가요. 오늘은 좀 늦네."

"제가 너무 과했습니다."

그의 안색이 단번에 어두워지는 걸 보고 사야가 얼른 고개를 저었다.

"아니에요. 놀라긴 했지만 오히려 확실해서 좋았어요. 다들 똑똑히 봤을 것 아니에요. 검이 내 뒤로 뚫고 나온 것."

뚫고 나왔다는 말이 채 끝나기도 전에 제천의 얼굴이 고통으로 일그러졌다. 표정과 안색으로만 보면 오히려 제천이 다친 사람 같았다. 사야가 애써 미소를 지었다.

"괜찮아요. 낫고 있잖아."

"외상만 그렇잖습니까. 내상은 더 오래가는 것 알고 있습니다."

"이틀만 쉬면 될 거예요. 아니면 사흘."

사야가 다시 손을 뗐다. 최대한 상처를 건드리지 않으면서 옷 여밈을 풀어보았다. 출혈이 대강 멎은 것 같았다. 끔찍한 고통은 여전했지만 이젠 움직여도 될 듯싶었다.

두 사람은 바깥 상황에 귀를 기울였다. 이제 불길이 서서히 안까지 들이치고 있었다. 슬슬 다음 단계로 넘어가야 했다. 그러기 위해선 사람이 많으면 많을수록 좋았다. 혼란스러울수록 정신은 분산되는 법.

하나, 둘, 셋, 넷.

제천이 속으로 숫자를 세기 시작했다. 이곳에 오기 전 공터와 가까운 두 군데의 점화 장치에 불을 붙이고 왔다. 길고 길게 꼬인 심지를 타고 들어간 불이 낡은 휘장과 가구를 태우고 지붕까지 검은 연기가 피어오르기까지 앞으로 얼마나 걸릴지.

다섯, 여섯, 일곱, 여덟.

바깥이 소란스러워졌다. 커다란 물동이가 여러 차례 옮겨져 불 위로 쏟아졌다. 사야와 제천 둘의 입안이 바싹바싹 말랐다.

아홉, 열, 열하나.

제천이 반대편 구석에 숨겨놓은 소사체 두 구를 끌어냈다. 이를 보던 사야는 작은 비수를 꺼내들어 양 갈래로 땋은 머리채를 잘랐다. 엉덩이를 족히 덮는 길이였던 탐스러운 머리카락이 댕강 잘려 등의 절반쯤 오게 되었다. 잠시 슬픈 듯 머리카락 두 묶음을 내려다보던 사야는 이내 그것을 불길 속에 던졌다.

열일곱, 열여덟, 열아홉.

"불이다! 불이야! 서쪽 양현각에 불이 일어났다!"

"태율재에도 불이다!"

"동원할 수 있는 사람은 모두 끌어내라! 세 갈래로 나눠라!"

사야의 온몸이 덜덜 떨리기 시작했다. 드디어, 드디어 그 순간이. 제천이 그녀를 쳐다보았다. 신호를 기다리는 것이다. 사야가 스스로를 부둥켜안고 고개를 끄덕였다. 이가 부딪혀 딱딱 소리가 났다.

소리만 크지 폭발력은 보잘것없다하나 폭약은 폭약. 그걸 불더미 안에서 터뜨린다니. 그야말로 목숨을 건 짓이었다. 어쩌면 지금 이 순간의 두 사람의 마지막일지도 몰랐다. 제천이 심지에 불을 붙였다. 소사체의 안에다 푹 꽂아 넣고 이쪽으로 달려왔다. 그리고 사야를 감싸 안았다.

"두렵습니까?"

제천이 물었다. 사야의 눈에 눈물이 그렁그렁 맺혔다.

"네, 두려워요."

당신이 잘못될까 봐 너무 두려워. 나만 혼자 살아남을까 봐. 혹은 그 반대가 될까 봐. 눈을 떴는데 당신이 없는 세상이면 어떡하지? 이 모든 것이 제천을 위한 계획이었는데.

사야가 제천을 강하게 끌어안았다. 그녀의 눈에 심지가 다 타들어간 폭약이 들어왔다. 제천이 이를 등지고 있었다. 그녀를 감싸 안고. 자신이 벽이 되어. 사야의 떨림이 멎었다. 그녀의 눈빛이 한순간 깊게 가라앉았다.

펑!

귀가 찢어질 듯한 폭음이 공터에 울려 퍼졌다. 여러 곳에서 비명이 터져 나왔다. 그중에 란의 소리가 가장 컸다. 아아아악! 산발이 되어 손톱이 다 부러지도록 몸부림치던 란은 끝내 정신을 잃고 말았다. 병사들이 서둘러 그녀를 들쳐 업고 영수궁으로 뛰었다.

충격에 바닥으로 넘어졌던 교가 황급히 윤명을 찾았다. 넋을 놓고 제자리에 주저앉았던 그는 홀린 듯이 불더미를 향해 걸어가고 있었다. 아직 반쯤 남은 불더미는 여전히 활활 타고 있었고 폭약의 잔해가 주변에 가득했다.

"폐하!"

어린 몸에서 어찌 그런 힘이 나왔는지 교가 일어나 윤명을 향해 달렸다. 그의 허리를 꺼안고 매달리며 호소했다.

"죽지 마세요! 죽지 마세요, 폐하! 제발 정신 차리세요!"

"……그녀가 안 보이는데."

폭발로 인해 죽은 사람은 없었으나 날아드는 잔해에 맞아 다친 이들은 있었다.

쓰러진 자들을 나르는 자, 분주히 뛰어다니는 자, 도망가는 자, 수레 가득 물동이를 싣고 오는 자 등이 뒤섞여 혼란의 도가니였다. 윤명이 멍한 눈으로 불더미를 살폈다.

"황후, 저기, 뭔가 이상한 게 있소……."

윤명에게 매달린 채 울던 교가 고개를 들었다. 그녀의 눈에도 무언가 시커멓게 탄 물체가 보였다. 두 개였다. 안 좋은 예감에 교는 주변의 궁인들을 소리쳐 불렀다. 폐하를 모시라고, 어서 폐하를 침소로 피신시키라 명했다.

서너 명의 궁인이 윤명을 잡았을 때 그가 비로소 현실을 파악하고 울부짖었다.

"하아, 하아."

"이리로."

제천이 사야를 부축해 작은 방 안으로 숨어들었다. 밖은 전쟁터와도 같아서 그새 내관과 궁녀 한 쌍이 모습을 감춘다 하여 들킬 것 같진 않았다. 조심스레 사야를 앉힌 제천이 피를 닦을 만한 천을 찾았다. 변변찮은 물건뿐이었지만 다행히 낡은 수건이 몇 장 남아 있었다.

진보랏빛 비단옷 안에 입어뒀던 궁녀의 연홍색 옷이 피로 물들어 있었다. 특히 참혹한 곳은 등이었다. 폭약이 터지는 순간 그녀가 몸을 돌려 제천을 감싼 것이다. 덕분에 그는 부상이 심각하지 않았다.

이만하면 정신을 잃을 법도 한데 사야는 이를 악물고 의식을 놓지 않았다. 쓰러지는 순간 제천에게 짐이 될 것을 알기 때문이리라.

"잠시 보겠습니다."

제천이 그녀의 뒤로 돌아갔다. 손이 떨렸다. 허공에서 몇 번이나 멈춘 손이 사야의 작은 등에 꽂힌 무수한 파편 중 하나에 닿았다. 저도 모르게 등줄기에 힘을 넣으며 버티려 든 사야가 신음을 삼켰다.

"힘을 푸시고 제게 맡기세요."

그녀가 수건을 입에 물었다. 가장 큰 파편이 뽑혀 나갔다. 이어서 둘, 셋, 넷. 마지막 작은 파편까지 제거하고 나자 사야의 등은 갈기갈기 찢겨진 종이같이 보였다. 심각한 화상도 이에 한몫했다.

곧 있으면 상처가 아물 거란 사실을 아는데도 제천은 차마 그 모습을 볼 수가 없어 수건을 넓게 펴 덮었다. 흰 수건 여기저기가 순식간에 붉게 물들었다.

"일각이면 돼요."

사야가 밭은 숨을 내쉬며 말했다. 바깥의 소란은 단시간에 가라앉을 일이 아니라, 제천도 잠시 쉬어가기로 했다.

제천은 벽에, 등을 댈 수 없는 사야는 제천의 어깨에 기대어 숨을 돌렸다. 아픈 와중에 사야가 제천의 손등을 꼬집었다. 힘도 제대로 들어가지 않은 손가락이었다.

"잘도 날 감싸려 했겠다?"

사야 자신이 가로막았는데도 이 지경인데, 원래대로 제천이 막았다면 어땠을까. 상상도 하기 싫었다. 이에 제천이 마주 꼬집으려다가 시도조차 못하고 손등만 쓸었다.

"호위무사는 접니다."

"불사신은 나네요."

"정말 불사의 몸도 아니지 않습니까."

"지금 화내는 거예요? 나, 나 아픈데."

사야가 약하게 굴자 제천은 아무 말도 할 수 없었다. 어깨에 기대고 있는 그녀 때문에 제대로 움직이지도 못하고, 다만 숙소에 넘쳐 나는 상비약 한 통 챙기지 않은 자신을 탓할 뿐이었다.

"많이 아픕니까?"

"……그럼 조금 아프게요."

그의 어깨에 힘이 더 들어갔다. 사야가 눈을 감은 채 타박했다.

"힘 빼요. 나 좀 제대로 기대게."

"엎드리는 게 더 편하지 않을까요? 한 식경은 쉬어도 되니까……."

"이렇게 말하는 순간에도 피는 멎고 있어요. 일각이면 충분해."

호언장담과는 달리 사야가 식은땀을 흘렸다. 제천은 속으로 시간을 짐작했다. 그녀가 말했던 일각이 다 되어가고 있었다. 극도로 조심하여 사야의 등을 덮었던 수건을 떼어냈다.

마침 공터를 탈출할 때 위장용으로 낚아챘던 통에 물이 조금 남아 있어 이를 적셔 닦았다. 말라붙은 핏자국을 지워내자 얼룩 한 점 없는 고운 등이 드러났다.

"걸을 수 있겠습니까?"

"걷다 뿐이겠어요. 곧 뛸 수도 있을 것 같은데."

사야가 픽 웃으며 농담을 했다. 창백한 안색. 상처가 빨리 아물긴 하지만 워낙 짧은 시간 동안 많은 피를 흘린 터라 몸이 좋지 않을 것이다. 제천이 그녀를 부축했다.

"환자를 옮기는 것처럼 하겠습니다."

"……북문이라 했죠?"

사야가 제천에게 기댄 채 물었다.

"우리, 북문으로 가는 거죠?"

"그러기로 했습니다만."

사야가 알았다는 듯 고개를 끄덕였다.

"가요."

한 팔로는 그녀를 부축하고 다른 한 손엔 물통을 든 제천이 방을 나섰다. 공터로 들어가는 길목의 방이라 앞이 상당히 혼잡스러웠다.

"꼭 붙드세요."

제천이 작게 경고했다. 물통을 지고 공터로 들어가는 자와 빈 통을 들고 나오는 자들이 뒤엉켜 인산인해를 이루었다. 인파에 숨기는 좋았지만 원하는 대로 움직이긴 힘든 상황. 누군가 제천이 든 물통을 크게 치고 지나갔다.

콰당탕.

나무 물통이 떨어져 요란한 소리가 났으나 아무도 신경을 쓰지 않왔다. 제천이 물통을 집어 들길 포기하고 그대로 이동하려 했다. 그리고 그다음 순간, 그는 등을 타고 흐르는 오싹한 한기를 맛보았다.

사야가 사라졌다.

그가 껴안다시피 부축했던 사야가 눈앞에서 사라졌다. 갑자기 밀려든 인파에 휩쓸린 걸까. 그는 주변의 의심을 사지 않는 선에서 사야를 찾아다녔다. 가장 평범한 궁녀의 옷에 평범한 머리를 했으니 앞모습을 확인하기 전까지는 알아채기가 힘들었다. 거기다 미모를 가리기 위해 검댕을 칠하기까지 했으니.

제천의 속이 타기 시작했다. 한동안 미친 사람처럼 궁녀들을 확인하고 다니던 그는 서서히 이성을 되찾았다. 북문(北門)의 낡은 전각. 무슨 일이 있거든 그곳에서 만나기로 했다.

인파에 휩쓸려 갔다 해도 사야 역시 황궁 지리를 알고 있으니 약속 장소로 갈 것이다. 다친 몸이 불편하겠지만 그녀에겐 영리한 머리가 있다. 이까지 생각을 마치자 제천은 비로소 차분함을 되찾았다. 그리고 그 차분함은 아주 느리게 서늘함으로 바뀌었다.

어쨌든 북문의 전각에서 만난다. 그건 기정사실이었다. 다친 사야보다는 제천이 빨리 도착할 테니 이를 바꾸어 말하면 그에게는 약간의 시간이 있다는 뜻이다. 제천이 방향을 틀어 어딘가로 향했다.

궁인들이 정신없이 뛰어다니는 곳에서 점점 멀어진 그는 한참을 걸어 한적한 장소에 다다랐다. 표식으로 삼은 나무를 기준으로 걸음을 옮긴 제천은 이내 작은 벽돌을 들어냈다. 그곳엔 십수 년 전부터 함께해 온 검이 있었다.

기묘하리만치 검은 빛이 도는 그의 검. 이 검으로 비설조원의 목숨을 거두었다. 단목가에서의 그날은 그가 처음으로 살인을 한 날이었다. 바른 길이 아니면 가지 않으며 행동하기 전에 세 번 생각한다. 아버지를 스승으로 삼고 무예를 배울 때 어린 나이에도 불구하고 제천이 다짐한 바였다.

제천은 검을 들고 세 번 생각했다. 꼭 필요한가? 반드시 해야 하는가? 다른 방법은 없는가? 그가 마지막으로 자신에게 물었다. 이것이 정녕 바른 길인가? 모두 자신의 신념에 어긋나는 답이었다.

그러나 그는 다시 한번 물었다. 그녀를 위한 것인가? 마침내 그렇다는 답이 나왔다. 제천이 검은 복면을 꺼내 얼굴을 가렸다. 잠시 자신의 신념을 접어두고 또 다른 제천이 될 시간.

그가 녹음(綠陰)에 가려져 있는 작고 한적한 전각을 바라보았다. 스물이 죽고 새로운 스물이 들어왔다. 그리고 그중 열하나가 살아남았다. 오늘은 그 열한 명마저 앞 사람을 따를 날. 제천의 눈빛이 차디차게 가라앉았다.

비설조는 오늘로서 전멸할 것이다.

❀ ❀ ❀

"크윽!"

챙!

한가롭던 전각은 옛말이 되었다. 휘장은 죄다 찢겨 귀신의 소맷자락처럼 너풀거렸고 사방에 피 냄새가 진동했다. 마지막으로 남은 자는 비설조장과 제천. 둘은 서로 검을 겨눈 채 호흡을 가다듬었다.

한 시진 전, 제천은 숨을 죽이고 이들이 밖으로 나오기만을 기다렸다. 그러다 한 명이 나오면 은밀하게 뒤를 밟아 전각과 충분히 멀어진 곳에서 처치했다. 다섯쯤 남자 그는 뒷문으로 들어갔다.

한 명이면 어렵지 않게 제거할 수 있고, 둘이면 시간이 걸린다. 다섯이면 이쪽이 위험해지는데 이를 무릅쓰고 제천이 달려든 까닭은 시간이 너무 지체되었기 때문이었다.

북문의 전각에서 만나기로 했다. 만나지 못하면 떠나지 않겠다고 약조하였으나 오랜 시간 불안에 떨며 홀로 기다릴 사야가 마음에 걸렸다.

"마마의 말씀이 맞았다. 네놈이 비설조였다면 조장 자린 네가 차지했을 터."

비설조장이 반쯤 떨어져 나간 왼팔을 동여매면서 말했다. 부상은 그뿐만이 아니었다. 이미 등과 종아리를 한 차례씩 베였는데도 두 발로 서서 저리 말할 수 있다는 것은 상대가 대단한 수준이란 증거였다.

물론 제천도 무사할 리 없다. 가슴팍을 깊게 베였는데 곧 지혈을 하지 않으면 위험할 정도였다.

두 사람이 서로의 남은 체력을 가늠했다. 무공은 제천이 더 강하나 연이어 터진 큰일에 피로도가 심했다. 반면 전각에서 충분한 휴식을 취했던 조장은 부상과는 별개로 힘이 남아 있었다.

어찌 되었건 이 전각에서 살아나갈 자는 단 한 명. 어쩌면 그 누구도 걸어 나갈 수 없을지도. 챙! 제천이 먼저 움직였다.

"다시 태어난다 해도 나는 비설조 따위에 들어가지 않는다."

검과 검이 맞부딪혔다. 이렇게 되면 내세운 것은 검이되 결국엔 힘의 대결. 조장이 힘으로 밀어붙이는 와중에 손을 뻗어 제천의 복면을 뜯어내다시피 낚아챘다.

재빨리 피했으나 얼굴에 가느다란 핏줄기가 맺혔다. 조장의 왼손을 보니 검은 손톱이 날카롭게 다듬어져 있었다. 그 손에 힘을 주어 공격한다면 인간의 부드러운 얼굴쯤은 그대로 찢겨져 나갈 터였다.

제천이 복부를 강하게 차서 뒤로 물러났다가 반동을 그대로 되돌려 옆으로 치고 들어왔다. 바람보다 빠른 듯한 속도에 조장이 배를 감쌌다. 그가 반격하려 했으나 때는 이미 늦었다. 제천의 손에서 세 개의 표창이 날아가 그의 이마에 일렬로 꽂혔다.

"이런."

조장은 무릎이 꺾여 쓰러지기 전, 제천이 검뿐만 아니라 각종 병기도 훌륭하게 다룬다는 사실을 가까스로 떠올렸다. 왜 이자가 우직하게 검만 쓰리라 여겼던 것일까.

풀썩. 조장이 눈을 뜬 채 절명했다. 그제야 제천은 제자리에 주저앉아 한숨을 돌렸다. 목숨을 건 싸움이었다. 태어나 가장 많은 목숨을 거둔 날이기도 했다.

잠시 허공을 쳐다보던 그는 일어나 창가로 다가갔다. 휘장을 길게 찢어 가슴팍을 동여맨 뒤 벽에 불룩하니 튀어나와 있는 벽돌을 오른쪽으로 돌렸다. 그러자 한 사람이 간신히 드나들 수 있는 비밀통로가 나왔다. 굳이 그곳으로 들어갈 필요는 없었다. 제천은 이미 두 차례나 와봤고 안에 들어가 기록을 베끼기도 했다. 그곳엔 란과 비설조가 나눈 모든 연락, 단목가에 대한 문서, 황실 선조들의 비밀이 보관되어 있었다.

그야말로 란의 보고(寶庫)였다. 그녀로 하여금 희망을 품게 한 시작.

제천이 이번에는 오목하게 들어가 있는 벽돌을 눌렀다. 다른 쪽 벽이 움직이더니 이번엔 비설조의 무기고가 나타났다. 제천은 담담한 표정으로 무기고에 들어가 무언가를 찾았다.

폭약을 갈무리 한 그는 이윽고 바깥의 이곳저곳에 흩어져 죽어 있는 비설조원들을 전각 안으로 옮겼다. 열한 구의 시신이 쌓였다. 기록이 보관되어 있는 비밀통로 쪽으로 폭약 세 개를 던진 뒤 너풀거리는 휘장을 찢어 시신들을 덮고 그 위에 불을 붙였다.

작은 불씨는 찢겨진 휘장을 심지로 삼아 무럭무럭 몸집을 키워갔다. 그대로 전각을 나온 제천은 안쪽을 향해 한 번 고개를 숙였다가 자리를 떴다.

이것이 사야에게 말하지 않은 변경된 계획의 마지막이자 핵심이었다. 비설조와 함께 단목가에 대한 모든 정보를 묻어 란의 날개를 꺾는 것. 이후로 그 누구라도 단목가에 대한 기록을 이 땅에서 찾아볼 수 없을 것이다.

이를 사야에게 말하지 않은 까닭은 그녀가 지나치게 자책하고 걱정할 것이 염려되어서였다. 아무리 비설조라지만 제천은 살인을 힘들어하니까. 사야 본인 때문에 제천이 원치 않은 일을 저질렀다고 슬퍼하지 않았으면 했다.

제천이 다른 길로 접어들 때쯤 전각 쪽에서 커다란 폭발음이 들렸다. 연달아 닥친 일에 궁인들이 비명을 질렀다. 그는 뒤를 돌아보지 않고 떠났다.

북문의 전각, 그녀가 기다리고 있을 곳으로.

❀ ❀ ❀

북문을 택한 이유는 무슨 일이 일어날 경우 그쪽의 경비가 가장 허술해지기 때문이다. 란이 배치해 놓은 병사늘도 모두 화재 현장을 돕기 위해 떠났는지 평소의 삼분지 일도 되지 않는 수가 남아 있었다.

제천은 검을 다리에 동여매고 옷자락을 내려 숨겼다. 짐을 나르는 내관 행세를 하며 다른 궁인 무리에 묻혀 나가자 의심하는 이가 없었다.

평소라면 단단한 체격이 눈길을 끌었겠지만 오늘은 워낙 뒤숭숭한 날이었기에 남아 있는 병사들도 저마다 화재 현장의 검은 연기 쪽을 쳐다보기 바빴다.

일각 정도 걸어 당도한 낡은 전각. 그곳엔 사야가 없었다. 잠깐 당황한 그는 혹시 몸을 숨기고 있는 게 아닐까 하여 전각 주변까지 샅샅이 살폈으나 그 어디에도 사야의 모습은 찾아볼 수가 없었다. 헤어진 지 두 시진이 다 되어갔다. 제천의 얼굴이 굳었다.

다시 들어가 찾아봐야 할까?

신중하게 고민한 그는 5년간 도망을 다닐 적에도 이와 비슷한 일이 있었음을 떠올렸다. 그때도 약속 장소를 지정해 두고 헤어졌다가 꼬박 이틀이 지나서야 만났는데, 사야는 작은 부상을 입었지만 무사히 비설조를 따돌렸었다.

제천은 지금 황궁으로 들어가 봤자 오히려 길이 어긋날지도 모른다는 것에 생각이 미쳤다. 그의 마음이 정해졌다.

"어서 오세요, 사야."

그가 중얼거리며 눈을 감았다. 전각 뒤의 커다란 나무에 기대자 한줄기 시원한 바람이 그를 스치고 지나갔다. 달콤한 휴식. 사야가 올 때까지 깨어 있어야 한다는 생각은 밀려드는 수마에 흩어졌다.

제천이 눈을 떴을 때는 어느새 어둠이 깊게 내려앉은 밤이었다. 시간을 가늠할 길이 없어 하늘을 쳐다보니 짐작컨대 자정은 된 것 같았다. 그의 심장이 쿵 내려앉았다. 입안이 바싹바싹 말랐다. 전신이 떨려 걸음조차 제대로 뗄 수 없었다.

사야가 오지 않았다. 아직까지도.

그는 낮에도 떠올렸던 도망칠 적 일을 되새겼으나 이번엔 도저히 가만있을 수가 없었다. 너무 오래 잠들었던 자신을 책망하며 황급히 북문으로 돌아가려던 제천은 저 멀리 다가오는 누군가의 기척에 멈춰 섰다.

누군가가 비척비척 걸어오고 있었다. 이쪽을 향해.

제천은 저도 모르게 검을 매어둔 다리 쪽으로 손을 움직였다. 병사인가? 란이 이상한 낌새를 눈치채고 보낸 자인가? 호흡을 멈춘 채 어둠 속을 노려보던 그가 서서히 경계를 풀었다. 그리고 확신이 서자마자 달렸다.

찢어지고 피로 물들었던 낮의 옷 대신 새로운 연홍색 옷으로 갈아입은 사야가 다가오고 있었다. 반가운 마음에 달려가던 제천이 우뚝 멈췄다.

사야의 어딘가가 이상했다. 느낌이 영 좋지 않았다. 그녀는 마치, 생기가 다 빠져나간 혼백 같았다. 하얗고 핏기 없는 얼굴에 초점이 잡히지 않는 눈동자가 불안함을 부추겼다.

제천이 조심스레 다가가자 그녀가 비로소 제천을 눈에 담고 환하게 웃었다. 그리고 바로 긴장이 풀렸는지 쓰러졌다. 제천이 황급히 그녀를 받아 안았다. 어둠 때문에 깨닫지 못했는데 가까이서 보니 그녀가 이상했던 이유를 알 수 있었다.

사야의 앞섶이 피로 물들어 있었다. 그녀의 몸은 너무나 차디찼다. 제천은 덜덜 떨리는 손으로 그녀의 손목을 들어 올려 맥을 짚었다. 도저히 맥이 잡히질 않았다. 사야의 맥은 금방이라도 숨이 끊어질 사람처럼 미약했다.

"안 돼…… 이럴 순 없어."

제천이 자꾸 눈을 감으려는 사야의 뺨을 어루만졌다. 아까 그가 잠을 청하려 눈을 감았던 것과는 달랐다. 이대로 의식을 잃으면 그녀는 다시는 눈을 뜨지 않을 듯했다. 눈시울이 붉어진 그를 쳐다보면서 사야가 희미하게 웃었다.

"걱정 마…… 나 안 죽어요."

"대체 이게 무슨 일입니까? 무슨 일이 있었습니까?"

"……제천."

사야가 간신히 입술을 달싹였다.

"이제 떠나요, 우리. 여기, 황궁에서."

그녀는 눈을 질끈 감으며 도리질 쳤다.

"더는 이곳에…… 미련이 없어……."

제천이 옷을 벗어 사야를 감싼 뒤 그대로 안아 들었다. 그가 연신 사야의 상태를 확인하며 인적이 끊긴 밤거리로 걸어 들어갔다. 어둠 속으로 사라진 그들은 이내 자취를 감추었다. 그리고 그날로부터 어느 누구도 두 사람을 보았다는 이가 없었다.

❀ ❀ ❀

3년 후.

본래 황도의 번화가는 사시사철 번잡하고 흥겨운 분위기지만, 오늘만큼 모두가 들뜨는 일은 드물었다. 그도 그럴 것이 며칠 전부터 황제폐하의 행차가 있겠다며 황궁과 관청에서 수백의 사람들이 나와 거리를 쓸고 닦고 단장하기 바빴기 때문이다.

시골 사람들의 어림짐작과는 달리 제 아무리 황도에 사는 백성이라 해도 황제폐하는 평생 한 번 뵙기도 힘든 분. 그런 분이 여름 별궁에서 돌아오실 때 일부러 번화가를 지나신다고 하니 이것이 큰 행사가 아니고 무엇인가.

아직 황제의 행차는 코빼기도 보이지 않는데 벌써부터 번화가가 들썩들썩했다. 아침부터 목을 빼고 기다리던 사람들이 슬슬 지쳐갈 무렵 누군가가 소리를 빽 질렀다.

"오, 오, 오신다! 폐하께서 오신다!"

"오오오!"

과연 은빛 갑옷을 입고 천리마를 탄 금의위 수십이 힘찬 기세로 달려와 먼저 길을 텄다. 장정의 키만 한 깃발을 휘두르며 달리는 그

위용에 사람들의 입이 벌어졌다.

이윽고 내관과 병사들이 달려와 사람들을 길가로 몬 뒤 긴 봉으로 가로막았다. 사람들의 웅성거림이 커질 때쯤 나팔 소리가 울려 퍼졌다.

"황제폐하 행차시오!"

"황제폐하 행차시오!"

엷은 금빛 휘장을 두른 높은 수레가 모퉁이를 돌아왔다. 이를 확인한 사람들이 탄성을 지르다가 무릎을 꿇고 머리를 조아리며 외쳤다.

"황제폐하 만세 만만세!"

"황제폐하 만세 만만세!"

모두들 진심으로 자신의 황제를 받드는 모습이었다. 강인하고도 온유하며 백성을 진실로 아끼는 성군(聖君). 해마다 그의 은덕을 칭송하는 이가 늘어만 갔다.

조나라는 바야흐로 제2의 전성기가 시작된 셈이었다. 금빛 수레 뒤로 조금 더 작은 수레가 따랐다. 사람들이 다시 한 차례 웅성이다가 외쳤다.

"황후마마 천세 천천세!"

"태자전하 만수무강 하소서!"

황제의 천생배필로 공경 받는 황후가 귀하디귀한 태자를 낳은 지도 어느덧 2년이 다 되어갔다. 황도 사람들이 모두 놀라 혹시 전쟁이 일어난 것은 아닐까 두려워했던 3년 전의 그날. 황궁이 불탄 그날 이후로 두 사람은 많이 바뀌었다고 했다.

황제가 심신을 추스르고 일어나기 전까지 모든 황궁 일은 황후의 소관이 되었다. 외명부, 내명부는 물론 정치에까지 손을 뻗치고 있던 태후가 갑자기 정신을 잃은 까닭이었다.

들리는 소문에 의하면 정신을 잃었다가 깨어난 뒤로 그 영민하던 여인이 백치가 되었다고 했다. 지난해 들어서야 서서히 사리판단이 가능해졌는데 그렇게 되기까지 황후의 정성이 이만저만이 아니었다고.

여리고 순하여 아직 소녀 같았던 황후는 심신을 회복 중인 황제와 정신을 놓은 태후를 보며 자신이 바로 서야 할 때임을 깨달았다. 그리하여 그녀는 자신의 온화함을 잃지 않은 채 아랫사람에게 지시를 내리고 의견을 관철하는 법을 배워갔다.

두어 달 후, 드디어 심신의 안정을 찾은 황제가 건강해진 모습으로 조정에 나타났다. 그가 가장 먼저 내린 황명은 후궁의 개편이었다.

자녀가 있는 후궁 두 사람을 제외한 나머지 여인들에게 그대로 황궁에 남을 것인지 아니면 상당한 황금을 사례로 받고 출궁할 것인지 양사택일을 하라는 명이 벌어졌다.

황제를 모신 몸이니 재가는 힘들겠지만, 사례로 내려질 황금과 궁 밖에서의 자유를 생각하면 꽤나 솔깃한 제안이었다.

저마다 꽃다운 나이에 입궁하여 오지 않을 사내에 목매고 지내는 생활에 지쳤던지라 몇몇 비빈이 먼저 나섰다. 그들이 정말 아무런 벌을 받지 않고 약속한 대로 황금을 하사받은 채 출궁하는 것을 확인한 나머지가 그 뒤를 따랐다.

이렇게 되어 황궁에는 황후를 제외한 후궁 두 사람만이 남게 되었다. 그들에게도 종종 궁 밖을 나갈 수 있는 자유가 주어졌다. 세간에는 황후에 대한 황제의 사랑이 지극하여 내린 명이란 말이 떠돌았다.

"평신을 허하노라."

윤명이 미소를 머금고 평신의 명을 내렸다. 본래대로라면 황제의 행차가 사라질 때까지 백성들은 머리를 조아리고 있어야 하지만 자신을 보고 싶어 하는 그들을 배려해 특별히 명을 내린 것이다.

얇은 반투명의 휘장이 넘실거리자 매혹적인 황제의 면부가 드러났다. 사람들 사이에 탄성이 퍼져 나갔다. 흐뭇한 눈길로 이들을 바라보던 윤명의 몸이 순간 굳었다. 그의 시선이 구경꾼들 사이의 누군가에게 멈춰 있었다.

"……황상, 무슨 일이십니까?"

아들과 놀아주던 교가 윤명의 이상한 낌새를 눈치채고 옆으로 다가왔다. 섬세한 그녀는 이제 윤명이 무슨 기척이라도 내면 그것을 말로 꺼내기도 전에 뜻을 간파했다. 군중 속 어딘가에서 시선을 떼지 못하고 한참을 바라보던 윤명이 고개를 돌렸다.

그의 황후. 윤명의 교가 약간은 불안한 눈으로 그를 쳐다보고 있었다. 그녀는 다시 어린 소녀가 된 것 같았다. 이 불안함은 자신이 지워준 짐이었다. 윤명 스스로 풀어나가야 할 것이다.

"아무것도 아니오."

윤명이 교를 향해 따스하게 웃었다. 어릴 적 그는 높은 벽으로 둘러싸인 황궁이 무서웠다. 태어나고 자란 곳이 황궁이었지만 한 번도 편하게 생각해 본 적이 없었다. 문제는 앞으로도 영원히 이곳에서 살아야 한다는 것. 언젠가 이에 대해 토로하자 사야가 말했었다.

"피할 수 없다면 당당히 맞닥뜨리세요. 그러기도 싫다면 바꾸세요. 폐하는 이 나라의 황제이자 황궁의 주인. 주인의 성정에 따라 집안 분위기도 달라지는 걸요."

오랜만에 사야의 말을 떠올린 윤명이 잔잔한 웃음을 띠었다.

"안에 머물 때는 한없이 떠나고 싶지만, 정작 밖으로 나가면 돌아오고 싶은 곳이 집이에요. 그러니 윤명, 이곳을 꺼려하지만 말고 윤명이 나서서 바꿔보세요. 떠나면 그리울 곳으로. 따뜻하고 포근한 곳으로. 결국엔 이곳도 사람이 사는 집이잖아요."

윤명이 교에게 손을 뻗었다. 수레와 수레 사이가 멀긴 하나 두 사람이 손을 뻗으면 닿을 수 있는 거리. 부군의 느닷없는 행동에 조금 놀랐던 교가 이내 웃음을 터뜨리며 마주 잡았다. 윤명이 말했다.

"어서 갑시다. 우리 집으로."

황제와 황후의 수레가 점점 멀어졌다. 금빛 수레 뒤로 사람들의 환호가 오래오래 남았다.

"갔네. 갔어."

사야가 어이없다는 표정으로 고개를 내저었다.

"어쩜 한 번을 더 돌아보질 않아?"

"돌아보면, 뭐가 달라집니까?"

제천이 흘겨보자 사야가 움찔했다. 아름답고도 견고했던 주종관계가 언제부터 이리 서글프게 바뀌었는지. 그녀가 우물쭈물 입술만 삐죽이다가 결국 한마디 더 붙이고 말았다.

"뭔가 얄밉고 아쉽잖아요."

"얄미울 건 뭐고 아쉬울 건 또 뭡니까."

언짢은 표정으로 묻던 그의 미간에 살짝 힘이 들어갔다.

"아쉽다고?"

사야가 침을 꼴깍 삼켰다. 하루하루가 새로운 제천을 발견하는 나날이었다. 아니, 말은 바로 해야 한다. 새로운 제천이라기보다 제천 안에 내재되어 있던 새로운 면모랄까.

힘든 시기가 지나가고 평화가 찾아오자 이제껏 제천을 억누르고 있었던 무언가가 끊어졌다. 그는 의외로 뒤끝이 길었으며 한 번 뱉은 말은 반드시 지켰고 질투와 경계도 상당했다.

사야는 몇 달 전, 제천을 놀려주려고 윤명에 대해 언급했다가 벌어졌던 일을 다시 한번 떠올렸다. 그 기억을 회상하자 화창한 초가을 번화한 거리의 한복판에서 그녀는 한기를 느꼈다.

"놓쳐서 아쉽다는 뜻이 아니라, 어, 어떻게 설명해야 하지? 제천, 그런 거 있잖아요. 어릴 때 날 쪼르르 쫓아다니면서 혼인하자니 어쩌니 하던 소꿉친구와 거리에서 마주쳤는데 그 옆에 아주 어여쁜 부인이 있을 때. 둘이 잘 어울리는 한 쌍일 때. 참 잘되었다 싶으면서도 약간 괘씸하기도 한 그런 복잡한……."

사야가 열심히 설명하려다가 제천의 표정이 풀리지 않는 것을 보고 그만두었다. 이럴 땐 설득하려 할수록 상대의 화가 심해진다. 말 한마디 잘못했다가 이게 무슨 봉변이람.

사야는 전략을 바꿔 그의 허리를 끌어안고 매달렸다. 심통 난 듯하면서도 슬픈 표정 연기는 그녀의 특기였다.

"제천, 나 미워졌어요?"

그가 말없이 걸었다.

"제천, 내가 못생겨진 거지? 그래서 윤명도 미련 없이 가버린 거겠지?"

"……그따위 녀석이 아름다움을 알겠습니까?"

황도 한 가운데에서 황제를 그따위 녀석으로 사정없이 격하시키고도 분이 풀리지 않은 얼굴로 제천이 으르렁댔다. 사야는 기쁜 속내를 감추고 더욱 슬픔에 잠긴 표정을 지었다.

"나도 알아요. 면경만 보면 알 수 있는걸. 절색의 미모는 사라지고 평범한 얼굴만 남았잖아요."

제천이 가판(街販)으로 다가가 술값을 치렀다. 그가 차가운 술을 물마시듯 들이켜는 걸 본 사야의 눈이 동그래졌다. 이런, 슬슬 풀리는 줄 알았는데 아닌가 보네. 그 자리에서 절반을 비운 제천이 손등으로 입가를 훔쳤다.

그가 사야 너머로 행인 몇몇을 슬쩍 노려보았다. 그녀의 미모에 은근한 눈길을 주던 사내들이 흠칫 놀라 걸음을 재촉했다.

"방금 전만 해도 족히 여섯은 그대를 보며 지나갔습니다만."

"진짜요? 어디? 어디?"

사야가 얼른 고개를 돌렸지만 사내들은 이미 저만치 달아난 뒤. 이러니 사야는 제천이 과민반응을 하는 거라고밖에 볼 수 없었다. 매번 그가 질투하고 경계할 때마다 돌아보면 아무도 없으니 무슨 증거를 보고 믿으란 말인지.

"초야를 보내면 평범한 얼굴로 돌아오는 게 확실합니까? 믿을 수 있는 정보냐 말입니다."

"왜 이래요. 제천도 봤잖아요. 귀천의 날도 그렇고 3년 전도 그렇고."

"어디가 평범해졌다는 건지."

그가 탐탁잖은 눈빛으로 사야를 내려다보았다. 초야를 치르면 정말 평범한 얼굴이 될 줄 알았더니 그녀는 여전히 아름다웠다.

물론 객관적으로 미모의 정도를 따지자면 이전과는 확실히 달라졌다. 예전의 그녀가 사람의 넋을 빼놓는 천상의 미색이었다면 지금은 은은한 미인이다. 꽃에 비유하자면 모란과 수선화의 느낌. 하긴 그녀는 절색으로 변모하기 전에도 뭇 사내의 눈길을 끄는 소녀였다. 제천의 속이 한층 뒤틀렸다.

"어디가 평범해졌긴. 죄다 평범해졌죠. 이렇게 확 변할 줄 알았으면 초상화라도 한 점 남겨놓을 걸 그랬어요. 나도 이렇게 아름다웠던 적이 있었지, 하고 추억거리로 삼게."

"그런 그림 함부로 남겼다가 누군가의 눈에라도 들면 어떡합니까."

제천이 진심을 담아 중얼거렸다.

"······초야······부족했던 건가."

사야의 낯빛이 홱 바뀌었다.

"나 이제 평범한 몸이에요! 회복력도 없다고요. 또 지난번처럼 묶어놓고 밤새······."

사야가 말을 삼켰다. 순간 자신들의 대로변에 있음을 깜빡하고 부끄러운 말을 떠들 뻔한 것이다. 그녀가 분위기를 환기시키기 위해 제천에게 안겨들었다.

"신기한 일이죠, 제천."

금빛 수레가 사라진 쪽. 황궁이 있는 방향을 쳐다본 사야가 말을 이었다.

"이런 날이 오다니 말이에요."

제천이 그녀를 떨쳐 내지 않고 가만히 들었다.

"이제 와 돌이켜 생각해 보니 낙신의 간이란 참 신묘했어요. 그 누가 알았겠어요. 낙신이 스스로 원하여 준 간을 먹으면 이후로 무병장수하지만."

아버지의 간을 받았던 제천처럼, 하고 사야가 덧붙였다.

"강제로 취한 자는 1년을 넘기지 못하고 서서히 병들어 죽는다니."

사야의 한숨이 깊어졌다.

"애초에 태조황제가 첫 단추를 잘못 끼웠죠. 인간계에 떨어져 혼란스러웠을 여신을 따스하게 대했더라면 자손만대가 복록을 누렸을 텐데, 그렇게나 무참하게 다루었으니."

"……한 번 닫힌 마음을 열긴 쉽지 않죠."

"난 말이죠, 제천."

사야가 그의 품을 파고들었다.

"삼백 년이라는 그 오랜 세월 동안 단 한 사람. 정말 단 한 사람도 선조 할머니의 마음을 열어보려 한 자가 없다는 게 너무 무서워요."

매년 문제없이 생간을 먹을 수 있으니 그걸로 됐다는 거였을까. 사야는 생각했다. 대대로 성군과 현군을 냈던 이 나라의 황실. 그들의 업적을 떠올려 보면 사야조차도 입이 다물어지지 않을 정도였다.

백성들의 말처럼 그 위대한 황제들이 저주를 받을 이유는 없어 보였다. 실제로도 저주는 없었다. 인간의 이기와 탐욕 자체가 속박이었을 뿐. 여신의 탈출로 조의 황실은 맥이 끊길 지경에 이르렀다. 그때 란이 나타나 가장 최악의 악수를 두었고 사야는 여신의 업보를 모조리 뒤집어쓰게 되었다.

그런데 참 우습게도, 복수를 다짐하게 만든 여인의 아들이 그녀의 마음을 흔들었다. 그의 진심이 사야에게 닿아 마음을 울렸다. 이로써 황실과 단목가의 질기고 질긴 악연이 끊어졌다.

시간이 흐른 뒤 사야는 낙신의 간이 정말 여신에게만 내려진 형벌이었던가 하고 생각해 보게 되었다.

이는 인간의 욕심을 시험해 보기 위한 또 하나의 수가 아니었을지. 그리고 단순히 자신의 성급함으로만 치부했던 귀천의 날 실수도 한편으로는 황실과 단목가에 주어진 또 한 번의 기회가 아니었을지.

그녀가 애잔한 미소를 지었다. 마음을 얻는다는 게 그렇게 어렵기만 한 일은 아닌데 말이다.

“제천.”

“예.”

"술 다 마셨어요? 남은 거 없어?"

말이 끝나기가 무섭게 그가 남은 술을 비웠다. 사야의 입술이 삐죽 나왔다.

"이제 없습니다."

"정말 얄밉다니까."

사야가 품에서 빠져나와 거리로 뛰어들었다. 햇살 아래 자유롭게 돌아다닐 수 있다는 건 그 자체로 얼마나 큰 축복인지. 그녀가 손을 까닥까닥 움직여 제천을 불렀다.

"얼른 와요! 구경할 게 얼마나 많은데."

"이번엔 최소 석 달은 여기 있는 겁니다. 돈도 여유도 충분한데 방랑벽 있는 자처럼 한 달을 가만히 있질 못하니⋯⋯."

"알았어요. 알았으니까 빨리 와요. 저기 연극한다!"

사야가 제천의 손을 잡아끌었다. 내내 무표정이었던 그의 입가에도 어느새 미소가 슬쩍 걸려 있었다. 그들이 인파 속으로 몸을 감춘 이후에도 둘의 잔잔한 웃음소리는 한동안 이어졌다.

어둠이 내렸다. 정신없이 잠에 빠져 있던 사야가 눈을 떴다. 바깥은 으스스하리만치 고요했다. 황궁은 화재 진화로 오후 내내 분주했다가 어느 정도 불길이 잡히자 소란이 가라앉았다.

슬쩍 내다보니 자시(子時)가 가까운 깊은 밤. 오후의 일로 진이 빠진 황궁 사람들은 모두 곯아떨어진 모양이었다. 사야는 새로운 연홍색 옷으로 갈아입은 뒤 손수건을 입가에 댔다. 목적지로 갈 준비가 끝났다.

날이 날인지라 황궁 경비가 허술했다. 순시를 도는 금의위 수도 평소의 절반이 안 되는 것 같았다. 그녀는 몇 번의 위기를 무사히 넘기며 바라던 곳에 도착했다.

주인의 피폐한 상태를 대변하듯 궁의 문이 활짝 열려 있었다. 그녀는 어둠 속에 몸을 묻고 벽을 따라 이동했다. 복잡한 길을 돌고 돌아 다다른 침소. 사야가 마른 침을 삼켰다.

란이 깨어 있었다.

"태후마마."

손수건을 내린 사야가 비릿한 웃음을 머금었다. 전신이 얼음물을 뒤집어쓴 듯 확 깨어나기 시작했다. 복부와 등의 고통도 잊혀졌다. 비수를 꺼내든 오른손이 약간 떨렸지만 이는 흥분 때문이라고 생각했다. 드디어, 드디어 이런 날이 오고야 말았다.

"단목사야가 마마를 뵙습니다."

침의 차림으로 앉아 있던 란이 화들짝 놀라 침소의 입구를 쳐다보았다. 때마침 불어든 바람에 사야의 흑단 같은 머리카락이 연홍색 옷자락과 더불어 흐늘흐늘 날렸다. 란이 기겁하며 이불을 끌어당겼다. 안색은 창백해지고 입이 다물어질 줄을 몰랐다. 덜덜 떨리는 손가락 끝이 사야를 향했다.

"너, 너, 너는 오후에 죽질 않았느냐?"

사야의 웃음이 더욱 싸늘해졌다. 란이 나직하게 신음을 흘렸다.

"귀, 귀신이구나. 혼백이 되어 돌아왔구나."

"당신의 피눈물을 술잔에 받아 마시기 위해 돌아왔지."

사야가 한 걸음을 뗄 때마다 란의 몸이 움찔 떨렸다. 고개를 연신 내저으며 벌벌 떠는 모습은 한 나라의 고고하고 위엄 넘치는 태후라기보다 그저 겁에 질린 중년 여자처럼 보였다. 그 비참한 몰락이 반가우면서도 슬펐다. 그리고 적에게 슬픔을 느끼는 자신에게 화가 났다. 사야가 입술을 깨물며 비수를 고쳐 잡았다.

"꼴이 말이 아니군, 란 태후. 뭐가 그리 무서운 거지?"

"……유, 윤명, 우리 명이."

"그가 뭘 어쨌다고?"

"나, 나, 난 죽여도 좋으니 우리 명이만은……."

란이 무언가를 끌어안고 있었다. 사야가 이불 속에 가려진 것에 주의를 돌리자 란의 떨림이 더욱 심해졌다. 마치 사야가 보는 것만으로도 해칠 수 있다고 믿는 듯했다.

"그 안에 뭐가 있지?"

"……아니야, 아, 아니라고. 아무것도 아니야!"

"꺼내."

"……제발 부탁이니까, 이렇게 간청하겠다."

"간청?"

꾹꾹 눌러놓았던 사야의 분노가 폭발했다. 날카로운 비수로 란을 겨누는 손이 사시나무처럼 흔들렸다. 그녀의 눈시울이 붉어짐과 동시에 낯빛은 정말 죽은 자의 그것만큼이나 창백하게 가라앉았다.

"그걸 5년 전에 했어야지."

사야의 눈앞에 5년 전 단목가가 무참히 도살되었던 그날이 스쳐 지나갔다. 구석구석 정들었던 집이 화마에 쓰러지고 소중한 가족들이 피를 토하며 죽어가는 광경이.

아이 하나만 점지해 달라고 매일 새벽 일어나 하늘에 기도하던 사촌언니였다. 혼인한 지 몇 달도 채 되지 않은 달콤한 신혼의 부부도 있었다. 다른 이들 앞에선 아닌 척 점잖을 떨었지만 뒤돌아서서는 설렌 가슴으로 첫 손자를 기다리는 노인도 있었다.

그 모두가, 그 하나하나가 소중한 목숨이었다. 그런데 란은 무심하리만치 간단명료한 한 글자로 모두의 삶을 앗아갔다. '멸(滅)', 이를 떠올린 사야가 급히 숨을 들이켰다.

"당신이 무슨 짓을 저질렀는지 알아? 대체 어떤 끔찍한 짓을 저질렀는지 자각은 하고 있어? 자그마치 한 일가를 몰살시켰어! 그런 야차 같은 짓을 자행하고도 밤에 잠이 오는 거야? 아들을 살린다는 핑계 하나로 묻어버릴 수 있는 거냐고!"

란은 사야의 말을 반은 듣고 반은 흘리는 것 같았다. 격분한 사야가 비수를 휘둘렀다. 허공을 가르는 날붙이에 란이 놀라 허둥댔다.

"당신은 내 모든 걸 빼앗았어. 내 가족, 내 행복, 내 추억, 내 꿈. 당신의 잘난 아들 하나 살리겠다고 대체 얼마나 많은 피를 뿌렸는지."

"······주, 주지 않을 거면서."

"뭐?"

란이 자신의 몸을 부둥켜안으며 사야를 두려운 듯 올려다보았다.

"도망쳤잖느냐. 아무도 모르는 산속에 숨었지 않아. 주지 않았을 거면서. 무슨 짓을 해도 주지 않았을 거면서 모조리 내 탓으로······."

사야의 정신이 아득해졌다. 너무 황당하고 아연해서 비수를 겨누고 있던 손이 아래로 툭 떨어졌다. 이 여자는 지금 뭐라 말하고 있는 걸까. 반쯤 미친 것인가, 아니면 원래 이런 생각을 하고 있었던 건가. 한참을 멍하게 란을 쳐다보던 그녀가 중얼거렸다.

"도대체 어떤 삶을 살아온 거야, 당신은······."

사야는 이제 허탈한 웃음이 나올 지경이었다. 어떻게 같은 하늘 아래 사는 사람끼리 이리도 생각이 다른 것인지. 그녀가 깊이 탄식했다.

"왜 그리 섣부르게 단정하지? 당신의 아들도 그렇고 당신도. 어째서 인간을 그리 믿지 못하는 거야? 주지 않았을 거라고? 무슨 짓을 해도 주지 않았을 거라고? 왜? 생간을 떼어내는 건 끔찍한 고통이고 굳이 남을 위해 그걸 감수할 필요는 없으니까?"

사야가 고개를 저었다.

"한없이 잔인한 게 인간이지만 가끔 이해할 수 없는 희생을 하는 것도 인간이야. 당신 말마따나 무슨 짓을 해도 도와주지 않을 거라면, 생판 모르는 아이를 위해 불길 속에 뛰어드는 사람들은 뭐라 설명해야 하지? 화살이 날아드는 전쟁터에서 한 사람이라도 더 살려보겠다고 뛰어다니는 의원은? 그들은 천치라서 그리 하는 거야?

아니, 그들도 인간이야. 그런 게 인간이야."

란을 노려보는 사야의 눈에서 어느새 눈물이 뚝뚝 떨어졌다. 이렇게 무지한 여자로 인해 서른여 명이 목숨을 잃고 자신과 제천은 5년이나 도망 다녀야 했다니 믿기지가 않았다. 너무나 서글퍼서 눈물이 쉼 없이 그녀의 뺨을 타고 흘러내렸다.

"우리가 은신한 이유를 정말 모르는 거야? 당신들이, 위대한 조의 황제들께서 줄줄이 생간을 뜯어냈잖아! 단 한 마디, 단 한 사람, 단 한 번이면 충분했는데……. 진심 어린 부탁 한마디가 그리 어려웠어? 남의 아이를 위해 간을 떼 줄 이가 어디 있냐고? 왜 없어! 왜 없겠냐고! 당신이 죽인 내 아버지가 바로 그런 사람이었는데!"

"……그럴 리 없어."

"평생 고귀하게 자라 모르는 건가? 남의 것이 필요하다면 말이야, 먼저 부탁이란 걸 해야 하는 거야. 하나뿐인 아이를 살려달라는 절절한 간청을 듣고 마음 움직이지 않을 이가 어디 있겠어. 우리 중 적어도 한 명은 나섰겠지! 그런데 당신은 어떤 결정을 했지?"

사야의 목소리가 작아졌다. 차마 입에 담고 싶지도 않은 말.

"……다 죽여 버렸어."

란이 더 이상 듣고 싶지 않다는 듯 귀를 막으며 이불 위로 몸을 숙였다. 아까부터 자꾸만 그녀가 감싸려 드는 것의 정체를 알아야 했다. 사야가 다시 정신을 가다듬으며 비수를 겨누었다. 두툼하게 부풀어 오른 이불을 턱짓으로 가리켰다.

"꺼내."

"아, 아니 된다. 이 아이만은 아니 된다."

"당장 꺼내지 않으면 오늘 밤 윤명을 죽이겠어."

"아아!"

잔뜩 경계하여 란의 움직임을 주시하던 사야는 이윽고 모습을 드러낸 이불 아래의 것에 말을 잃고 말았다. 그곳엔 황금 보(褓)로 감싼 베개가 있었다. 란이 눈물을 흘리며 세상에서 가장 소중한 것을 대하는 손길로 베개를 껴안았다. 그녀의 상체가 아기를 어르는 사람처럼 조금씩 들썩였다.

"우리 명이만은 아니 된다. 이리도 작은 아기지 않느냐."

사야가 베개를 내려다보다가 그것을 안고 있는 란을 쳐다보았다. 혹시라도 연기를 하는 기색이 조금이라도 보인다면 망설이지 않고 비수를 휘둘러 버릴 참이었다. 그러나 란은 진심이었다. 언제나 냉혹해 보였던 얼굴이 포근한 어머니의 표정으로 바뀌어 있었다.

"정말이야?"

"명아, 오르르 까꿍, 놀랐지요? 어미가 이불을 덮어서 무서웠지요? 자, 이젠 더는 무서워하지 않아도 좋아요. 이 어미가 시간을 돌렸거든. 간절히 빌어 시간을 놀려서 명이가 다시 아기가 되었답니다. 이제 우린 또 30년이란 시간을 얻은 거예요. 이 얼마나 다행입니까."

"……말도 안 돼."

사야는 북받쳐 오르는 억울함에 실소를 터뜨렸다. 이건 정말 말도 안 되는 일이었다. 일어나선 안 되는 일이었다. 이 날만을 기다려왔는데. 꿈에서도 복수만을 생각했는데. 이렇게 허망하게.

"이럴 순 없지. 이래선 안 되잖아. 나는, 나는 그 참혹한 일을 겪고도 이 악물고 버텨서 이까지 왔는데…… 당신은 고작 하루 만에 실성을 해? 비참한 현실을 벗어나 안식을 찾아? 이건 너무…… 불공평하잖아."

"명아, 어미만 믿으세요. 이 어미가 명이를 꼭 지켜줄 겁니다."

사야의 온몸에서 힘이 쭉 빠졌다. 갑자기 모든 것이 덧없고 부질없게 느껴졌다. 나락으로 떨어진 원수 앞에서 어찌 자신은 기쁨을 얻지 못하고 허무함만 느끼는지.

여전히 정성을 다해 베개를 어르고 달래는 란을 쳐다보던 사야가 비수를 집어넣었다. 대신 품속에서 작고 검은 주머니 하나를 꺼냈다.

"아들을 살리고 싶어?"

사야의 한 마디에 란이 번쩍 고개를 들었다. 그녀의 눈이 커다래져 있었다. 당장 제 목숨이라도 내놓을 듯한 그녀의 앞에 사야가 작은 주머니를 들고 흔들었다.

"나는 죽었지만 이게 남았지."

"……이게, 이것이 무어냐?"

"영약."

담담히 내뱉는 사야의 말에 란의 온몸이 부들부들 떨렸다. 차마 손을 뻗어 주머니를 낚아채지도 못하고 그저 되묻고 또 되물었다.

"참이냐? 날 놀리는 것은 아니냐? 여, 영약이라? 이걸 먹이면 명이를 살릴 수 있다고?"

"윤명이 먹는 게 아니라 당신이 먹는 거야."

사야의 말이 이어졌다.

"이걸 먹으면 내 신비로운 회복력과 동일한 힘을 가질 수 있지. 대신 매년 배를 갈라 고통 속에서 간을 잘라내야 할거다."

사야가 주머니를 더욱 내밀었다.

"먹겠어?"

란이 황홀한 눈으로 주머니를 쳐다보았다. 그녀가 부들부들 떨리는 손으로 주머니를 받아 여밈을 풀었다.

비취빛으로 빛나는 열두 개의 작은 환약이 나왔다. 마치 야명주처럼 빛나는 것이 과연 신비로워 보였다. 란이 기쁨과 놀람이 가득한 눈으로 사야를 보았다.

"진정 이것을 먹으면 네 간과 같아지는 것이냐?"

"……그러하다."

"아아."

란이 눈물을 흘렸다. 그녀의 만면에 웃음이 걸렸다. 한 치의 망설임도 없이 열두 개의 환약을 모조리 씹어 삼킨 뒤 그녀가 베개를 안

아들었다. 눈물 젖은 뺨이 베개에 닿았다.

"들었습니까, 황상? 나의 아드님. 드디어, 드디어 널 살릴 수 있게 되었구나. 아아, 이보다 기쁜 날이 또 어디 있겠느냐. 고맙구나, 참으로 고맙구나, 단목사야!"

그녀의 행복한 웃음소리가 침소에 잔잔히 울려 퍼졌다. 기쁨에 겨워 베개를 안고 즐거워하는 란을 내려다보던 사야가 주먹을 꼭 틀어쥐었다. 그리고 다음 순간 사야는 몸을 돌려 침소의 문으로 향했다.

한 걸음 한 걸음을 뗄 때마다 눈물이 흘러내렸다. 자신의 허리춤에는 피 한 방울 묻지 않은 비수가 걸려 있었다. 사야가 눈을 감자 어릴 적 아버지와 나누었던 대화가 떠올랐다.

열두 살 때였다. 약초를 캐던 단목장이 차가운 술과 새참을 가져온 딸을 반가이 맞이했고 잘도 넙죽넙죽 받아먹는 딸을 보며 웃었다.

배불리 먹고 마신 부녀는 시원한 물소리가 들리는 바위 위에 누워 오수(午睡)를 즐겼다. 슬슬 잠이 깰 무렵, 먼저 일어나 있던 단목장이 사야에게 넌지시 말을 걸었다.

"병서와 책략집을 즐겨 읽는다 하였지."

"네, 그게 재밌어요."

"적과 싸워 이기는 것 말이냐?"

"약자도 이길 수 있다는 게요."

사야가 살짝 눈을 떴다. 초록색 나뭇잎 사이로 햇살이 스며들었다.

"그 책들은요, 아버지. 강자가 약자를 누르는 게 아니에요. 강자가 무엇 하러 약자와 오래도록 싸우겠어요. 그냥 쳐들어가 짓밟던 걸요. 그 책들은요, 힘이 부족한 이들이 지략으로 이기는 법을 알려 줘요. 그래서 전 그게 좋아요. 약자라고 죽으란 법만 없다는 게요."

딸의 말을 찬찬히 들은 단목장이 미소 지었다. 그가 딸의 흐트러진 앞머리를 쓸어 넘겨준 뒤 말했다.

"그럼 우리 사야가 좋아하는 이기기 문답을 해볼까."

"그게 뭔데요?"

"아버지가 두 개를 말하겠다. 그중 무엇이 더 크고 대단한지 맞춰 보렴."

"어, 좋아요!"

어린 사야의 눈이 반짝였다. 단목장이 웃으며 말했다. 그가 내놓는 것들은 하나같이 무엇이 더 크고 대단한지 견주기가 어려웠다.

사야가 고 영리한 머리로 끙끙 앓다가 겨우 답을 내놓으면 그는 왜 그것이 더 크고 대단하다고 생각했는지 이유를 물었다. 한 식경이 다 되었을까. 단목장이 마지막 놀이라 하며 문제를 수었다.

"이번엔 양자택일이 아니라 네 생각을 말해보거라."

"내주세요."

"네가 아까 전에 사랑이 가장 크고 대단하다 하였지."

"네, 전 아직 그 감정에 대해 잘 모르지만 책을 보면 많이 나와요. 사랑 때문에 불가능을 가능으로 바꾼 이들도 많고, 사랑 때문에 천자의 자리를 마다한 이도 있는 걸요? 그래서 사랑이란 대답을 한 거예요."

"좋다. 그럼 사랑보다 더 크고 대단한 것이 있겠느냐?"

사야의 눈빛이 멍해졌다. 아무리 나이에 비해 뛰어난 지모(智謀)를 자랑하는 아이라지만 그래도 아이는 아이다. 안 그래도 머리가 슬슬 아파지는 참이었는데 단목장이 선을 넘은 것이다.

뭐야, 뛰는 놈 위에 나는 놈이 있다더니 사랑 위에도 뭐가 더 있어? 딸아이가 갈피를 잡지 못하고 아연해지는 걸 본 단목장이 껄껄 웃음을 터뜨렸다.

"에이, 아버지. 지금 저 놀리는 거죠? 제가 곤란해하는 걸 보니 재밌으세요?"

"아니란 말은 못하겠구나, 하하하."

"미워요."

"하하, 어떠냐. 아버지가 생각한 답을 들려줄까?"

사야가 고개를 끄덕였다.

"아버지는 말이다. 용서라고 생각한단다."

"용……서요?"

사야의 표정이 미심쩍게 변했다. 용서라면 자신이 또 숙제를 거르고 서재에 틀어박혀 책만 읽은 것을 넘겨봐 준 당숙 아저씨의 그 용서 말인가? 어머니가 애지중지 하시는 화병을 깨뜨렸을 때 꿀밤 한 대로 봐주신 그 용서인가? 그게 천자 자리를 내놓게 만드는 것보다 더 대단하다고? 단목장이 딸의 뺨을 쓸었다.

"너라면 네 뺨을 때리고 네가 아끼는 책을 불태운 이를 용서할 수 있겠느냐?"

"네에?"

있을 수 없는 일에 사야의 눈이 뾰족해졌다. 당한 것은 꼭 열 배로 갚아주는 단목사야다. 그런데 자신을 때리고 소중한 책을 불태운 놈을 봐준다고? 아무 일도 없다는 듯이? 괜찮다는 듯이 그냥?

"네 부모에게 침을 뱉고 욕하고 집을 부순 이를 용서할 수 있겠느냐?"

"……그런 놈을 봐줘야 돼요?"

단목장의 웃음이 깊어졌다.

"용서란 그런 것이다."

"……그건 호구 아닌가."

사야의 땋은 머리가 단목장의 손길에 헝클어졌다.

"지금은 이해하기 어렵겠지. 하지만 사야, 언젠가 어느 날엔가 네 손에 돌이 쥐어지고 널 해한 이가 다쳐 쓰러져 있을 때, 이 아버지가 한 말을 한 번만 생각해 보렴."

짓밟는 것이 무조건 이기는 것은 아니라고 했다. 단목장은 오랜

싸움을 끝내고 돌아설 줄 아는 이야말로 진정한 승자라고 했었다.

"흑!"

사야의 흐느낌이 터졌다. 침소를 나온 그녀의 눈에 밤하늘이 들어왔다. 그녀의 여린 어깨가 울음으로 들썩였다.

아버지, 이 어리석은 딸은 제대로 복수하지도, 그렇다고 아버지의 말을 지키지도 못했어요.

목숨을 살려주는 대신 12개의 환약을 먹였어요, 아버지. 자비롭다 하지 마세요. 전 저 여자의 일생에서 가장 소중한 추억을 앗았으니까요.

이제 저 여자는 자신이 그렇게나 살리고자 했던 아들을 기억하지 못할 거고, 그 아들의 첫 걸음마도, 처음으로 엄마를 부르던 순간도, 품에 안고 젖을 먹이던 기억도 다시는 떠올리지 못할 거예요.

공허할 테죠. 제가 그랬듯이, 정신을 잃었다가 깨어난 뒤엔 모든게 두렵고 황당할 테죠. 다들 저 여자를 두고 결국 정신을 잃더니백치가 되었다고 수군거릴 거예요. 그 모든 것을 딛고 다시 살아내는 것엔 관심 없어요. 그건 제 소관이 아니에요.

사야가 비틀거리며 걸음을 재촉했다. 침소 안에서는 여전히 재잘대며 아기를 달래는 소리가 들려왔다. 그 소리를 뒤로한 채 사야는 걷고 또 걸었다. 영수궁을 빠져나올 때쯤, 사야는 다시 한번 밤하늘을 올려다보았다.

"아버지, 제 복수는 이로써 끝났어요."

사야가 이윽고 어둠 속으로 사라졌다.

❀ ❀ ❀

분주히 다다른 곳은 명련궁이었다. 사야는 조심스레 자신의 처소로 숨어들었다. 망설임 없이 문을 열어젖힌 그녀는 침상 쪽으로 걸어가 몸을 숙였다. 침상 아래의 틈새로 손을 뻗어 휘휘 젓자 작은 상자 하나가 툭 걸렸다. 상자를 끌어낸 사야는 고리를 풀었다.

제천과 먼 길을 떠나려면 여비가 필요했다. 은자로 묵직한 주머니라면 일 년은 충분히 버틸 수 있을 것이다. 그녀가 다시 상자를 갈무리하여 침상 아래에 넣었다.

벌써 시간이 이렇게 되었나. 전각에서 그녀를 걱정하며 기다리고 있을 제천이 떠오르자 마음이 조급해졌다.

"사야…… 죽으면 아니 된다……."

황급히 처소를 벗어나려던 그녀의 발걸음이 우뚝 멈췄다. 윤명의 목소리. 그녀가 천천히 굳은 몸을 틀었다. 침소와 바로 붙어 있는 방에서 그의 목소리가 들렸다. 잔뜩 쉬어 거칠어진 목소리였다.

"……미안하다."

문을 열자 낮은 탁자 위에 그대로 엎어져 잠든 윤명이 눈에 들어왔다. 익숙한 수면향의 잔향도. 아마 잠 못 이루고 괴로워하는 황제를 위해 누군가가 피운 듯했다.

돌아가자, 단목사야. 어서 몸을 돌려 북문으로 가. 더는 이들과 엮이지 말라고. 스스로를 일깨우는 마음과 달리 몸은 어느새 탁자 앞으로 다가가 자리에 앉았다. 탁자 위엔 구겨진 손수건 몇 개가 뒹굴고 있었다. 하나같이 시커멓게 말라붙은 피가 가득했다.

"……란은 어떻게 당신 같은 아들을 낳았고, 당신은 왜 하필 란의 아들로 태어나야 했는지. 우리의 악연이 참 길고도 질기네요."

사야가 잠든 그의 어깨를 다독였다. 처음 만난 날에 비해 확연히 마르고 병든 몸. 사야가 이대로 떠나면 그는 신년을 맞지 못하고 죽을 것이다. 그녀의 심사가 어지러워졌다.

윤명이 눈을 빛내며 말하던 이상(理想). 정말 그의 말대로 이루어진다면 수많은 사람들이 행복을 누릴 터였다. 사야의 슬픈 눈이 윤명을 담았다. 그 꿈을 접으면서까지, 참혹한 죽음에 대한 두려움을 억누르면서까지 그녀를 자유롭게 해주려 했던 사람이었다.

"아버진 눈을 감는 순간까지 내 행복을 비셨고, 제천은 내 행복을 위해 그 오랜 세월을 옆에서 지켜주었죠. 그런데 당신마저 내가 행복하길 바라는군요."

그녀의 손이 허리에 찬 비수를 만지작댔다. 눈빛이 아득해졌다. 문득 아버지가 했던 말과 더불어 일전에 출궁했을 적 아이에게 했던 자신의 말이 떠올랐다.

사야는 그날 소년에게 작은 화두를 하나 던져 주었다. 이기고도 양보하는 이유란 무엇인가. 사야가 약간은 허탈하고도 슬픈 웃음을 흘렸다.

"입으로만 잘도 떠들어왔죠. 이젠 정말로 행할 때일까요……."

그녀가 날카로운 비수를 빼들었다. 새파란 칼날을 내려다보던 사야는 란을 베러 가져온 칼로 자신의 배를 찌르게 될 줄은 몰랐다며 고개를 내저었다. 참으로 인간이란, 종종 이해할 수 없는 짓을 저지르는 존재다. 그녀의 눈에 쓰러져 잠든 윤명이 다시 한번 들어왔다.

"나 역시 당신의 행복을 빌어요."

애틋한 미소와 함께 비수가 사야의 몸을 파고들었다.

❀ ❀ ❀

"폐하, 몸은 좀 어떠십니까?"

윤명은 교의 걱정 어린 목소리에 눈을 떴다. 몸을 일으키는 일조차 고역이었다. 간신히 교의 부축을 받아 정자세로 앉은 그는 한동안 상황을 파악하지 못하고 멍하니 주변을 둘러보았다.

"짐이 여기서 잠든 거요?"

"그러하옵니다."

"사야는……."

윤명이 채 말을 잇지 못하다가 고개를 떨어뜨렸다. 전날의 일이 꿈이었으면 싶었다. 두 구의 시신을 수습한 어의와 조사원들은 간

밤에 윤명을 찾아와 조심스레 그들이 맞는 것 같다는 보고를 올렸다. 윤명은 절망감에 버틸 수가 없었다.

그의 초췌한 모습을 본 교는 영수궁의 일은 차후에 알려야겠다고 다짐했다. 란이 정신을 잃은 뒤로 잠에서 깨어나질 못했다. 어의는 부상을 입은 것도 아니고 목숨이 위험하지도 않으니 그저 의식을 찾길 기다리는 수밖에 없다고 하였다.

연이어 닥친 큰일에 심란하긴 교도 마찬가지. 그녀가 부군을 위로할 말을 찾다가 탁자 아래에서 무언가를 발견했다.

"……폐하."

"아무래도 짐은 다시 한번 공터에."

"폐하."

"……왜 그러오?"

교가 떨리는 손으로 수건에 싸인 무언가를 들어 올렸다. 물컹한 느낌이 기묘했다. 검은 천을 풀자 그 정체가 드러났다. 윤명과 교는 할 말을 잃은 채 그것을 쳐다보았다.

간이었다. 윤명이 믿기 힘든 눈으로 그것을 내려다보다가 이내 버리려 했다. 무슨 생각이 퍼뜩 들었는지 교가 그에게 매달렸다.

"폐하, 제발."

그녀가 눈물로 호소했다.

"마지막 성의일지도 모릅니다. 폐하, 부디."

"……끔찍한 일이오. 어찌 사람의 탈을 쓰고 이것을 먹겠소!"

"하늘이 주신 마지막 기회일지도 모르는 일입니다. 제발, 제발, 폐하."

윤명이 휘청거리며 일어났다. 수건으로 다시 덮은 간을 흙더미에 내팽개치려는 순간이었다. 교가 그의 발치에 무릎을 꿇고 흐느꼈다.

"한 번만 버텨주세요, 폐하…… 신첩과 단 한 번의 신년을 더 맞이해 주시면 아니 되겠습니까? 신첩은 더 바랄 게 없습니다. 이것이 제 마지막 소원이옵니다."

"……황후."

"첫 밤을 보낸 뒤 제게 다정히 말씀하셨지요. 그 무엇이든 제 소원을 하나 들어주시겠다고. 하늘이 무너지고 바다가 갈라져도 이루어주겠다고 하셨지요. 그 소원, 지금 쓰겠습니다. 부디 살아주세요. 교를 두고 가지 마세요, 폐하."

교의 애타는 간청에 윤명이 주저앉았다. 그가 떨리는 손으로 수건에 싸인 간을 쳐다보았다.

진정이냐, 사야. 이것이 네 마지막 선물이냐.

윤명의 손이 교의 눈물로 얼룩진 얼굴에 닿았다. 그녀가 슬피 울며 안겨들었다. 그가 한숨을 내쉰 뒤 아름답게 가꿔진 명련궁의 화원을 바라보았다.

이 모든 꽃이 진 겨울이 온다면 송백(松柏)을 심으리라고, 그는 생각했다.

두 번째 과거

　사야는 제천이 주고 간 작은 상자를 내려다보았다. 여섯 개의 비취빛 환약이 들어 있었다. 아버지 단목장이 제천 편으로 맡긴 물건이었다. 한 개에 한 달의 효력. 열두 개를 모두 복용하면 이전의 기억이 죄다 사라진다고 하였다.

　그러나 단목가를 탈출하는 도중에 상자의 자물쇠가 상했는지 남은 것은 여섯 개뿐. 제천은 이제껏 자신이 보관하다가 사야에게 넘겨주었다. 그는 지금 신세진 노인에게 사례를 하기 위해 나간 상황이다.

　사야 홀로 객잔의 별채에 남아 하염없이 상자를 내려다보았다. 그녀의 머릿속에 오만 가지 생각이 스치고 지나갔다.

　그중에서 가장 그녀를 흔드는 것은.

　사야가 일어나 자신의 짐 보퉁이를 뒤적였다. 속옷 꾸러미를 헤치자 검은 주머니가 나왔다. 그녀가 주머니의 여밈을 풀고는 상자 안에 내용물을 털어 넣었다. 도합 열두 개의 완전한 환약이 한 자리에 모였다. 그녀가 끔찍했던 그날을 떠올렸다.

길고 어두운 비밀통로를 지나 어느 산 중턱에 다다랐을 때. 잠시 의식을 잃었던 사야는 눈을 떴고, 제천이 비취빛 환약에 대한 쪽지를 읽는 소리를 들었다.

그 순간 몸이 저절로 움직였다. 지금이라도 되돌아가 부모님을 설득한다면 이곳으로 모시고 올 수 있지 않을까? 정말 모두가 죽었을까? 미친 듯이 통로를 되돌아간 그곳은 이미 참혹한 폐허가 되어 있었다.

망연자실한 눈으로 시신이 이룬 산더미를 쳐다보던 사야는 그 사이에 겹쳐져 있는 부모님을 발견하고 이들을 끌어내려 끙끙댔다. 아무리 흐느끼며 애를 써 봐도 두 사람을 끌어내는 것은 무리였다.

이러지도 저러지도 못한 채 울던 그녀의 눈에 단목장의 가슴팍이 묘하게 빛나는 광경이 들어왔다. 떨리는 손으로 그의 목에 걸려 있던 것을 빼냈다. 가죽 줄에 꿴 손톱만 한 장식물이었다. 아스라한 빛이 장식물의 틈새로 새어 나오고 있었다.

살짝 힘을 가해 돌리자 그 안에서 작은 비취빛 구슬 하나가 나왔다. 어딘가 찌그러진 미완성품 같았는데 사야는 이내 그것이 아버지가 말했던 환약임을 알아차렸다.

"열두 개…… 열두 개를 모두 먹어야 완전해진다 하셨어……."

그녀는 몸이 더러워지는 것도 마다하지 않고 흙바닥을 샅샅이 뒤졌다. 무너지는 벽에 깔릴 뻔도 하고 널브러진 농기구에 다칠 뻔도 했지만 결국엔 나머지 6개의 환약을 찾아냈다.

무슨 생각이었는지, 그녀는 제천이 오기 전에 작은 주머니에다 이를 넣고는 아예 환약에 대해 모르는 척하였다. 딱히 그를 속일 생각은 없었다. 그저 기억을 잃게 하는 환약이 모두 모인 것을 알게 되면 둘 중 누구라도 흔들릴 것 같았기에.

"지금 나처럼 말이죠."

사야가 환약 때문에 빛나는 상자를 쳐다보며 혼자 중얼거렸다. 지금 자신이 무슨 생각을 하는지 제천이 알게 된다면 정말 크게 화를 내겠지만.

"그는 지금 없잖아?"

그녀의 목소리가 떨렸다. 기회를 보아 제천에게 12개의 환약을 먹일까. 그가 잠에서 깨어날 때면 난 이미 황궁에 들어가 있겠지. 몹시 당황할 테지만 그는 차분하고 신중한 사람이니 기억이 없어도 잘 살아갈 거야. 어쩌면 진심으로 아끼는 여인을 만나 혼인하고 살 수도 있을 테지.

사야가 눈물을 삼켰다. 그가 얼마나 좋은 사람인지 알고 있기에 그의 사랑을 받을 여인이 행복한 삶을 누리라는 걸 확신할 수 있었다.

"날 마음에 들이지 않았다면 제천도 좀 더 편히 살 수 있었을 텐데……."

원치도 않는 살인을 하고 그 때문에 밤마다 괴로워하고, 수년을 이리저리 도망 다닐 필요는 없었을 거다. 다정한 부인과 오순도순 살아가는 삶, 제천이라고 왜 원치 않을까.

사야는 어젯밤을 떠올렸다. 황궁에서 보낼 반년의 계획. 그 무거운 책임이 제천의 어깨에 지워졌다. 미안해하는 그녀 앞에서 제천은 그대보다 힘들 이가 있겠느냐며 미소했지만, 사야는 지난밤 황급히 자리에서 일어나는 기척을 알아차렸다.

방에서 나간 그는 후원 쪽으로 돌아갔다. 그리고 그 자리에서 쓰러지진 않을까 걱정이 될 만큼 격하게 헛구역질을 했다.

그도 이제 슬슬 한계가 닥친 거야. 사야의 표정이 어두워졌다.

성공 여부는커녕 살아서 나올 수 있을지도 장담할 수 없는 길이었다. 혹시 일이 잘못되더라도 제천만은 살아주었으면 했다. 기억이 없다면, 아예 황궁 밖에 두고 간다면 그는 평탄한 삶을 살 수 있지 않을까.

사야의 마음이 크게 흔들렸다. 그러나 한참의 시간이 지난 뒤, 그녀는 고개를 내젓더니 옷을 갈아입었다. 침의를 벗고 감색의 남복을 걸쳤다. 긴 머리채는 한 갈래로 높이 묶어 올렸다. 너울이 달린 삿갓을 쓰고 나서 객잔의 주인을 불렀다.

비싼 별채를 전세 낸 손님이라 그런지 사람 좋은 인상의 주인이 얼른 달려왔다. 창문을 손가락 한 마디만큼만 연 틈새로 사야가 물었다.

"객잔에 머무는 손님들이 물건을 맡기기도 하오?"

잠시 질문에 대해 생각한 주인이 말했다.

"머무시는 동안은 잠시 맡아드리기도 합니다만, 귀한 물건이라면 아예 다른 곳에 맡기시는 편이 안전합지요."

"다른 곳이라."

"먼지가 앉거나 딱히 흠이 나도 별문제가 없는 물건이라면 인근에 보관소가 있습니다. 약간의 돈을 내고 물건을 맡아주는 곳이지요. 좀 더 신경을 써야 한다면 표국에 맡기는 것이 제일 좋습니다. 보관과 운송이 업인 자들이니 맡긴 상태 그대로 돌려주더랍니다만."

주인이 손님의 의중을 파악하기 위해 말끝을 흐렸다.

"혹시 어떤 물건인지 여쭈어도 실례가 아닐는지."

"……아주 귀한 것이오."

사야가 목소리를 낮게 깔았다.

"부모님의 유골이오."

"아!"

주인이 허겁지겁 허공에 대고 합장을 하였다. 아미타불과 극락왕생을 중얼거린 그가 낯빛을 바꾸어 말했다.

"천금보다 귀한 것이 아닙니까. 그러하다면 반드시 절에 맡겨야지요."

"나도 그런 생각을 했소만 이곳은 번화가 한복판이 아니오. 절이라면 산속에나 있을 것인데 내 급한 일이 있어 차마 산까지 갈 수가 없소."

손님의 사정을 모두 파악한 주인이 환하게 웃었다.

"그런 거라면 문제가 안 됩니다. 왜냐하면 저희 객잔 바로 옆에 절이 있으니까요."

뜻밖의 대답에 사야가 되물었다.

"절이 있다고?"

"예, 그렇습지요. 손님은 아마 지방에서 오신 분인가 봅니다. 황도 사람이라면 번화가의 절에 대해 모를 리 없으니까요. 산까지 가기 곤란한 불자들이 모두 여기 오거든요."

"……특이하군."

"그러게 말입니다. 어쨌든 그곳에 따로 유골을 모시는 곳이 있으니 절에 한번 가보시지요."

주인을 돌려보낸 사야는 잠깐 시간을 가늠해 보았다. 한 번 마음을 정하자 행동에 주저함이 없었다. 상자에 든 12개의 환약을 모조리 작은 주머니에 쓸어 담은 그녀는 여밈을 꼭 묶고 이를 품에 넣은 후에 방을 나섰다.

과연 객잔 주인의 말대로 모퉁이를 돌자 절이 나타났다. 절 앞의 가게에 들어가 소금과 밀가루를 조금 샀다. 아담한 단지도 하나 구입했다. 소금과 밀가루를 단지의 바닥에 깐 뒤, 품 안의 검은 주머니를 그 속에 넣었다. 단지 뚜껑을 덮자 이것은 누가 봐도 완벽한 유골 단지가 되었다.

이런 과정에서 밀가루가 풀풀 날려 사야의 옷자락에 묻었다. 허연 흔적은 옷자락을 팡팡 털어도 완전히 지워지지 않았다.

그녀는 단지를 들고 절 안으로 들어갔다. 이름이며 얼마나 오래 맡길지 등을 간단히 물은 승려는 유골을 맡기려는 자가 이름을 대지 않자 조금 곤란해했다.

"찾아갈 때 알아볼 표식이 있어야 합니다. 시주의 이름을 정 밝히기 싫거든 다른 표식이라도 남겨주시지요."

잠시 머뭇거리던 사야는 그럼 문구를 하나 남기겠다고 하였다. '只望幸福'(지망행복). 승려가 얼핏 떠올리기에 이와 중복되는 표식이 없는 듯싶어 받아주었다. 약간은 서늘한 보관장소 안에 들어가 단지를 안치한 승려는 조용한 시간을 가지시라며 자리를 피했다.

고요한 절 안에 단지를 앞에 두고 서자 그것이 진짜 유골 단지가 아님에도 사야의 눈이 붉어졌다. 그녀가 나직하게 말했다.

"아버지, 어머니. 저예요. 사야예요. 두 분의 시신을 거두지도 못하고 도망친 몹쓸 녀석이요."

그녀가 단지를 보며 말을 이었다. 스스로도 놀랄 만큼 감정이 북받쳐 한 마디를 더 하기가 힘들었다.

"전 내일이면 황궁으로 들어가요. 제천이 제 뒤를 봐줄 테죠. 그에게 힘든 짐을 지운 것 같아 너무 미안해요. 그리고 아버지, 아버지께서 바라시던 딸이 되지 못해 죄송해요. 제게 이 환약을 남겨주신 건 모든 원한을 잊고 그저 행복하게 살아가란 뜻이셨을 텐데. 못난 녀석은 제 발로 적진에 들어가려 하네요."

사야는 떨리는 손길로 단지를 매만졌다. 차디찬 느낌이 전해졌다.

"제 계획을 알게 되면 두 분도, 제천도 화를 낼 테죠. 단목사야의 배짱이 아주 하늘을 찌른다고 뭐라 하실 거예요. 이름을 곱씹는 것만으로도 살의가 치미는 여자 앞에서 그 아들을 사랑하는 척, 아무것도 모르는 척 순진한 행세를 하려드니 말이에요. 그것도 환약의 도움 없이 순전히 제 머리와 연기력만 믿고."

사야가 흐릿한 미소를 지었다가 말했다.

"사실 지금도 이걸 어디에 써야 할지 모르겠어요. 감이 잡히지 않아요. 누구의 기억을 싹 지워야 할지. 혼란스러워요. 그래서 일단은 여기에 맡기는 거예요. 제가 들고 가기엔 너무 위험하거든요."

황궁에 들어가 황제를 사로잡는 것이 우선이다. 그 후에 언젠가 기회를 보아 출궁을 청할 것이다. 동행인 여부는 상관없다. 애당초 사야와 제천만이 이 환약의 존재에 내해 알고 있다.

그것도 제천은 절반밖에 없다고 알고 있는 상황. 번화가로 접어들어 절 구경을 하겠다고 들어오도록 하자. 그때 회수하여 들어가면 필요할 때 쓸 수 있을 터.

"아버지, 그리고 어머니. 저 아까 잠깐 못된 생각을 했어요. 제천이 알았다간 절 반년쯤 보려들지 않을 걸요. 저 말이죠, 제천의 기억을 지우려고 했어요. 그가 자유로이 살길 바랐어요. 그런데 다시 생각해 보니 그건 제천이 바라지 않을 것 같았어요. 도망 다니는 내내 그는 미안해하지 말라 했죠. 휘말린 건 타의였지만 제 곁에 남은 건 스스로의 선택이라고. 그 말이 떠오르자 전…… 차마 그의 기억을 지울 수 없었어요. 마치 그건 제 죄책감을 덜기 위한 일 같았거든요."

사야가 단지의 곁에 붙여진 문구를 눈에 담았다. 그녀의 마음을 대변해 주는 네 글자.

"이제껏 제천이 절 지켜줬죠, 목숨을 걸고. 이번엔 제가 그를 지켜줄 차례예요."

그녀가 무릎을 꿇은 뒤 단지를 향해 세 번 절을 올렸다. 아련한 미소가 그녀의 얼굴을 비껴 지나갔다.

"부디 하늘에서 지켜봐주세요. 제게 힘을 주세요. 제가 사랑하는 사람의 꿈을, 이룰 수 있도록."

그녀는 절을 떠나 객잔으로 돌아왔다. 오랜만에 아름답게 차려입고 짐 꾸러미 앞에 섰다.

완전한 타원형이었던 비취빛 환약과 달리 사야의 손에 들린 것은 어딘가 미흡해 보이는 원형이었다. 아무도 모르는 13번째 환약.

잠시 고민하던 사야가 이내 그것을 삼켰다.

가장 이상적인 전개는 이 원형이 제대로 한 달 치 효력을 발휘해 태후의 의심을 누그러뜨리는 것이다.

사야는 창을 활짝 열고 2월의 차가운 공기를 들이마셨다. 반년 뒤에도 이곳에서 이 상쾌한 공기를 마실 수 있을까. 생각에 잠겨 있는데 방의 문이 열렸다. 제천이 돌아온 것이다. 따스하게 내리쬐는 오후의 햇살을 받으며 사야가 제천을 향해 미소 지었다.

"왔어요?"

제천의 눈이 탁자 위에 머물렀다. 환약을 담았던 작은 상자가 텅 비어 있었다. 그의 눈빛이 살짝 흔들렸다. 사야는 애써 아무렇지 않은 척 재잘거렸다.

"별로 맛없더라. 하긴, 아버진 단걸 좋아하시지 않았죠."

거짓이었다. 환약은 꿀처럼 달콤하고 포근한 맛이었다. 그래서 더 눈물이 났다. 아버지는 환약을 만들면서까지 딸의 소소한 취향을 생각한 걸까.

"저녁은 호화롭게 먹을까요, 간만에?"

제천의 물음에 사야가 환히 웃었다.

"좋죠. 황송하게도 태후께서 은자를 열 냥이나 하사하셨으니 적어도 특선요리는 먹어야겠어요."

사야는 아이처럼 손뼉을 치며 까르르 웃었다. 그녀가 일부러 즐거운 척을 하고 있다는 것을 제천도 알아차린 것 같았다. 그러나 그는 이에 대해 뭐라 하지 않고 그녀의 기분을 맞춰주었다.

다정한 사람. 그의 시선이 다른 곳을 향하는 동안 사야는 애틋한 눈길로 그를 바라보았다. 사랑하는 제천, 우리 잠시만, 잠시만 안녕히.

둘의 시선이 마주쳤다. 그녀의 미소가 더욱 깊어졌다.

우린 꼭 행복할 수 있을 거예요.

❀ 외전 ❀

초야

간을 떼어준 고통은 극심했다. 두 사람은 한 달이 지나서야 도성 밖으로 빠져나갈 수가 있었다. 그것도 통증이 완화되어서가 아니라 사야가 이럴 바에야 그냥 이동하자 말했기 때문이었다.

세 달간 그녀는 제대로 먹지도 자지도 못했다. 심신이 지쳐 바닥을 보였다. 소리조차 내지 못하고 아파하는 그녀를 보며 제천은 속으로만 분노를 삼켰다. 그러나 그 분노도 사야 본인만큼은 아닐 터.

"미쳤지, 미쳤어, 내가."

약간이나마 정신이 돌아올 때면, 정확히 말하자면 고통이 너무 심한 나머지 잠깐 멍해질 때지만. 그럴 때면 사야는 홀랑 간을 떼어주고 온 자신을 지주헸다.

정작 슬픔에 잠겨 일을 저지를 당시엔 매우 고통스럽지만 견딜만했다. 자신의 행동에 확신과 이유가 있었기에 이를 악물고 참았다. 문제는 그다음이었다.

세 달간 아프다는 건 알고 있었지만 차차 나아지리라 생각했지, 누가 세 달을 꼬박 똑같은 강도로 아플 줄 알았겠느냔 말이다. 그렇다고 비명을 지르며 아픈 티를 내면 제천이 그 즉시 황궁에 쳐들어가 피바다를 만들 표정을 지었기에 제대로 아픈 티를 낼 수도 없었다.

"선조 할머닌 둔하셨던 거야 배포가 크셨던 거야? 아니 대체 이 빌어먹을 통증을 어떻게 매년, 그것도 삼백 년이나 참을 수가 있지? 나도 당장 조윤명을 찾아가 먹은 거 토해내라고 윽박지르고 싶은 심정인데. 아악! 내가 진짜 다시 간을 잘라주나 봐라! 간은 고사하고 머리카락 한 올도 뽑지 않을 거야!"

황도에서 보름은 꼬박 가야 하는 성(城)에 도착한 두 사람은 작은 집을 하나 빌려 그곳에 짐을 풀었다. 그 후로도 두 달여간 장기가 뒤틀리고 끊어지는 고통에 시달리던 사야는 어느 날 아침, 눈을 뜨자마자 뭔가 달라졌음을 깨달았다. 바로 어제만 해도 시름시름 앓으며 눈을 떴는데 오늘은 이리도 상쾌하지 않은가.

"……끝났어."

믿을 수 없는 기쁨에 사야가 자리에서 벌떡 일어나다가 다리에 힘이 풀려 주저앉고 말았다. 세 달간 몸이 너무나도 허약해졌던 것이다. 아침거리를 사들고 오던 제천이 놀라 달려왔다. 거의 백 일 만에 처음으로 사야가 환히 웃었다.

"나았어요, 제천."

이후로 사야는 쇠약해진 몸을 회복하기 위해 꼬박꼬박 세 끼를 챙겨먹고 보약 또한 지어 먹었다. 아무것도 하지 못하게 하는 제천에게서 집안일을 뺏기 위해 며칠을 설득해야 했다.

그렇게 차츰 그녀가 할 수 있는 일이 늘어났다. 두 달이 지나 1월도 절반을 넘겼다. 사야는 조심스레 제천에게 말을 꺼냈다.

묘악산으로 돌아가고 싶다고.

그들의 집. 아름다운 추억 속의 단목가가 있던 곳. 비록 화마에 주저앉아 폐허가 되었지만 그곳에서 살던 때가 가장 행복했다는 사실은 변치 않았다. 그녀의 몸 상태를 확인한 제천은 이내 고개를 끄덕였다. 그들은 그렇게 묘악산으로 돌아왔다.

"……그런데 화가 너무 오래가는 거 아닌가?"

하얀 털조끼를 입고 산책하던 사야가 뚱한 표정으로 중얼거렸다. 그녀가 아파할 땐 화를 참았던 제천이다. 그랬던 그가 사야의 상태가 호전되자 뒤늦게 분노를 표출하기 시작했다.

간을 뺏기지 않기 위해 목숨을 걸고 황궁에 들어갔다. 반년을 무사히 버텼는데 마지막에 사야가 위험을 무릅쓰고 홀로 영수궁에 간 데다 간까지 내주고 돌아왔다는 데서 제천의 화가 폭발했다. 거기다 그의 곁에서 세 달 동안 고통스러운 모습을 보였으니.

"뭐, 내가 할 말이 없긴 해. 하지만 결국엔 잘됐잖아? 그리고 자기도 내게 비밀로 하고 비설조 본진에 쳐들어갔으면서…… 너무 나만 몰아붙이는 거 아냐?"

사야의 볼이 공기를 잔뜩 머금고 부풀었다. 성을 떠나 여기 묘악산까지 오는 내내 제천은 필요 이상의 말이라면 한 마디도 더 하지 않았다. 지나치게 깍듯한 태도. 냉기가 풀풀 날리는 표정.

사야는 둘의 관계가 10년 전으로 되돌아간 것이 아닌가, 하는 생각까지 들었다.

"어제만 해도 그래. 기껏 아양을 떨면서 안겼더니 밀어내는 건 또 뭐람? 핑계도 어설프기 짝이 없었지. 뭐? 회복한 지 얼마 되지 않았으니 조심하셔야 합니다?"

이쯤 되자 사야의 속이 뒤집어질 지경이었다. 고통은 싹 사라진 지 오래고 허약해졌던 몸도 모두 나았단 말이다. 묘악산과 가까워질수록 공기도 맑아져 그녀의 기분이 산뜻해졌다. 황궁에 있는 동안 마음 놓고 포옹 한 번 하기도 힘들었으니 모든 근심이 사라진 지금, 얼마나 그에게 매달려 안기고 싶은지.

그런데 뭐? 조심? 거리를 둬?

"······호랑이도 제 말 하면 온다더니."

사야가 흘러내린 머리카락을 훅 불어 올렸다. 물건을 사러 내려갔던 제천이 돌아오고 있었다. 그녀는 대번에 뚱한 표정 대신 상냥하고 해맑은 얼굴을 하였다. 그 누구도 거부하기 힘든 미소를 띤 채 달려갔다.

"제천!"

그녀가 산길을 달려 내려오는 것을 본 제천의 안색이 창백해졌다. 사야가 무공을 익히진 않았지만 저보다 이 산에 더 오래 살았다는 사실을 그는 종종 망각하는 모양이었다. 일부러 속도를 줄이지 않고 달려간 사야는 아주 적절한 시점에서 균형을 잃은 척 휘청거렸다.

그 즉시 제천이 받아 안아 사야의 몸이 그의 품 안에 쏙 들어왔다. 야무지게 허리를 끌어안은 그녀가 위를 올려다보았다.

"왜 이렇게 늦었어요? 나 혼자 얼마나 무서웠는데."

그가 중천에 뜬 해를 쳐다보았다. 한겨울 하늘치고는 최고로 맑은 날이었다.

"저만큼 빨리 다녀올 수 있는 사람도 드물 겁니다."

"늦어. 무서웠단 말이에요."

제천이 제 허리를 두른 사야의 팔을 떼어냈다. 그의 입가에 희미한 미소가 걸렸다. 드디어 풀린 줄 알았는데.

"영수궁에 잠입할 때는 안 무서우셨나 봅니다?"

그가 차갑게 웃었다. 이 남자, 확실히 빈정거리고 있어. 사야는 '상냥함과 해맑음'을 잃지 않기 위해 애를 써야 했다. 제천이 한마디 덧붙였다.

"간은 쓸도 떼어내시더니?"

그가 사야를 앞질러 걸어갔다. 그의 등이 뻥 뚫리도록 온 힘을 다해 노려보던 사야는 잠깐 어머니 백향의 재치를 빌리기로 했다. 모전여전이라 했던가. 조금은 앙큼한 수지만 매번 먹혀 들어간단 말이야.

"아!"

외마디 비명을 지르며 사야가 쓰러졌다. 쌩 하니 지나쳐 간 기세와 달리 뒤를 돌아보는 제천의 속도는 가히 놀라울 정도였다.

"무슨 일입니까?"

사야가 발목을 부여잡은 채 어깨를 가늘게 떨었다. 어느새 그녀의 곁에 다가온 제천이 재차 물었다.

"어딜 다쳤습니까? 접질린 건가요?"

사야는 아무 말도 하지 않고 고개만 내저었다. 푹 숙인 고개를 들 생각도 없어 보였다. 제천의 목소리가 좀 더 다급해졌다.

"말씀을 하셔야 알지 않습니까."

"……아파."

그녀가 눈물이 그렁그렁한 눈으로 제천을 쳐다보았다. 그가 급히 숨을 들이켰다. 차마 소리도 내지 못하고 아픔을 참는 모습이 다섯 달 전과 겹쳐 보였다.

"어디가 말입니까? 발목입니까 아니면."

"물린 것 같아요."

사야가 치맛자락을 그러쥐었다.

"뱀이, 뱀이……."

한겨울에 뱀이라니? 충분히 의아스러운 대목이었지만 제천은 이미 정상적인 사고를 할 수 없는 상태였다.

그가 급한 손길로 사야의 자줏빛 치맛자락을 들어 올렸다. 겹겹이 새하얀 속치마까지 들어 올렸을 때 점 하나 없이 뽀얀 발목이 드러났다. 혹시나 해서 발등과 종아리까지 살폈지만 어딘가 깨물린 흔적은 없었다.

"뱀이 확실합니까? 정확히 어떤……."

말이 채 끝나기도 전에 사야가 와락 안겨들었다. 뜻밖의 급습에 그는 어찌하지도 못하고 그대로 뒤로 넘어갔다. 무슨 짓이냐는 물음이 목 안에서 멈췄다. 사야의 보드라운 입술이 제천의 입술을 눌렀기 때문에.

촉촉한 분홍빛 입술 사이에서 조그맣고 매끄러운 혀가 나왔다. 굳어버린 그의 입술을 가르고 들어간 그녀의 혀는 작은 물고기처럼 입안을 자극하고 돌아다녔다. 부드럽게 핥았다가 야릇하게 빨아올리길 반복하던 사야가 입술을 떼고 속삭였다.

"화사(花蛇)였어요."

작고 하얗고 분홍빛 혀가 어여쁜 화사. 묘하게 중의적인 말에 제천의 몸이 굳었다. 다시 한번 가볍게 그의 입술에 내려앉은 사야는 시간이 지나도 아무 반응이 돌아오질 않자 몸을 떼었다.

제천은 꼭 눈을 뜬 채 잠든 사람 같았다. 결계에 갇힌 사람처럼 보이기도 했다. 사야가 손가락으로 톡 그의 어깨를 건드렸다.

"제천."

순간 주술에서 풀려난 사람처럼 제천이 벌떡 일어났다. 그 기세에 사야는 놀라 엉덩방아를 찧고 말았다. 그는 사야 쪽으로 일별도 하지 않고 산길을 올라갔다. 그 뒷모습을 분한 듯 흘겨보는 사야만이 홀로 남았다.

❀ ❀ ❀

정말이지 이쪽도 할 만큼 했어. 열심히 노력했다고. 잠자리에 들 준비를 마친 사야는 씻고 들어오는 제천의 모습을 빤히 보았다.

단목가는 폐허가 되었으나 그와 좀 떨어진 대숲 한가운데의 단칸집 하나는 살아남았기에 수년간 쌓인 먼지를 떨어내자 금방은 머물 만한 곳이 되었다. 넓은 침상에 올라앉은 사야는 제천의 행동 하나하나를 주시했다. 원래는 그로 하여금 불편함을 느끼도록 하기 위함이었는데 빤히 보다보니 저도 모르게 이런저런 상념이 떠올랐다.

수년간 한 몸처럼 붙어 지냈지만 놀라운 자제력으로 선을 지켰다. 황궁에서의 반년은 또 어떤가. 그와 입술을 나눈 적은 고작 세 번이었다.

그리고 오늘이 되었다. 이제 모든 상황이 정리가 되었건만 둘은 오히려 황궁에서보다 더 어색한 거리를 지키고 있었다. 아, 둘이 아니라 한쪽이지. 사야가 생각했다. 그에게 안겨들고 싶은 사야와 달리 제천은 극도의 경계를 풀지 않았다.

정말 창피한 이야기지만 사야는 자존심이 조금 상하고 말았다. 이보세요, 얼음무사님. 저 단목사야거든요? 천상의 미색에 요염한 몸태, 거기에 천진한 웃음까지. 냉혹하기 이를 데 없다던 황제도 정신없이 빠져들었다고.

새삼 치밀어 오르는 억울함에 사야의 눈이 가늘어졌다. 몸이 걱정되어서 조심하고 경계하는 건 알겠어. 알겠는데. 으으, 뭐든 정도껏 해야지! 여인의 자존심도 내려놓고 그만큼 매달렸으면 좀 넘어와 줘야 하는 게 아니냐고.

미운 심정이 가득 담긴 눈빛을 오래도록 쏘아줬는데도 제천은 여전히 자신의 일에 빠져 있었다. 그가 젖은 머리카락을 털고 수건을 바구니에 넣었다. 침의가 따로 없는 그는 헐렁한 검은 장포를 걸치기 위해 물기가 남아 있는 옷을 벗었다.

사야의 눈이 살짝 커졌다.

아문 흔적이 남아 있는 등이 아른거리는 촛불 아래 드러났다. 젖은 머리카락에서 떨어진 물방울이 단단한 등의 근육을 타고 흘러내렸다. 낙낙한 바지가 아슬아슬하리만치 허리춤에 걸려 있었다.

사야는 잠깐이나마 그 바지 끈을 당겨보고 싶다는 충동이 들었다. 흘러내릴까? 괜히 입안이 비싹 말랐다.

"무슨 일입니까?"

제천이 물을 마시기 위해 몸을 돌렸다가 그녀의 시선을 알아차렸다. 아직 장포의 여밈을 묶지 않아서 얼핏 앞모습이 드러났다. 사야의 시선이 목을 타고 가슴을 지나 복근에 머물렀다가 위험한 생각을 들게 만드는 허리선에 다다랐다.

저 바지, 이제 보니 상당히 몹쓸 물건이네. 흘러내리게 하고픈 충동이 들게 해.

"아, 아무것도."

사야가 도리질 쳤다. 그녀가 '아무것도 아니다'라고 하는 걸 진짜 아무것도 아닌 일로 받아들였다가 크게 당한 적이 얼마나 많았던가. 제천은 경계를 누그러뜨리지 않은 채 물을 마셨다. 그러면서 슬쩍 사야를 쳐다보았다.

하얀 침의 차림에 머리를 늘어뜨린 그녀는 조금 당황한 기색으로 이부자리를 정돈했다. 말간 낯이 청초하고도 요염해 보였다. 바깥이 얼마나 추운데 왜 저리 얇은 옷을 입은 거야. 그의 심기가 불편해졌다.

야들야들한 침의는 너무 많은 속살을 드러낸 것 같았다. 그녀의 가슴이 오르락내리락하는 모습을 오래도록 보고 있자 아랫배가 뭉치기 시작했다. 잔을 내려놓는 손에 필요 이상의 힘이 들어가고 말았다. 그 소리에 사야가 놀라 움찔했다.

어색한 분위기. 먼저 벗어나고자 한 쪽은 제천이었다. 그가 불을 더 피우고 오겠다는 말을 중얼거리며 나가려고 할 때, 사야가 조용히 붙잡았다.

"잠깐."

이미 몸에 밴 복종. 제천의 몸이 그대로 굳었다. 사야가 이쪽을 향해 말했다.

"불은 더 필요 없을 것 같아요."

"새벽이 되면 많이 추워질 겁니다."

"분해서 열이 차올랐어요. 쉽게 식을 것 같지 않네요."

"……나갔다 오겠습니다."

"필요 없다고 했죠?"

바스락바스락. 사야가 침상에서 내려왔다. 그녀가 걸음을 뗄 때마다 침의 자락이 스쳐 소리가 났다. 거리가 점점 좁혀질수록 제천의 어깨에 힘이 들어갔다. 마침내 사야가 그의 등 바로 뒤에 섰다.

"여인을 얼마나 비참하게 만들 셈인가요."

그가 말을 아꼈다.

"조심해야 한다는 대답 따위, 받아들이지 않겠어요. 누가 봐도 난 건강해진 지 오래니까."

사야가 그의 등에 대고 속삭였다.

"아니면 내가 싫은가요, 제천?"

"……그럴 리가 있겠습니까."

"그럼 왜 자꾸만 날 밀어내는 거예요? 응?"

사야가 천천히 그의 앞으로 돌아왔다. 제천은 빤히 올려다보는 그녀의 시선을 마주하지 못했다. 이에 사야가 제천의 손을 잡아 제

것과 겹쳤다. 그녀의 작은 손이 그의 손등 위에 포개졌다. 그리고 그 겹친 손을 느릿하게 제 어깨로 끌었다.

"싫지 않다면, 뿌리쳐 봐요."

사야의 도발이 시작되었다. 그녀의 손에 이끌린 제천의 손이 서서히 여린 어깨를 타고 내려갔다. 탐스러운 가슴에 이르렀을 때 그의 손이 흠칫 떨렸지만 사야는 오히려 힘을 주어 빠져나가지 못하도록 막았다. 순식간에 제천의 손바닥이 그녀의 가슴을 움켜쥔 모양이 되었다. 그가 숨을 들이켰다.

"······싫어요, 제천?"

당장에라도 그만두고 싶을 만큼 부끄러웠지만 사야는 좀 더 대담해지기로 했다. 겹쳐진 두 손이 아래로 더 아래로 내려갔다. 날씬한 배를 지나 깊은 다리 사이로.

제천에게서 목이 졸린 듯한 소리가 나왔다.

"그만."

그가 홱 손을 뗐다. 제천의 호흡이 가빠졌다.

"이제 다 끝났잖아요. 괜찮을 거예요, 제천."

"위험합니다."

"난 괜찮을 거라니까."

"제가······ 위험합니다."

두 사람의 눈이 마주쳤다. 제천의 눈에 번민과 정욕이 가득했다. 그 강렬한 기운에 사야의 몸이 살짝 떨렸다. 저도 모르게 일어난 반응이었다.

"제가 버틸 수 있을지 모르겠습니다. 그대가 다치지 않도록 자제해야 하는데."

"그냥, 안아줘요."

제천이 기가 찬 듯 웃음을 흘렸다. 그가 눈가를 문질렀다가 한숨을 내쉬었다.

"이런 덴 면역이 없다고……."

그가 입술을 내렸다. 낮에 사야가 한 도발과는 비교가 안 될 정도로 소유욕이 물씬 드러나는 입맞춤이었다.

조그만 입술 사이를 가르고 그가 혀를 밀어 넣었다. 그의 혀가 사야의 입안을 샅샅이 헤집고 다녔고 이 때문에 민감하게 달아오른 돌기가 자꾸만 쓸렸다. 집어삼킬 듯한 기세에 사야가 뒤늦게 바르작거렸으나 이는 제천을 더욱 자극하기만 할 뿐. 그는 사야가 더는 움찔대지 못하도록 허리를 잡아 감싸 안았다.

"침상으로 가죠."

그가 탁해진 목소리로 말한 뒤 그대로 걸음을 옮겼다. 사야는 뒤를 돌아보지도 못하고 뒷걸음질을 쳐야 했다. 침상에 이르자 그가 무게를 실어 밀었다. 사야의 가녀린 몸이 푹신한 요 위로 쓰러졌다.

"……대체 무엇부디 해야 할지."

제천이 살짝 아랫입술을 깨물며 눈을 가늘게 떴다. 그가 사야를 탐욕스럽게 내려다보고 있었다. 술렁이는 기대감에 사야의 아랫배

가 찌르르 울려왔다. 무슨 말이라도 해야 할 것 같아서 그녀가 입을
열었다.

"마음대로 해요, 좋을 대로."

그가 쿡쿡 웃더니 그녀 위로 무너졌다. 그가 속삭일 때마다 사야
의 귓가에 숨결이 닿았다.

"아, 사야 아가씨."

그가 말을 이었다.

"굶주림에 허덕이는 맹수 앞에서도 같은 말을 하실 겁니까."

미처 대꾸하기도 전에 그의 입술이 사야의 귀를 가볍게 물었다.
귓바퀴를 따라 촉촉한 혀를 미끄러뜨리자 달뜬 신음이 흘러나왔
다. 사야의 몸이 반응하고 있음을 알게 된 제천은 손을 움직여 그
녀의 침의를 벗겨냈다. 그는 이성을 잃지 않기 위해 안간힘을 써야
했다.

미치겠군. 그대에게 빠져들어 어찌할 바를 모르겠어.

그의 입술이 목을 타고 내려가 넘칠 듯한 가슴에 이르렀다. 한 손
으론 풍염한 가슴을 움켜잡고 다른 쪽은 입술과 혀로 희롱했다.

사야에게서 과실의 맛이 느껴졌다. 기이한 것은 맛볼수록 갈증
이 더해지는 기분이라 계속해서 탐할 수밖에 없다는 점이었다.

"……나도, 나도 만지면 안 될까요?"

신음을 참고 있던 사야가 어여쁘게 잠긴 목소리로 물었다. 지금
그녀가 뭐라 한 건가? 저도 제천 자신을 만지고 싶다고 말한 것인

가. 이런 상황에서도 완전히 자취를 감추지 않는 그녀의 호기심과 욕심에 제천이 웃음을 머금었다.

"바랄 걸 바라야죠."

그는 입술을 더 아래로 내렸다. 혀끝을 세워 날씬한 배를 타고 내려간 그가 하얀 속옷을 이로 물었다. 상상도 못한 제천의 모습에 사야가 놀란 소리를 냈다.

"……왜 그러십니까?"

"아, 아뇨. 그냥, 그……."

"그만둘까요?"

그가 이를 세웠다. 부드러운 살갗이 깨물리자 사야의 미간이 일그러졌다.

"먼저 다가온 건 그대입니다."

"알고 있어요. 그, 그렇지만."

"……왜, 이런 제가 낯선가요?"

사야는 마구 고개를 끄덕이고 싶은 욕구를 눌렀다. 낯서냐고 묻다니. 진심이에요, 제천? 달아오른 몸과는 별개로 사야는 어쩐지 도망치고 싶은 기분을 맛보았다.

왠지 호랑이굴에 제 발로 들어온 사냥감 같다 할까. 지금이라도 그만두자고 하면, 아니, 조금만 천천히 실실 하자고 하면.

그가 느릿하게 속옷을 끌어내렸다.

"그대의 유혹에 너무 쉽게 무너진 것 같아 스스로도 우습지만."

그의 한숨이 사야의 우윳빛 허벅지에 닿았다.

"……기왕 무너졌으니 끝까지 가볼 참입니다."

제천의 손가락이 비부를 건드렸다. 이미 촉촉하게 젖어 있는 속살을 어루만지던 그가 손바닥 전체에 힘을 주어 지그시 비부를 눌렀다.

묘하게 기분 좋은 압박감에 사야가 탄성을 터뜨리며 허리를 들썩였다. 사실 둘은 이런 일이 처음은 아니었다. 그러나 이토록 흥분한 적은 맹세코 처음이었다.

"제천……."

"싫진 않죠?"

그가 짓궂게 물었다. 사야가 흐응, 하고 얄밉다는 눈초리로 흘겨보자 제천이 한 번 더 힘을 주었다. 사야의 신음이 커졌다.

"아까 제가 이런 심정이었습니다."

촉촉이 피어난 꽃잎을 섬세한 손길로 어루만지던 그가 끝내 참지 못하고 입술로 덮었다. 사야가 눈을 질끈 감고 고개를 저었다. 과거에도 이까지 간 적은 없었다. 제천이 이렇게 대담한 짓을 저지르리라곤 짐작조차 하지 못했다.

그의 혀가 찰박찰박 꽃잎을 핥다가 그 속에서 조금씩 부풀어 오르던 정점을 발견하고 살짝 빨아들였다. 순간 사야의 눈앞이 새하얗게 물들었다.

"그, 그만."

지나친 자극에 그녀가 흐느꼈다.

"못 견디겠어요, 제천."

자신을 이 지경으로 몰아붙인 데에 대한 분함과 연심이 뒤엉켰다. 제천은 일부러 집요하게 혀를 움직였다.

그녀의 흐느낌이 커질수록 제천의 이성도 멀어져 갔다. 이슬과 타액으로 젖은 비부에서 입을 뗄 때쯤, 둘의 시선이 다시 한번 마주쳤다. 사야는 애욕에 젖은 그의 눈을 마주하고는 이불을 틀어쥔 손에 힘을 넣었다.

"도저히…… 이제는……."

그의 말이 자꾸 끊어졌다. 상의를 벗을 여유도 없는지 제천이 갈급한 손길로 바지 끈을 풀더니 단단해진 자신을 사야의 비부에 가져다 댔다.

모든 이성이 날아가 버린 시점에서도 그가 눈을 마주쳐 사야의 마지막 허락을 구했다. 사야가 살며시 고개를 끄덕이자 그가 자신을 밀어 넣었다. 더없이 느릿하게, 미끈하게 젖은 꽃잎을 가르고 그가 서서히 사야의 안에 잠겨 들었다.

"흐읏!"

뻐근한 이물감에 사야가 입술을 깨물었다. 약간의 통증이 뒤따랐으나 이미 지독한 고통에 익숙해진 그녀에게 크게 힘들 정도는 아니었다. 마침내 완전히 그녀에게 몸을 묻은 제천이 물었다. 극상의 쾌감을 참느라 그의 턱에 힘이 잔뜩 들어갔다.

"견딜 만합니까?"

사야가 호흡을 고르며 통증을 떨쳐 냈다. 그녀에게서 답이 없자 제천의 음색이 불안을 띠었다.

"많이 아픈가요? 그렇다면."

"잠시만."

말을 하느라 사야의 몸에 힘이 들어갔다. 그와 동시에 내벽이 좁아졌는지 제천이 신음하며 허리를 꺾었다. 촉촉하고 쫀득하게 감겨오는 내벽에 이미 온몸이 떨릴 지경이었는데, 더한 자극이 가해지자 그의 호흡이 흐트러졌다. 그가 거친 숨을 내쉬었다.

"아마도……."

사야가 인상을 조금 일그러뜨린 채 허리를 들어 올렸다. 통증을 가늠하는 동작이었으나 제천에겐 더없는 자극이었다. 이대로라면 그녀의 답을 기다리지 못하고 혼자 미친 듯이 내달릴 것 같았다.

"참을 만한 것……."

그가 허리를 들썩였다. 통증을 참아내는 사야의 신음은 스스로도 몰랐던 잔인한 면모를 들추어내는 것 같았다. 그가 끝까지 몸을 묻었다가 완전히 빼내길 반복했다. 허리를 탈 때마다 아찔한 쾌감이 등줄기를 타고 흘렀다.

한편 끝날 줄 모르는 제천의 움직임에 신음을 참던 사야는 상체를 일으킨 채 몰입 중인 그를 쳐다보았다.

언제나 차갑고 단정했던 얼굴이 열락에 도취되어 있었다. 눈의 초점이 풀린 것 같기도 했다. 사야를 안는 그 자체에 빠져 허리를 들썩이던 그가 한숨과 함께 흘러내린 앞머리를 쓸어 올렸다.

그 순간 사야의 심장이 크게 두근거렸다. 윤명을 매혹과 관능으로 평했던 자신을 이해할 수가 없었다. 지금 제천은 누구보다도 위험한 색을 발산하고 있었다. 그녀의 내벽이 강하게 죄어들었다.

잠들었던 두 사람은 깊은 새벽에 다시 깨어 반쯤 잠에 취한 상태에서 한 번 더 몸을 나누었다. 제천이 자신의 것을 빼지 않은 채로 허리를 살살 흔들자 사야의 안에서 자잘한 울림이 퍼져 나갔다.

쾌감보다 통증이 강했던 첫 번째 삽입과 달리 두 번째는 조금이나마 수월했다. 더 농밀해지기도 했다. 사야는 지쳐 잠들었다가 창호지로 스며든 햇살에 눈을 떴다.

온몸이 욱신거렸지만 기분 좋은 나른함이었다. 제천은 아직 잠들어 있었다. 한동안 그의 수려한 얼굴을 가만히 쳐다보던 사야는 천천히 몸을 일으켜 침상을 빠져나왔다.

문을 열자 맑고 차가운 공기가 느껴지면서 눈앞이 환해졌다. 밤새 눈이 내린 듯 온 세상이 흰빛이었다. 경이에 찬 눈으로 초록빛 대숲이 자아내는 아름다운 설경을 구경한 그녀는 조용히 발을 내딛었다.

그녀가 향한 곳은 작은 샘이었다. 조심스러운 손길로 소복이 쌓인 눈을 떠내자 얼굴이 비칠 만큼 맑은 수면이 드러났다. 방에는 아직 면경이 없었다.

괜히 속이 울렁거려서 사야는 물에 자신의 모습을 비춰보기 전 심호흡을 몇 번이나 했다. 초야를 치렀다. 달라졌을까. 달라졌다면 얼마나 달라졌을까. 무려 6년을 절색의 미모로 보낸 자신이다.

초야를 보내면 미모가 변한다는 것. 알고는 있었지만 한순간에 초라한 얼굴이 되어버린 건 아닐지. 그녀가 샘을 향해 몸을 숙였다. 침의를 걸친 단목사야의 모습이 수면에 비쳤다.

잔잔한 샘물에 비친 자신의 모습은 어제의 그 화려한 미인이 아니었다. 사야는 6년 전의 소녀가 그대로 자랐다면 가졌을 얼굴을 하고 있었다. 청아한 매력이 있으나 마을에 한 명씩은 있을 법한 미인.

그러면 안 된다는 걸 알았지만 사야의 기분이 저절로 가라앉았다.

"정말…… 바뀌었구나."

그녀의 뒤로 눈 위를 밟는 소리가 들렸다. 제천이 잠에서 깬 모양이다. 달콤한 밤을 보내고 난 다음날 아침. 약간은 수줍은 듯, 반갑게 맞이해야 할 아침이거늘 사야는 쉬이 몸을 돌릴 수가 없었다.

제천이 그럴 리 없을 거란 사실은 알고 있지만 혹시라도 그의 얼굴에 일말의 아쉬움이 비치면 어쩌나 싶었다. 그가 괜찮더라도 사야 저 스스로가 주눅이 들었다. 꼭 제천보다도 못한 얼굴이 된 것만 같다.

"사야."

제천이 그녀를 불렀다. 사야는 쭈뼛거리며 몸을 돌렸다. 그녀의 자신 없는 두 눈은 불안을 담고 있었으나 그녀를 마주 보는 제천은 희미한 미소를 띠고 있었다.

"몸은 좀 어떻습니까?"

"제천……."

"아프진 않고요?"

"나……."

좀처럼 먼저 언급할 기색이 없자 사야가 조급해졌다.

"바뀌었어요."

한 번 말이 터지니 억지로 눌러 참았던 감정이 쏟아졌다.

"변했어, 얼굴이. 이제 완전히 평범해졌어요. 드디어 6년이 지나서야 내 얼굴로 돌아왔어. 그런데 이상한 게요. 뭔가 잃어버린 것 같아요. 자신도 없고, 불안하고. 이제까지 너무 화려한 미색을 지니고 있어서였을까. 나, 그게, 제천."

사야가 금방이라도 울음을 터뜨릴 듯한 얼굴로 제천을 쳐다보았다.

"어때요, 제천은?"

그가 천천히 다가와 사야의 앞에 섰다. 부드럽게 뺨을 쓸더니 말했다.

"이미 봤습니다, 아침에."

사야의 눈이 휘둥그레졌다.

"아, 아까 잠든 걸 보고 나왔는데요?"

"잠든 척한 거였죠."

그가 사야의 손을 끌어다 보드라운 손바닥 안에 살짝 입을 맞췄다. 그의 눈이 웃음으로 휘어졌다.

"제가 말수가 적어서 사야의 속을 태운 적이 많습니다만 이것만큼은 짚고 넘어가야겠군요. 그대는 제게 있어 언제나, 언제나 같은 모습이었습니다."

가슴 깊이 묵직하게 울리는 고백에 사야의 눈이 젖어들었다.

"언제나 제게, 완벽한 사람이었습니다."

사야가 제천의 품에 안겨들었다. 추위 따윈 어느샌가 잊혀졌다. 푸른 대나무도 눈부신 설경도 모두 사라졌다. 그와 자신만 존재하는 공간에서 사야는 안식을 찾은 한편 마음 속 깊이 이 모든 것에 대해 감사했다.

오래도록 그녀를 안아주던 제천이 갑자기 그녀를 들어 올렸다. 사야의 눈높이가 제천보다 훌쩍 올라갔다.

"꺅!"

웃음 섞인 비명을 내지른 그녀가 그의 어깨를 잡았다. 그대로 집으로 걸어가는 길. 문득 사야가 제천에게 물었다.

"제천, 궁금한 게 있어요."

"말씀하세요."

"우리가 아기를 낳으면 그 아인 제 씨가 되는 건가?"

사야의 두 발이 땅에 닿았다. 제천은 세상에서 가장 얼토당토않은 말을 들은 사람의 표정을 하고 있었다.

"그 아이가 왜 제 씨가 되어야 합니까?"

"어, 아버지의 성이 제 씨니까?"

"그러니까 왜 아버지의 성이 제 씨냔 말입니다. 사야, 혹시 또 다른 사내를 보기라도 할 겁니까?"

"또 다른 사내라니? 또 다른 사내라뇨, 제천? 말이 이상하네요. 혹여나 운명을 겨눈 거라면 말은 바로 해야죠. 그건 불가피한……잠깐."

대화가 이상한 방향으로 가고 있음을 깨달은 사야가 황급히 정정했다.

"제천의 성은 제(齊)가 아닌가요?"

"도대체 왜 제 성이 제(齊)일 거라고 생각하신 겁니까."

"왜냐면 한 번도 가르쳐 준 적이 없으니까! 잠깐만, 다시 생각해 보니까 이상하네. 그럼 제천의 성이 따로 있단 말이에요?"

"당연하죠."

노비도 아닌데 성씨 없는 자가 어디 있냐며, 당연하다는 듯 대꾸하는 제천을 하염없이 쳐다보는 사야였다. 아득해졌던 그녀의 이성이 차츰 돌아왔다.

"왜 한 번도 말해주지 않았죠?"

"물으신 적이 없으니까요."

사야의 입이 딱 벌어졌다. 이 남자를 데리고 무사히 살 수 있을까? 속이 터져 죽진 않겠지? 그녀가 가까스로 목소리를 쥐어짜냈다.

"제천의 성이 뭔데요?"

"류(柳)입니다."

"류제천?"

"예."

그가 빙긋 웃었다.

"개인적으로 흐를 류(流)였다면 훨씬 좋으리라 생각합니다만."

"……다른 점이 있나."

그와 알고 지낸 지 10년이 넘어서야 성을 알게 되었다. 이후에 뭘 더 알게 될지 사야는 궁금하지도 않았다. 그냥 모르고 지내는 편이 속 편하리라.

"그대만을 향해 흐르는 샘이라니. 훨씬 운치 있지 않습니까."

사야가 잠시 얼어붙었다가 이내 웃음을 터뜨리고 말았다. 제천이 사야를 안아들고 집 안으로 들어갔다. 간질간질한 웃음소리로 시작하는 초야 다음날 아침은 퍽 행복했다. 이 얼마나 멀리 돌고 돌아 맞이한 날이던가.

산속에서 쩍쩍 새소리가 들려왔다.

길조(吉鳥)였다.

"무슨 꿈을 그리 달게 꿔요?"

익숙한 목소리가 그를 깨웠다. 눈을 뜨자 제천의 가슴 위에 머리를 올려놓은 사야가 미소로 그를 반겼다. 잠기운이 묻어나는 나른한 미소에 그의 가슴이 죄어들었다.

도무지 면역이 생기지가 않았다. 사야의 웃음에는.

"그냥, 별것 아닙니다."

"별것 아닌 게 아닌데? 몇 번이나 불러도 못 듣고. 이렇게 입가를 슬쩍 늘려선."

제천이 헛기침을 하며 괜히 목을 가다듬었다. 행여 남아 있을 웃음기도 싹 지웠다.

"아침부터 트집인 겁니까?"

"어머, 이렇게 예쁜 부인에게 아침부터 무섭게 구는 거예요?"

"무섭게 굴지 않았습니다."

"그럼 웃어줘요."

사야가 그의 품으로 파고들며 속삭였다.

"잘 잤냐고 묻고 상냥하게 웃어줘."

"상냥하게……는 자신 없지만."

제천은 결국 미소 짓고 말았다. 사야에게서 나는 포근한 향기가 그를 느슨하게 만들었다. 부드러운 머리카락을 쓰다듬며 평소답지 않게 침상에서 일어나길 미적대는데 사야가 그 틈새를 놓치지 않고 물어왔다.

"그러니까 무슨 꿈을 꿨냐구요?"

"……그 질문은 이미 끝난 거 아니었습니까?"

"누가 그런대요? 난 아직 답을 못 들었는데."

제천이 난감한 표정을 짓다가 사야라면 제대로 된 답을 듣기 전엔 저를 놓아주지 않으리란 사실을 깨닫고 가벼운 한숨을 쉬었다.

꿈속에서 그는 열한 살의 사야를 만났다. 아버지의 봉서를 가슴에 품고 은인을 찾아 늦겨울의 묘악산을 오르던 그날, 새하얀 털옷을 걸치고 있어 눈과 토끼와 소녀를 구별할 수 없던 그날로 되돌아갔다.

"제천은 그때 날 어떻게 생각했어요? 난 첫 만남에서부터 제천이 좋았는데."

"거짓말."

제천이 눈을 흘겼다.

"첫 만남 때부터 거슬렸던 거 아닌가요? 그렇지 않고서야 5년간 그리 괴롭혔을 리 없잖습니까. 어디, 병법을 구사해 본다고 절 진창에 빠뜨렸던 얘기부터 해볼까요? 아니면 번번이 과제를 빼먹어서 대신 매 맞은 얘기를 할까요?"

말을 잇지 못하고 입술만 달싹이는 사야를 향해 그가 보란 듯이 씩 웃었다.

"이래 봬도 기억력은 좋습니다."

"⋯⋯그건 기억력보다도 뒤끝 문제인 것 같은데."

그는 속으로 웃음을 삼켰다. 그녀와 엮인 일이라면 어느 하나 기억 못하는 것이 없다. 맹랑하고 귀여웠던 첫 인상부터 어제 처음으로 시도해 본 머리 모양까지. 어느 것도 기억하지 않을 수가 없었다.

함께하는 매 순간이 소중한 사람. 사야는 자신에게 그런 존재였으므로.

"으앙!"

"저 녀석, 눈뜨는 시간만큼은 기가 막혀요. 어떻게 우리가 깬 걸 알고 딱 맞춰서 울지?"

사야가 눈을 굴리며 자리에서 일어났다. 그러나 민지 아기 방에 도착한 건 오늘도 제천이었다.

한 걸음 한 걸음 조그만 침상으로 다가갈 때마다 그는 경이로움에 숨을 들이켰다. 따사로이 내리쬐는 햇볕을 받으며 그들의 아이, 연리가 입을 오물거리고 있었다. 두 나무가 한 몸처럼 기대 자라는 연리지(連理枝)에서 이름을 딴 딸아이는 사야를 쏙 빼닮은 얼굴이었다.

"빠, 아빠!"

제천을 알아본 연리가 까르르 웃음을 터뜨렸다. 그 모습을 쳐다보던 제천은 더 버티지 못하고 아이를 안아들었다. 검을 휘두를 때면 누구보다도 차가워지는 남자가 유리인형을 다루듯 딸아이를 안는 모습에 사야는 항상 웃음을 터뜨렸다.

"연리야."

"응, 빠, 아바!"

"류연리."

저를 부르는 걸 알아듣기라도 한듯 연리가 머루알같이 까만 눈을 반짝이며 제천을 보았다. 그는 아이가 커서 언젠가 혼인할 거란 사실이 벌써부터 견딜 수가 없어졌다.

"스무 살까진 우리와 함께 사는 거다."

"아꾸?"

"……그리고 절대, 절대, 절대."

제천이 세 번이나 힘주어 말했다.

"조 씨 성의 사내는 안 돼. 무조건 안 돼."

"말도 제대로 못하는 아기한테 뭘 주입시키는 거예요?"

486

어느새 방문에 기대서서 이쪽을 보고 있던 사야가 황당하다는 듯 웃음을 터뜨렸다.

"미리 단속하는 겁니다."

"왜? 조 씨 사내들이 어때서?"

사야가 제천의 험한 눈길을 모른 척 잡아떼었다.

"연리야. 조가 남자들은 아버지완 또 다른 매력이 있단다. 아주 관능적이고 열정적이지. 너도 만나보면 엄마 말이 무슨 뜻인지 알게 될 거야."

"못하는 말이 없군요, 사야."

제천은 연리의 귀를 막은 채 나직하게 을렀다. 이미 수년이 지났는데도 윤명의 이름은 저로 하여금 화가 치밀게 만들었다. 행여나 연리가 사야의 말을 듣고 황궁 근처에라도 놀러가지 않길 바랄 뿐이다.

제천의 격한 반응을 본 사야가 숨죽여 웃었다. 그러고는 이내 고개를 끄덕이며 그에게 다가왔다.

"맞아요, 내가 잘못했어요. 농담이라도 그런 말을 하는 게 아니었는데."

기회가 생기면 또 같은 말로 제천을 놀릴 거란 걸, 그 역시 알고 있었다. 하지만 그는 기꺼이 다른 한 팔을 벌려 사야를 안아주었다. 사야의 향기와 연리의 달콤한 체취가 어우러져 그의 가슴을 간질였다.

햇살을 받으며 세 식구가 오밀조밀 붙어 있는, 어느 행복한 아침이었다.

完

안녕하세요. 밀밭 작가입니다.

수년이 지나 이렇게 《사야》 개정판을 내게 되니 감회가 무척 새롭습니다. 이전의 작가 후기엔 무슨 내용을 썼나 싶어 오랜만에 구판 책을 들여다보았어요.

당시엔 가족들에게 글 쓰는 것이 아직 비밀이었더군요. 도서관에 틀어박혀서는 하라는 시험공부 대신 글을 쓰며 시간을 보냈는데……. 댓글과 쪽지로 응원을 받을 때면 신나다가도 한순간 속이 갑갑해지곤 했지요. 앞날이 몹시 불투명한 시기였답니다.

현실의 답답함을 극적으로 풀어낸 결과물이 《사야》입니다. 수년이 흐른 지금 다시 보니 이 이야기는 요즘 트렌드에 더 맞지 않나 싶기도 해요. 사야와 란의 밀고 당기는 투톱여주물로도 볼 수 있으니까요.

다른 인물을 쓸 때도 즐거웠지만 돌이켜보면 저는 역시 사야와 란이 맞붙는 장면을 쓸 때가 제일 짜릿했던 것 같아요. 제천과 윤명이 호적수이듯, 사야와 란 또한 이득과 신념이 피 튀기게 충돌하는 조합이었다고 생각합니다.

《사야》에 고운 옷을 입혀 새로이 선보일 기회를 주신 위즈덤하우스 오가진 담당자님께 감사 인사를 전합니다.

수년 전의 후기에서 너도 이제 얼른 책을 내라고 재촉했던 저의 친구는 그사이 출간작 4종을 보유한 작가가 되었어요. 다른 친구들과도 여전히 즐겁게 지낸답니다. 가족들은 저의 행보를 응원하고요. 참, 제겐 함께 지내는 고양이가 생겼어요.

고작 몇 년 새에 일어난 변화네요. 이런 걸 보면 한창 힘든 시기의 사야에게 '조금만 더 견뎌보자! 앞으로 반드시 좋은 일이 일어날 거야!' 외치고 싶어집니다. 그 당시의 저 자신에게도요.

제가 지금의 밀밭이 되게 해주셔서 감사합니다.

2019년 여름에,
밀밭 드림

사야

초판 1쇄 인쇄 2019년 9월 20일 초판 1쇄 발행 2019년 9월 27일

지은이 밀밭
펴낸이 연준혁

웹소설분사 이사 이진영
책임편집 오가진
디자인 김태수

펴낸곳 (주)위즈덤하우스미디어그룹 출판등록 2000년 5월 23일 제13-1071호
주소 경기도 고양시 일산동구 정발산로 43-20 센트럴프라자 6층
전화 031-936-4000 팩스 031-903-3893
홈페이지 www.wisdomhouse.co.kr

값 13,800원
ISBN 979-11-90305-44-0 03810

* 인쇄·제작 및 유통상의 파본 도서는 구입하신 서점에서 바꿔드립니다.
* 이 책의 전부 또는 일부 내용을 재사용하려면 사전에 저작권자와 (주)위즈덤하우스미디어그룹의
  동의를 받아야 합니다.

* 이 도서의 국립중앙도서관 출판예정도서목록(CIP)은 서지정보유통지원시스템 홈페이지(http://
  seoji.nl.go.kr)와 국가자료종합목록 구축시스템(http://kolis-net.nl.go.kr)에서 이용하실 수 있습
  니다. (CIP제어번호 : CIP2019034850)